WINKLER
WELTLITERATUR
WERKDRUCK
AUSGABE

Jan Neruda

Jan Neruda
Kleinseitner Geschichten

Aus dem alten Prag

Mit einem Nachwort
von Ota Filip

Winkler Verlag München

Vollständige Ausgabe. Aus dem Tschechischen übertragen von Josef Mühlberger. Mit Anmerkungen, Zeittafel sowie einem Nachwort von Ota Filip und 10 Abbildungen.

CIP-Kurztitelaufnahme der Deutschen Bibliothek

Neruda, Jan: Kleinseitner Geschichten: aus d. alten Prag / Jan Neruda. Mit e. Nachw. von Ota Filip. [Aus d. Tschech. übertr. von Josef Mühlberger]. Vollst. Ausg., 2., erw. Aufl. – München: Winkler, 1986. (Winkler-Weltliteratur-Werkdruckausgabe) Einheitssachtitel: Povídky malostranské ⟨dt.⟩ NE: Mühlberger, Josef [Übers.]; Neruda, Jan: [Sammlung ⟨dt.⟩] ISBN 3-538-06593-4

Eine Woche in einem stillen Haus

I

Im Hemd

Wir fühlen, daß wir uns in einem vollkommen abgeschlossenen Raum befinden. Nichts als tiefe Dunkelheit ist um uns, durch keinen noch so kleinen Spalt dringt irgendwoher Dämmerung; überall herrscht eine solche Finsternis, daß wir für einen Augenblick etwas Helles vor unseren Augen zu sehen meinen, einen rötlichen Schimmer, das aber ist nur Einbildung.

Unsere angespannten Sinne nehmen noch das geringste Lebenszeichen wahr. Unser Geruch belehrt uns, daß der Raum irgendwie mit fettiger Luft angefüllt ist, mit einem ordinären Gemisch von Ausdünstungen. Bald meinen wir Fichten- oder Tannenholz zu riechen, bald Talg und Schmalz, dann wieder gedörrte Pflaumen, Kümmel und auch Schnaps, Knoblauch und anderes. In unser Gehör dringt das Ticken einer Uhr. Es muß eine alte Wanduhr mit einem langen Perpendikel sein, an seinem Ende eine dünne, blecherne, gewiß verbogene Scheibe; manchmal beginnt das Pendel in seiner einförmigen Erzählung zu stottern, und die Scheibe zittert leise. Auch dieses Stottern wiederholt sich in regelmäßigen Abständen und wird eintönig.

Dazwischen hört man das Atmen Schlafender. Es müssen einige sein, deren Atmen sich auf verschiedene Weise verflicht, ohne gleichmäßig zu werden, manchmal scheint es hier zu ersterben, während es dort lauter wird, das eine scheint mit dem Pendel der Uhr unregelmäßig zu holpern, während das andere schneller wird, und das wiederum wird von einem lauteren Atmen übertönt, als beginne ein neues Schlafkapitel.

Auch die Uhr atmet plötzlich tief auf und rasselt. Nach diesem ankündigenden Räuspern scheint sich das Pendel nur noch flüsternd zu bewegen. Einer der Schläfer hat sich gerührt, die Decke raschelt, das hölzerne Bett knarrt.

Die Uhr schnurrt – eins – zwei schlägt sie rasch hintereinander mit lauter, metallharter Stimme, eins – zwei schreit sogleich mit dunklem Ruf der Kuckuck. Wieder bewegt sich der Schläfer. Man hört, daß er sich auf seinem Lager aufrichtet und die Decke wegschiebt. Er stößt mit dem Fuß gegen die Kante des Bettes – schwere Pantoffeln rutschen – nun mag er beide an den Füßen haben. Er steht auf und macht einige vorsichtige Schritte, bleibt wieder stehen, seine Hand tastet über eine hölzerne Platte, unter seinen Händen klappert etwas, wohl die Streichhölzer.

Einigemal schabt das Zündholz, einigemal flammt es im Phosphordunst auf, es zerbricht, der Mensch knurrt. Neues Schaben, endlich flackert ein Flämmchen und beleuchtet eine Gestalt im Hemd. Das Flämmchen droht zu verlöschen, aber die alte knochige Hand hat es schon über ein mit Wasser und Öl gefülltes Glas gehalten, auf dem oben ein schwarzer Docht im Kork schwimmt. Der Docht leuchtet wie ein Stern auf. Das Streichholz fällt zu Boden, das Sternchen wächst allmählich. Über ihm steht die Gestalt im Hemd, ein altes Weib; es gähnt und reibt sich verschlafen die Augen.

Die Gestalt steht neben dem Tischchen vor einer dunkel angestrichenen Holzwand, welche die Örtlichkeit in zwei Räume abteilt. Bis hinter die Wand reicht die Kraft des Lämpchens nicht, wir sehen nur die Hälfte der Örtlichkeit – unser Geruchssinn hat uns nicht getäuscht, wir befinden uns im Lagerraum eines Kramladens. Eine einzige Örtlichkeit dient als Wohnung und Laden. Der Laden ist nach den Maßstäben einer Hökerei recht ansehnlich, Säcke mit den üblichen Waren stehen genug da, über den Säcken volle Körbe und Strohschüsseln, von den Wänden hängen Zöpfe und Büschel.

Das Weib zitterte in der nächlichen Kälte, sie hatte das Lämpchen vom Tisch auf das Ladenpult gestellt; darauf stehen Schüsseln mit frischer und ausgelassener Butter, darüber schweben die Schalen der Waage und Zöpfe von Knoblauch und Zwiebeln. Das Weib hatte sich hinter den Ladentisch gesetzt, zog die Beine ans Knie und holte aus der Schublade eine mit Zwirn, Nadeln, Scheren und anderem Krimskram gefüllte Schachtel. Sie legte die Zwirnspulen und alles übrige heraus und kam schließlich auf den Boden der Schachtel, wo Papiere und Bücher liegen. Die mit Zahlen bedeckten Blätter beachtete sie nicht, sie griff nach einem der Bücher und schlug es auf. Es war ein Traumbuch, das sogenannte „große". Sie blätterte aufmerksam darin, las, gähnte und las weiter.

Hinter der Wand waren die regelmäßigen Atemzüge nur noch eines Schläfers zu hören; der zweite bewegte sich, durch das Geräusch oder den Lichtschimmer geweckt, in seinem Bett.

„Was ist los?" brummte die brüchige, heisere Stimme eines Mannes.

Das Weib antwortete nicht.

„Alte – ist dir was?"

„Bleib nur liegen!" antwortete sie, „mir ist nichts, nur kalt ist mir", und sie gähnte.

„Was kramst du?"

„Mir hat von meinem seligen Vater geträumt, bis zum Morgen hätte ich es vergessen. Es war ein wunderschöner Traum, mein Lebtag hat mir so was nicht geträumt. Ist das aber kalt, und wir haben Juni!" Sie las weiter und wackelte mit dem Kopf. Es blieb eine Weile still.

„Wie spät ist es?" fragte es wieder hinter der Wand.

„Zwei vorüber."

Der dritte Schläfer atmete unregelmäßig, das laute Gespräch hatte ihn geweckt.

„Beeil dich, damit wir ausschlafen können! Du hast nichts als die Lotterie im Kopf!"

„Stimmt. Hier hat man aber auch keinen Augenblick Ruhe. Schlaf und laß mich!"

Das Atmen hinter der Wand endete mit einem tiefen Schnaufen; auch im dritten Bett war der Schläfer erwacht. Der Alte brummte weiter: „Mein Sohn, der Bummler, kommt mir erst um Mitternacht heim, und nach Mitternacht weckt mich die Lotterie. Das ist mir so ein Leben!"

„Kannst du keine Ruhe geben, wie? Ja, schind dich, Weib,

du kriegst schon deinen Lohn dafür. Wenn schon der eigene Mann in einem fort knurrt – wenn du lieber deinem Sohn befehlen könntest, das wär besser. Was ich mich plagen und schinden muß, ist mehr als genug!"

„Befiehl doch du ihm, schließlich ist er auch dein Sohn, befiehl diesem Flamänder!"

„Was haben Sie schon wieder mit mir, Herr Vater?" fragte die helle Stimme eines jungen Mannes.

„Schweig und mucks dich nicht. Du bist mir schon der Rechte!"

„Ich kann wirklich nicht begreifen –"

„Er kann nicht!" spottete der Alte. „So ein Taugenichts!"

„Aber –"

„Halt den Mund!"

„Er widerspricht dir auch noch – einen feinen Sohn haben wir, an dem haben wir uns was großgezogen!" schimpfte das Weib und gähnte wieder.

„Ein Sohn soll das sein? Das ist kein Sohn, ein Dieb ist das, der uns die Gesundheit stiehlt!"

„Wie kann ich stehlen, wenn ich schlafe?"

„Du elender Lump du!"

„Das ist mir ein Früchtchen!"

„Ein Tunichtgut ist er!"

„Tunichtgut!"

Der Sohn im Bett begann „O Mathilde!" zu pfeifen.

„Hör dir das an! Zu allem guten Ende verhöhnt er uns noch!"

„Er wird der Strafe Gottes nicht entgehen", sagte das Weib und schrieb mit Kreide an die hölzerne Wand die Zahlen sechzehn, dreiundzwanzig und acht. „Wir werden es schon noch erleben, aber lieber wär mir, wenn ich dann nicht mehr da wär." Sie räumte die Schachtel wieder ein, blies das Licht aus und tastete sich in ihr Bett. „Er wird es schon noch bereuen, aber zu spät. – Willst du endlich schweigen?"

Der Sohn verstummte.

„Mit einer Stecknadel wird er uns einmal ausscharren wollen, jawohl, mit einer Stecknadel, sag ich, aber mit einer Stecknadel kannst du uns nicht ausgraben!"

„Ich bitt dich, Weib, laß die Stecknadeln sein und schlaf – ich möcht endlich meine Ruh haben!"

„Ich muß es immer ausbaden, natürlich. Gott, mein Gott, wie suchst du mich heim!"

„Ich werd mit dir noch verrückt!"

„Leut, sind das Leute!"

„In der Nacht sind alle Leute bös", bemerkte der junge Mann.

„Was sagt der dort?"

„Was weiß ich! Der hat immer etwas zu reden, dieser Gottlose!"

„Wirf den Schrank über ihn, oder wir jagen ihn hinaus, gleich jagen wir ihn hinaus!"

„Ich bitt dich, gib endlich Ruhe! Hab ich eine Hölle!"

Der Alte brummte, die Alte brummte, der Jüngling schwieg.

Von Zeit zu Zeit noch ein Knurren, ein Räuspern und Hüsteln, schließlich wurde es still und stiller; die Alte schlief ein, der Greis drehte sich noch einmal um, dann schlief auch er ein. Leise wie eine Hummel summte der Jüngling wieder „O Mathilde!" und schlummerte ein.

In der fettigen Luft tickte und schnurrte der Perpendikel wie vorher. Sonst war nur noch das Atmen der drei schlafenden Menschen zu hören. Es verflocht sich auf vielfache Weise, gleichmäßig aber wurde es nie.

2

Das Haus ist zum größten Teil erwacht

Die Junisonne hatte schon hübsch lange in den Hof des Hauses geschienen, bevor die Leute erwachten. Trotz dem Rasseln der schweren Wagen, das aus der Durchfahrt und über das Dach herüberklang, hallten die ersten Schritte wie in einem Gewölbe. Einzeln, als ob die eine warte, bis die andere vorüber sei, trat das Weibsvolk aus den verschiedenen Wohnungen, entweder bloßköpfig und noch ungekämmt oder mit tief in die Stirn gezogenen Kopftüchern, um die verschlafenen Augen gegen die Sonne zu schützen. Es waren nicht viele, aber alle sahen wie schlampige Dienstmädchen aus; ihre Röcke waren nachlässig festgebunden, sie schlurften in abgetretenen Schuhen, in den Händen trugen sie leere oder schon mit Milch gefüllte Krüge.

Allmählich belebte es sich. Die weißen Vorhänge verschwanden von den Fenstern; wenn sich eins öffnete, erschien darin eine Gestalt; sie blickte zum Himmel und zum Laurenziberg hinüber und sagte ins Innere zu einem anderen, auch schon Erwachten etwas von einem schönen Morgen. Auf den Treppen und auf den um den Hof laufenden hölzernen Galerien des ersten Stockwerks, den Pawlatschen, trafen sie sich und wünschten einander einen guten Morgen.

Im ersten Stock des in die Gasse hereinstehenden Vorderhauses erschien im Eckfenster ein großer Mann mit rotem, pockennarbigem Gesicht und wirrem, grauem Haar. Er stützte sich schwer auf das Fensterbrett und neigte sich heraus, so weit, daß unterm offenen Hemd seine mächtige, trotz des Juni in Flanell gehüllte Brust zu sehen war. Er schaute auf das noch verhängte Nebenfenster, dann beugte er sich wieder zurück und sagte in das Zimmer hinein: „Es ist noch nicht sieben."

Im selben Augenblick knarrte ein Fenster und öffnete sich sperrangelweit. In ihm erschien ebenfalls ein großer, aber jüngerer Mann. Seine schwarzen Haare waren sorgfältig gekämmt, eine ordentliche, feste Frisur, die erkennen ließ, daß die Haare an jedem Morgen gewissenhaft und immer in genau derselben Weise gekämmt wurden. Sein Gesicht war rundlich, glatt rasiert, aber scheinbar ohne jeden besonderen Ausdruck. Er trug einen eleganten grauen Morgenrock, in der Hand hielt er ein gelbes Seidentüchlein und putzte damit die Gläser seiner goldgefaßten Brille. Er hauchte noch einmal darauf, noch einmal rieb er die beschlagenen Gläser, setzte die Brille auf und drehte sich uns zu. Sein vorher unbestimmtes Gesicht bekam, wie das bei Kurzsichtigen der Fall ist, unter den Gläsern festere Züge. Es war ein gutmütiges Gesicht, seine Augen blickten leutselig, ja fröhlich, wenngleich aus jedem

Gesichtszug zu erkennen war, daß diese Augen schon hübsch lange über vierzig Jahre in die Welt schauen. Wenn wir es mit nur ein wenig Kennerblick betrachten, sind wir so gut wie sicher, daß es das Gesicht eines Junggesellen ist. Das Gesicht eines Priesters und das eines Junggesellen sind unverkennbar.

Der Junggeselle stützte sich auf das schneeweiße, hübsch bestickte Kissen im Fenster, blickte gegen den blauen Himmel, schaute auf den strahlend grünen Laurenziberg, und der Morgen spiegelte sich in seinem Lächeln. „Wie schön – ich muß zeitiger aufstehen", murmelte er. Gleich darauf glitt sein Blick in den zweiten Stock des Hinterhauses; dort bewegte sich hinter dem geschlossenen, blanken Fenster ein Frauenkleid. Das Lächeln des Junggesellen wurde noch fröhlicher. „Natürlich – Josefinchen ist schon in der Küche", sagte er wieder vor sich hin. Dazu bewegte er leicht die Hand, und aus einem großen, den Ring an seiner rechten Hand schmükkenden Brillanten sprühte ein Feuer, das den Blick des Junggesellen wieder auf sich selbst lenkte. Er drehte den Ring ein wenig, so daß der Brillant am mittleren Glied des Fingers prangte, zupfte die schönen Manschetten vor und schaute mit sichtbarem Wohlgefallen auf seine dicklichen, weißschimmernden Hände. „Es schadet nicht, wenn sie ein wenig braun werden, das ist gesund." Während er das vor sich hin sagte, hob er die rechte Hand an die Nase, als könne er seine zunehmende Gesundheit riechen.

Die auf die Galerie führende Tür im zweiten, gegenüberliegenden Stock knarrte, und heraus trat ein hübsches, etwa achtzehnjähriges Mädchen. Der leibhaftige junge Tag! Es war schlank und reizend gewachsen. Das dunkle und dichte Haar fiel in Locken von der Stirn in den Nacken und wurde durch ein einfaches Samtband zusammengehalten. Das Gesicht war oval, die treuherzigen Augen hellblau, die Wangen rosig, die Gesichtshaut zart, die dunkelroten Lippen schmal, alles in allem eine äußerst angenehme Erscheinung, ohne den Eindruck einer klassischen Schönheit zu machen. Wo aber sollte man bei diesem anziehenden Wesen die geringste Abweichung erkennen? In dem kleinen, reizenden Ohr war sie gewiß nicht zu finden, gerade dieses kleine Ohr lud zum Küssen ein, obwohl es nur mit einem einfachen schmalen Silberring geschmückt war. Außer diesen Ohrringen trug das Mädchen keinen Schmuck. Um den schimmernden Hals lag eine dünne, schwarze Schnur, der Schmuck – wenn einer daran hing, so verbarg er sich zwischen den runden Brüsten. Das helle, zartgestreifte Kleid war bis zum Hals geschlossen. Und diese Einfachheit der Formen und Farben war reizend.

In der Hand trug das Mädchen einen kleinen grauen Topf mit einem blechernen Deckel.

„Guten Morgen, Josefinchen!" tönte ein wohlklingender Tenor.

„Guten Morgen, Herr Doktor!" antwortete Josefinchen und schaute mit freundlichem Lächeln ins gegenüberliegende Fenster.

„Wohin mit dem Frühstück?"

„Hinunter zum Fräulein Žanýnka. Sie ist krank, und ich bring ihr etwas Fleischsuppe. Ich habe sie von gestern aufgehoben."

„Žanýnka ist krank? Kein Wunder, bei ihr muß es wie in einem Gefängnis aussehen. Das ganze Jahr über öffnet sie kein Fenster, dazu hält sie sich noch diesen garstigen Hund; heut hat er die ganze Nacht gebellt und geheult. Wir werden nach dem Schinder schicken müssen."

„Was denn gar!" ereiferte sich Josefinchen, „das Fräulein würde verrückt werden."

„Was fehlt ihr?"

„Sie wird alt", antwortete Josefinchen traurig und ging zur Wendeltreppe.

„Ein gutes Ding, unser Josefinchen", brummte der Herr Doktor, und sein Blick ruhte auf dem Ende der Treppe im ersten Stock, und als das Mädchen auch von hier herabgestiegen war, erwartete es sein Blick schon unten im Hof.

Josefinchen schritt über den Hof und trat an eine Tür im Erdgeschoß. Sie griff nach der Klinke, aber die Tür war verschlossen. Sie rüttelte an der Klinke, klopfte an die Tür – nichts rührte sich drinnen. „Klopfen Sie ans Fenster!" riet der Doktor von oben.

„Das wird nichts nützen; pochen muß man, nicht klopfen, und pochen, das kann Josefinchen nicht. Warten Sie, ich komme!“ klang es von der kleinen Treppe aus dem Durchgang in den Hof, und mit zwei Schritten sprang ein ungefähr zwanzigjähriger Jüngling über die Treppe und stand schon neben Josefinchen. Er trug einen leichten, grauen Sommeranzug und hatte auf dem Kopf weder einen Hut noch sonst etwas. Seine Haare waren ein einziges schwarzes Gelock, das Gesicht war scharf geschnitten, das Auge lebhaft.

„Helfen Sie mir doch, Herr Bavor“, sagte Josefinchen.

„Zuvor schauen wir unter den Deckel“, scherzte der junge Mann und hob die Hand.

„Das ist doch –“ brummte oben der Herr Doktor, verstummte aber, als er sah, daß das Mädchen dem jungen Mann geschickt auswich.

„Ich klopfe schon selber an!“

Der junge Mann aber stand schon am Fenster und trommelte mit den Fingern gegen die Scheiben. Drinnen gab der Hund Laut, dann wurde es wieder still. Sie warteten eine Weile. Als sich kein Lebenszeichen meldete, ging der junge Mann zum zweiten Fenster und pochte mit aller Kraft gegen den Rahmen. Der Hund bellte wieder wütend und lang und endete mit einem durchdringenden Heulen.

„Das Fräulein wird Sie ausschimpfen!“

„Ach was!“ meinte der junge Mann und pochte von neuem; dann legte er das Ohr ans Fenster und lauschte. Er hörte nur das Winseln des Hundes.

Der Lärm hatte das ganze Haus aufgescheucht. Aus dem Fenster neben dem des Doktors schaute wieder der große Mann mit dem roten, pockennarbigen Gesicht, neben ihm zwei Frauen, die eine älter, die andere jünger. Auf die Holzgalerie der Pawlatsche im gegenüberliegenden zweiten Stock trat die Mutter Josefinchens, eine stattliche Frau, und hinter ihr die kranke, geduckte ältere Schwester Josefinchens. Auf der Pawlatsche des ersten Stockwerks erschienen drei Leute, ein halbangezogener, kahlköpfiger Mann, ein älteres, ebenfalls nur flüchtig angezogenes Weib, schließlich ein etwa zwanzigjähriges Mädchen im Unterrock, mit einem rasch übergeworfenen Tuch, das Haar voller Lockenwickler. Aus dem Flur des Durchgangs kamen noch zwei Weiber, ganz, aber einfach angekleidet. Die kleine, lebhafte und bewegliche rief heraustretend zurück: „Márinka, bleib in der Schankstube!" In der anderen, größeren erkennen wir die nächtliche Traumdeuterin aus dem vorangegangenen Kapitel. Vielleicht steht ihr das saubere, weiße Spitzenhäubchen besonders gut zu Gesicht, vielleicht sind oder erscheinen alle Menschen im Sonnenlicht friedlicher; sie kommt uns jetzt nämlich durchaus angenehm vor.

„Was ist los, Wenzel?" redete sie den Jüngling an.

„Mir scheint, daß uns das Fräulein Žanýnka gestorben ist. Ich will noch einmal klopfen." Und er pochte aus Leibeskräften.

„Es nützt nichts, Sie müssen zum Schlosser gehen, Herr Bavor, aber schnell!" rief der Herr Doktor von oben. „Ich komme schon selbst herunter."

Der junge Bavor war aus dem Hof verschwunden. Von allen Seiten kreuzten sich Fragen und Antworten, alle redeten mit gedämpften Stimmen durcheinander.

Der Herr Doktor kam, zum Ausgehen gekleidet, herunter. Kaum daß er dem vor Schreck wie gelähmt dastehenden Josefinchen gesagt hatte, es müsse den Topf nicht ständig in der Hand halten, erschien schon der junge Bavor mit einem Schlosserlehrjungen.

Das Schloß war schnell abgeschraubt, und die Tür verwehrte nicht länger den Zutritt, aber niemand wollte hineingehen. Schließlich ermannte sich Wenzel und trat mutig ein, hinter ihm der Herr Doktor, von der Seite drängten die Frauen nach.

Das große Zimmer war dunkel, angsterregend. Die Fenster in den Hof und nach dem Laurenziberg waren dicht verhängt und ließen nur ein trübes Licht herein. Die Luft war verbraucht und voll Gestank und Schimmelgeruch. Von der Decke hingen große, schwarze, vom Staub schwer gewordene Spinnweben, an den kahlen, grauen Wänden hingen einige dunkle Bilder, mit uralten, fingerdick verstaubten Kunstblumen umkränzt. An Möbeln war zwar kein Mangel, aber alles war abgebraucht und altmodisch, man merkte ihnen an, daß sie seit vielen, vielen Jahren nicht benutzt wurden. Auf der niedrigen, mit einem schmutziggelben Federbett bedeckten Lagerstatt waren zwei erbärmlich abgezehrte Hände und ein harter, kahler Kopf zu sehen. Die offenen Augen starrten gläsern zur Decke. Ein alter, häßlicher, schwarzzottiger Hund rannte zwischen Kopf- und Fußende der Lagerstatt hin und her und bellte die Eintretenden verzweifelt an.

„Kusch, Azor!“ rief Wenzel mit gedämpfter Stimme, als ob er sich fürchte, in dieser Luft zu atmen.

„Ich vermute, daß sie tot ist, sonst würde der Hund nicht derart heulen“, bemerkte der Herr Doktor leise.

„Ja, die steht schon vor dem ewigen Gericht. Gott verzeih ihr die Sünden und vergebe uns allen unsere Schuld. Bitt für uns, heilige Gottesgebärerin!“ schluchzte Frau Bavor, Tränen strömten über ihr Gesicht.

„Wenn in einem Hause rasch hintereinander ein Begräbnis und eine Hochzeit stattfinden, wird die Braut glücklich“, sagte die kleine Frau Gastwirtin zum reglos dastehenden Josefinchen.

Sie war totenblaß, plötzlich wurde sie über und über rot und sogleich wieder bleich; sie drehte sich um und ging, ohne ein Wort gesagt zu haben.

„Zunächst müssen wir den Hund entfernen – Vorsicht, daß er nicht beißt – leicht möglich, daß er an den Zähnen schon Leichengift hat“, meinte der Herr Doktor und trat zwei Schritte zurück.

„Er wird sogleich draußen sein“, sagte Wenzel und näherte sich dem wilden Totenwächter. Obwohl der Hund lauter bekannte Gesichter vor sich hatte, tobte und wütete er immer mehr. Mit wüstem Gebell sprang er zum Kopfende des Lagers zurück, als sich ihm Wenzel beschwichtigend näherte. Wenzel trat an die Lagerstatt, streckte die linke Hand gegen das Bett, und in dem Augenblick, als der Hund nach ihm schnappte, faßte er ihn mit der rechten Hand am Genick und hob ihn hoch. Der Hund schüttelte sich wild, aber Wenzel hielt ihn fest.

„Wohin mit ihm?“

„Geben Sie mir, Frau Mutter, den Schlüssel zu unserem Holzschuppen, dort steck ich ihn inzwischen in eine Kiste“, sagte er und ging mit dem winselnden Tier hinaus.

„Ist das arme Hundefräulein tot?“ klang eine rasselnde Stimme aus der Tür. Dort erkennen wir den kahlköpfigen Mann, den wir auf der Pawlatsche des ersten Stockes schon gesehen haben. Jetzt ist sein kahler Schädel mit einem Zylinderhut bedeckt, der altmodisch und so abgeschabt und verschossen ist, daß er in opalenen Farben schillert. Das dünne, lichte Haar an den Schläfen ist waagrecht zu den Augen gekämmt. Die Wangen sind mit einer faltigen Haut überspannt wie bei Menschen, die einmal dick waren und dann abmagerten; die Wangen gleichen geleerten Reisetaschen. Die Figur ist eckig, die Brust eingefallen, die Arme schlenkern unbeherrscht hin und her.

„Ja, tot.“

„Dann schnell in die Totenkapelle mit ihr, damit wir keine Leiche im Hause haben und uns keine Ausgaben entstehen!“

„Deswegen müssen Sie sich keine Sorgen machen, Hausherr“, sagte der Herr Doktor, der in der mit Papieren gefüllten, auf dem Tisch neben dem Bett stehenden Schachtel nachgeschaut hatte, „die selig Entschlafene bezahlt sich alles selbst. Sie hat, das sieht man hier, alles für ihren Tod vorbereitet und noch gestern die Papiere in Ordnung gebracht. Unter der struppigen, geflickten Perücke habe ich dieses Schriftstück gefunden, das auf Žanýnka als Mitglied des Sankt-Gallus-Vereins lautet, und hier ist das Mitgliedsbuch des ‚Vereins der Liebe‘. Sie bekommt das Begräbnisgeld, auch die Totenmesse ist schon bezahlt.“

„Armes Hundefräulein! Und sie hatte nur die kleine Pension von kaum achtzig Gulden im Jahr; mein Sohn hat ihr immer die vierteljährlichen Quittungen geschrieben“, jammerte Frau Bavor. Den guten Leuten war „Hundsfrajle“, wie sie sagten, schon so etwas wie ein historischer Name, keineswegs eine Beleidigung.

„So bekommt sie an die fünfzig Gulden, ein schönes Bahrtuch und geweihte, vergoldete Tafeln“, meinte die Frau Gastwirtin.

„Und was ist mit den anderen Papieren?“ fragte Wenzel, der zurückgekommen war, neugierig.

„Nichts besonderes. Wohl private Briefe, die einige Jahrzehnte alt sind“, antwortete der Herr Doktor.

„Geben Sie sie mir, ich möchte die Erinnerungen eines alten Fräuleins gern lesen. Ich steige mit ihnen aufs Dach und lese sie dort durch. Heute ist Montag, das ganze Haus hat Waschtag, und im Duft von Seife und Erbsen – am Waschtag werden ja überall Erbsen gekocht – kann man es im ganzen Haus nirgendwo anders als auf dem Dach aushalten. Ein Dichter muß alles lesen, und ich möchte ein Dichter werden. Zeit habe ich genug, vom Amt bin ich bis Donnerstag beurlaubt – nicht wahr, Hausherr?“

„Nur verlieren Sie uns keins von den Dokumenten, bringen Sie alle wieder hübsch zurück!“

„Aber wer kümmert sich um alles?“ fragte der Hausherr. „Sie, Herr Doktor, sollten sich der Sache annehmen!“ Und leise sagte er deutsch zu ihm: „Denn diese Leute können's nicht.“

„Wenn mein Sohn nicht bei dir im Amt wär, würd ich dir's geben mit deinem: ‚Können's nicht!‘“ brummte die Bavor vor sich hin.

„Es wird mir nichts anderes übrigbleiben“, meinte der gutherzige Herr Doktor. „Ich gehe also aufs Konskriptionsamt, zur Kirchenkasse und zur Pfarrei. Aber Sie, Herr Bavor, müssen sofort den Arzt holen; den von ihm unterschriebenen Totenschein bringen Sie mir in die Kanzlei.“

Wenzel ging bereitwillig.

„Und ich wasche mit der Frau Gastwirtin die Leiche und richte sie her. Erweisen wir ihr den letzten Dienst!“

„Brav von Ihnen“, lobte der Doktor. „Aber ich muß jetzt gehen.“

„Ich komme mit Ihnen.“

Die Herren gingen.

„Was machen Sie, Frau Nachbarin?“

„Ich überdenke den Lauf der Welt.“

„Was hat Ihnen eigentlich geträumt, Frau Nachbarin?“ fragte die Gastwirtin weiter. „Sie wollten es mir erzählen.“

„Also. Es war ein herrlicher Traum. Mir träumte, daß mein seliger Vater – Gott geb ihm die ewige Ruhe! – zu mir kam; nun fault er schon über zwanzig Jahre, und als die Mutter vor ihm gestorben war, ließ es ihm keine Ruhe, und er ging täglich auf den Friedhof, bis er schließlich auch starb. Er hatte einen leichten Tod. Die beiden hatten sich wie Kinder gern gehabt. Wie heute sehe ich sie vor mir, als sie beide wegen uns Kindern weinten. Es war in der Elendszeit während der französischen Kriege, und sie konnten uns nichts zu essen geben –"

„Wie hieß Ihr Herr Vater?"

„Er war ein Nepomuk – und weil er am 16. Mai seinen Namenstag hat, galt das eine Sechzehn. Da steht er auf einmal wie lebend vor mir – bei uns im Laden. ‚Wie kommen Sie bloß hierher, Herr Vater?' – er aber – er war ganz weiß – gibt mir einen Armvoll dicker Buchteln – dreiundzwanzig – das bedeutet Glück – und sagt: ‚Sie haben mich als Soldaten angeworben, ich muß gehn!' Werbung zum Militär gibt eine Acht und bedeutet Fröhlichkeit. Er drehte sich um und ging –"

„Wenn er sich umgedreht hat, gilt das einundsechzig."

„Tatsächlich! Daran hätte ich nicht gedacht. Also einundsechzig, dreiundzwanzig und acht."

„Darauf setzen wir ganze fünfzig Kreuzer, weil es ein so deutlicher Traum war, nicht wahr?"

„Könnte man."

„So gewinnen wir mehr. Herr Wenzel und meine Márinka – wie die einander gern haben!"

3

In der Familie des Hausherrn

Es ist an der Zeit, Schauplatz und Personen genauer vorzustellen. Dabei überlasse ich dem Zufall, wie diese und jene im Laufe der eben beginnenden Woche in den Vordergrund tritt. Vom Schauplatz kann ich aber sogleich berichten, daß er eines der stillsten Häuser in der stillen Kleinseite ist. Das

Haus ist ein sonderbares Bauwerk, deren es am steilsten Aufstieg der Spornergasse noch einige gibt. Es ist von großer Tiefe, mit der einfachen Vorderfront blickt es in die Spornergasse, während der rückwärtige Teil in das tiefe und tote Johannisgäßlein schaut. Dadurch ist der rückwärtige Teil trotz seiner zwei Stockwerke niedriger als das einstöckige Vorderhaus. Diese beiden Teile sind nicht mit den anderen Gebäuden verbunden, die Mauern der Nachbarhäuser ragen dazwischen in die Höhe, aber sie sind blind, fensterlos.

Im vorderen Teil kann man aus der Straße links einen Hökerladen sehen, rechts eine kleine Gastwirtschaft. In den ersten Stock gelangt man nicht über Stufen aus der dunklen Durchfahrt, man muß über eine kleine, in den Hof führende Treppe gehen, von da nach rechts über eine kurze Pawlatsche zur Wendeltreppe, über sie gelangt man wiederum auf eine kurze Pawlatsche, von ihr in den kleinen Flur. Dieses Stockwerk bildet in die Gasse und in den Hof hinein eine einzige Wohnung, welche von einem pensionierten Ökonomiebeamten mit Frau und Tochter bewohnt wird. Der Herr Doktor, eigentlich Herr Josef Loukota, praktischer Amanuensis ohne Doktorat, wohnt bei ihnen als Untermieter in einem kleinen Zimmer, in welches er durch die Küche gehn muß.

Die Wendeltreppe steigt noch etwas höher, bis zum Boden.

Rechts und links von der unteren kleinen Treppe sind die Holzschupfen. Der kleine Hof ist abschüssig. Im Erdgeschoß des Hinterhauses befindet sich die Wohnung des uns schon bekannten seligen Fräuleins Žanýnka, daneben führen Stufen in den Keller, daneben steigt wieder eine Wendeltreppe zu zwei mit langen Pawlatschen versehenen Stockwerken auf, wiederum höher bis auf den Boden. Im zweiten Stockwerk wohnt Josefinchen mit ihrer älteren, kranken Schwester und ihrer Mutter, Witwe eines herrschaftlichen Beamten. Ihre Wohnung, die ebenfalls das ganze, übrigens recht bescheidene Stockwerk einnimmt, hat die Fenster in den Hof und auf den Laurenziberg.

Im ersten Stock wohnt der Hausherr mit seiner Familie, die wir schon flüchtig auf der Pawlatsche gesehen haben. Machen wir anstandshalber hier unseren ersten Besuch!

Durch die Küche, in welcher wir die alte Bavor wiedersehen, und zwar am Waschtrog – sie macht beim Hausherrn die Bedienung –, betreten wir das erste Zimmer. Die Möbel sind hier recht einfach und altmodisch. Links ein gemachtes Bett mit einer gestrickten Decke darauf, rechts eine Wäschekommode und ein hoher Kleiderschrank, einige Stühle stehen herum, in der Mitte ein mit einem schadhaften und ausgebleichten Tuch bedeckter Tisch, in den Fensternischen Nähtischchen mit Stuhl und Fußbank, an der Wand zwischen den Fenstern ein Spiegel, die übrigen, grüngestrichenen Wände sind leere Flächen. Auf der Wäschekommode und dem Rahmen des Spiegels liegt Staub; das tut nichts, denn erst das zweite Zimmer ist das Paradezimmer, weswegen Frau Bavor das erste Zimmer „parádní-Vorzimmer“ nennt. Im zweiten, dem richtigen Paradezimmer, hängen an den Wänden einige kolorierte Lithographien, und die Einrichtung besteht hier aus einem Klavier, einem Kanapee, davor ein Tisch, sechs durch weiße Überzüge geschützten Stühlen rund um den Tisch und noch einmal einem Bett, in dem ein Mädchen, das zweite Töchterchen des Hausherrn, liegt. Das dritte Zimmer ist das Schlafzimmer der Eltern.

An einem Fenster des ersten Zimmers sitzt vor dem Nähtischchen die Hausfrau, am zweiten das Fräulein. Die Mutter ist erst halb angezogen, die Tochter nur im Unterrock, obwohl es fast elf Uhr ist.

Die Hausfrau ist eine Dame mit sehr scharfen Zügen in dem etwas flachgedrückten Gesicht mit spitzigem Kinn. Sie trägt eine Brille und näht emsig an einem Stück grober Leinwand. Die schwarzen, auf die Leinwand aufgedruckten Stempel verraten, daß es sich um Militärwäsche handelt. Das Mädchen ist, kurz gesagt, eine Blondine von der fadesten Art. Sie ist der Mutter ähnlich, nur daß die scharfen Gesichtszüge etwas milder sind, und das spitzige Kinn hat wenigstens etwas von jugendlicher Anmut. Ihre Augen sind hellblau, die Haare scheinen nicht dicht zu sein, man erkennt es unter den Lockenwicklern nicht. Sie ist unverkennbar weit über zwanzig.

Der Korb mit dem Nähzeug steht auf dem Fensterbrett,

Spornergasse (heute Nerudagasse)

und die weiße, dünne Wäsche liegt über einem Stuhl neben dem Fräulein. Ein roter Garnknäuel auf der Wäsche verrät, daß das Fräulein begonnen hat oder doch beginnen wollte, Monogramme in die Wäsche zu sticken. Auf dem abgeräumten Tischchen, das bei jeder Bewegung wackelt, steht eine Schale mit einem Tintenfaß, daneben liegt ein geöffnetes Album mit eingetragenen Erinnerungen, vor dem Fräulein liegt auf alten Zeitungen ein weißes Blatt und auf dem Fensterbrett griffbereit ein aufgeschlagenes Heft mit lauter deutschen Versen. Gewiß will das Fräulein ein Stück Poesie auf das weiße Blatt zaubern, aber die Feder will noch nicht recht; das Fräulein hat sie am Zeitungsrand ausprobiert und auch sonst nachgeholfen, was ihre mit Tinte beschmierten Lippen beweisen.

Die Mutter hob das Gesicht, schaute zur Tochter hinüber und schüttelte den Kopf.

„Lust zum Arbeiten hast du wohl keine, wie? – Hörst du?"

„Ich höre."

„Du warst doch in der Küche, Mathilde, als Loukota zu uns herübergeschaut hat. Das ist sein tägliches Morgengebet!"

„Was geht das mich an? Mag er schauen!" antwortete Mathilde keck.

„Glaub mir, der wäre mir immer noch lieber als der Oberleutnant."

„Mir nicht."

„Er ist auch jünger und ordentlich, wir kennen ihn schon seit langem. Er mag sich ein hübsches Geld zusammengespart haben."

„Bist du langweilig, Mutter!"

„Und du bist eine dumme Gans!"

„Bin ich denn ein Handtuch, an dem du dir dauernd die Hände abwischst? Laß mich machen, was ich will!"

„Ich lasse dich, damit ich mich nicht ununterbrochen aufregen muß!" sagte die Mutter, legte das Nähzeug weg und ging in die Küche.

Man sah dem Fräulein an, daß es auch ihm nicht wert war, sich aufzuregen. Es legte in aller Seelenruhe das Heft vor sich hin, tauchte wieder die Feder ein und begann Buchstaben um Buchstaben auf das weiße Blatt zu malen. Es tat es langsam, das Schreiben machte ihm Mühe. Endlich war die erste Zeile fertig, schließlich auch die zweite, dritte, und nach einer halbstündigen Anstrengung prangte die ganze Strophe auf dem Papier. Sie lautete:

Roszen verwelken. Mirthe bricht
Aber wahrer Freundschaft nicht;
Wahrer Freundschaft soll nicht brechen
Bis man einst von mir wird sprechen:
„Sie ist nicht mer."

Der Vierzeiler war in deutscher Schwabacher geschrieben, der emphatische Schluß in lateinischer Schrift. Fräulein Mathilde blickte zufrieden auf ihr poetisches Werk, überlas die Verse zweimal laut, beim zweiten Male deklamierte sie den herrlichen Schluß mit ergriffener Stimme. Dann begann sie, ihren Namen darunterzusetzen. Sie schrieb das ganze M und die Hälfte des A – dann erschlaffte die unterernährte Feder. Das Fräulein tauchte von neuem ein, setzte wieder zur Unterschrift an, plötzlich war neben dem angefangenen A ein großer, runder Klecks. Energisch hob das Fräulein das Blatt und leckte den Klecks ruckzuck ab.

Dieser Klecks störte sie nicht; seinetwegen die Verse noch einmal abzuschreiben, daran dachte sie nicht; sie hielt das Blatt gegen das Licht und wartete, bis der feuchte Fleck nicht länger feucht war. In diesem Augenblick kam die Mutter aus der Küche gelaufen.

„Bauers kommen – und du bist noch nicht angezogen!" rief sie aus der Tür. „Wirf schnell was über!"

„Was wollen die Eulen schon wieder hier?" sagte das Fräulein verdrießlich und schob das noch nicht unterschriebene Blatt unter die Zeitungen. Sie stand auf und trat ans Bett, auf dem ein weißes Hausleibchen lag. Die Hausfrau raffte in aller Eile die grobe Leinwand zusammen und warf sie hinter die Tür des zweiten Zimmers. „Valinka, steh jetzt nicht auf, es kommt jemand", befahl sie und schloß die Tür.

In der Küche waren schon fragende weibliche Stimmen zu hören. Fräulein Mathilde lief auf ihren Platz und griff nach dem roten Garn, die Hausfrau lief ebenfalls ans Fenster und begann in dem Nähkorb zu scharren.

Es klopfte.

„Herein!“ sagte die Hausfrau.

Die Tür öffnete sich, und zwei Frauen erschienen, die, um einen vornehmen Eindruck zu machen, auf der Türschwelle stehenblieben.

„Ach, Frau Bauer! Da schau an, Mathilde, wer uns besucht!“

„Das ist uns eine Freude!“ rief das gute Fräulein Mathilde und klatschte in die Hände. „Marie, das ist schön von dir – wart nur! so lange bist du nicht bei uns gewesen!“ Und sie umarmte die jüngere der beiden Besucherinnen.

„Wir kommen nur auf einen Sprung, Frau von Eber“, erklärte die ältere Dame. „Wir sind unterwegs zu unserem Herrn Onkel Kanonikus, und Marie hat mir keine Ruhe gelassen, sie wollte unbedingt Fräulein Mathilde sehen. Warum haben Sie uns nur schon so lange nicht besucht? Da kann man sehen, wer um wen steht! Wir besuchen Sie viel öfter, heute sind wir aber wirklich nur auf einen Sprung hier. Ich sagte Marie, daß wir am Ende ungelegen kommen, Montag, Wäschetag –“

„Ich bitt Sie!“ wehrte die Hausfrau ab. „Was tut das schon, wenn in der Küche gewaschen wird? Wollen Sie sich nicht wenigstens niedersetzen? Da schau einer an, die beiden Mädel können gar nicht voneinander lassen – haben die sich aber gern! – Erdrück nur das Fräulein nicht, Mathilde!“

Sie schob den Damen Stühle ans Fenster. Die ältere, sehr elegant gekleidete Dame war an die fünfzig Jahre, die jüngere etwa dreißig, und ihr leeres, der Mutter ähnliches Gesicht hatte trotz dem Lächeln den Ausdruck unaussprechlicher Blasiertheit. Das Auge der jüngeren verriet eine hektische Lebhaftigkeit und irrte prüfend über die Dinge im Zimmer.

Die Unterhaltung spann sich an und wurde, bald tschechisch, bald deutsch geführt, schließlich lebhaft.

„Ich bitt Sie, ist hier auch nirgends Zugluft?“ fragte die alte Dame, bevor sie sich niedersetzte. „Meine Zähne leiden entsetzlich unter Rheuma! – Der prächtige Himmel hat uns herausgelockt – ein prächtiger Himmel, nicht wahr, Fräulein Mathilde?"

„Gewiß, es ist zu sehen, schön, geradezu elegant ist er."

„Ja, elegant", stimmte Fräulein Marie zu.

„Ob Frau von Eber heute wohl schon genäht hat?" fragte Frau Bauer und hob ein Stück abgeschnittener Leinwand vom Boden auf.

„Das ist doch – ist das nicht Kommißleinwand?"

„Ja, Leinwand, Kommißleinwand", stammelte die Hausfrau in größter Verlegenheit. „Meine Bedienerin, eine arme Frau, näht in Kommission, und wenn sie bei mir wäscht, helfe ich ihr ein wenig. Mir tut sie so leid! Was die zusammenstichen muß, bevor sie ihre kaum fünfzig Kreuzer in der Woche verdient!"

„Mein Gott, diese armen Teufel!"

„Und was tut Mathildchen? Stickst du Monogramme in die Wäsche? Zeig her – was ist es für ein Monogramm?" platzte Fräulein Marie heraus. „M – K? Ach, jetzt erinnere ich mich, ich habe gehört, daß du verlobt bist. Da muß ich dir also Glück wünschen. Ich hörte, daß es der Leutnant Kořínek ist – stimmt das? Ich traf ihn einmal bei meinem Onkel – liebst du ihn?"

Fräulein Mathilde wurde nicht einmal rot, gegenüber dieser Freundin war das nicht nötig. „Ja, ich habe mich entschieden. Ich bitt dich, worauf soll man warten? Er ist ordentlich und hat mich gern – soll ich denn versauern?"

„Ich hatte ihn nicht genug beachtet – ist er nicht blond? Oder waren es schon graue Haare?" sagte Fräulein Marie wie selbstverständlich und blätterte in dem Poesiealbum.

„Oh, Kořínek ist noch gar nicht so alt!" antwortete Mathilde, nun doch leicht errötend. „Er hatte nur – er hat es mir erzählt – hatte in Graz ein ganz ungesundes Quartier und lag mit dem Kopf gegen die feuchte Wand. Er ist wirklich noch nicht so alt."

„Dann gibt er sich nur so, der Schelm! Den Männern kann man aber auch rein nichts glauben!"

„Oh, der ist durchtrieben! Gestern mußte ich über ihn lachen. Ich neckte ihn, weil er so viel raucht, und ich fragte ihn, warum. Er antwortete mir, er wolle seine Lippen schon jetzt an die Arbeit gewöhnen, bevor er einmal richtig zu küssen beginne. – Der ist witzig", fügte sie in deutscher Sprache hinzu.

Das Fräulein wollte durch ein harmloses Lachen beweisen, daß sie diese Ansicht über den Witz des Herrn Kořínek teile. „Aber warum ging er bloß vom Linienregiment zur Bekleidungskommission, wenn er noch so rüstig ist?"

„Sie wollten ihn nach Dalmatien schicken, und er ließ sich deswegen vom Linienregiment versetzen, weil ihn sein Gedächtnis schon etwas im Stich läßt ..."

„Und er würde aus so weiter Ferne nicht mehr nach Hause zurückfinden, der Arme!" sagte das Fräulein mitleidig.

„Irgendeinen Fehler hat schließlich jeder Mann, und Kořínek hat Geld!" bemerkte Fräulein Mathilde rasch. „Sein Vater hat es in den Franzosenkriegen erworben."

„Ich habe davon gehört, er hat damals alte Knochen oder so was ähnliches gekauft – aber davon verstehen wir Mädchen nichts", fügte Fräulein Marie wiederum mit der unschuldigsten Miene hinzu. „Schau, schau, was er dir Schönes ins Album geschrieben hat!" Und sie las die Verse halblaut vom Blatt:

Dein treues Herz und Tugend Pracht
Hat mich in Dich verliebt gemacht,
Mein Herz ist Dir von mir gegeben
Vergißmeinnicht in Todt und Leben.
W. Korzineck
Oberleutnant

„Warum hat er seinen Vornamen nicht ausgeschrieben? Heißt er Wolfgang oder Viktor oder wie sonst?"

„Nun – er heißt Wenzel, aber das gefällt ihm nicht. Er sagt, daß er sich demnächst umtaufen lassen wird."

„Ah, du hast ja ein ganzes cahier mit Versen!"

„Kořínek hat es mir geliehen."

„Ach so, damit du ihm daraus etwas abschreibst! Das ist lieb! – Mama, gehen wir nicht endlich?"

Die Mütter hatten sich über häusliche Dinge unterhalten.

„Ja, gehen wir! Du hast recht. Schade, daß wir Herrn von Eber nicht sehen können – er ist sicher in der Kanzlei. Aber wo steckt denn mein liebes Engelein, meine Walburga – ist sie nicht daheim?“

„Doch, aber sie liegt noch. Ich lasse sie am Morgen immer ausruhen, das soll für die Stimme gut sein. Unsere Valinka wird Sängerin, jeder bewundert sie. Sie ist wie ein kleiner Teufel auf die Musik versessen; wenn sie vom Piano aufsteht, sind die Tasten so heiß geworden, daß sie rauchen.“

„Ich muß mein Engelchen umarmen, das wäre noch schöner, ohne einen Kuß fortzugehen! Sie ist doch hier nebenan, nicht?“ Und Frau Bauer trat an die Tür ins Nebenzimmer.

„Ich hab dort aber noch nicht aufgebettet!“ wehrte die Hausfrau ab.

„Ich bitt Sie, Frau Eber, unter uns! Bei uns ist es nicht anders!“ und husch! war sie in der Tür.

Den anderen blieb nichts übrig, als ihr zu folgen. Frau Bauer sah auf dem Fußboden den Haufen Militärwäsche. Ein leichtes Lächeln glitt über ihr hageres Gesicht, aber sie sagte nichts und ging mit raschen Schritten zum Bett.

„Lassen Sie mich – ich mag nicht!“ wehrte Valinka die Umarmung ab.

„Sei lieb – was soll das heißen?“ schalt die Mutter. „Jetzt hatte ich beinahe darauf vergessen! Am Donnerstagabend haben wir ein kleines Hauskonzert, kommen Sie doch auch, Frau von Bauer! Mathilde, rede Fräulein Marie zu, am Donnerstag ganz bestimmt zu kommen!“

„Natürlich kommen wir, wir müssen doch unser Engelchen bewundern“, versprach Frau Bauer süßlich.

Das Paradezimmer war so groß wie die Küche und das erste Zimmer zusammen, es hatte auch zwei Fenster in den Hof. Die beiden Fräulein traten, sich bei der Hand haltend, an ein Fenster. Sie sahen den jungen Bavor, der, aus der Wohnung der Žanýnka kommend, ein Bündel Papiere in der Hand, zur ersten Wendeltreppe lief.

„Wer ist das?“ fragte Fräulein Marie.

„Unser Star, der Sohn unserer Bedienerin, der Hökerin.

Aber fürchterlich aufgeblasen, er trägt sogar den Mantel überm Arm."

„Star heißt er?"

„Nein, Bavor, aber wir nennen ihn Star. Einmal flog unser Star davon, und Papa dachte, er sehe ihn auf dem Dach. Als Papa hinaufkroch, war es gar nicht der Star, sondern der Rockzipfel des jungen Bavor; der junge Bavor hat dort auf dem Dach immer studiert. Jetzt kriecht er wieder hinauf, sieh nur!"

„Er studiert?"

„Hat – jetzt ist er im Amt bei Papa, aber Papa sagt, daß aus ihm nichts wird und daß er am besten täte, wie der heilige Johannes von der Brücke ins Wasser zu springen."

„Mädchen, Mädchen, nehmt endlich Abschied voneinander – wir müssen aufbrechen, Mariechen!" rief Frau Bauer.

Die Fräulein begannen einander zu umarmen. Es dauerte lange, bis sie sich satt geküßt hatten, es dauerte lange, bis sich endlich alle durch Zimmer und Küche bis zur Treppe hinauskomplimentiert hatten.

Die Hausfrau blieb mit Fräulein Mathilde auf der Pawlatsche.

„Hast du gehört, Mathilde, wie sie sich vor dem Rheuma fürchtet?" fragte die Hausfrau, als Frau Bauer und Tochter aus dem ersten Stock in den Hof hinunterstiegen. „Dabei hat sie bestimmt nicht einen einzigen eigenen Zahn mehr!"

„Und ob! Das Dienstmädchen muß doch nach jedem Essen ihre Zähne zugleich mit dem Geschirr waschen!"

Frau Bauer drehte sich in der Durchfahrt um und winkte noch einmal freundlich zum Abschied mit der Hand. Fräulein Marie warf Fräulein Mathilde noch viele Kußhändchen zu. Dann verschwanden sie im Gewölbe der dunklen Durchfahrt. –

„Weiß Gott, zum wievielten Mal diese Mathilde wieder einem anderen Bräutigam für immer das Monogramm in die Wäsche gestickt und aufgetrennt hat", sagte das Fräulein Marie und rückte ihre Mantille zurecht. „Ich denk, die wird mit dem Auftrennen nie fertig."

„Was ist mit diesem Kořínek? Hat der Onkel nicht einmal mit dir über ihn gesprochen? – Was meinst du zu ihm?"

„Hm – ja!" sagte das Fräulein Marie und war mit einem Sprung über den Rand des Gehsteigs auf der Gasse.

4

Ein lyrischer Monolog

Das war am Morgen, und nun sank der Abend des ersten Tages. Ja, es ist Abend, und auf unserem Schauplatz ist es wie in dem altrussischen Lied: „Auf dem Himmel der Mond – in der Stube der Mond." Er war voll und hell und wanderte hoch auf dem Himmel, die Sterne um ihn verblaßten und leuchteten erst weltenweit von ihm entfernt schüchtern wieder auf. Stolz hat er seinen Lichtmantel über die Erde gebreitet, bedeckte mit ihm das Wasser der Flüsse und das Grün der Ufer, das weite Land und die mannigfaltige Stadt, legte ihn über Plätze und Gassen, überall dorthin, wo er nur eine freie Stelle fand, und wenn er ein offenes Fenster entdeckte, warf er auch dort einen Zipfel seines goldenen Mantels hinein.

Auch in das Zimmer des Herrn Doktor strömte das Licht durch das weit offene Fenster, und in der sorgfältig eingerichteten, sauberen, ja eleganten Stube war der Mond lange allein Herr, und es gefiel ihm hier. Er übergoß die Pflanzen auf dem Blumentisch neben dem Fenster, so daß sie silbern bereift schienen, er legte sich auf das schneeweiße Bett, daß es noch weißer erschien, setzte sich in den bequemen Ohrenstuhl, funkelte in dem Schreibgerät und streckte sich auf den Teppich auf dem Fußboden.

Das dauerte hübsch lange in die Nacht hinein. Endlich machte die Klinke knack, die Tür knarrte verschlafen, und der Bewohner des Zimmers trat herein.

Er schob sein Spazierstöckchen in den Ständer neben der Tür, hängte den Strohhut auf den Kleiderhaken, dann rieb er sich die Hände. „Da schau einer an", brummte er mit gemütlicher und gedämpfter Stimme, „wir haben Besuch bekommen! Schön willkommen, Herr Mond! Sind wir schon ein Pfingstbesuch? Ist zu Hause alles gesund? Und was – verdammtes Knie!“ sagte er laut, bückte sich und rieb sich das Bein. Sein vom Mond beschienenes Gesicht war halb verdrießlich, halb lächelte es.

Er richtete sich wieder auf und begann seinen Rock auszuziehen. Als er den Kleiderschrank öffnete, um ihn darin aufzuhängen, murmelte er wieder vor sich hin – es klang, als würde er singen: „Doktor Bartolo – Doktor Bartolo – Doktor Bartolo – lolo – lolo.“ Dabei griff er nach seinem Schlafrock, der am Kleiderständer hing, zog ihn an, gürtete die rote Seidenschnur fest und trat beschwingt und immer noch lolo trällernd ans offene Fenster.

„Ach, Josefinchen schläft gewiß schon – laß dir was Schönes träumen, Kätzchen! Ein reizendes Kätzchen – und so gutherzig!“ Er zuckte zusammen, rieb wieder sein Knie, aber diesmal schimpfte er nicht. Er lehnte sich ins Fenster. „Ihre Wohnung ist groß genug, sie nützen sie gar nicht aus. Wir werden dort wohnen bleiben – nur ein paar neue Möbel – Mit der Mutter und der kranken Katuška werden wir schon auskommen, es sind brave Menschen. Schließlich haben sie niemanden – der junge Hausgenosse Bavor soll den Brautführer machen – natürlich muß Josefinchen bei der Hochzeit einen Brautführer haben – du mein Kätzchen! Bartolo – warum will mir heut dieser sevillanische Doktor nicht aus dem Sinn? Bartolo – Bartolo. Ich bin noch gar nicht so alt und habe mich gut gehalten, ausgezeichnet gehalten – wie gut! In mir ist noch keine Spur von ‚periculum in Morea‘. Ich muß nicht befürchten, daß ich in meinem zukünftigen Leben nicht mehr schöner werden kann, als ich jetzt bin. Dann fängt für mich ein neues Leben an, ich werde zufrieden sein, und wenn der Mensch zufrieden ist, verjüngt er sich.“ Er schaute auf den runden Mond. „Ob dem Kätzchen jetzt etwas träumt? Ach woher, ein solches Kind schläft, als sei es ins Wasser geworfen. – Ich möchte ihr einen Traum einflüstern!“

Er drehte sich um und nahm von der Wand hinterm

Blumentischchen die Gitarre. Er stellte sich mit ihr vors Fenster und versuchte ein paar Akkorde. Unten im Hof begann der Hund jämmerlich zu heulen.

„Aber Azor! Wie bist du aus der Kiste im Schupfen herausgekommen?“ fragte der Herr Doktor und beugte sich aus dem Fenster. „Azor – sei hübsch brav! Still!“ Der Hund verstummte. „Ich darf den armen Kerl nicht reizen“, redete der Herr Doktor mit sich selbst, hängte die Gitarre auf, schloß das Fenster und zog den Vorhang zu.

Er trat zum Schreibtisch, zündete die Kerze an und setzte sich. Wenn der Herr Doktor allein war, redete er immer mit sich selber. Und jetzt fuhr er sogleich dort fort, wo er aufgehört hatte.

„Ich bin schließlich alt genug, um nicht gar zu dumm zu sein. In meinem Alter muß man so etwas rasch erledigen, aber auch nicht allzu rasch, und nicht ganz ohne Poesie. Mein Plan ist gut – verdammtes Knie! Ich muß mich ganz hübsch gestoßen haben!“ Er schlug den Schlafrock auseinander und untersuchte seine helle Hose. Sie war auf dem rechten Knie aufgerissen.

„Meine neue Hose!“ lamentierte er ärgerlich. „Das hat der Mensch vom Taktgefühl! Sie standen links in der Durchfahrt – bestimmt war es der Wenzel mit dem Mariechen, wer denn sonst? – Ich drückte mich anstandshalber nach rechts und stieß gegen die Wäschemangel. Verdammter Wenzel! – Diese Liebelei muß ich ihm ausreden, schließlich ist er erst ein Praktikant – wohin sollte es führen? Schad um ihn, er ist begabt, das muß man ihm lassen, und am besten wäre für ihn, wenn er ausstudieren könnte. Schade, daß die Mittel dazu fehlen! Ich muß ihm auch von seiner Dichterei abraten, auch das führt zu nichts. Er soll sich ans Amt halten, wenn er schon einmal drin ist! Sollte er mich einmal um Rat fragen, sage ich ihm, er möge Liebe und Dichten sein lassen, sie taugen zu nichts.“

Er holte aus dem Schreibtisch ein dickes Heft, begann darin zu blättern und schlug es beim ersten der vielen eingelegten Lesezeichen auf.

„Mein Plan ist fertig“, fuhr er in seinem Selbstgespräch fort, „ich brauche Gedichte, weil ich selbst keine machen kann, und dieser hier will ich mich, da sie mir ein günstiger Zufall in die Hände gespielt, bedienen. Nähme ich sie nicht von hier, so würde ich sie anderswoher nehmen, was liegt daran? Josefinchen weiß es nicht, er auch nicht, auf meinen Rat hin wird er sie wegwerfen. Morgen schicke ich ihr die ersten Verse, zunächst anonym, aber sie wird es schon erraten. Dies also wird das erste Gedicht sein!"

Und er las aus dem Heft:

Du bist wie eine Landschaft im Gebirge
in jungen Lenzes sel'ger Zeit!
Dein dunkles Haar ist märchenhaftes Waldesschweigen,
Dein Aug ein Bach in buntem Blütenreigen,
um Deine Lipp und Wangen säuseln Balsamlüfte
und süß verstreuter Nachtigallensang –
Du, eine ganze Welt voll süßer Düfte,
bist eine Landschaft im Gebirge,
das Sonnenglanz, dann wieder Wolken überwehn,
nur eines Dichters würdig, ach, so schön!
O sag, vermagst Du meinem Sang Dein Ohr zu leihn?
Sprich, kannst Du Echo meinem Liede sein?
Ach, wärst Du doch nicht eine Landschaft im Gebirge,
in dessen Busen nichts als ew'ges Felsgestein!

„So ein Kerl! Ganz genau wie bei uns in den Bergen, und ich weiß, daß er niemals eine Gebirgslandschaft gesehen hat, wo denn auch? ‚Waldesschweigen – Blütenreigen' – das ist gut! ‚Verstreuter Nachtigallensang' – das ist etwas übertrieben. Ich weiß, worauf es in dem Gedicht ankommt, ich unterstreiche es dick: ‚Nur eines Dichters würdig' – das heißt: nur für eine einzige Person, für mich. Gedichte verdrehen den Mädchen den Kopf. – In der nächsten Woche lasse ich die zweite Bombe platzen, vielleicht schon mit meiner Unterschrift – je nach Gebrauch. Das soll das zweite Gedicht sein!"

Und er las weiter:

Dein dunkles Antlitz, Dein schwarzes Haar
haben bei Tag mich zum stolzen Träumer gemacht,

Deine junge Stimme, Dein brennender Blick
verwandeln in sengenden Tag mir die Nacht.

O Du, meine schwarze Sonne,
sag, willst Du in finsteren Nächten
mir Licht sein und glühende Wonne?

O Du, mein Mond, o Du,
sag, bringst Du an heißen Tagen
als treue Geliebte mir Ruh?

„Der versteht's, hehe! Der könnte die Mädchen närrisch machen. Vielleicht hat er das auf eine Jüdin geschrieben, Josefinchen ist nicht so dunkel. – Macht nichts, sie merkt es nicht; wenn es nur Verse sind und sich reimt! Dieses Gedicht tut es ihr an! Lauter Glut und Flammen! – Wenn sie aber wider alles Erwarten hart bliebe, dann noch das dritte – damit gehe ich unnachsichtig aufs Ganze!"

Er blätterte einige Male um und las:

Was liegt an der Wunde im Herzen,
dem die Kugel beschloß des Lebens Frist?
In meinem gebrochenen Herzen
auch Du gestorben bist.

Was liegt mir am jähen Ende
und daß die Augen nur Nacht noch sehn?
Du entkommst nicht aus meinem Herzen
und mußt mit mir ins Dunkel gehn.

„Das hat etwas Betörendes an sich, dieses Sich-Erschießen! Ein Mädchen kann nicht widerstehen, wenn der Geliebte mit Selbstmord droht. Ob so oder so, auf jeden Fall werden wir Josefinchen auch diese dritte Pille verabreichen. Das wird sie in der Liebe bestärken – wenn das alles auf mich zurückfiele? Ich muß – ich muß – ins Bett!"

Er gähnte lang und begann sich auszuziehen.

„Am allerschönsten aber ist das: Du entkommst nicht aus

meinem Herzen und mußt mit mir ins Dunkel gehn", murmelte er, indem er die Kleider pedantisch ordentlich über den Ohrenstuhl und auf den Sessel neben dem Bett legte und hängte. „Das soll besagen, daß er sie ins Herz eingeschlossen hat und daß er, würde er sich ins Herz schießen, auch sie dort treffen müßte – hehe – wie sollt ich sie dort nicht treffen, wenn sie drin ist?"

„Entkommst nicht aus meinem – hu, ist das heut warm! Ich brauche daher keine Pantoffeln", brummte er, während er die Schuhe auszog. Er deckte das Bett auf, löschte die Kerze und legte sich nieder.

Er atmete zufrieden auf.

„Bartolo – achach – entkommst nicht – aus meinem – mit mir ins Dunkel –" Und schon schlief er.

Unten im Hof heulte Azor. Nach einer Weile war zu hören, wie er an der Tür der Žanýnka kratzte. Als ob er seines Jammers nicht Herr werden könnte, sich aber auch fürchtete, jemanden zu wecken, winselte er leise die ganze Nacht.

5

Alter Junggeselle – allen Glückes Plünderer
Sprichwort

Der Ökonomiebeamte, bei dem der Herr Doktor wohnte, hieß Lakmus. Er lebte erst seit etwa drei Jahren in Prag, und seinen Untermieter hatte er vom vorherigen Inhaber der Wohnung übernommen.

Bald nach dem Einzug in unser stilles Haus wußten alle übrigen Mieter sogleich, daß Lakmusens ersparte Kapitalien besaßen und eine hübsche Pension einschließlich Deputat bezogen, weswegen ihnen Hochachtung entgegengebracht wurde. Umgang wurde kaum gepflogen. Frau Lakmus, das Haupt der Familie, war nicht sehr zugänglich. Darum gebeten, tat sie zwar, was in ihrer Macht stand, zahlte dem Hausherrn bereitwillig die Miete voraus, und wer immer sie darum ersuchte, dem lieh sie Mehl und Butter von ihren Vorräten, wenn irgendwo in der Küche etwas dringend gebraucht wurde, dankte, wenn sie gegrüßt wurde, grüßte auch selber zuerst, aber in Gespräche ließ sie sich nicht ein. Trotzdem war sie keineswegs schweigsam, Beweise ihrer rednerischen Begabung ergossen sich zuweilen durch die offenen Fenster und waren über den Hof zu hören.

Obwohl Frau Lakmus schon über die Vierzig war, war sie noch quicklebendig. Ihre rundliche Gestalt war noch immer frisch, ihr Gesicht strahlte faltenlos, die Augen leuchteten fröhlich, sie sah wie eine unternehmungslustige Witwe aus, obwohl ihre Tochter längst reif zum Heiraten war.

Fräulein Klara, knapp über zwanzig, sah der Mutter nicht ähnlich. Lang und dünn wie eine Gerte, hatte sie nicht die angenehmen rundlichen Formen; ihre hellblauen Augen aber paßten gut zu dem dichten, strohgelben Haar, und das längliche, frische Gesicht verriet noch die gesunde Landluft. Fräulein Klara war noch weniger zugänglich als die Mutter; darum hatte das Töchterchen des Hausherrn, Fräulein Mathilde, längst aufgegeben, ihre Freundschaft zu gewinnen.

Herrn Lakmus sahen die Nachbarn so gut wie nur im Fenster. Er hatte ein arg böses Bein, welches häuslicher Pflege bedurfte. Kaum daß er im Laufe von Monaten einmal aus dem Haus humpelte; er verbrachte die ganze Zeit daheim und schaute bald aus dem Fenster in die Gasse, bald lag er, um sich zu schonen, mit einem Wickel aus Flanell und nassen Tüchern auf dem Sofa. Man sagte ihm nach, daß er viel Wein trinke; sein Gesicht widersprach dem nicht.

Die Zeit unserer Erzählung neigte sich schon zum Mittag des zweiten Tages, als sich Herr Lakmus mühselig aus dem Lehnstuhl am Fenster des Zimmers, das in die Gasse schaute, erhob; er hatte den Vormittag in dem Stuhl verbracht, nun begab er sich langsam zum Sofa. Hier setzte er sich wieder nieder, zog die Beine auf das Sofa und schaute mit einem ungeduldigen Seufzer auf die große, laut tickende, verglaste Uhr, die, wie die übrige Einrichtung, zwar nicht neu war, aber doch einen gewissen Wohlstand verriet. Der Zeiger stand wenige Minuten vor zwölf.

Von der Uhr glitt sein Blick zu Klärchen, welche vor dem

zweiten Fenster eifrig nähte. „Heut gebt ihr mir nicht einmal eine Suppe!" jammerte er mit einem verdrossenen Lächeln, als ob er daran nur erinnern, nicht aber zürnen wollte.

Fräulein Klara hob den Kopf, doch da öffnete sich schon die Tür, und Frau Lakmus trat herein, auf einem Teller eine dampfende Schale tragend.

„Geh in die Küche, Klärchen, und mach den Auflauf an!" befahl die Mutter. „Gib dir Mühe, damit dich der Herr Doktor nicht auslacht!"

Klärchen ging.

„Ich habe dir heut eine Weinsuppe gemacht, die ewigen Rindsuppen bekommt man satt, nicht wahr, mein Bester?" sagte Frau Lakmus freundlich und stellte den Teller vor Herrn Lakmus. Dieser hob den Kopf und schaute seine Frau mißtrauisch an, eine solche Fürsorge war ihm nicht geheuer. Da er aber stets zum Nachgeben bereit war, widmete er sich statt weiteren Mißtrauens sofort dem dargebotenen Leckerbissen.

Frau Lakmus griff nach einem Stuhl und stellte ihn zum Tisch neben dem Sofa ihres Mannes. Sie setzte sich, legte die Hände auf den Tisch und schaute Herrn Lakmus an.

„Ich bitt dich, Mann, was fangen wir mit Klärchen an?"

„Mit Klärchen? – Was sollten wir mit ihr anfangen wollen?" antwortete Herr Lakmus, während er seine Suppe löffelte.

„Das Mädel ist schon ganz verrückt – wie soll das weitergehen? Sie ist in diesen Loukota vernarrt, weißt du –"

„Mir hat sie noch nichts gesagt."

„Wie sollt sie es dir auch sagen, aber mir sagt sie alles, sie ist aufrichtig. Heut nacht mußt ich sie aus der Küche holen. Sie hörte, sagte sie, den Doktor in seinem Zimmer etwas so Herrliches deklamieren, daß sie sich nicht von der Stelle rühren konnte. Wie gesagt, das Mädel ist schon ganz verrückt – wie soll das weitergehn? Am besten, sie nimmt ihn, oder?"

Herr Lakmus wischte sich mit der Hand den Schweiß ab, den ihm die kräftige Suppe in Tropfen aus der Stirn getrieben hatte. „Zu alt für sie", bemerkte er nach einer Weile.

„Was heißt: zu alt? Schließlich warst du auch nicht mehr der jüngste, und ich habe dich trotzdem genommen."

Der Ehegatte wagte kein Wort.

„Er ist ein gut erhaltener, gesunder Mensch und sieht gar nicht alt aus, ist auch gar nicht so alt. Wir kennen ihn, also lieber er, als auf irgendeinen Luftikus warten, wenn es mit Klärchen eben nicht mehr auszuhalten ist. Du weißt, daß er ein paar tausend Gulden hat und eine Frau ernähren kann – warum also sollten wir ihm unsere Tochter nicht geben, nicht wahr? – Sag doch endlich was!"

„Aber – weiß man denn, ob er sie mag?" wagte Herr Lakmus zu bemerken.

„Natürlich können wir sie ihm nicht aufdrängen, wenn er nicht mag", ereiferte sich die Ehegattin, „das wäre noch schöner! Ich werde mit ihm sprechen – Klärchen ist hübsch, er lächelt sie immer an, sie hält ihm die Stube in Ordnung, und er liebt Ordnung – ich glaube, daß sie ihm recht fehlen würde und daß er sich nur nicht getraut, weil er nicht mehr – nun, eben nicht mehr der jüngste ist. Wie dem immer sei, ich bringe das schon in Ordnung." Sie nickte zufrieden. Plötzlich aber hörte sie mit diesem Kopfnicken auf und lauschte zur Tür. „Tatsächlich", sagte sie, „er kommt heute schon nach Hause – außergewöhnlich zeitig. Er hat in der Küche mit Klärchen gesprochen, jetzt geht er in sein Zimmer. Ich muß in die Küche – ich krieg das schon hin!"

Frau Lakmus lief in die Küche. Fräulein Klara stand vor dem Tisch und knetete in der Schüssel den Teig. Die Mutter trat zu ihr, nahm ihren Kopf in beide Hände und drehte ihr Gesicht zu sich. „Du bist wie eine Rose errötet", sagte sie freundlich, „und wie du zitterst, Mädel! Mädel, fürcht dich nicht! Es wird alles gut."

Sie schaute in den kleinen Wandspiegel, rückte die Haube zurecht, rollte die Ärmel herunter und trat an die Tür des Doktors. Sie klopfte an. Drin rührte sich nichts. Sie klopfte noch einmal lauter. –

Den Herrn Doktor hatte es heute nicht lange im Amt gelitten. Er war zerstreut, verdrossen, eine Unruhe hatte sich seiner bemächtigt, halb angenehm, halb quälend. Irgendein poetisches Gefühl erregte ihn, und wer das je erlebt hat, weiß, daß man in diesem Zustand nicht nach den Regeln des gewöhnlichen Alltags arbeiten kann. Irgendein unbestimmter Gedanke kriecht in unserem Gehirn wie eine Raupe hin und her, kribbelt und scharrt, reizt einen Nerv, dann den zweiten, dritten, bis das ganze Nervensystem in Aufruhr gerät. Da hilft nichts, wir müssen auf die Arbeit verzichten, müssen unsere ganze Aufmerksamkeit diesem einen Gedanken widmen, bis er sich irgendwo festsetzt und in einen dichten Kokon einspinnt. Ist die Sonne der Phantasie warm genug, platzt der Kokon, und in die Welt flattert ein Schmetterling – ein Gedicht.

Der Schmetterling, der in den Farben der „Landschaft im Gebirge" funkelte, war dem Herrn Doktor schon gleich am Morgen entflogen. Der Herr Doktor hatte ihn mit der Feder auf rosarotes Papier festgemacht, in einen Briefumschlag gesteckt, mit einer duftenden Vignette verschlossen und der Stadtpost anvertraut. Jene Erregung aber hatte sich seiner erst später bemächtigt, war jedoch, wie eben jede späte Liebe, gewachsen, bis sie ihn aus der Kanzlei jagte.

Er schlenderte langsam heim. Als er durch die Durchfahrt in den Hof gekommen war, versäumte er nicht, nach alter Gewohnheit zu den Fenstern Josefinchens emporzublicken. Er fühlte sich wie einer Gefahr entronnen, als er mit seltsam unsicheren Schritten schließlich in die Küche der Familie Lakmus trat. Er atmete auf, sein Blut kreiste ruhiger, und er redete Klara so freundlich wie nie zuvor an, hielt sich aber nicht lange auf, sondern ging sogleich in sein Zimmer.

Er schloß die Tür. Sein Haupt fiel auf die Brust. Mechanisch zog er den Arm aus dem Rock und versank in Gedanken. Unwillkürlich trieb es ihn ans Fenster. Er wußte nicht, ob am Morgen aufgegebene Briefe ausgetragen werden – hatte Josefinchen sein Schreiben nun schon erhalten oder nicht? Als ob er irgendeine Strafe befürchte, blieb er drei Schritte vor dem Fenster stehen und schaute durch den Spalt zwischen Vorhang und Fensterrahmen hinüber. Er zuckte zusammen – auf der gegenüberliegenden Pawlatsche tauchte der Briefträger auf.

Er sprang zurück – zugleich hörte er das Klopfen an der Tür. „Herein!“ brachte er angestrengt heraus und erglühte wie eine französische Rose.

Die Tür schob sich auf, Frau Lakmus erschien.

Der Herr Doktor angelte aufgeregt nach dem Rockärmel und verbarg sein lähmendes Erschrecken hinter einem gezwungenen Lächeln.

„Stör ich, Herr Doktor?“ fragte Frau Lakmus und schloß die Tür.

„So was – schön willkommen, meine Teure –“ stotterte der Herr Doktor und bekam endlich den herabhängenden Ärmel zu fassen.

„Sie sind heute sehr zeitig heimgekommen, Herr Doktor, gegen alle Gewohnheit – Sie sind doch hoffentlich nicht krank?“

„Wieso, meine liebe, teure Frau Lakmus?“ So dumm fragte er aus seiner seelischen Verwirrung.

„Wirklich“, fuhr das Frauchen fort, trat ganz nahe zu ihm und legte ihm die Hand auf die Stirn, „gestatten Sie, Herr Doktor, aber Ihnen fehlt tatsächlich etwas. Sie glühen wie ein junges Mädchen. Am Ende –“

„Ich bin schnell gegangen – ich gehe immer schnell – ich bin nun einmal so, meine liebe Gute!“ stammelte der Doktor wieder.

„Sollte ich nicht einen Umschlag – ?“

„Aber nein! Mir fehlt nichts, ganz und gar nichts fehlt mir. Nehmen Sie doch bei mir Platz, meine Teure, damit Sie mir nicht den Schlaf forttragen!“ Er führte sie zu einem Stuhl, Frau Lakmus setzte sich, der Herr Doktor saß ihr gegenüber in dem Lehnstuhl.

„Immerwährend sagen Sie zu mir ‚meine Liebe‘, als ob ich wirklich Ihre Geliebte wäre!“ lachte das Frauchen kokett, so daß sich der Doktor bei anderer Verfassung über sie gewundert hätte. „Wenn ich keinen Mann hätte – aber ich habe einen wirklich guten Mann – wer weiß! So muß ich sie schon anderen und jüngeren überlassen“, scherzte sie weiter.

Der Herr Doktor versuchte zu lächeln, wußte aber nichts zu sagen und schwieg.

„Meinen Sie nicht, Herr Doktor, daß es schön ist, jemanden zu haben, dem man ‚meine Liebe' sagen kann?"

„Nun ja, warum nicht – wenn sich zwei Herzen finden – besonders im Frühling –" versuchte der Herr Doktor zu plaudern.

„Aber, aber, wie Sie heut reden – Sie sind ein Spaßvogel! Wer könnte sich schließlich wundern, wenn Sie daran dächten? Sie sind ein Mann in den besten Jahren, strotzen vor Gesundheit, haben hausgehalten – "

Der Doktor saß wie auf glühenden Kohlen. Er glaubte, Frau Lakmus wisse schon alles, von seiner geheimen Liebe, von Josefinchen, von dem Gedicht. Dadurch fühlte er sich ermutigt. „Das kann ich mit gutem Gewissen von mir sagen, daß ich hausgehalten habe sowohl mit meiner Gesundheit wie mit meinem Geld", brüstete er sich.

„Das ist bewundernswert", lobt Frau Lakmus. „Sie können an eine ganz junge denken."

„Allerdings, denn eine alte möchte ich nicht, die ist schon zu festgefahren, man kann sie nicht mehr anders machen, als andere sie schon gemacht haben", meinte der Herr Doktor nun schon vorsichtig. „Aber ich würde nur an eine solche junge denken, die brav, folgsam und anschmiegsam ist, die sich einem anderen Menschen noch völlig anpassen kann."

„Natürlich!" stimmte Frau Lakmus bei. „Nur an eine solche sollen Sie denken. Sagen Sie – aber ehrlich, verstehen Sie, ganz und gar ehrlich, als ob Sie mit der Mutter sprächen, um deren Tochter Sie anhalten –" und sie ergriff die Hand des Doktors und schaute ihm tief in die Augen –, „sagen Sie, denken Sie nicht schon an eine bestimmte?"

„Verraten ist verraten, wozu noch leugnen?" gestand der Herr Doktor aufrichtig. „Ja!"

„Ich hatte es meinem Mann doch gleich gesagt!" rief Frau Lakmus und klatschte freudig in die Hände.

„Wie – Herr Lakmus . . ."

„. . . hat schon alles erfahren. ‚Weiß man denn, ob er sie mag?' hat er gefragt. Stellen Sie sich so was vor!"

„Und warum sollte ich sie nicht mögen?"

„Ich hab es ja gewußt! Sie Schelm, hinterm Rücken der

Mutter mit der Tochter anbandeln, damit die Mutter nichts merkt!“

„Mutter? Wieso? Ich dachte, davon wisse noch kein Mensch, nicht einmal die Tochter!“

„Die Tochter allerdings weiß noch nichts, aber Mütter sehen alles. War das Mädchen unglücklich! Ganz verwirrt. Bei Tage spricht sie nur von Ihnen, in der Nacht redet sie aus den Träumen. Ich sage Ihnen, auch ich war jung, aber mein Lebtag hab ich so was nicht gesehn!“

Dem Doktor ging vor Staunen der Mund auf. Aus seinen Augen sprachen Nichtbegreifen und ein verlegenes, ein wenig selbstgefälliges Lächeln.

„Nun ist es gut“, fuhr Frau Lakmus fort. „Anfangs hatte ich keinen Untermieter gewollt, jetzt bin ich froh. Klärchen wird glücklich sein.“

„Fräulein Klärchen?“ rief der Herr Doktor erstaunt aus und sprang vom Stuhl.

„Wie ich Ihnen schon sagte: vollkommen verrückt ist sie. Aber das sage ich Ihnen, die Hochzeit muß bald sein. Sie wohnen bei uns, die Leute würden reden, und warum überhaupt warten? Wir kennen Sie, Sie kennen uns – ich sage Ihnen: Gottes Segen ruht auf uns, und alles wird gut.“

„Aber gestatten Sie“, stammelte der Herr Doktor und ging mit langen Schritten auf und ab, „Fräulein Klärchen hatte doch auf dem Lande einen Herrn Adjunkten.“

„Hatte und hat nicht mehr. Er hat geheiratet, eine Witwe hat er genommen, eine Müllerin. Glauben Sie, daß Klärchen es bedauert hat? Gott bewahre! Sie hat von allem Anfang an Sie geliebt. Ich habe ihr zwar stets gesagt: ‚Denk nicht daran, der Herr Doktor wird keine mögen, die ein anderer abgeküßt hat!‘ Aber sie ließ es sich nicht ausreden. Das ist doch klar: ein Geliebter, kein Geliebter.“

Der Herr Doktor war ratlos, aber Frau Lakmus redete schon weiter: „Nicht wahr, wir werden es nicht aufschieben? Sie haben ohnehin Ihre Papiere beisammen, nicht wahr, Doktorchen? Sie sind ein ordentlicher Mann.“

Der Doktor schüttelte den Kopf. Frau Lakmus verstand das auf ihre Art. „Dann beschaffen Sie sich die Papiere, Sie verstehen das. Heute werden Sie doch bei uns mittagessen, nicht wahr?"

„Nein! Nein!" brach es aus dem Doktor hervor. „Bitte – nur hier – "

„Sie sind eben noch ein Junggesellchen", lachte die zufriedene Schwiegermutter. „Klärchen wird ohnehin keinen Bissen in den Mund nehmen, wenn ich ihr das alles erzähle."

„Ich bitte Sie um des Himmels willen, sagen Sie ihr nichts, kein Sterbenswort!" beschwor sie der Herr Doktor aufgeregt.

Frau Lakmus kam das alles zum Lachen vor. „Wenn es niemand Vernünftigeren gäbe", sagte sie, „wüßte ich gern, wie Sie ans Ziel kämen. Beschaffen Sie sich also die Papiere. Brauchen Sie sonst noch etwas?"

„Nein."

„Dann also auf Wiedersehen, Doktor!"

„Empfehle mich!"

Der Doktor stand wie festgefroren mitten im Zimmer. Schließlich atmete er tief auf und warf den Kopf zurück. „Eine schöne Bescherung!" knurrte er zornig. „Jawohl, ich werde meine Papiere vorbereiten, unverhoffte Schwiegermutter, aber nicht für Ihre Tochter, sogleich wieder in Ruhestand versetzte Schwiegermutter! – – Nun gibt es keine andere Rettung als höchste Eile. Morgen das zweite Gedicht, übermorgen das dritte, und überübermorgen – nein, das ist ein Freitag, weiß Gott, was da passieren könnte – aber gleich übermorgen nachmittag Brautwerbung! Dann rasch eine andere Wohnung – oder – du lieber Gott – das wird ein schöner Weg nach Hause und von Zuhause – und dann –"

Er hatte nicht zu Ende gesprochen, als sich die Tür öffnete und Frau Lakmus, vom Dienstmädchen begleitet, Geschirr und Besteck tragend, wieder hereintrat.

„Ich habe für Sie das silberne Besteck hervorgeholt, Herr Doktor", sagte sie, während sie es auf dem Tisch zurechtlegte. „Warum soll unser Silber ständig im Schrank bleiben?" Sie trat zu dem Doktor, legte ihre Hand auf seine Schulter und flüsterte ihm ins Ohr: „Ich habe es Klärchen doch schon gesagt!"

6

Eine Handschrift und ein aufziehendes Gewitter

Im selben Augenblick, als das vorangegangene Kapitel schloß, beginnt das neue mit Herrn Ebers, des Hausherrn, Rückkehr aus der Kanzlei. Frau Eber, die in der Küche eben damit beschäftigt war, im Ofen nachzulegen, erschrak beim Eintreten ihres Gatten nicht wenig. Er kam sonst erst um die dritte Nachmittagsstunde, heute war er schon kurz nach zwölf hier und schaute dazu noch so seltsam aus, wie sie ihn schon lange Zeit nicht gesehen hatte.

Angefangen vom abgeschabten Zylinder, welcher bis hart an die dichten, borstigen Augenbrauen heruntergedrückt war, und den durch tiefe Schatten noch schärfer in die einstmals feisten, jetzt welken Wangen eingegrabenen Falten war an ihm alles anders als am Morgen. Die vorher glatt gekämmten Haare standen borstig unterm Zylinder vor, die erloschenen Augen bemühten sich, etwas auszudrücken, der breite Mund war fest geschlossen, so daß das Kinn hochgezogen wurde, die eingefallene Brust schien aufgedunsen, und die rechte Hand hielt vorsichtig und fast waagrecht eine lange Papierrolle, während der linke Arm leblos wie bei einer Marionette herabhing, mit welcher der Prinzipal des Puppentheaters nichts anzufangen weiß.

Die Hausfrau schaute ihn an, im Augenblick durchfuhr sie ein Gedanke, und ihr scharfes Gesicht wurde lang.

„Man wird dich doch nicht aus dem Amt gejagt haben?“ fragte sie mit gepreßter Stimme.

Der Mann machte eine Kopfbewegung, als ob ihn eine solche Redeweise aufs unangenehmste berühre. „Geh mir um die Bavor!“ sagte er mit düsterer Stimme.

Ein anderes Mal hätte sich die Hausfrau mit einer derart unklaren Antwort kaum zufrieden gegeben, aber das veränderte Aussehen ihres Mannes wirkte auf sie, und ihr Ärger konnte sich diesmal nicht entfalten. Sie schaute aus dem Fenster. „Eben kommt sie“, sagte sie, während sie die in den Hof tretende Bavor erblickte.

Herr Eber trat ins Zimmer, ging bis in die Mitte zum Tisch und blieb stehen. Er heftete seinen Blick nur darum auf die Tischplatte, weil er irgendwohin schauen mußte. Er hatte den Hut nicht abgenommen, die Papierrolle nicht weggelegt – er war offensichtlich bereit, den Eindruck zu machen, auf den sich vorbereiten er nicht gewollt und nicht gekonnt hatte.

Fräulein Mathilde schaute den Vater staunend an, schließlich brach sie in lautes Lachen aus. „Aber Papa!" rief sie, „du siehst ja wie ein aufgeplusterter Täuberich aus, der sich an Wicken überfressen hat!"

Der Hausherr rührte sich nur ganz leicht, das aber war der Ausdruck höchsten Mißmuts.

Da öffnete sich schon die Tür, und die Hausfrau trat herein, von Frau Bavor begleitet.

„Da ist sie – und jetzt sag, was du von ihr willst", redete ihn die Hausfrau an.

Der Hausherr drehte sich halb zu der Bavor, sein Blick bohrte sich in den Fußboden, der Mund öffnete sich und begann mit feierlich monotoner Stimme: „Es tut mir leid, Frau Bavor, aber ich kann nichts tun – von mir hängt das schon nicht mehr ab. Mit Ihrem Sohn steht es schlimm. Ja, schlimm. Er ist leichtsinnig, er ist nachlässig, er ist alles! Jetzt steht es schlecht um ihn. Er wagte, über das ganze Amt etwas zu schreiben, etwas Schändliches über uns alle, sogar über den Herrn Präsidenten. – Ja! Und er schrieb es in der Kanzlei und hatte es dort in der Schublade, und als er jetzt in Urlaub ging, ließ er es darin, und es wurde dort gefunden, das ist unvorsichtig, er hatte nicht einmal den Schlüssel abgezogen. Man begann es zu lesen, es ist tschechisch und schamlos! Der Herr Präsident weiß, daß ich am besten Tschechisch kann, und er gab mir diese Schmähschrift als Referat. Es sollen darin schreckliche Dinge stehn, ich weiß nicht – ich möchte es nicht wissen – das kann die schlimmsten Folgen haben, Sie sind die Mutter, ich hielt es für meine Pflicht, Sie aufs Schlimmste vorzubereiten. Frau, bring mir ins Zimmer ein Waschbecken und frisches Trinkwasser, und laß mir niemanden herein, außer wenn jemand vom Amt käme, auch zum

Mittagessen ruf mich nicht, bis ich selber komme. – Gott befohlen, arme Mutter!"

Frau Bavor war bleich wie eine Wand; ihre Lippen bebten, ihre Augen hatten sich gerötet. „Um Gottes Christi willen, ich bitt Sie, gnädiger Herr, wir sind arm!" schrie sie laut auf.

Der Hausherr unterbrach sie mit einer abweisenden Handbewegung. „Ich kann und darf nicht! Es ist zu spät, alles ist verloren! Pflicht ist Pflicht, und Recht muß Recht bleiben. Das wäre noch schöner! Aber diese Burschen – na! Jetzt hab ich keine Zeit mehr."

Mit kleinen, steifen Schritten verschwand er im Nebenzimmer.

Feierlich schloß er hinter sich die Tür, verneigte sich noch einmal nach rechts, nach links, dann erst nahm er den Hut ab, ging zum Schreibtisch und legte die Papierrolle darauf, so vorsichtig, als fürchte er, sie könne beschädigt werden.

Wenn er sonst nach Hause kam, machte er sich's bequem; heute richtete er sich vor dem Spiegel her. Dann prüfte er alle Federn, wischte den Staub von der Schreibunterlage und rückte den Stuhl einigemal hin und her, bevor er sich setzte.

Als er schließlich nach der Rolle griff, um sie auseinanderzulegen, zog er die Augenbrauen hoch in die Stirn, und seine Augen prüften jedes Fältchen in dem Papier.

7

Bruchstücke aus den Aufzeichnungen eines Praktikanten

Mit der Arbeit bin ich fertig, was also tun? Abgeben darf ich sie noch nicht, erst morgen, denn wegen der ersten Arbeit haben sie mich ausgeschimpft, sie könne nicht gut, sie müsse flüchtig sein, weil ich mit ihr so rasch fertig geworden war.

So will ich Feuilletons über das Amt schreiben, Bilder aus dem Alltag, Photographien und Biographien der Herren Kollegen und Vorgesetzten, Streiflichter aus dem bürokratischen Leben und Lieder eines Praktikanten. Ein englischer Satiriker verfaßte die Schilderung einer Reise, die er auf seinem

Schreibtisch gemacht hat; ich reise weiter als er, ich begebe mich auf alle Nebentische, ich bereise das ganze Reich unseres Herrn Präsidenten, ich beschreibe Land und Leute. Die Hauptsache ist, daß mich die Leute zu einer pikanten Satire anregen. Warum sollten sie das nicht? Für eine Satire eignen sich weder ganz gescheite noch ganz dumme Menschen; eine Satire auf diese würde weinen, bei jenen müßte sie von einem sphärischen Standpunkt ausgehen und würde sich dabei in dem Beweis erschöpfen, daß gegenüber der Ewigkeit und dem Weltall alles, was wir tun, lächerlich ist.

Dort bei dem geleckten Herrn Akzessisten muß ich keine sphärische Philosophie bemühen, bei dem genügt das winzige Spiegelein, in welches er so fleißig schaut. Er ist freundlich zu mir, denn ich habe am ersten Tag gefragt, wer denn dieser „schöne" Herr sei, und er hat es gehört.

Aber die andern – wie fleißig sie schreiben, wie angestrengt sie arbeiten! Das sind Gesichter, das sind Köpfe, das sind Augen! Sie würden zu keinem anderen Menschen passen, nur zu einem Beamten, alles nach Vorschrift. Diesen Gesichtern ist anzumerken, daß ihre „geistige" Arbeit sie nicht anstrengt, und daß ihnen mit keinem einzigen Gedanken einfällt, sich über das amtliche Normalmaß zu erheben. Ihnen ist offenbar gleichgültig, ob sie Akten breittreten oder wie ein Banater Zugochs das Getreide austrampeln. Schritt für Schritt und immer hübsch nach der Vorschrift! Vielleicht gibt es unter diesen geistigen Zugochsen doch einige Trojanische Pferde: außen Holz, innen Griechen. Öffnen wir sie!

Nur der Herr Rat gönnt sich eine kleine Ruhepause und liest die Zeitung. Jetzt legt er sie weg . . .

Hat der mich angeschaut, als ich ihn bat, mir die Zeitung kurz zu überlassen! Er hat kein Wort gesagt, aber ich wurde puterrot im Gesicht, und vor Scham hätte ich fast geheult, als ich mich wieder an meinen Tisch setzte. Ich sah niemanden an, aber ich fühlte, daß der Mund aller Anwesenden über diese Kühnheit eines Praktikanten offenstand.

Wäre ich doch wieder im Kolleg mit jener hoffnungsvollen Aussicht auf alles in der Welt und auf nichts! Hier verengt sich mir die Aussicht, ich weiß nicht – weiß nicht, wie weit ich es hier bringen kann.

Als Stilprüfung stellten sie mir am ersten Tag die Aufgabe, die Gefühle beim Anblick einer Lokomotive zu beschreiben. Ich spannte den Pegasus vor die Lokomotive und fuhr kühn ins Reich des menschlichen Fortschritts. Der Herr Präsident soll heftig den Kopf geschüttelt und gesagt haben, ich sei ein komischer Mensch.

Ich habe mit noch niemandem gesprochen, aber ich hörte schon, daß sie mich den „Konkordianer" nennen. Allem Anschein nach wird es hier hart zugehen. Wäre ich doch wieder im Kolleg! – Doch das ist nicht möglich.

Eine Luft ist da! Der Lehm des Prometheus soll nach Menschenfleisch gerochen haben, hier stinken die Menschen nach Lehm, aber nicht nach fetter Erde.

Schreckliche Leute! Sie sind ungefähr dort, wo ich als kleiner Bub war, als ich mit Bauklötzen spielte und Ratten an den Beinen zog. Damals las ich den deutsch geschriebenen „Robinson"; „Insel", dachte ich damals, sei dasselbe wie „ins Licht" – trotzdem gefiel es mir. Die Leute hier haben eine ähnliche lichte Ansicht von der ganzen Welt, und die Welt gefällt ihnen auch. Gedanken fallen für sie unter das Staatsmonopol wie Salz und Tabak. Im Trojanischen Pferd habe ich mich getäuscht; außen Holz, innen Holz, klopf darauf, wie du magst, nichts als Holz!

Gestern habe ich ihnen erzählt, daß die Damen in Paris Federn von brasilianischen Affen tragen, vorgestern erzählte ich ihnen, daß die erzbischöfliche Prunkkarosse nach der Equipage des heiligen Elias gebaut wurde, morgen werde ich dem Azor eine Zottel aus dem Schwanz schneiden und ihnen sagen, es seien Haare, die sich Isis ausriß, als Osiris starb.

Sie halten mich für ungeheuer gescheit und unterhalten sich gern mit mir. Aber vor dem Herrn Rat wagen sie nicht, sich zu unterhalten, außer wenn der Herr Rat einen Witz macht; dann beginnt eine allgemeine Turnübung in Lachen. Wenn aber der Rat für ein Weilchen hinausgeht, beginnen alle sogleich das Spiel „Hebt euch, Schächtelchen!“, und jedes Gesicht wird breit, und jeder Katzenbuckel wird gerade. Das gehört zur täglichen Ordnung, und insgeheim ziehen sie die Uhr heraus, wenn der Herr Rat zur festliegenden Zeit nicht hinausgeht.

Die Legende von meiner Gelehrsamkeit verbreitete sich immer weiter. Ich konnte eine in kyrillisch verfaßte serbische Eingabe lesen; das versetzte in Staunen. Der Herr Rat der fünften Abteilung klopfte mir im Vorübergehen auf die Schulter und sagte: „Alles kann man irgendeinmal brauchen, aber halten Sie sich ans Praktische!“ Dieser Herr Rat erfreut sich des Rufes, schreiben zu können. Er soll auch ein Buch verfaßt haben, ich vermute eine Fußlappenkunde, das ist eine Anweisung, wie die Fußlappen am praktischsten um die Füße zu legen sind.

So etwas werde ich wohl mein Lebtag nicht mehr sehen!

Der Herr Präsident kam wegen irgendeines Aktenstückes in unsere Abteilung. Er stieg mit einem Fuß selbst auf die Leiter, und als er ihn wieder heruntersetzte, trat er Herrn Hlaváček auf den Fuß. Dieser alte Esel wollte aus lauter Ehrerbietung dem Herrn Präsidenten nicht sagen, daß er ihm auf dem Fuß stehe. Er kam mir wie ein zweiter Laokoon vor: sein Gesicht verriet den Ausdruck eines unermeßlichen Schmerzes, dennoch verschwand daraus nicht das untertänige akademische Lächeln eines Subalternbeamten. Endlich bemerkte der Herr Präsident, daß jemand dicht hinter ihm stand; er wollte den Unverschämten anfahren, da aber erkannte er, daß er kein Aktenbündel unter sich habe, sondern nur einen untertänigen fremden Fuß. „Ah, pardon!“ sagte er mit gnädigem Lächeln. Aber Herr Hlaváček hinkte nicht zu seinem Schreibpult, er lächelte aus seinen Schmerzen – ein wahres Modell zu einer edlen, ergreifenden Plastik. Die andern haben ihn gewiß beneidet – wer weiß, wann ihm das einmal nützt!

Der Herr Präsident geruhte mich zu fragen, ob ich keine Schwester habe. Ich verstand diesen alten Junggesellen – aber wart nur, diese Frage soll dir noch teuer zu stehen kommen! Ich weiß gut, Herr Präsident, wo Sie der Liebe zu huldigen geruhen; der hübscheste aller Akzessisten hat es mir verraten. Sie soll wirklich schön sein, diese Ihre Geliebte; vielleicht wird sie für mich um das schöner sein, um was ich jünger bin als Sie. Bis wir sie erst zu Gesicht bekommen! Sollte sie sich nicht für uns eignen, dann vielleicht für den Herrn Akzessisten, der sich für einen Narziß hält. Es wird etwas geschehen!

Der Herr Präsident geruhte uns alle zu sich in seine Präsidial-Kanzlei rufen zu lassen. Es war unser eine große Stückzahl, und vor uns standen die Herrn Räte im Halbkreis. Die Herren Räte flüsterten miteinander, wir übrigen standen, nachdem wir dem Rücken des Herrn Präsidenten durch Verbeugung die schuldige Verehrung erwiesen hatten, ohne uns zu rühren.

Der Herr Präsident saß und schrieb, lange Zeit nahm er von uns keine Notiz. Neben mir stand ein zweites Exemplar meiner Praktikantenmisere, eine recht anständige und volkstümliche Ausgabe. Ich flüsterte ihm einen Witz ins Ohr, ich weiß nicht mehr welchen, gewiß aber einen schlechten, denn er lächelte nicht einmal. Das reizte mich, und ich wiederholte den Witz und begleitete ihn mit Kitzeln. Diese Garnierung des Witzes wirkte, mein Mitpraktikant geht wie eine Rakete hoch – ein allgemeines Erstarren, von allen Seiten ein Pst-Zischen – der Herr Präsident erhebt sich.

Er stand, stellte sich in Positur und sprach:

„Ich ließ Sie rufen, um Ihnen zu sagen, daß Sie mit Ihrem Stil unserem Amt bei allen höheren Instanzen Schande machen. Der eine erzeugt lauter Elefanten, der andere Frösche, eine richtige, mithin gebührlich lange und ausgefeilte Satzperiode habe ich seit vielen Jahren von Ihnen nicht gelesen, eigentlich nie. Das rührt daher, weil Sie ununterbrochen weiterschreiben, ohne zu überlegen, oder daher, weil Sie jeder Gedanke sogleich verdrießt – Ihr Stil ist ohne Würde, ohne Ernst. Schließlich ist auch zu erkennen, daß Sie überhaupt kein Deutsch können, und ich kann Ihnen sagen, warum Sie es nicht können: weil Sie stets und stets nur tschechisch schnattern! Daher verbiete ich hiermit kraft meines Amtes, zu wagen, im Amt auch nur ein Wort tschechisch zu sprechen, und ich rate jedem als Freund und Vorgesetzter, sich auch außerhalb des Amtes in gleicher Weise zu verhalten und durch fleißige Lektüre seinen Stil zu verbessern zu trachten. Gehen Sie, meine Herren, wieder an Ihre Arbeit, und denken Sie daran, daß keiner avanciert, der keinen guten Stil hat!"

Im ganzen Amt begann eine Parforcejagd, jeder ging eilfertig von einem zum andern, um sich Eßwaren aus der deutschen Küche zu beschaffen. Wer daheim einen alten Jahrgang der „Bohemia" hatte, stieg im Ansehen.

Die tschechische Unterhaltung hörte auf. Kaum daß zwei Vertraute, die einer vom anderen wußten, daß er kein Angeber war, auf dem Flur oder im toten Archiv ein tschechisches Wörtchen miteinander wechselten. Sie kamen mir wie Leute vor, die heimlich schnupfen.

Ich spreche weiterhin tschechisch und laut. Alle meiden mich.

Ende des ersten Akts des heutigen amtlichen Schauspiels. Der Herr Rat trat heute wie am Schluß des ersten Aktes von Molières „Eingebildetem Kranken" ab. Unterhaltung im Zwischenakt.

Gespräch am Tisch rechts neben mir:

„Heut haben wir Freitag, ich freue mich schon auf die Knödel, meine Frau macht sie, daß sie auf der Zunge zergehn."

„Fleisch pflegen Sie am Freitag nicht zu haben?"

„Aber ja, ein halbes Pfund für alle wie immer. Was sollte sonst gekocht werden? Wir halten nur die höchsten Fasttage ein, und dann gönnen wir uns ein Stückchen Fisch. Wenigstens einmal in der Zeit ein Stückchen Fisch, das ist gut für die Gesundheit."

„So ein Stückchen Schwarzfisch mit Knödel und ein Stückchen Gebackenes. Kinder – Sie haben wohl keine – müssen eine Mehlspeise bekommen. Voriges Jahr hat uns die Schwägerin ein Schock Schnecken geschickt, meine Frau bereitet sie köstlich zu."

„Daß man an Fasttagen Wildenten ißt, das verstehe ich, die leben im Wasser. Aber Schnecken kriechen doch im Garten herum."

„Ich ließ mir sagen, daß die Schnecken vorzeiten nur im Wasser lebten. Übrigens kriechen sie so, als ob sie schwämmen, und sie sind wie die Fische stumm; das wird es wohl sein. – Aber das ist doch seltsam, daß die Fische kein Fleisch fressen – sie wissen eben, daß sie als Fastenspeise dienen." –

Gespräch am Tisch links von mir:

„Der Herr Präsident hat recht. Es sind ohnedies lauter Narren. Nein, was sich die Leute für Dummheiten einreden! Deutsch brauchen wir – fertig! Wie könnten wir anders schreiben? Und wer seine Kinder noch ein bißchen Französisch lernen lassen will – einverstanden!"

„Es kann ihnen nicht schaden."

„Meine Tochter würde auf der Straße um keinen Preis tschechisch sprechen. Wenn ich mich manchmal vergesse und ihr auf der Straße ein einziges tschechisches Wort sage, errötet sie und rügt mich: ‚Aber Papa, du siehst aber gar nicht auf dich!'"

„Jaja, so ist es."

„Neulich las ich in der Zeitung, daß sie so etwas wie eine Universalsprache erfinden wollen. So eine Dummheit!"

„Gott verhüte!"

„Es soll eben jeder Deutsch lernen und fertig!"

„Natürlich!"

Der, welcher der Tür am nächsten sitzt, macht Pst! Sogleich sind alle an ihren Tischen.

Der Herr Rat tritt mit aufgeknöpfter Weste herein.

„Ich glaube, daß ich platze, so dick werde ich", sagte er, „ich muß entweder zum Doktor oder zur Hebamme."

Turnübung in Lachen.

Wo eine solche geistige Armut herrscht, muß auch eine materielle Armut herrschen. So ist es auch! Ich habe stets darüber gestaunt, wie diese Leute leben. Außen Schein, innen armselig.

Gut zwei Drittel von ihnen haben ihren Gehaltsbogen beim Juden, der ihnen am Ersten aus Gnade gibt, was er will. Dem Weib, das täglich bei uns Semmeln verkauft, bezahlen sie am Ersten, am Zweiten kaufen sie schon wieder auf Borg. Noch nie habe ich gehört, daß einer den andern eingeladen hätte, ihn zu besuchen; höchstwahrscheinlich schämen sie sich ihres armen Haushalts.

Auf diese Weise kann man manches verstehen.

Heute habe ich eine Präsidialzuschrift erhalten, ich solle meine etwas langen Haare schneiden lassen. Da wär ich ein Narr!

Ich habe jetzt einen Verbündeten. Der hübscheste aller Akzessisten begann auf meine Anregung hin mit „Wenzel Narziß Walter“ zu unterschreiben. Ein auf diese Weise geschmücktes Aktenstück kam in die Hände des Präsidenten, und der machte sich über den hübschesten Freund her. Er schimpfte ihn aus, solche Dummheiten unbedingt zu unterlassen und lieber fleißig zu arbeiten, da er sowieso vor Faulheit schon stinke. Narcissus poeticus und Gestank!

Aber ich weiß, was dem Herrn Präsidenten an meinem Bündnis mit dem Allerhübschesten nicht paßt: Der Gehsteig unter einem gewissen Fenster.

Im Vertrauen darauf, daß Herr Eber mich nicht verrät, habe ich mir einen Urlaub erschwindelt. Ich habe ihm gesagt, daß meine Großmutter, die ich beerben soll, auf den Tod erkrankt sei.

Der Herr Rat hat mir den Urlaub zwar bewilligt, aber streng bemerkt, Praktikanten sollten eigentlich keine Großmutter haben.

8

Beim Begräbnis

Es ist der Mittag des dritten Tages, Mittwoch, und das Haus bereitet sich vor, der toten Žanýnka die letzte Ehre zu erweisen und sie zu Grabe zu geleiten.

Im schattigen Hof steht auf einer mit einem schwarzen Tuch bedeckten Bahre eine zwar einfache, doch recht hübsche Totentruhe, glänzend schwarz angestrichen, mit vier vergoldeten Bärentatzen als Traggriffe. Auf dem Deckel liegt ein vergoldetes Kreuz inmitten eines grünen Myrtenkranzes, von dem eine breite weiße Schleife herabhängt. An den Längsseiten der Bahre stehen schwarze, zwei Fuß hohe, viereckige Tafeln mit silbergetriebenem Figurenschmuck, Sinnbildern der Begräbnisbruderschaft.

Mit Ausnahme des Herrn Lakmus, der aus dem oberen Fenster schaut, und der kränklichen Schwester Josefinchens, die auf einem Fußschemel steht und über das Geländer des zweiten Stockwerks herunterblickt, sind alle uns bereits bekannten Bewohner des Hauses in festlicher Trauerkleidung im Hof versammelt. Zwischen ihnen erblicken wir die Gesichter einiger uns ganz unbekannter Herren und Frauen. Es bedarf keines besonderen Scharfsinns, um aus ihren starren, ernsten, dem Anlaß gemäß feierlichen Gesichtern die Verwandten des Fräulein Žanýnka zu erkennen. Um den Hof und auf den Stufen steht eine Menge Frauen und Kinder aus der Nachbarschaft.

Kaum daß der Priester mit dem Kirchendiener und den Ministranten gekommen war, begannen die Gebete. Nahe an der Tür zu Žanýnkas Wohnung standen die Bavor und die Frau Gastwirtin nebeneinander. Schon die ersten Worte der monotonen Begräbniszeremonie bewegten die Bavor so sehr, daß ihre Augen feucht wurden und das gerötete Kinn in aufrichtiger Teilnahme zitterte. Die Frau Gastwirtin schaute kühl; ohne Rücksicht auf die Tränen ihrer Nachbarin neigte sie sich zu dieser und flüsterte ihr zu: „Sie drängen sich wie die Juden bei einer Versteigerung! Um die Lebende haben sie sich niemals gekümmert, jetzt kamen sie des Erbes wegen hierhergelaufen. Gott mag es ihnen segnen, aber wir hätten ihnen nichts weggestohlen, sie hätten nicht alles absperren und die Bahre in den Hof stellen müssen. Haben sie Ihnen etwas von der Hinterlassenschaft für Ihre Dienste gegeben? Gewiß nicht."

„Keinen Faden", sagte die Bavor mit zitternder Stimme.

„Und Sie werden auch nichts bekommen."

„Ich verlange nichts. Gott geb ihr die ewige Ruhe, ich habe ihr aus christlicher Nächstenliebe geholfen."

Die Gebete waren beendet, der Sarg ausgesegnet. Der „Schwarze Bruder" entfernte die Schmucktafeln, die Gemeindediener hoben den Sarg hoch und trugen ihn durch die Einfahrt in die Gasse hinaus.

Hinter dem Leichenwagen standen einige Droschken. In die ersten stiegen die Verwandten der Žanýnka, in die übrigen die Hausfrau, der Hausherr und Fräulein Mathilde, Josefinchen mit ihrer Mutter, in die letzte Frau Lakmus mit Fräulein Klara. Frau Lakmus rief den Herrn Doktor, zu ihnen einzusteigen, und weil in dem Wagen noch für eine Person Platz war, schaute sie sich um, wer noch mitfahren wollte.

Noch standen die Frau Gastwirtin, die Bavor und Wenzel beisammen.

„Frau Gastwirtin! Frau Bavor!" rief Frau Lakmus. „Eine von Ihnen kann sich noch zu uns setzen."

Beide Frauen traten zugleich an den Wagen. Die Frau Gastwirtin schaute die Bavor scharf und von oben herab an. Beide wollten den Fuß aufs Trittbrett setzen. Das war der Frau Gastwirtin zu viel. Sie griff nach der Klinke der Tür und drehte sich mit zornigen Blicken um. „Nun, die Bürgerin bin doch wohl ich!" sagte sie scharf und stieg in den Wagen.

Die Bavor trat zurück. Sie stand sprachlos. Wenzel, der das gesehen und gehört hatte, trat zu ihr. „Frau Mutter", sagte er mit fester, beherrschter Stimme, „wir zwei wollen hinter dem Wagen gehn, dort geht ohnehin niemand. Und wenn wir bis zum Friedhof mitkommen wollen, nehmen wir am Stadttor eine Droschke."

Seit der gestrigen amtlichen Mitteilung des Hausherrn hatte die Mutter noch kein Wort mit ihrem Sohn gesprochen. Auch jetzt brachte sie kein Wort über die Lippen, aber der Kampf dauerte nur einen Augenblick, dann stimmte sie zu: „Es ist selbstverständlich, daß wir gehen. Mir steht nicht zu, zu fahren, und eine Droschke nehmen wir nicht. Wenn du mit mir kommen willst, gehen wir vom Stadttor auf dem Fußweg zum Friedhof. Ich begleite die Selige zu Fuß, ich habe ihr bei Lebzeiten viel Gutes getan und nach dem Tod den letzten Dienst erwiesen. Warum sollte ich aus christlicher Liebe nicht auch noch die paar Schritte für sie tun?"

„Hängen Sie sich ein!" sagte Wenzel mit lieber Stimme und bot ihr seinen Arm an.

„Ich will mich nicht wie eine Dame aufführen – ich kann es auch gar nicht."

„Das ist keineswegs herrschaftlich. Ich werde Sie nur stützen, denn der Weg ist lang, und Sie sind durch den Schmerz hergenommen – hängen Sie sich nur ein, Frau Mutter!" Er nahm ihre Hand und legte sie auf seinen Arm.

Der Leichenwagen setzte sich in Bewegung. Einzig Wenzel mit seiner Mutter ging hinter ihm. Wenzel schritt stolz wie an der Seite einer Fürstin. Der Bavor wurde so leicht ums Herz – sie hätte nicht sagen können, wie leicht! Ihr war, sie habe ganz allein das Begräbnis für die selige Žanýnka gerichtet.

9

Ein weiterer Beweis für das Sprichwort

Die Stunde für den sommerlichen Abendtratsch nahte. Das Licht des Tages war zwar noch hell, aber die Helligkeit neigte sich schon allmählich und leise der Schlafenszeit zu. Die Menschen rührten sich kaum. Es war der Augenblick, da die Arbeit schon beendet ist, die Lust zu einem abendlichen Gespräch sich aber noch nicht einstellen will.

Der Herr Doktor saß an seinem Schreibtisch. Auf seinem

Gesicht spiegelte sich ernsthaftes Nachdenken. Er überdachte etwas Gewichtiges und wollte offensichtlich etwas Gewichtiges tun. Er schob das Tintenfaß hin und her, legte die Federn im hübschen Elfenbeinhalter von einer Stelle auf die andere und prüfte immer wieder ihre biegsamen Spitzen. Jetzt öffnete er die Schublade und nahm eine halbe Lage dünnen Papiers heraus, griff nach einem Bogen, hielt ihn eine Weile vor sich hin in die Luft, schließlich öffnete sich sein halb offenstehender Mund vollends, und er sagte aus voller Brust laut „Ja" und faltete den Bogen gemäß amtlicher Vorschrift in zwei Hälften.

Das war eine ernsthafte Handlung, die anstrengte, denn sogleich danach stand der Herr Doktor wieder auf und begann, um sich zu erholen, durch das Zimmer zu spazieren. Er ging komisch, so als ob er wankte, manchmal zwei Schritte vorwärts und einen zurück, wobei sein Haupt bald auf die Brust sank, bald sich in betonter Kühnheit emporreckte.

„Ja", wiederholte er dabei. „Wenn es also sein muß – und es muß sein, damit alles so rasch wie möglich geschehe! Ich bin in einer derartigen Klemme, daß höchste Eile not tut. Oh, diese alte Lakmus würde mich nicht entkommen lassen – und Klärchen auch nicht – ein braves Mädchen – aber ich habe mich bereits entschieden. Hier kann ich länger nicht bleiben, alles muß in wenigen Tagen in Ordnung gebracht sein. Morgen bringe ich Josefinchen das dritte Gedicht persönlich. Ich beginne ein Gespräch, überreiche ihr das Gedicht zum Lesen, werde dabei jede Regung meines Kätzchens beobachten, dann bringen wir es sofort zu Ende. – Die amtliche Eingabe aber schreibe ich heute – sogleich – ich bin gerade in der richtigen Verfassung –"

Der Herr Doktor hüllte sich in seinen Schlafrock und band die Schnur fest, wie um sich vor Kälte zu schützen, setzte sich entschlossen an den Schreibtisch, tauchte die Feder ein, ließ sie einigemal über dem Papier kreisen, dann setzte er an, und auf dem Blatt erschien ein mächtiges, schön geschwungenes L.

Wieder setzte er die Feder an, und rasch und sauber reihte sich Buchstabe an Buchstabe:

„Löblicher Magistrat der Königlichen Hauptstadt Prag!
„Der hochachtungsvoll Endesgefertigte gibt bekannt, in den Ehestand treten zu wollen mit . . .“
Er blickte auf das Blatt und schüttelte den Kopf. „Es liegt nicht an der Brille – es dunkelt, ich werde die Fenster schließen und Licht machen.“
Da hörte er ein zartes Klopfen an der Tür. Rasch ergriff der Herr Doktor einen unbeschriebenen Bogen und legte ihn über das begonnene Schriftstück, dann entschloß er sich zu einem leisen „Herein!“
In die Tür trat Wenzel.
„Störe ich nicht, Herr Doktor?“ fragte er und zog die Tür hinter sich zu.
„Keineswegs – kommen Sie nur!“ brummte der Doktor mit plötzlich heiser gewordener Stimme. „Ich wollte eben etwas beginnen – aber setzen Sie sich nur! – Was bringen Sie mir Schönes?“ Er fragte das aus Gewohnheit und ohne Bezug auf die Papierrolle in Wenzels Hand; weil aus lauter Verlegenheit alles vor ihm wie in einem Nebel verschwamm, hatte er Wenzel noch gar nicht genau angesehen.
Wenzel setzte sich. „Ich bringe Ihnen, Herr Doktor, etwas für unruhige Stunden, falls Sie damit Ihre Nerven beruhigen wollen. Es ist ein novellistisches Brausepulver, das zwar nicht vor Geist überschäumt, dennoch wie ein Brausepulver zu beruhigen vermag. Ein schlichter Einfall, vielleicht sogar armselig, aber eine neuartige Bearbeitung – mir widerstrebt nämlich, die geläufigen novellistischen Formen und Inhalte zu verwenden. Ich bin neugierig, was Sie zu diesem ersten Versuch sagen werden.“ Und er legte die Rolle auf den Schreibtisch des Herrn Doktor. Jede Bewegung Wenzels war von jugendlicher Frische.
„Sie lieben zu spielen – nun, Sie sind jung!“ lächelte der Herr Doktor. „Und wie geht es Ihnen, Herr Wenzel?“
„Augenblicklich schlecht, und ich habe die Hoffnung, daß es noch schlimmer wird. – Demnächst jagt man mich aus dem Amt – sie kamen mir auf einige meiner Aufzeichnungen, in denen ich auch den Herrn Präsidenten satirisch dargestellt habe. Der Hausherr muß meine Entlassung bearbeiten.“

„Unglücklicher, unvorsichtiger junger Mann!“ Der Herr Doktor schlug die Hände zusammen. „Und was wollen Sie jetzt anfangen?“

„Anfangen? Nichts. – Ich will Schriftsteller werden.“

„No – no – no!“

„Schließlich würde ich dem doch nicht entgehen. Ich vermute, daß ich dazu schon reif geworden bin. – Oder glauben Sie vielleicht, Herr Doktor, ich hätte dazu nicht genügend Talent?“

„Zu einem großen Schriftsteller bedarf es eines großen Talents, und kleine Schriftsteller können unserem Volk nichts nützen. Die kleinen sind nur ein Beweis unserer geistigen Mangelhaftigkeit, sie verderben den Geschmack unseres Volkes, und hat man das Bedürfnis, etwas Anständiges zu lesen, so greift man nach fremder Literatur. Nur der, welcher das Zeug zu ursprünglichen und neuen Gedanken in sich hat, kann mit Recht den Anspruch erheben, Schriftsteller zu werden. Geschickte Taglöhner haben wir mehr, als uns zuträglich ist.“

„Sie haben recht, Herr Doktor, und weil Sie so reife Ansichten haben, habe ich auch so unbegrenztes Vertrauen zu Ihnen. Ich stimme Ihnen zu, und ich selbst lege diesen Maßstab an. Verzichten wir auf die Worte ‚groß‘ und ‚klein‘! Dann sage ich kühn, vielleicht sogar überheblich, daß ich die Größe des Zieles kenne, und wer es genau kennt und etwas wagt, hat ein Stück Berechtigung in sich und wird es zu etwas bringen. Ich werde mich nicht damit begnügen, literarische Lükken auszufüllen, ich werde nicht nach Schablone arbeiten. Der Standpunkt der europäischen Literatur wird auch mein Standpunkt sein. Ich werde modern schreiben, also wahrhaftig, werde die Menschen aus dem Leben nehmen, das nackte Leben schildern, und ich werde ohne Umschweife sagen, was ich denke und fühle.“

„Hm – haben Sie Geld?“

„Fragen Sie, ob ich etwas bei mir habe? – Höchstens zwei Gulden, doch damit kann ich Ihnen kaum aus . . .“

„Aber nein! Ich meine, ob Sie Vermögen haben.“

„Sie wissen doch –“

„Dann werden Sie sich niemals durchsetzen! Ja, wenn Sie

ein genügend großes Kapital besäßen, das Sie ernährt und Ihnen die Veröffentlichung jedes genügend ausgereiften Werkes gewährleistet, dann könnten Sie in zehn Jahren die Anerkennung erlangen, daß Ihre Schriften in einem anderen als im Selbstverlag erscheinen. So aber wird daraus nichts. Ihr erstes, durchaus selbständiges Werk lassen Sie auf Schulden drucken und finden damit keinen Absatz, zum Druck des zweiten Werkes kommt es dann gar nicht mehr. Man wird über Sie herfallen, erstens wegen Ihrer Eigenwilligkeit, die man in kleinen Völkern und kleinen Familien nicht duldet, zweitens deswegen, weil Sie mit der Schilderung der Wahrheit bei der kleinen Welt und bei den kleinen Menschen Anstoß erregen würden. Die Boshaften werden sagen, daß Sie ohne Talent oder überhaupt dumm sind, die Gutmütigeren, daß Sie ein Narr sind. Reklame für Sie wird kein Mensch ..."

„Wem geht es schon um Reklame?"

„Anfangs ist sie immerhin notwendig, unser Volk glaubt ans Gedruckte; was ihm nicht empfohlen wird, darum kümmert es sich nicht. Darum wird man Ihnen zum Trotz Reklame für andere machen. Diese werden berühmt, Sie bleiben stecken, vergrämen sich, vielleicht werden Sie schriftstellerische Dummheiten machen, schließlich verdrießt Sie Ihre Schreiberei. Außerdem wird die materielle Frage Sie bedrängen. Ihnen wird nichts anderes übrigbleiben, als sich nach einer literarischen Fronarbeit umzusehen. Die Folge davon ist wiederum Unlust am Schreiben. Sie werden sich auf die allernotwendigste Arbeit beschränken, werden versauern oder bequem werden, Sie sind erledigt, denn neu anfangen ist unmöglich."

„Ganz so wird es gewiß nicht kommen. Ich verspreche mir sogleich von meiner ersten Veröffentlichung Erfolg. – Darf ich fragen, ob Sie den Ihnen übergebenen Band mit meinen Gedichten schon durchgesehen haben?"

„Ja."

„Und was, bitte, sagen Sie dazu?"

„Nun ja, sie lesen sich gut – einige Liedchen sind hübsch – aber ich bitt Sie, was soll unsereins mit Gedichten anfangen? – Sie täten am besten daran, sie zu verbrennen."

Wenzel sprang vom Stuhl auf. Unwillkürlich erhob sich auch der Doktor und stützte die Hand auf den Tisch. Eine Weile blieb es still. Wenzel trat ans Fenster und legte die Stirn an die Scheibe. Dann fragte er beklommen: „Sind Sie am Sonntag bei der Hochzeit?"

„Hochzeit? – Welche Hochzeit?"

„Fräulein Josefinchen hat mir gesagt, sie werde Sie bitten, Trauzeuge zu sein. – Ich habe die Ehre, den Brautführer zu machen."

„Und wer heiratet?"

„Ja wissen Sie denn nicht, daß Josefinchen am Sonntag mit dem Maschinenmeister Bavorák getraut wird?"

Dem Doktor wurde es schwarz vor den Augen, in seinem Kopf drehte sich alles, er sank ohnmächtig in den Stuhl.

Wenzel sprang an den Stuhl und beugte sich über den Zurückgesunkenen.

„Fehlt Ihnen etwas? – Was ist Ihnen?"

Er erhielt keine Antwort, aber das ununterbrochene laute Stöhnen belehrte ihn, daß Hilfe not tat. Er sprang zur Tür und rief hinaus: „Frau Lakmus – Fräulein Klärchen – bringen Sie rasch Wasser und Licht! Dem Herrn Doktor wurde übel." Dann trat er wieder zu dem Röchelnden, lockerte ihm das Halstuch und öffnete den Schlafrock.

Frau Lakmus kam mit einer brennenden Kerze, hinter ihr trat Fräulein Klärchen herein. „Wasser – schnell Wasser, hierher!" befahl Wenzel.

Der Herr Doktor aber hatte schon wieder die Augen aufgeschlagen und die letzten Worte gehört. „Nein! Nein! Kein Wasser!" brachte er mit Mühe hervor. „Mir ist schon wieder gut. Das kommt nur von der heutigen Hitze. Im Sommer passiert mir das manchmal."

„Lauf!" befahl Frau Lakmus. „Bring rasch ein Brausepulver und Himbeersaft! Wir haben das alles im Haus. Lauf, Klärchen!"

Fräulein Klara eilte hinaus.

„Nun ist es wieder gut", sagte Wenzel, „aber Sie haben mich schön erschreckt! Heute war es gar nicht so heiß. Aber nun ging's vorüber, und Sie sind in guten Händen. Ich darf mich also empfehlen. Adieu, Herr Doktor, Adieu, gnädige Frau!"

„Adieu", sagte der Herr Doktor mit einem erzwungenen Lächeln. „Und was ich Ihnen sagte, war gut gemeint."

„Davon bin ich überzeugt, und ich danke Ihnen. Adieu!" Wenzel verschwand.

Fräulein Klärchen brachte auf einem Tablett Wasser mit Himbeersaft und Brausepulver. Der Herr Doktor wehrte sich.

„Trinken Sie! Trinken Sie, mein lieber Schwiegersohn!" bedrängte ihn Frau Lakmus. „Wir bleiben ein Stündchen bei Ihnen. Ich wollte Sie ohnehin heute mit Klärchen überraschen und besuchen. Ihr seid beide wie Kinder, ängstlich und schüchtern. Wenn ich nicht wäre, ihr hättet euch nie gefunden! – Mein Gott, da hab ich vor lauter Aufregung den Leuchter dem Herrn Doktor auf das weiße Papier gestellt und gar nicht gesehen, wohin."

Sie hob den Leuchter und legte das Papier zur Seite. Das obere Blatt verschob sich, und Frau Lakmus gewahrte die Schriftzüge. Der Herr Doktor brachte kein Wort über die Lippen, er saß wiederum wie gelähmt.

Das Gesicht der Frau Lakmus wurde strahlend wie die Sonne. „Ist das aber schön! Ist das schön!" begann sie. „Schau an, Klärchen, der Herr Doktor schreibt das Gesuch um Heiratserlaubnis! Schau, er ist eben bis zu deinem Namen gekommen! Aber diese Freude müssen Sie Klärchen machen, vor ihr ihren Namen einzufügen! Nehmen Sie die Feder, bitte!"

Der Doktor saß wie festgebannt.

„Zieren Sie sich nicht so!" Frau Lakmus tauchte die Feder ein und drückte sie dem Herrn Doktor in die Hand. „Komm, Klärchen, und schau ihm zu!"

Wie ein Blitz durchfuhr den Herrn Doktor ein entscheidender Gedanke. Er ergriff die Feder, schob polternd den Stuhl vor den Schreibtisch, setzte sich nieder und ergänzte den unvollendet gebliebenen Satz: „Klara Lakmus."

Frau Lakmus klatschte vor Freude in die Hände.

„Und jetzt gebt euch einen Kuß! Jetzt dürft ihr! – Stell dich nicht so an, dummes Ding!"

10

Erregte Stunde

Über dem Laurenziberg steht klar und strahlend der Mond. Der dicht belaubte Hang ist von einem Lichtnebel überflutet – ein Traum, ein einziges Gedicht! Es ist, als sähe man durch klares Wasser auf dem Grund des Meeres einen Wald. Wie viele Blicke mögen jetzt über die mondbeschienenen Bäume streifen oder auf ihnen ruhen, in Gedanken versunken, von Gefühlen überwältigt!

Aus dem zweiten Stock des Hinterhauses blickt, ins Fenster gelehnt, Josefinchen zum mondbeglänzten Laurenziberg. Neben ihr steht ihr Bräutigam. Das hübsche ovale Gesicht des jungen Mannes ist in Mondlicht getaucht; es ist von einem dichten, blonden Bart umwachsen, die Augen strahlen vor Lebensfreude. Josefinchen blickt schweigend in die Flut des Lichtes, der Bräutigam kann sich an ihr nicht satt sehen. Er hat den Arm um ihren Nacken gelegt und zieht sie leise, ganz zärtlich zu sich, als fürchte er, den Blütenstaub der leuchtenden Stunde abzustreifen.

Er neigte sich zu ihr und berührte mit den Lippen ihre Locken, sie wandte sich zu ihm, griff nach seiner Hand und drückte sie an ihren Mund. Dann ließ sie sie aus ihrer Hand gleiten und streichelte die schöne, dichte Myrte auf dem Fensterbrett.

„Wie alt wäre dein Schwesterchen jetzt?" fragte sie befangen.

„Sie wäre so erblüht wie du."

„Deine Mutter weiß gar nicht, welche Freude sie mir damit gemacht hat, daß sie mir das Myrtenbäumchen geschickt hat, dazu von so weit!"

„Sie weiß es. Bei uns glaubt man daran, daß ein aus der Hand einer Toten eingepflanzter und bis zur Hochzeit gehegter Myrtenzweig Glück bringt. Ich habe den Myrtenzweig aus der Hand meiner Schwester genommen, als sie im Sarg lag, und eingepflanzt, die Mutter hat täglich für ihn gebetet und ihn mit ihren Tränen benetzt. Meine Mutter ist unaussprechlich gut."

„Wie du", sagte das Mädchen leise und schmiegte sich an ihren Bräutigam.

Sie schwiegen wieder und blickten in die schimmernde Luft wie in den Traum ihrer Zukunft.

„Du bist heut so still", sagte das Mädchen leise.

„Das wahre Gefühl macht sprachlos. Ich bin glücklich, so glücklich, daß ich auch später keine Worte finden werde, das Glück dieser Stunde auszusprechen. Geht es dir nicht auch so?"

„Ich weiß gar nicht, wie mir zumute ist. Mir ist, ich sei eine andere geworden. Wenn ich wüßte, daß das alles nicht so bleiben sollte, möchte ich am liebsten gleich sterben."

„Und der Herr Doktor würde am Grab seiner Gedichte weinen", scherzte der Bräutigam. „Siehst du", fuhr er, wieder ernst geworden, fort, „sei dem, wie ihm wolle, aber ich glaube, daß der, welcher wirklich liebt, so etwas gar nicht schreiben kann. Ich könnte es allerdings auch sonst nicht, aber ich glaube, daß der Doktor mit dir bloß Komödie spielt."

„Nein, er ist ein guter Mensch."

„Schau an, wie du ihn verteidigst! Sag, was du willst, aber die Gedichte haben dich doch gefreut."

„Nun – "

„Das hab ich mir gleich gedacht! Ihr Frauen seid alle gleich. Alle müßt ihr so nebenbei euere Schleckereien und Leckerbissen haben. Womit hab ich mir das verdient?"

„Aber Karl!" rief Josefinchen erschrocken aus und schaute ihn bestürzt an, als erkenne sie ihn nicht wieder.

„So ist es doch!" entrüstete sich der junge Mann. „Hättest du dich ihm und mir gegenüber nicht zweideutig verhalten, hätte er das nie gewagt." Er schob sie von sich, zog den Arm von ihrem Nacken, nur seine Hand blieb in der des Mädchens. Wie tot lag Hand in Hand.

Beide schauten schweigend vor sich hin. Sie standen, ohne sich zu rühren, und blickten ins Ungewisse. Sie atmeten kaum. Plötzlich fühlte Karl auf seiner Hand eine warme Träne, die aus Josefinchens Augen gefallen war. Er fuhr zusammen und drückte die Weinende fest an sich.

„Verzeih mir, Josefinchen! Verzeih!" bat er.

Das Mädchen schluchzte.

„Ich bitt dich, wein nicht! Zürn mir, aber wein nicht! – Du mußt nichts sagen – mich allein trifft alle Schuld – ich weiß, daß du keines Betrugs fähig bist – daß du mich so lieb hast wie ich dich!"

„Aber in dem Augenblick, als du mich wegschobst, hast du mich nicht geliebt."

„Es war ein böser Augenblick. Wie konnte ich nur so dumm und eifersüchtig sein! Wirklich, mir war so weh ums Herz, als sei darin alle Liebe erstickt. Ich konnte vergessen, daß du jung und schön bist, ich Narr! Ich weiß, daß ein gesundes Mädchen, das nicht verkümmert und nicht häßlich ist . . ."

Hinter den Liebenden bewegte sich etwas, beide drehten sich zugleich rasch um.

Die kranke Katuška war die ganze Zeit über hinter ihnen im Zimmer gesessen und hatte sich nicht gerührt, die Liebenden hatten die Arme vergessen. Bei den letzten Worten Karls hatte sie sich erhoben und war weinend auf einen Stuhl gesunken.

„Katuška!" rief Josefinchen traurig aus.

Die beiden Liebenden standen zitternd neben der armseligen, weinenden Katuška. Ihre Augen waren voll Tränen, ihr Mund zitterte, aber sie wagten nicht, auch nur ein Wort des Trostes zu sagen.

11

Ein novellistischer Erstling, der um gütige Nachsicht bittet

Wunderlich war Herrn Doktor Josef Loukota zumute, als er am folgenden Morgen, von der schönsten Sonne der Welt geküßt, erwachte. Sein Kopf brummte und drohte zu zerspringen, seine Nerven fieberten. Sonderbare Gestalten vermengten sich in seiner Einbildung, Josefinchen, Bavorák, Klärchen, Frau Lakmus, Wenzel – huschten hin und her, zwischen ihnen noch andere, ihm völlig fremde Menschen, auch alle möglichen Tiere und andere Phantome.

Plötzlich durchfuhr ihn der erste zusammenhängende klare Gedanke, ihm fiel ein, daß er ein Bräutigam sei. Im selben Augenblick gewahrte er neben dem Bett ein Tischchen, auf welchem irgendwelche beschriebenen Papiere verstreut lagen – schließlich wurde dem Herrn Doktor klar, daß er sich in seiner nächtlichen Schlaflosigkeit nach der gestrigen abendlichen Aufregung des ihm empfohlenen novellistischen Schlafpulvers, der ihm von Wenzel überbrachten Handschrift, bedient hatte.

Ich bin nicht willens, eine ins einzelne gehende Beschreibung der seelischen Erschütterung des Herrn Doktor zu geben. Meine Leser sind selbst klug genug, sich gemäß der Veranlagung des Herrn Doktor und der vorangegangenen Geschehnisse alles auszumalen. Um ihnen aber dabei ein wenig behilflich zu sein, halte ich es für meine Pflicht, ihnen nicht vorzuenthalten, was der Herr Doktor gelesen hat. Dann hat der Leser alle Hilfsmittel in der Hand, sich den bunten Traum des Doktors zu deuten.

Hier also die Novelle!

ÜBER EINIGE HAUSTIERE

Eine halbamtliche Idylle von Wenzel Bavor
Siebzehnte Seite aus dem Notizbuch des Herrn Andreas Dílec

... aurermeister soll etwas abgezogen bekommen, auf alle Fälle ziehe ich etwas ab, es ist doch wahr, was kann ihm der Verputz schon kosten, und seinem Maurergehilfen gibt er schließlich auch keine fünf Gulden, ich hätte ohnedies nichts machen lassen, wenn ich das gewußt hätte, und ich werde in Zukunft auch nichts mehr machen lassen. Das weiß ich, daß sie schließlich ... aber sie hat nichts als diese Schenke, und die bringt ihr nicht viel ein, ich könnte ihr zwar helfen, aber ihr Bub und mein Bub, das sind schon zwei Kinder, und man weiß nicht, wie viele noch nachkommen könnten, und wenn ein Mensch eine Witwe heiratet, muß er in die Zukunft blikken. Mein Haus ist zwar groß genug, und wer weiß, was ich später nicht noch tun könnte, jetzt aber tu ich gar nichts, und die ganze Nacht konnte ich nicht schlafen, denn mich verdrießt alles, das ist wahr. Sie will mich durch diesen Milchbart zwingen, aber das gelingt ihr nicht, ein solches Weib in gesetztem Alter sollte schon mehr Verstand haben, an dem liegt es nicht, daß er ausstudiert hat, was kann schon aus ihm werden, ein Doktor, Professor oder Redakteur, das wissen wir schon. Schade, daß sie einen Vertrag mit halbjähriger Kündigungsfrist hat, gleich müßte sie ausziehn, er nimmt sie bestimmt nicht, das weiß sie selbst, aber sie will mich ärgern. Wart nur, aber ich geb es dir, denn wenn ein Hausherr will, kann er immer, und ich weiß, was ich noch heut tun werde. Dann kannst du ruhig „Piepiep!“ und „Puttputt!“ rufen, wenn ich durch den Hof geh, und so tun, als ob du mich nicht sehen würdest, um mich nicht grüßen zu müssen und dein „Guten Morgen!“ zu stottern, heut ...

Privatbrief des Herrn Jan Střepeníček, Magistratsbeamten, an Josef Písčík, Konzipienten daselbst

Teurer Freund, mein geschätzter Gönner!

Gewiß werden Sie mir zu verzeihen geruhen, wenn ich mich an Euer Wohlgeboren mit einer Bitte wende. Sie hatten mir huldvoll versprochen, mich in meiner Beamtenlaufbahn durch Ihre Beziehungen und Ihre wertvollen Erfahrungen zu unterstützen. Verzeihen Sie, daß ich mit meinem Anliegen nicht mündlich zu Ihnen komme, aber Sie wissen, daß es die Herren Räte höchst ungern sehen, wenn sich ein Praktikant in ein anderes Büro begibt und nicht vor seinem Schreibpult sitzen bleibt.

Nun aber, damit ich Sie nicht unnötig aufhalte, zu meinem Anliegen und meiner Bitte! Der Herr Sekretär beauftragte mich heut, alle am gestrigen Tag eingegangenen Schriftstücke zur Verteilung an die verschiedenen Referate zu ordnen. Ich erachte das, so vermute ich, als eine Art von Prüfung, und bei meiner Unerfahrenheit bin ich bei einer Nummer in rechter

Verlegenheit. Wollen Sie mir erlauben, Euer Wohlgeboren mit dem Inhalt des in Frage stehenden Schriftstückes bekanntzumachen.

Der Prager Hausbesitzer, Herr Andreas Dílec aus CN 1213 – I., klagt gegen die Gastwirtin Helena Veleb, daß diese zu ihrem völlig überflüssigen Vergnügen eine große Anzahl von Hennen, Kapaunen und Hähnen halte, von welchen die letzteren unangemessen zeitig am Morgen durch ihr Krähen die Mieter des erwähnten Hauses aus dem Schlaf aufschrekken. Der Kläger fordert, daß der Beklagten das Halten von Geflügel verboten werde.

Dies der Inhalt des Schriftstückes, von dem ich nicht weiß, welchem Referat ich es zuteilen soll. Ich würde das Schriftstück Euer Wohlgeboren zur persönlichen Prüfung übersenden, aber Sie geruhen selber zu wissen, daß ich mich zur Weitergabe eines amtlichen Schriftstückes nicht entschließen darf. Ich bitte um einen freundlichen, wenngleich nach Ihrem Befund kurzen Rat, und verübeln Sie mir nicht, wenn ich bitte, mir ihre Antwort *versiegelt* zukommen zu lassen.

Euer Wohlgeboren ergebenster
Jan Střepeníček

Amtliches Schreiben N C Nr. 13211, zuhanden des Herrn Dr. med. et chir. Eduard Jungmann

Gemäß Präsidialanordnung wird Ihnen bekanntgegeben, sich am 4. August auf dem Rathaus, Zimmer Nr. 35, einzufinden, um sich von hier als Kommissionsmitglied mit einem Ihnen zugeteilten Beamten in CN 1213–I. zwecks Überprüfung einer in das Gebiet Sanitäres fallenden Angelegenheit zu begeben.

Prag, am 2. August 1858 Veřej m. p.

Privatbrief der Frau Helena Veleb, Gastwirtin, an ihre Schwester, verehelichte Aloisia Trousil, Gymnasialprofessorengattin in Chrudim

Liebe Schwester!

Ich grüße und küsse Dich tausendmal, und auch Toníček schickt Dir viele Küsse und Du möchtest ihm etwas schicken. Frag Deinen Mann, ob er sich noch an den Hans von den Kalhotka erinnert, ihren Jüngsten, der ist jetzt schon groß und ausstudiert und will auch Professor am Gymnasium werden. Er wird sich vielleicht deswegen seiner erinnern, weil er über die Ferien immer nach Hause gefahren ist, ich hatte ihn schon nicht mehr in Erinnerung, und Du würdest ihn auch nicht wiedererkennen, so groß und kräftig ist er geworden. Er kam über zwei Monate als Kostgänger zu mir, und da haben wir uns erst wieder gesprochen, als er kein Geld mehr hatte, Du weißt, wie das so bei den Studenten ist, besonders bei denen, die etwas vorstellen, aber er ist kein Tunichtgut und er ist mit seinem Studium schon fertig und er läßt Dich und Deinen Mann grüßen. Kalhotka ist sehr lustig, und ich lache viel über ihn, weil er aufrichtig ist. Er hat auf mich ein gedrucktes Gedicht gemacht, so was Verrücktes, aber als Professorengattin verstehst Du das, er schrieb dort, ich sei wie eine Sternennacht und ähnliche Dummheiten, daß ich glaubte, ich müßte mich über solches Parplaisir kranklachen, aber es war so sehr hübsch in unserer Zeitung gedruckt, und darüber stand in großen Buchstaben „Ihr", und das war ich.

Deinem Mann sag, es gehe ihn nichts an, ob ich mich wieder verheirate, und er soll sich nicht über mich lustig machen. Das ist doch klar, daß ich für den Witwenstand zu jung bin, und mein Kind braucht schließlich einen Vater, und Bewerber gibt es genug. Unser Hausherr Dílec möchte mich auch haben, aber er ist ungeschickt und möchte auch viel Geld haben, und das hab ich nicht, weil ich nur vom einen zum anderen Tag lebe. Dílec ist nicht sehr schlau und auf Kalhotka eifersüchtig, darum hat er mich beim Magistrat verklagt, weil ich angeblich viel Hennen und Hähne habe, und diese, so gibt er an, sollen seine Mieter am Morgen durch ihr Krähen stören. Es waren schon zwei Herrn bei mir, und ich hab mir eins gelacht, als sie immerzu einen Schwarm Hühner sehen wollten, den ich nicht habe, weil ich nur etwas Geflügel für den Hausbedarf und für meine Gäste halte. Der Hausherr wird eine

Wut haben, mag er, warum ist er so, ich kümmere mich nicht um ihn. Er ist schließlich kein pausbackiger Knabe mehr.

Ich schicke Dir den Hut für Fanynka, statt mit Rosen ließ ich ihn mit Kirschen aufputzen, das wird Dir hoffentlich nicht zu schreiend sein, und sei so gut und schreib mir, zu welchem Preis Du mir Butterschmalz besorgen könntest, es käme mir vielleicht doch billiger als in Prag, sei mir nicht bös, daß ich Dir so viel erzähl, wem aber sollte ich das alles erzählen, wenn ich niemanden hab, und ich bin eben einmal lustig. Denk an Deine aufrichtige Schwester

Helenchen

P. S. In Eile

Vierte Seite des Protokolls, aufgenommen bei der Sennatssitzung am 15. August 1858

... wurde auf Antrag des Herrn Rats Veřej die Tagesordnung angenommen, weil vor den Senat nur wichtige Dinge gehören.

Hierauf schritt man zu Punkt sieben.

Der Herr Rat Veřej referierte über die Klage des Herrn Dílec, Besitzer des Hauses C N. 1213–I., gegen Frau Helene Veleb, Gastwirtin ebendort. Herr Andreas Dílec beschwert sich darüber, daß die Gastwirtin Frau Veleb viel Geflügel halte, welches durch sein Gackern und Krähen am Morgen zur Belästigung der übrigen Mieter werde. Er legt den Bericht einer Kommission vor, bestehend aus dem Herrn Eduard Jungmann, Doktor med., und Herrn Josef Písčík, Konzeptsbeamten. Aus dem Bericht geht hervor, daß die Kommission die wichtige Klagesache am betreffenden Ort untersucht hat und feststellte, daß die angeklagte Gastwirtin im Hof zwei Hennen, einen Hahn und einen Kapaunen hält, und zwar nur für ihre Gäste, falls jemand Appetit auf Geflügel hätte.

Der vorsitzende Herr Bürgermeister ist der Ansicht, daß in diesem Fall nichts unternommen werden könne, besonders mit Hinblick darauf, daß des beklagten Geflügels so wenig ist und daß der Gastwirtin nicht zugemutet werden könne, alles in totem Zustand bereitzuhalten.

Der referierende Herr Rat Veřej weist darauf hin, daß der Kläger Herr Dílec etwas schwerhörig ist, infolgedessen es mit dem besagten Gackern und Krähen nicht so schlimm sein kann. Er stellt den Antrag, den Kläger abzuweisen.

Der Antrag wird einstimmig angenommen. Hierauf schreitet man zur Behandlung des Punktes ...

Privatbrief der Frau Helena Veleb, Gastwirtin, an ihre Schwester, verehelichte Aloisia Trousil, Gymnasialprofessorengattin in Chrudim

Schwester!

Ich grüße und küsse Dich tausendmal, und auch Toníček schickt Dir viele Küsse, und ich bin Dir wirklich bös, weil Du Dich so alt gibst, und dabei bist Du doch jünger, und wenn Du hundertmal Professorengattin bist, was ist das schon, deswegen bist Du nicht gescheiter als ich, spiel Dich nur nicht so auf, wir kennen das, und wer weiß, was Du machen würdest, wenn Du Witwe wärst. Ich mag und mag diesen Dílec eben nicht und ich lasse mir ihn nicht aufdrängen. Du möchtest auch nicht einen Menschen, der Dich beleidigt hat. Was kann ihm schon daran liegen, ob ich dick oder mager bin, und er muß mir nicht sagen, daß man aus mir drei Kadetten machen könnte. Wenn ich ihm nicht gefalle, dann muß er auch nicht hinter mir her sein, ich mag ihn nicht, das sag ich Dir. Und mußte er mich verklagen, wenn er mich liebt? Trotzdem hat er den Prozeß verloren, und jetzt kann er mich gar nicht mehr anschaun. Aber ich werde mich an ihm rächen, und alles ist schon eingefädelt. Ein Herr, Du mußt nicht erschrecken, daß es sich wieder um Kalhotka handelt, ich bin keine leichtfertige Jungfer, um Bekanntschaften mit Studenten zu haben, obwohl ich mir nichts daraus machen würde, ich bin mein eigener Herr, und lasse mir nicht befehlen; Kalhotka ist auch besser, als ihr meint, ich habe nicht daran gedacht, daß in Prag gesetzlich verboten sein soll, Borstenvieh zu halten, und Dílec hat im Garten Schweine, den ganzen Tag laufen sie im Garten herum. Toníček spielt mit ihnen, aber das tut nichts, und die Klage haben wir schon eingereicht, Dílec wird sich ordentlich ärgern, mag er. Du regst Dich auch über alles auf, und mich verdrießt, daß Dir das Hütchen zu schreiend ist, weißt Du was, schrei es halt auch an! Aber sei mir nicht bös, Du weißt, wes das Herz voll ist, des geht der Mund über, ich bin nun einmal so und dann unter Schwestern, das versteht sich doch. Denke an Deine aufrichtige Schwester

Helenchen

P. S. In Eile

Privatschreiben des Bürgermeisters der kgl. Hauptstadt Prag an Herrn Veřej, Magistratsrat

Geschätzter Herr Rat!

Weil ich Sie heut nicht mehr treffe, um mündlich über eine gewisse Angelegenheit mit Ihnen zu verhandeln, morgen aber in meiner Villa bleibe, schreibe ich Ihnen diesen Brief. Es handelt sich um die Klage der Gastwirtin Helena Veleb gegen Andreas Dílec, Besitzer des Hauses CN. 1213–I., den sie wegen des gesetzlich verbotenen Haltens von Borstenvieh verklagt. Ad manus inclitissimi praesidii ging diese Klage neuerdings ein, verfaßt von dem Herrn Advokaten Zajíček, der, wie Ihnen bekannt, zu den Gegnern der jetzigen Stadtverwaltung gehört. Wie ich mir berichten ließ, wurde diese Sache bereits schon einmal verhandelt, aber nicht gründlich. Die Ermittlungen des Herrn Vertreters dieses Stadtteiles und des Herrn Bezirksarztes sollen ergeben haben, daß Herr Dílec nur zwei Ferkel hält, die er für den eigenen Gebrauch großzieht; weiter wurde nichts unternommen. Es war nicht richtig, Herr Rat, zu geruhen, eine so wichtige Angelegenheit brevi manu nach Ihrem Ermessen und ohne den Senat zu erledigen. Es ist über allen Zweifel erhaben, daß auch Ferkel zum Borstenvieh gehören und das Halten derartiger Tiere in Prag streng verboten ist. Gerade jetzt, da im Herbst gewöhnlich stets cholera morbus in Erscheinung tritt, lastet auf uns eine schwere Verantwortung, zumal der Advokat Zajíček die Sache sicher weiterverfolgen wird. Wegen Dringlichkeit

und Gefährlichkeit der Angelegenheit wollen Sie, Herr Rat, gefälligst sofort eine neuerliche Untersuchung und Verhandlung der Sache anordnen, und wollen Sie diese außerdem gefälligst sofort danach im Senat bei meiner Anwesenheit verhandeln lassen und Ihren Antrag so abfassen, daß ex senatu concluso die Entfernung des beanstandeten Viehs innerhalb von acht Tagen befohlen werde.
Prag, den 17. September 1858

Privatbrief des Jan Kalhotka, Professorenanwärters, an seinen Freund Emil Blažíček, supplierenden Lehrer in Písek

In nomine domini teile ich Dir die frohe Botschaft mit, daß ich ernannt wurde zum Supplenten in Königgrätz, Festung, Stadt und Gymnasialort. Dahin also werde ich mich begeben, um den tschechischen Nachwuchs zu erziehen und wie Du „auf der ererbten Scholle der Nation" zu arbeiten, welches Zitat Du vielleicht schon irgendwo gelesen hast. Ich freue mich von Herzen auf meine erhabene Berufung, auf meinen neuen Lebensweg, vor allem darum, weil es in Königgrätz hübsche Mädchen geben soll, deren großer Liebhaber ich bin. Mein Glück bei Frauen ist fabelhaft, ich glaube, daß ich nichts anderes tun als lieben müßte, woraus sich alles andere von selber ergeben würde. In der letzten Zeit hatte ich keinen Groschen in der Tasche, was mir eben zuweilen passiert, trotzdem habe ich wie ein Baron gelebt, oder besser gesagt, wie ein zufriedener Gastwirt. Wisse denn: es handelt sich um eine junge Gastwirtin (Witwe), dazu noch Landsmännin, ich, ein Bursche wie eine Blume – nun, ich lebte, kurz gesagt, sehr, sehr billig. Aber meiner Landsmännin geht es nicht sehr gut, ihr Hausherr wollte sie nehmen, aber sie wollte nicht, weil sie mich geliebt hat, jetzt hat er ihr gekündigt, und sie weiß nicht, wohin. Ich habe ein Herz im Leibe, und weil ich zu etwas Geld gekommen bin, gehe ich nicht mehr zu ihr, um ihrem Glück nicht im Wege zu stehen. Frauen sind klug, besonders Witwen, sie wird sich schon zu helfen wissen. Schließlich könnte ich nicht behaupten, daß sie zu diesem Hausherrn nicht gut passen würde; sie werden ein ordentliches Paar, und ich sehe sie schon im Geiste am Sonntag einträchtig Nierenbraten mit Salat essen. Du siehst, daß ich ihr keine Komödie vorgespielt habe und daß sie mir nicht gleichgültig war, anders würde ich nicht so viel von ihr schreiben. Aber – was sollte ich mit ihr anfangen? Das ist es!

Ich schließe meinen Brief mit dem herzlichsten Wunsch, daß es auch Dir gut gehen möge.

Dein –

Erlaß der Statthalterei an Herrn Andreas Dílec, Besitzer des Hauses CN 1213–I., auf seinen Rekurs gegen den Magistratserlaß

... den angeführten Gründen kein Gewicht beigemessen werden kann, denn in Prag ist das Halten von Borstenvieh gesetzlich verboten, und der Einwand, daß sich der Herr Bürgermeister zwei Pferde hält, welche noch mehr Mist und Unannehmlichkeiten verursachen, hängt mit diesem Fall in keiner Weise zusammen. Herr Andreas Dílec wird hiermit zu einer Strafe von fünf Gulden österreichischer Währung verurteilt, wie er gleichzeitig angehalten wird, seine Ferkel innerhalb von drei Tagen zu schlachten oder aus Prag zu entfernen, andernfalls die Schlachtung oder der Abtransport von Amts wegen erfolgen würde.

Gegeben in Prag, am 14. Oktober 1858

Privatbrief der Frau Helena Veleb, Gastwirtin, an ihre Schwester, verehelichte Aloisia Trousil, Professorengattin in Chrudim

Liebe Schwester!

Siehst Du, Du hast recht, ich bekenne mich dazu, und das kommt daher, weil Du durch Deinen Mann klug und gescheit bist und ich nur ein dummes Weib nach meinem Seligen. Aber den Kalhotka wirf mir nicht länger vor, alles ist aus, er machte sich aus dem Staub, Du weißt ja, daß seine ganze Familie so war und daß unsere Mutter sie nie leiden mochte, aber ich bin daran nicht schuld, er redete und redete, und Du weißt ja, wie wir Weibsbilder sind und daß ich ein gutes Herz hab. Auch mit dem Dílec hast Du recht, und wenn ich nur wollte, aber jetzt weiß ich nicht, wie ich es anfangen soll. Mein Gott, ist der eingegangen! Es ist zu sehen, daß ihn das ärgert, aber er hat einen dicken Schädel und denkt, daß er weiß Gott wer sei, wenn er Hausherr ist, trotzdem ist wahr, daß er ohne Schulden und auch ein von Grund auf guter Mensch ist. Unlängst hab ich mit seinem Jungen gespielt, das ist ein reizendes Kerlchen, er hat so große blaue Augen und ein Gesicht, daß man ihn in die Wangen zwicken möchte, er ist nur ein halbes Jahr jünger als mein Toníček, und sie spielen jetzt schon wieder miteinander, und Toníček geht zu ihm hinauf, und da kam Dílec gerade nach Haus, aber ich stellte mich, als ob ich ihn nicht sehen würde, und herzte seinen Jungen, er blieb stehen, sagte kein Wort und ging weiter, aber nach dem Jungen hat er nicht geschickt, was er sonst tut. Ich danke Dir für die Butter, sie war aber nicht billig, und in Prag auf dem Markt hätte ich sie für dasselbe Geld bekommen, aber sie ist recht kernig. Bis zum Tag der heiligen Katharina haben wir noch fünf Wochen, und morgen bringe ich dem Dílec selbst den Zins, aber ich sag Dir, ich werd mich schämen, siehst Du, das ist doch schön von ihm, daß er mich nicht mahnt. Toníček schickt Dir viel Küsse, und Du möchtest ihm auch etwas Hübsches schicken. Ich küsse Dich und Deinen Mann und ich verbleibe ewig Deine treue Schwester

Helenchen

P. S. In Eile

Notizbuch des Herrn Andreas Dílec, Seite einunddreißig

... noch niemals so zufriedne Weihnachten hatte. Helenchen ist eine gute Hausfrau und gute Köchin, und sie liebt mich sehr, sie ist gar nicht so bös, wie ich dachte, sie folgt mir aufs Wort und ist fast besser als meine selige erste Frau, Gott geb ihr die ewige Ruhe, und jetzt glaub ich ganz und gar, daß sie diesen Studenten aber auch nicht ein bißchen gern gehabt hat, so wunderlich sind die Weiber, wenn sie jemanden ärgern wollen, den sie besonders lieben. Wenn sie immer so bleibt, und sie bleibt so, das ist schon zu sehen, wird es sie nicht gereuen, denn sie wird sehen, daß ich ihrem Kind ein guter Vater sein werde und daß ich ihrer gedenken werde, wenn ich von heut auf morgen sterben soll, im Frühjahr laß ich auch das Haus streichen, und aus dem Garten machen wir ein Restaurant mit Musik, schon jetzt geht das Geschäft anders, wenn ein Mensch leere Hände hat, kann es freilich nicht aufwärtsgehn. Und jetzt werd ich wohl auch mit den Prozessen Ruh bekommen, heute kamen zwei Herrn und sagten, es sei wegen meines Rekurses nach Wien, ich habe darauf schon vergessen, und ich schaute sie lange an und verstand nicht, worum es sich handelt, aus Wien kam der Befehl, die ganze Angelegenheit von neuem und gründlich zu untersuchen, was aber will man untersuchen, wo ich doch die letzte Leberwurst heut zum Frühstück aufgegessen hab. Helenchen hat wie verrückt gelacht, und sie hat jetzt genug Schweineschmalz in der Küche, jetzt weiß ich wirklich nicht, wer gewonnen hätte und ...

12

Fünf Minuten nach dem Konzert

Der schwache kindliche Sopran winselte sich schrecklich hoch empor, Fräulein Valinka schloß das Notenheft, der Klavierspieler, der sie begleitet hatte, beendete mit ein paar raschen Akkorden das Nachspiel, und ein gut eingelerntes Lächeln mit der dazugehörenden Verneigung zeigte den Schluß des Konzerts an.

„Ist das eine Freude – aus ihr wird einmal eine große Künstlerin – und Sie, Herr von Eber, Sie werden ein glücklicher Mensch!“ sagte Frau Bauer begeistert, hörte im Klatschen auf und erhob sich von ihrem Stuhl, um Valinka in ihrem unbeschreiblichen Jubel zärtlich zu umarmen. Nach ihr standen alle Anwesenden auf – an die zwanzig hatten sich eingefunden und waren in zwei Reihen im Paradezimmer gesessen –, und über Valinka regneten Küsse, so daß die Gefeierte kaum genug Atem hatte, auszurufen: „Aber – meine Frisur – Mama!“

Herr Eber, der während des ganzen Konzerts zwischen dem Pfeiler und dem Fenster gestanden hatte, schluckte vor Aufregung, öffnete und schloß die Augen und sagte dann ergriffen: „Zwei Jahre müssen wir sie wohl noch üben lassen, dann sollen sie sie haben. Sie wird dann zwar erst vierzehn, und die Leute werden staunen, aber was liegt daran, wenn das Talent so überzeugend ist? Würden Sie, Frau Bauer, für möglich halten, daß sie in Französisch mit nur zwanzig Lektionen einen derartigen Fortschritt gemacht hat, daß sie mit ihrem Lehrer schon ausgezeichnet konversieren kann?“

Frau Bauer klatschte vor Bewunderung in die Hände. „Ist so was möglich? Ist das wahr, Valinka?“

„O oui, madame“, bestätigt Valinka.

„Nun sehen Sie, ich habe mich auch wie ein Narr gewundert. Aber es kommt auch daher, daß sie gute Lehrer hat. Besonders der Gesangslehrer ist gut. Er hat eine ausgezeichnete Methode, achtet auf jede Kleinigkeit, steckt ihr sogar den Daumen in den Mund, wenn sie ihn nachlässig öffnet. Aber in Prag bleibe ich mit ihr nicht!“

„Das wäre eine Sünde!“ stimmte Frau Bauer zu und setzte sich wieder neben ihre Tochter.

Fräulein Marie, an deren linker Seite Herr Oberleutnant Kořínek saß, der Bräutigam der Freundin, hatte am Ende des Konzerts eigens ihre Handschuhe ausgezogen, um möglichst kräftig klatschen zu können. Herr Kořínek, ein Mann von schwächlicher Gestalt, kränklichem Aussehen und einem ständigen, aber versteinten Lächeln um den zahnlosen Mund, klatschte mit.

„Aber mir ist heiß geworden“, sagte das Fräulein nach vollendeter Arbeit mit einem süßen Lächeln zu ihrem sich noch immer abmühenden Nachbarn. „Wir Mädchen haben aber auch gar keine Kraft. Schön singt das Kind, nicht wahr?“

„Wie denn nicht?“ pflichtete der Oberleutnant bei. „Besonders das c am Schluß war herrlich.“

„Es war aber nur ein f – oder?“ wandte das Fräulein ein.

„Aber nein, es war ein c, und vorher war auch schon einmal ein c gewesen; wenn es so hoch hinaufgeht, ist es immer ein c."

Das Gesicht von Fräulein Marie zog sich in die Länge und wurde starr. „Verzeihen Sie, sind Sie auch musikalisch?" fragte sie, um überhaupt etwas zu reden.

„Ich? Nein. Sie sagten, ich habe kein Talent dafür. Aber mein Bruder spielte sogar nach Noten, und zwar jedes Stück jedesmal genau gleich."

„Ich hatte auch einen solchen Bruder", seufzte das Fräulein, „aber der Arme ist schon tot. Ein herrlicher Tenor! Vom hohen c, von dem Sie vorher zu sprechen geruhten, bis hinunter zum a. Ich sage Ihnen, bis hinunter zum a!"

„Das muß ja herrlich gewesen sein!"

„Lieben Sie Musik sehr?"

„Natürlich."

„Da gehen Sie wohl oft in die Oper?"

„Ich? – Nein. Das kostet viel Geld, und schließlich hat man nur zwei Ohren. Einmal hörte ich eine Oper, die hat mir gefallen – wie hieß sie nur schnell? – das ist doch zu dumm! – aber sie hat mir gefallen. Sonst habe ich an Opern keine Freude, ich bin eben einmal Soldat, und ich ärgere mich, wenn ich so einen kräftigen Burschen, der die türkische Trommel schlagen könnte, das Violinchen spielen sehe. Dann kann ich auch nicht ausstehn, wenn eine Sängerin ihre Zirkumflexe, oder wie man das nennt, macht."

Das Fräulein Marie wandte sich plötzlich ihrer Mutter zu.

„Nun, wie unterhältst du dich mit ihm?" flüsterte sie ihrer Tochter zu.

„Gut. Ich glaube, er erkennt die Streichhölzer nicht, wenn sie mit dem Köpfchen nach unten liegen."

„Das macht nichts."

„Natürlich macht das nichts", beendete Fräulein Marie das nur geflüsterte Gespräch und wandte sich wieder ihrem Nachbarn zu. „Aber schön ist doch, daß sie ihrem Kind eine solche Ausbildung ermöglichen. Besonders wenn man bedenkt, daß sie eigentlich selber nichts haben. Sie stecken über beide Ohren in Schulden, wir haben auch Geld auf diesem Haus – ich warne die Mutter immer wieder, vorsichtig zu sein, aber sie ist zu gut.“

Herrn Kořínek gab es sichtbar einen Ruck. Er wollte etwas sagen, etwas fragen, aber im selben Augenblick war zu hören und zu sehen, daß die Gesellschaft im Aufbruch war. Auch Fräulein Marie und Frau Bauer erhoben sich.

„Wir haben einen so weiten Heimweg und sind allein“, beklagte sich Fräulein Marie dem Oberleutnant gegenüber. „Ich hatte niemals irgendeine Bekanntschaft, und galante Herren sind selten geworden.“

„Darf ich vielleicht – ?“ fragte der Herr Oberleutnant mit einem höflichen und entgegenkommenden Lächeln.

„Ach, das wäre nett – Mama, Herr Kořínek begleitet uns!“

„So ein Stück Weg! Aber dann kann der Herr Kořínek gleich bei uns zum Abendessen bleiben, nicht wahr? Wir wollen uns gut unterhalten.“

Die Hausfrau hatte sich von den Gästen bereits reihum verabschiedet, Fräulein Mathilde, die Herrn Kořínek für einen Augenblick hatte allein lassen müssen, um sich den Gästen zu widmen, verteilte eben Küsse; da flüsterte ihr Frau Eber etwas zu. Fräulein Mathilde kam zu dem Herrn Oberleutnant zurück und sagte leise zu ihm: „Sie bleiben doch noch? Mama läßt sie auf ein Stückchen Schinken einladen – “

„Ich – ich bin – “

„Liebes Mathildchen!“ sagte Fräulein Marie und begann ihre Freundin herzlich zu umarmen, „ihr habt uns ein großes Vergnügen bereitet. Schade, daß es nicht länger gedauert hat, denn weil wir nicht allein nach Hause gehen müssen, brauche ich keine Angst zu haben, Herr Kořínek hat uns eben versprochen, uns zu begleiten, da wir so weit weg wohnen. Adieu, mein Engelchen, gib mir noch einen Kuß – so! – Küß die Hand, gnädige Frau!“

Fräulein Mathilde stand bleich und rührte sich nicht.

„Begleit doch Fräulein Marie“, drängte sie die Hausfrau. „Was ist mir dir? Ach!“ seufzte sie, als sie sah, daß sich der Herr Oberleutnant zugleich mit den beiden Bauers zum Gehen anschickte.

„Nochmals lebwohl, mein Engelchen!“ winkte Fräulein Marie und schwebte zur Tür.

Fräulein Mathilde stand wie festgefroren.

13

Nach der Ziehung

Frau Bavor saß bequem und behaglich hinter dem Ladentisch, denn am Freitagnachmittag, bevor einige wenige kommen, um etwas zum Abendessen einzukaufen, pflegt in einer Hökerei wenig los zu sein. Ihr Mann war irgendwo in Geschäften in der Stadt, Wenzel war sowieso nur selten zu Haus, und Frau Bavor saß allein da und beschäftigte sich mit ihren Traumbüchern, Aufzeichnungen und mit Zahlen beschriebenen Blättern. Damit unterhielt sie sich gut, gähnte zwar dann und wann, war aber offensichtlich zufrieden, ihr Gesicht strahlte, ihre Augen funkelten unter den Gläsern ihrer geflickten Brille.

Plötzlich blinzelte sie nach dem Ausgang, auf dessen Schwelle jemand erschienen war. Es war die Gastwirtin. Frau Bavor stellte sich, als habe sie deren Kommen nicht bemerkt, und vertiefte sich wieder in ihre Zahlen. Die Vermutung liegt nahe, daß der Vorfall beim Begräbnis der seligen Žanýnka auch noch auf den heutigen Tag seinen schweren Schatten wirft.

„Gelobt sei Jesus Christus!“ sagte die hereintretende Gastwirtin.

„In Ewigkeit“, antwortete die Bavor, ohne den Kopf zu heben.

„Haben wir also was gewonnen?“ spann die Gastwirtin das Gespräch an.

„Viel ist’s nicht, was wir zusammen gewonnen haben“, antwortete die Bavor kühl, wobei sie auf das Wort „zusammen“ einen besonderen Nachdruck legte.

„Zusammen – hm – gewiß – der Kaufmann hat mir gesagt, daß Sie die Reihe noch einmal gesetzt haben, aber so, wie Sie

Gemischtwarenhandlung auf der Kleinseite

sie mir genannt hatten, bevor wir uns besprochen hatten; und daß Sie darauf einen Terno gemacht haben." Jedes Wort war scharf und klang wie von einem Untersuchungsrichter.

„Nun ja, wenn ich mich auf meinen eigenen alten Kopf verlasse, geht's immer gut aus."

„Bin ich schließlich nicht auch an dem Terno beteiligt?"

„Ich wüßt nicht warum."

„Das ist ein Betrug!

Die Bavor wurde weiß wie eine Wand. Noch immer hielt sie den Kopf gesenkt und antwortete langsam und mit eiskalter Stimme: „Haben Sie etwas zu meiner Reihe bezahlt? Sie haben geraten, die Nummern zu ändern, auf diese haben Sie gesetzt und einen halben Ambo gewonnen. Damit sind wir miteinander quitt."

Die immerhin verstellte Kälte machte auf die Gastwirtin dennoch Eindruck. „Deswegen müssen wir uns nicht zanken", sagte sie ebenfalls gemacht friedfertig. „Ich gönne jedem, was Gott ihm schenkt – warum nicht auch Ihnen. Herr Wenzel und meine Márinka – haben die einander gern!"

„Eile mit Weile! Sie sind jung – man soll nichts überstürzen – außerdem – ich mag keinen Stolz, mein Sohn ist der Sohn einer Krämerin, und was aus ihm wird, wollen wir abwarten. So mein ich das."

„Sie werden doch nicht annehmen, daß ich mich Ihnen aufdrängen will? Das habe ich nicht nötig, meine Tochter ist nun einmal die Tochter einer Bürgerin, das nimmt ihr niemand!"

„Sie soll sich davon satt essen!" sagte die Bavor giftig und nahm die Brille ab.

„Ehre, wem Ehre gebührt, wer sie nicht hat, bekommt sie nicht!" kreischte die Frau Gastwirtin. „Ich kann mich überall sehn lassen, ich habe überall Zutritt, aber aus einem Holzhacker macht man keinen Herrn, und wenn man ihn vergolden würde. Das ist meine Meinung, mehr sag ich nicht – ich empfehle mich!" Und die Gastwirtin entschwand.

„Gehorsamste Dienerin!" rief ihr die Bavor nach und hob erst jetzt den Kopf.

Sie schaute eine Weile hinaus. Ihr Gesicht bekam rasch die alte Farbe wieder, ihre Augen strahlten wieder. „Komm du mir nur!“ sagte sie laut; sie war sichtbar mit sich selber so zufrieden, daß sie sich nicht weiter nutzlos aufregen wollte.

Dann setzte sie die Brille auf und kramte wieder in ihren Traumbüchern und Zahlen, denn sie war mit Leib und Seele eine Lotterieschwester, eine Lotteristin höchsten Grades, das Lotteriespiel war für sie eine Wissenschaft, und sie genoß in ihrem Fach rundum im ganzen Viertel unbestrittenen Ruhm. Aber eine echte Lotteristin ist mit ihrem Studium nie zu Ende, wenn sie sich auf der Höhe ihrer Wissenschaft halten will, sie muß ihr jede freie Weile widmen.

Niemand würde glauben, welcher weitläufigen Vorbereitungen es bedarf, um im Lotteriespiel auch nur ein einziges Mal auf Nummer sicher zu setzen! Eine gute Nummer errechnet man nicht mit seinem kühlen Verstand, sie kommt einem auch nicht aus der Erleuchtung, sondern höchstens durch einen großen Zufall, dessen aber kein auch noch so Achtsamer gewahr wird; eine gute Nummer ist keine mathematische Größe, auch keine überstoffliche Vision, sie kommt weder aus dem Verstand noch aus der Phantasie, sie läßt sich am besten mit einer Blume oder noch eher mit einem Kristall vergleichen, welche Zeit zum Aufblühen und Ausreifen brauchen, aber auch einen festen Boden unter sich haben müssen, und dieser Boden ist für eine gute Nummer das menschliche Herz. Ja, das Herz ist die wahre Grundlage für die Nummern, und so, wie das menschliche Herz mit der ganzen übrigen Welt zusammenhängt, so, wie der entfernteste Stern mit seiner magnetischen Kraft auf das Herz einwirkt, so hängt auch die Nummer mit der ganzen Welt zusammen. Aus diesem Grund ist das Finden der richtigen Nummer die unbestreitbare Begabung des weiblichen Bereichs, und sobald sich ein Mann damit einläßt, gerät er sofort auf Abwege, versinkt und erstickt im Sumpf des berechnenden Verstandes.

Wenngleich die Bavor es nicht so schön wie wir darzulegen vermochte, war ihr alles dennoch ganz und gar bewußt. Sie pflegte die Nummern, wie ein Gärtner aus dem Samen seine Blumen großzieht, war gleich weit entfernt von dem Zufallsspiel mit den bei den Kaufleuten ausgehängten Abreißzetteln; die Grundlage ihrer weitläufigen Operationen war das Traumbuch „Kumbrlík".

Gewiß ein mystischer Name, mystisch schon durch die Tradition wie durch den Titel dieser wertvollen Schrift, welcher lautet: „Deutungen des tiefen Sinns der Natur einiger Träume, welche die Art der Träume nach verschiedenen Ursachen erklären, und Hinweise auf die Nummern, die nach der Bedeutung der Träume in der Lotterie gesetzt werden können." Das Vorwort zitiert einige alte Weise, es spricht von Aristoteles und der Gemahlin Hektors, von Severus und der Mutter Vergils, von der Jakobsleiter und den pharaonischen Kühen, vom Traum der drei Könige aus dem Morgenland und des Nebukadnezar in Babylon, spricht über alles das in demselben klaren Stil wie dem des mitgeteilten Titels, einem Stil, den der bloße Verstand nicht durchdringen, wohl aber das Gefühl begreifen kann.

Die richtige Traumdeutung ist die Grundlage für die Lotterie, und einer solchen Deutung dient der „Kumbrlík". Jedoch nicht jeder Traum eignet sich zur Deutung. Es gibt gewisse Monate, die nur wenige ausgesprochen glückhafte Tage haben; diese sind jeder geschulten Lotteristin wohlbekannt, denn es sind „Vermutungen alter, hervorragender Sterndeuter, vom höchsten Lenker aller Planeten bestätigt". Allerdings gebiert ein glückhafter Tag seine Perle nicht sogleich, denn nur der Unerfahrene weiß nicht, daß es acht verschiedene „Geschlechter" von Träumen gibt und daß von ihnen das fünfte das rechte ist. Zunächst muß das Traumlotto von der Auslegung alle jene Träume ausschließen, die von einem bösen Geist herrühren (achtes Geschlecht), wie auch die, welche gottgefälligen Menschen als unmittelbare Offenbarung zuteil werden (siebentes Geschlecht). Träume, die „im Stamm irgendeiner Krankheit", in der Hitze des Blutes oder der Gedanken, im Wasser in der Leber oder Lunge, ihren Ursprung haben, fallen ebenfalls nicht ins Gewicht. Das fünfte Geschlecht der Träume aber wird in jenen hervorgebracht, „welche zur Nacht wenig oder gar keine Nahrung genossen haben und zugleich von gesunder und ruhiger Sinnesart" sind. Eine echte Lotteristin muß sich der Traumgeschlechter wegen einer besonderen Lebensart befleißigen, und die Bavor befleißigte sich ihrer.

Der „Kumbrlík“ gibt zu einem gelungenen Traum die notwendigen Nummernhinweise. (Es gibt allerdings noch viele Arten von Traumbüchern, unter ihnen auch solche mit Bildern, aber, obwohl jedes seine Vorzüge hat, der „Kumbrlík“ überragt sie alle wie die Schneekoppe die Berge.) Die auf diese Weise gewählten Nummern sind zwar nicht über alle Irrtümer erhaben, aber man setzt sie für die nächste Ziehung, um gewissermaßen den Backofen anzuheizen. Gewinnen sie sogleich, gut; gewinnen sie nicht, so schadet das nicht; das Riskontro, der Lotterieschein, wird nicht weggeworfen, sondern aufgehoben. Die Lotteristinnen teilen die Zeit des Traumes in vier Abschnitte ein, jeden Traum zu drei Stunden. Die siebente Abendstunde gilt ihnen als die erste Stunde, was allerdings veraltet ist. Nach dem Zeitabschnitt, in welchem der Traum entstand, weiß man sicher, wann man auf Erfüllung hoffen darf, entweder am achten Tag oder bei der dritten Ziehung, innerhalb von drei Monaten, drei Jahren, selbst zwanzig Jahren. Es ist daher unbedingt wichtig, daß die Lotteristin ihre sorgfältig geordnete Sammlung erprobter Riskontros sammelt und aufbewahrt.

Das aber sind noch lange nicht alle Hilfsmittel einer Lotteristin. Die Bavor kümmerte sich zwar nicht um solche Dummheiten wie zum Beispiel jene, neunzig abgerissene Nummernzettel zusammen mit einer großen Kreuzspinne in ein Glas zu tun, damit diese an ihrem Faden eine Nummer herausziehe – dazu war die Bavor zu vernünftig; aber sie besaß ein langes Leinwandsäckchen und darin neunzig Kügelchen; davon zog sie an jedem Tag mit der rechten Hand drei und mit der linken Hand drei heraus. Die so herausgezogenen Nummern schrieb sie mit Angabe des Tages sorgfältig auf besondere Blätter und vermerkte dazu „Ich“, denn sie ließ täglich auch ihren Mann und ihren Sohn sowie andere ihr sympathische Personen ziehen und schrieb alle Nummern mit den Namen derer, die sie gezogen hatten, auf. Die bei den öffentlichen Ziehungen herausgekommenen Nummern schrieb sie wiederum auf ein anderes Blatt, denn ein solches Verzeichnis ist wichtig; mit Sicherheit läßt sich das Gesetz allerdings nicht erkennen, nach welchem sich die gezogenen Nummern wiederholen, aber wenn man zu bestimmten Zeiten das Verzeichnis durchsieht, zuckt es bei einer gewissen Reihe in einem, und das ist dann die Eingebung.

Schließlich: wenn die Zeit kommt, in welcher der Traum eines guten Tages und guten Geschlechtes seiner Erfüllung entgegengehen soll, wenn du auch noch in dieser Zeit zugleich mit der rechten und linken Hand dieselben Nummern ziehst, wenn sich dazu auch gar noch die Eingebung gesellt, dann geh und setze, denn jetzt besteht keinerlei Zweifel mehr, daß du gewinnst. Alles das hatte die Bavor befolgt, hatte die Reihe unverändert und nach ihren Kenntnissen und in ihrer völligen Siegesgewißheit ohne Ambo gesetzt und gewonnen. –

Ich habe gesagt, daß eine richtige Lotteristin mit ihrer Arbeit nie fertig ist; will sie sich auf der Höhe halten, muß sie jeden freien Augenblick nützen. Nach einem Terno gab die Bavor das Spiel noch lange nicht auf, die Lotterie war ihr ein Bedürfnis, der Schleifstein ihres Geistes, der Trost ihres Herzens, deswegen treffen wir sie schon wieder in ihre Arbeit vertieft an.

Sie schrieb und übertrug und ordnete, als Wenzel hereintrat. Er grüßte und blieb vor dem Ladentisch stehen.

Die Bavor nickte, arbeitete aber ruhig weiter. Schließlich nahm sie das Leinwandsäckchen mit den größeren Kugeln, mischte sie durch Schütteln und reichte es Wenzel.

„Du hast heut noch nicht gezogen – zuerst mit der Rechten! Weißt du überhaupt schon, daß du ab heut aus dem Amt gejagt bist?“ fragte sie seelenruhig.

„Was?“ stammelte Wenzel und starrte die Mutter an, der Klang ihrer Stimme hatte ihn verwirrt.

„Einmal hast du wie ich gezogen, komisch, immer wieder zieh ich diese Dreißig! – Ja, der Hausherr war hier und läßt es dir sagen. Ich bitt dich, was gab's bloß gestern mit dem Friseur? Zu Mittag war diese verrückte Tochter des Hausherrn hier und sagte, sie lasse dir vielmals danken, du hättest ihr einen großen Dienst erwiesen.“

„Nichts ist gewesen. Sie hatten am Abend ein Hauskonzert, und der Friseur, welcher dem Fräulein die Frisur richten sollte, war im finstern Durchgang hinter die Wäschemangel gefallen und hatte nicht mehr herausgekonnt. Ich sprang ihm zu Hilfe und zog ihn heraus, Márinka war auch dabei – "

„Das laß dir gesagt sein, das mit der Márinka hört mir auf! Frag nicht, ich will das nicht! Genug. Ihre Mutter ist unordentlich und unaufrichtig", sagte die Bavor kurz und bündig, während sie die von Wenzel gezogenen Nummern notierte. „So – und jetzt zieh mit der Linken! – Und die vom Hausherrn hat sich hier schön gedreht und gewunden. Du sollst entschuldigen, daß sie dich gestern nicht eingeladen haben. Sie habe sich, hör ich, geschämt – die und schämen! –, und die Alte habe, so sagte sie, vergessen, und jetzt bedauern sie es. Ich weiß gut, was sie wollen! Sie wissen vor Schulden nicht ein und aus, und sie haben es schon vom Kaufmann, dieser Klatschbase, gehört – aber du weißt es noch nicht, daß ich einen Terno gewonnen habe."

„Einen Terno?" stammelte Wenzel wieder.

„Ja, einen Terno secco auf Fünfzig – wir bekommen ein paar tausend –"

„Ist das wahr, Frau Mutter?" jubelte Wenzel und klatschte in die Hände.

„Hat deine Mutter je gelogen?"

Wenzel sprang hinter den Ladentisch und umarmte und küßte die Mutter.

„Aber – aber, du Narr. Du wirst doch nie vernünftig!" wehrte ihn die Bavor ab. „Ich hab gewußt, daß das einmal kommen muß. Und du – hältst dich jetzt dazu und studierst zu Ende."

Wenzels Augen wurden feucht. Er lief und nahm einen Bund Schlüssel von der Wand.

„Wohin willst du?"

„Aufs Dach."

„Und dort?"

„Lebenspläne schmieden."

14

Eine zärtliche Familie

Der Hausherr ging im Zimmer auf und ab. Er war noch im allerfrühesten Zustand und in Hosen, von denen hinten die Hosenträger herabbaumelten. Das Hemd stand über der Brust offen, die noch ungekämmten Haare flatterten wild hin und her. Sein kantiges und runzeliges Gesicht hatte einen bedenklichen Ausdruck, seine Arme schlenkerten beim Gehen sinnlos um den Körper.

Die ebenfalls noch recht spärlich bekleidete Hausfrau stand mit einem Wischlappen in der Hand vor dem Wäscheschrank. Sie tat so, als ob sie abstauben würde, aber jede ihrer Bewegungen verriet ebenfalls verhaltenen Zorn.

Die Ursache dessen war eine dritte Person, die auf einem Stuhl am Tisch saß. Ein Eingeweihter konnte die Lage augenblicklich erraten. Der Fremde gehörte nach seinem Gesicht zu jenem Volk, von dem uns eine Gestalt wohlbekannt ist – Judas. Dem Unbekannten war der Haushalt des Herrn Eber offensichtlich nicht fremd, denn bald setzte er, als sei er hier zu Haus, seinen schäbigen Hut auf den kahlen, von wenigen grauen Haaren umkränzten Kopf, bald nahm er ihn wieder ab; er trommelte mit den Fingern auf den Tisch und spuckte ungeniert auf den Boden. Aus seinen Augen schaute bewußte Überlegenheit, und er lachte unverschämt selbst mit den herabhängenden Lippen.

Plötzlich gab er sich einen Ruck, stützte sich auf den Tisch und erhob sich.

„Ich seh also, daß ich hab hinausgeworfen auch hier mein Geld“, sagte er laut, „aber ich weiß mir zu helfen, keinen Kreuzer geb ich mehr!“

Die Hausfrau wandte sich an ihn und sagte mit einem gemacht liebenswürdigen Lächeln: „Nur noch fünfzig Gulden, Herr Menke! Helfen Sie uns, und Sie werden sehen, daß wir dankbar sind.“

„Was ist das, ‚dankbar‘ – wie?“ spöttelte der Jude. „Ich

wäre auch dankbar, wenn mir jemand fünfzig Gulden schenken wollte!"

„Wir stehen Ihnen doch gut dafür, Herr Menke, wir haben da unser Haus – "

„Haus! In Prag gibt es viele Häuser und auch viele Hausherrn, das weiß ich; aber wissen Sie, wer ist in Ihrem Hause der Hausherr? Ich hab Ihren Gehaltsbogen, freilich, aber was nützt mir der, wenn ich mir daraus kann nicht einmal meine Prozente holen? Wenn ich nicht hab bis Dienstag meine Zinsen, geh ich zum Herrn Präsidenten!" Und er trat zur Tür.

„Aber Herr Menke!"

„Nix da! Ich hab Kinder und kann mich nicht bringen lassen um mein Geld. Empfehle mich!" Er ging und ließ hinter sich die Tür sperrangelweit offenstehen.

Der Hausherr schlenkerte mit den Armen und bewegte den Mund, als wolle er sprechen. Die Hausfrau sprang wütend zur Tür und schlug sie zu.

Die halb offenstehende Tür ins zweite Zimmer schob sich auf, Fräulein Mathilde trat herein. Sie war nur im Unterrock, gähnte und schaute sich verschlafen im Zimmer um.

„Ich begreife nicht, warum ihr mit einem solchen Menschen überhaupt redet", sagte sie leichthin. „Ich hätte ihn hinausgeworfen."

Herr Eber stand vor dem Spiegel und kämmte sich. Die Worte der Tochter verdrossen ihn, und er drehte sich jäh um. „Schweig! Was verstehst du schon davon?" fuhr er sie an.

Die Hausfrau schwieg verdächtig hartnäckig. Sie wischte den Staub so gründlich vom Wäscheschrank, daß er aufstöhnte.

Die Stille dauerte lang. Inzwischen zog sich Herr Eber an, und seine Frau fegte durch das Zimmer, nahm da und dort dies und das in die Hand und legte es wieder weg. Herr Eber wußte, daß eine solche Laune nicht auf die Dauer anhielt, daher begann er schließlich: „Gib mir endlich den Kaffee, Frau – du weißt, daß es für mich Zeit ist, ins Amt zu gehen", sagte er möglichst friedfertig.

„Er ist noch nicht aufgewärmt", antwortete die Hausfrau trocken und öffnete die Tür des Kleiderschrankes.

„Aufgewärmt? Du willst doch damit nicht sagen, daß ich aufgewärmten Kaffee von gestern bekommen soll? Das doch wohl nicht!“

„Warum nicht? Oder verdienst du so viel, daß ich den ganzen Tag in der Küche stehen und kochen könnte? Verdien erst einen frischen Kaffee!“

Fräulein Mathilde drehte sich vom Fenster ins Zimmer, setzte sich hin und legte die Hände in den Schoß. Sie schaute bald den Vater, bald die Mutter an und begann sich offenbar über sie zu amüsieren. Herr Eber kannte seine Frau und versuchte es anders, um jetzt nicht auch noch einen häuslichen Streit zu bekommen. „Was gibt's heut zu Mittag?“ fragte er, als hätte er sich noch gar nicht nach dem Frühstück erkundigt.

„Knödel mit Krensoß“, klang die kurze Antwort.

Knödel mit Krensoß konnte Herr Eber nicht ausstehn. Er merkte, daß die Frau das gesagt hatte, um ihn zu reizen, und er war erbittert.

„Und warum gerade heute diesen Fraß, wenn ich die gnädige Frau fragen darf?“ brachte er gerade noch heraus.

„Darum! – Heut wird den ganzen Tag gewaschen, und wenn gewaschen wird, koch ich nichts anderes!“ Die Hausfrau suchte etwas im Kleiderschrank, und weil sie es nicht sogleich finden konnte, riß sie alles von den Haken und warf es zu Boden.

„So – den ganzen Tag wird gewaschen. Und wohin soll ich mittlerweile gehen?“

„Wohin du magst! Du bist überhaupt ein feiner Vater, das ganze Jahr machst du mit unseren Kindern keinen einzigen Spaziergang, geh doch mit Valinka auf einen halben Tag irgendwohin.“

„Sonst nichts?“ schrie Herr Eber, heiser vor Wut.

„Kannst dich meinetwegen auch an irgendeine Ecke stellen und betteln!“ Während sie das sagte, kroch sie, weil sie irgendein Kleidungsstück nicht finden konnte, in den Schrank. „Bei deiner Gescheitheit wird uns bald nichts anderes übrigbleiben. Du wirst schon noch erleben, daß ich mich vergifte oder mir mit Glas die Pulsader aufschneide! Jetzt ist auch noch die Sache mit Mathilde in Ordnung zu bringen, wer weiß, ob es ihr überhaupt noch gelingt, ihn in sie verliebt zu machen – mußtest du auch den Bavor aus dem Amt hinausbeißen? Sich als großen Herrn Beamten aufspielen, wo nichts dahintersteckt!" Sie war noch nicht zu Ende, aber Herr Eber konnte sich nicht länger beherrschen, sprang herzu, stieß seine Frau vollends in den Schrank hinein, schlug die Tür zu und drehte den Schlüssel um.

Fräulein Mathilde klatschte vor Freude in die Hände.

Im Schrank begann ein Poltern und Schlagen, daß er ins Schwanken geriet. Herr Eber erwischte ein Glas und schleuderte es gegen den Schrank, daß es zersplitterte. Fräulein Mathilde war ganz außer sich vor Freude.

Der Lärm im Schrank verstärkte sich. Herr Eber warf schnell den Mantel über, nahm den Hut, blieb aber stehen. Offenbar überlegte er, ob er den Schrank nicht doch wieder aufschließen solle.

Fräulein Mathilde bemerkte seine Unschlüssigkeit und sagte rasch: „Laß sie nur drin! Warum kann sie ihren Mund nicht halten!"

„Du hast recht", stimmte ihr der Vater zu, „laß sie heraus, wenn ich in der Gasse bin. Ich geh jetzt."

Und er ging. In diesem Augenblick fiel Fräulein Mathilde etwas ein. Sie sprang zum Schrank, öffnete und sagte zu der herauskriechenden, vor Wut totenbleichen Mutter: „Er flieht – rasch!" Es war nicht nötig, zur Eile aufzumuntern, die Hausfrau flog nur so zur Tür, die Tochter folgte ebenso rasch, um sich nichts entgehen zu lassen.

In der Küche erwischte die Hausfrau einen Besen und stürzte auf die Pawlatsche. Herr Eber lief eben über die Treppe an der Bedienerin vorbei, welche die Stiegen wusch. „Schmeißen Sie ihm den Eimer nach! Begießen Sie ihn!" schrie die Hausfrau.

Der Herr Gatte beschleunigte seine Schritte zu einer lebensgefährlichen Geschwindigkeit. Schon hatte er den Hof erreicht, da sauste ihm der Besen an den Ohren vorbei, glücklicherweise ohne ihn zu treffen. Als die Hausfrau das merkte, riß sie sich ihre Haube vom Kopf und schleuderte auch sie ihrem flüchtenden Gatten nach. Sie schrie, daß es im ganzen Haus wiederhallte: „Mörder! Räuber! So siehst du aus – wie aber würdest du erst aussehn, wenn du nicht sechs Ellen Flanell um deinen Leib gewickelt hättest – du armseliger Krüppel! Ich hab einen feinen Mann, dreihundert Gulden kriegt er aufs Jahr und spielt den Herrn! Pfui Teufel, ich pfeif mir auf einen solchen Mann. Komm mir vor einer Woche ja nicht nach Hause, das sag ich dir!"

Herr Eber hörte diesen guten Rat nicht mehr, er war bereits in der Durchfahrt verschwunden.

Der ganze Auftritt war so schnell zu Ende, daß die an die Fenster eilenden Mieter davon nichts mehr sahen, als daß Fräulein Mathilde, welche aus der Tür zugeschaut hatte, die zurückkehrende Mutter vor Freude umarmte.

15

Das Ende dieser Woche

Obwohl Josefinchens Hochzeit am Sonntag in aller Frühe stattfand, war der Hof und die Durchfahrt dennoch voll von neugierigen Nachbarn, und noch vor dem Hause stand auch eine ganze Menge. Sie beobachteten alles haargenau, und ihr Urteil war, es sei eine „bleiche Hochzeit".

Sie meinten mit dieser Kennzeichnung nicht die Einfachheit, denn der Bräutigam Josefinchens hatte sich nicht beschämen lassen, die Braut hatte von ihm ein hübsches seidenes Kleid bekommen, auch Droschken waren genug da – trotzdem hatten die Nachbarinnen recht. Die ihnen bekannten Gesichter der Hochzeitsgesellschaft waren heut wirklich auffallend blaß, als sei eben bei der Ausfahrt weiß Gott was passiert. Daß die Braut totenbleich war, darüber wunderten sie sich nicht, denn: „Bleiche Braut – lustige Frau." Aber hinter ihr schritt der vor Erregung blasse Bräutigam mit dem immer farblosen Fräulein Klärchen als Brautjungfer, und der Zufall wollte, daß auch die anderen Gesichter durch die gleiche Blässe auffielen. Selbst das rundliche Gesicht des Herrn

Doktor, des Trauzeugen, das doch sonst stets freundlich strahlte, war heut eingefallen. Nur Wenzel, der Brautführer, lachte und scherzte: nun, jeder wußte, daß ihm nichts heilig ist. –

Am Nachmittag stand der Herr Doktor vor dem Haus, zog die Handschuhe an und schaute von Zeit zu Zeit in die Durchfahrt, als warte er auf jemanden. Da kommt Wenzel, zum Ausgehen gerichtet, aus dem Laden und tritt zu ihm.

„Einen Spaziergang machen, Herr Doktor?"

„Ja – in den Baumgarten."

„Allein?"

„Ja, allerdings geht auch Frau Lakmus in den Baumgarten."

„Aha! Und das Fräulein Klärchen. Sie war heut eine hübsche Brautjungfer, das hat zu ihr gepaßt."

Der Herr Doktor sah rasch hinunter in die Gasse. „Und wohin gehen Sie, Herr Wenzel?"

„In die Šárka."

„Natürlich noch mit jemandem – vielleicht mit Márinka?"

„Das gerade nicht", lachte Wenzel, „aber mit der Familie des Hausherrn."

„Mit denen?" wunderte sich der Doktor. „Sie werden sich da doch nicht am Ende binden? Mensch! Mensch!"

„Aber, Herr Doktor, wo denken Sie hin? Ich weiß, was ich tue. Ich räche jetzt nur unser Geschlecht. Tun Sie nicht dasselbe, Herr Doktor?"

Die Augen des Doktors staunten. Er öffnete den Mund, um zu antworten, schloß ihn aber wieder, ohne ein Wort gesagt zu haben. Er hüstelte, dann sagte er: „Still! Sie kommen."

Herr Ryšánek und Herr Schlegl

Es wäre lächerlich, wenn ich daran zweifeln wollte, daß einer meiner Leser das Kleinseitner Gasthaus „Zum Steinitz“ nicht kennt. Es ist führend unter den dortigen Restaurants; das erste Haus links hinter dem Brückenturm, Ecke Brückengasse-Badgasse, große Fenster, große Glastür. Das einzige Restaurant, das sich kühn in die belebte Gasse hineinstellt und in das man unmittelbar vom Gehsteig gelangt – alle anderen Restaurants sind entweder in Seitengassen, oder man betritt sie durch ein Durchgangshaus, oder sie haben in echt Kleinseitner Bescheidenheit wenigstens einen Laubenvorbau. Darum geht ein echter Kleinseitner, ein Sohn dieser stillen, verschwiegenen Gassen voll poetischer Winkel, niemals ins Gasthaus „Zum Steinitz“. Dort verkehren höhere Beamte, Professoren, Offiziere, welche der Zufall auf die Kleinseite geweht hat und wohl schon bald wieder von dort fortwehen wird, mit ihnen noch ein paar Pensionisten, einige alte reiche Hausbesitzer, die ihr Geschäft schon längst anderen übergeben haben – das ist alles. Bürokratisch-aristokratisch.

Schon vor Jahren, als ich noch ein kleiner Gymnasiast war, war die Gesellschaft bei „Steinitz“ ähnlich exklusiv, aber doch wieder anders. Kurz gesagt, „Zum Steinitz“ war der Kleinseitner Olymp, wo sich die Kleinseitner Götter trafen. Es ist ein verbürgtes Faktum der Historie, daß die Götter aus ihrem Volk hervorgehen und ihm entsprechen. Jehova war ein finsterer, böser und rachsüchtiger, grausamer und blutdürstiger Gott wie das ganze jüdische Volk. Die Götter der Griechen waren elegant und geistreich, schön und heiter, eben ganz und gar Griechen. Die slawischen Götter – Verzeihung! Wir Slawen hatten nie genug gestaltende Kraft weder zur Gründung großer Staaten noch zur Schöpfung eigentümlicher Götter, unsere ehemaligen Götter sind uns heute trotz Erben und Kostomarow noch immer ein nebelhafter Haufen, zerfließend und unbestimmt. Vielleicht schreibe ich einmal eine besondere, natürlich besonders geistvolle Abhandlung über diesen Zusammenhang von Göttern und Menschen, hier möchte ich nur sagen, daß die Götter, die sich bei „Steinitz“ trafen, ohne Zweifel echte Kleinseitner Götter waren. Die Kleinseite – Häuser wie Menschen – haben etwas Stilles an sich, etwas Würdiges, Altertümliches, sagen wir auch Verschlummertes, und in all das waren jene Herrschaften eingesponnen. Nun ja, es waren Beamte, Militärs, Professoren, Pensionisten wie heutzutage, aber damals versetzte man die Beamtenschaft und die Soldaten nicht von einem Land ins andere, der Vater konnte seinen Sohn in Prag ausstudieren lassen, verhalf ihm hier in ein Amt und erhielt es ihm durch seine Protektion für alle Zeiten. Wenn einige der Steinitzer Stammgäste auf dem Gehsteig beisammenstanden, grüßte sie jeder Vorübergehende, er kannte sie.

Uns Gymnasiasten war der Olymp bei „Steinitz“ um so mehr der Olymp, als auf ihm unsere alten Professoren versammelt waren. Die alten! Warum sage ich: die alten? Ich kannte sie alle gut, diese Götter unserer lieben Kleinseite, und mir schien stets, daß keiner von ihnen allen je jung gewesen war – sie haben wohl schon als Kinder genauso ausgesehen wie jetzt, sie waren damals vielleicht nur etwas kleiner gewesen.

Ich sehe sie alle wie heute vor mir! Als ersten den Herrn Appellationsrat Lang, mager und entsetzlich würdig. Er war noch im Amt, aber ich konnte mir beim besten Willen nicht vorstellen, welcher Art seine Tätigkeit gewesen sein mochte. Wenn wir um zehn Uhr vormittags aus der Schule kamen, trat er eben erst aus seinem Haus in der Karmelitergasse und schritt gemächlich in die Spornergasse, in Čardas Weinstube. Wenn wir am Donnerstagnachmittag schulfrei hatten und uns auf den Marienschanzen herumtrieben, ging er in den Anlagen spazieren. Und um fünf Uhr nachmittags fand er sich bei „Steinitz“ ein. Ich nahm mir fest vor, fleißig zu sein, um einmal ein solcher Appellationsrat zu werden, aber irgendwie habe ich es dann vergessen.

Dann der einäugige Herr Graf. Auf der Kleinseite war zwar an Grafen keine Not, aber dieser Einäugige war allerdings der einzige, der in ein Kleinseitner Gasthaus zu gehen pflegte, wenigstens damals. Groß, knochig, frische Gesichtsfarbe, kurze weiße Haare, schwarze Binde überm linken Auge. Er konnte zwei Stunden auf dem Gehsteig vor „Steinitz“ stehen, und wenn ich an ihm vorbeigehen mußte, machte ich einen Bogen. Die Natur hat den Adeligen ein gewisses Profil gegeben, das man aristokratisch nennt und das Raubvögeln ähnlich macht. Der Herr Graf erinnerte mich an den Falken, der sich mit grausamer Pünktlichkeit tagtäglich Schlag zwölf Uhr mittags mit einer erbeuteten Taube auf der Kuppel von Sankt Niklas niederließ und sein Opfer rupfte, daß dessen Federn bis herunter auf den Ring flogen. Ich ging im Bogen um den Herrn Grafen, weil ich eine unbestimmte Angst hatte, er könnte nach meinem Kopf hacken.

Dann der feiste Herr Stabsarzt, noch keineswegs gealtert, trotzdem schon im Ruhestand. Man erzählte sich von ihm, daß er einer sehr hochgestellten Persönlichkeit, die einmal die Prager Krankenhäuser inspiziert und allerlei bemängelt hatte, gesagt habe, daß sie davon nichts verstehe. Deswegen war er in den Ruhestand versetzt worden, und gleichzeitig hatten wir ihn ins Herz geschlossen, denn wir Buben sahen in diesem dicken Herrn einen ausgemachten Revolutionär. Er war aber auch freundlich und redselig. Begegnete er einem Buben, der ihm gefiel – dieser Bub konnte auch ein Mädchen sein –, hielt er ihn an, streichelte ihm die Wange und sagte: „Grüß daheim deinen Vater!“ – auch wenn er ihn gar nicht kannte.

Dann war da noch – aber nein! Alle diese Alten alterten plötzlich noch mehr, und dann starben sie – Gott laß sie selig ruhn! Ich erinnere mich mit Wonne an die stolzen Stunden, die ich unter ihnen verbrachte, an das Gefühl der Selbständigkeit, Männlichkeit, ja der Größe, als ich, Hörer der Universität geworden, zum erstenmal ohne Furcht vor die Professoren im „Steinitz“, unter diese erhabnen Wesen, trat. Viel Beobachtung haben sie mir allerdings nicht geschenkt. Um ehrlich zu sein: gar keine. Nur einmal geschah es im Laufe einiger Wochen, daß der Herr Stabsarzt, als er im Heimgehen an mir vorüberkam, zu mir sagte: „Ach ja, junger Mann, das Bier taugt heute nichts, mögen die dort sagen, was sie wollen!“ und durch eine verächtliche Wendung des Kopfes zu verstehen gab, daß er die meinte, bei denen er eben gesessen hatte. Ein wahrer Brutus! Ich wage zu behaupten, er hätte unter Umständen selbst einem Cäsar die Beleidigung ins Gesicht hineingesagt, daß er nichts von Bier verstehe.

Dafür habe ich mich um sie gekümmert. Viel habe ich von ihnen nicht gehört, aber beobachtet habe ich sie gründlich. Ich halte mich für eine armselige Kopie dieser Wesen, aber was an Erhabenem an mir ist, das habe ich von ihnen. Vor allen anderen bleiben mir zwei Männer in der Erinnerung, die sich unvergeßlich ins Herz meines Herzens eingeprägt haben: Herr Ryšánek und Herr Schlegl.

Die beiden konnten einander nicht riechen. – Aber ich muß wieder um Verzeihung bitten, ich muß, um von ihnen zu erzählen, anders beginnen.

Wenn man aus der Brückengasse bei „Steinitz“ eintritt, sind in der vorderen Gaststube, wo die Billardtische stehen, rechts drei Fenster, welche in die Badgasse gehen. In der Nische jedes Fensters steht ein kleiner Tisch mit einer kleinen Bank in Hufeisenform; hier haben drei Leute Platz, einer mit dem Rücken zum Fenster, die anderen beiden einander gegenüber am Ende der Bank; wenn sie Lust haben, mit dem Rücken zum Fenster zu sitzen, ist ihr Gesicht dem Billardtisch zugekehrt, und sie können sich damit unterhalten, dem Spiel zuzuschauen.

Im dritten Fenster rechts vom Eingang saßen Tag für Tag immer von sechs bis acht Uhr abends die allgemein geachteten Bürger Herr Ryšánek und Herr Schlegl. Der Platz wurde immer für sie freigehalten; zu wagen, sich auf den Stammtisch eines anderen zu setzen, das war etwas, was ein ordentlicher und gesitteter Kleinseitner für ein Ding der Unmöglichkeit hielt, weil – eben weil so etwas unausdenkbar war. Der Platz direkt am Fenster blieb immer leer, Herr Schlegl saß an jenem Ende des Hufeisens, das dem Eingang näher war, Herr Ryšánek am gegenüberliegenden Ende, nur eine Elle davon entfernt. Beide saßen immer vom Fenster, daher auch von dem Tischchen und voneinander abgewendet und schauten auf den Billardtisch; zum Tisch drehten sie sich nur dann herum, wenn sie trinken oder die Pfeife stopfen wollten. Elf Jahre saßen sie schon so Tag für Tag. Und während all der elf Jahre hatten sie miteinander kein Wort gewechselt, war einer dem anderen Luft.

Auf der Kleinseite wußte man von dem unerbittlichen Haß, den einer gegen den anderen hegte. Die Feindschaft zwischen ihnen war alt und unversöhnlich. Auch die Ursache war unbekannt. Der Ursprung alles Bösen, eine Frau. Sie hatten dieselbe geliebt. Anfangs hatte sie sich Herrn Ryšánek zugeneigt, der schon längst ein selbständiger Kaufmann war, dann ruhte sie plötzlich aus einem unerklärlichen Gefühlsumschwung in den Armen des Herrn Schlegl. Vielleicht darum, weil Herr Schlegl um fast zehn Jahre jünger war. Sie wurde Frau Schlegl.

Ob Frau Schlegl eine so besondere Schönheit war, daß sie die Ursache für Herrn Ryšáneks immerwährenden Schmerz und dessen Hagestolztum war, weiß ich nicht. Sie war längst zum Herrn eingegangen, sie starb im ersten Kindbett und hinterließ ein Töchterchen. Vielleicht war das ihr Ebenbild. In der Zeit, von der ich spreche, war Fräulein Schlegl zweiundzwanzig. Ich kannte sie, sie besuchte öfter das Poldinchen des Hauptmanns im Stockwerk über uns, jenes Poldinchen, das auf der Straße bei jedem zwanzigsten Schritt stolperte. Es hieß, Fräulein Schlegl sei eine Schönheit. Kann sein, so eine Schönheit wie für einen Architekten. Alles auf dem richtigen Fleck, überall das richtige Maß, bei allem wußte man, wozu. Aber für jemand anderen als für einen Architekten – zum Verzweifeln! Ihr Gesicht bewegte sich ebensowenig wie die Fassade eines Palastes. Ihr Auge glänzte ausdruckslos wie ein eben geputztes Fenster. Ihr Mund, übrigens hübsch wie eine kleine Arabeske, öffnete sich langsam wie ein Tor, und er blieb entweder sperrangelweit offen oder schloß sich wieder genauso langsam, wie er sich geöffnet hatte. Dazu die Hautfarbe wie eben frisch geweißt. Kann sein, daß sie, wenn sie noch lebt, nicht mehr so hübsch ist, dafür aber schön; so wie verwitterte Häuser schöner werden.

Ich bedauere, dem Leser nicht berichten zu können, wie Herr Ryšánek und Herr Schlegl sich an diesem Tischchen beim dritten Fenster zusammengefunden haben mögen. Es geschah wohl durch die Schuld eines verdammten Zufalls, welcher den beiden Greisen jeglichen Tag verbittern sollte. Seitdem der unbekannte Zufall sie zum erstenmal an diesen Platz geführt hatte, hielt sie wohl ihr männlicher Stolz dort fest. Zum zweitenmal setzten sie sich vielleicht aus Trotz auf denselben Platz. Schließlich taten sie es aus Hartköpfigkeit und um kein Gerede aufkommen zu lassen. Jetzt wußte schon längst jeder bei „Steinitz", daß das für beide eine Frage der Mannesehre war und daß keiner nachgeben konnte.

Sie kamen regelmäßig um die sechste Stunde, heute der eine um eine Minute früher, morgen der andere. Sie grüßten höflich jeden und nach allen Seiten, nur einer den andern nicht. Der Kellner nahm ihnen im Sommer Hut und Stock ab, im Winter Pelzmütze und Mantel, und hängte sie auf einen Kleiderhaken hinter ihrem Platz. Dann schaukelten sie wie Tauben mit dem Oberkörper – alte Leute haben diese Gewohnheit, bevor sie sich niedersetzen – , dann stützten sie sich mit der einen Hand auf ihr Tischeck – Herr Ryšánek mit der linken Hand, Herr Schlegel mit der rechten – und setzten sich langsam mit dem Rücken gegen das Fenster nieder, mit dem Gesicht zum Billardtisch. Wenn der dicke, ständig lächelnde und plappernde Wirt kam, um – ich bitte sehr! – die erste Prise anzubieten, mußte er bei jedem von neuem auf die Schnupftabakdose klopfen und von neuem seine Bemerkung anbringen, daß wir heute schönes Wetter haben; anders hätte der andere die Prise nicht angenommen und die Worte überhört. Nie gelang es jemandem, mit beiden zugleich ein Gespräch zu führen. Nie nahm der eine vom anderen auch nur die geringste Notiz, dieses Individuum auf der anderen Seite des Tisches existierte für ihn nicht.

Der Kellner stellte jedem ein Glas Bier hin. Nach einer Weile – aber nie zugleich, denn sie beobachteten einander trotz aller Nichtbeachtung haargenau – wandten sie sich zum Tisch, nahmen aus der Brusttasche eine große, silberbeschlagene Meerschaumpfeife, aus dem Rockschoß einen vollen Tabakbeutel, stopften, zündeten an und wandten sich wieder vom Fenster ab. So saßen sie die zwei Stunden, tranken ihre drei Glas Bier, dann erhoben sie sich, dieser heute, jener morgen um eine Minute früher, steckten die Pfeife ein, verwahrten den Tabaksbeutel, der Kellner half ihnen in den Mantel, und sie verabschiedeten sich von allen, nur voneinander nicht.

Ich setzte mich absichtlich an einen Seitentisch neben dem Ofen. Ich schaute auf diese Weise Herrn Ryšánek und Herrn Schlegl direkt ins Gesicht und konnte sie bequem und unauffällig beobachten.

Herr Ryšánek hatte ein Geschäft mit Kanevas, Herr Schlegl eins mit Eisenwaren. Jetzt hatten sich beide als reiche Hausbesitzer längst zur Ruhe gesetzt, aber die Gesichter erinnerten noch immer an ihre frühere Beschäftigung. Das Gesicht des Herrn Ryšánek erinnerte mich stets an weiß und rot gestreiften Kanevas, Herrn Schlegls Gesicht an einen grünspanigen Mörser.

Herr Ryšánek war größer, magerer und, wie gesagt, älter. Er steckte irgendwie nicht mehr recht in seiner Haut, war oft schwach, sein Unterkiefer machte sich zuweilen eigenwillig selbständig und fiel herab. Seine grauen Augen benötigten eine Brille, die in schwarzes Horn gefaßt war. Den Kopf bedeckte eine helle Perücke, und nach den noch nicht völlig ergrauten Augenbrauen konnte man darauf schließen, daß Herr Ryšánek blond gewesen war. Die Wangen waren eingefallen und bleich, so bleich, daß die lange Nase sich karminrot abhob. Vielleicht hing deswegen an ihrem Ende meist ein Tropfen, eine seinem Innern entquollene Träne. Als gewissenhafter Biograph muß ich bemerken, daß Herr Ryšánek diese Träne zu spät wegzuwischen sich bemühte – schon war sie in den mitfühlenden Schoß gefallen.

Herr Schlegl war untersetzt, ich vermute, daß er halslos war. Sein Kopf war wie eine Bombe; das Haar kräftig angegraut; an den rasierten Stellen war das Gesicht blauschwarz, an den anderen rosarot, ein Stück leuchtendes Fleisch und dann ein Stück schattenhaft wie auf einem nachgedunkelten Gemälde von Rembrandt.

Ich hatte Ehrfurcht vor den beiden Heroen, ja ich bewunderte sie. Wie sie so dasaßen, führten sie Tag für Tag einen gewaltigen, grausamen, unerbittlichen Kampf. Sie trugen ihn mit ihren Waffen aus: mit vergiftetem, tief verachtendem Schweigen. Und die Schlacht blieb ewig unentschieden. Wer wird schließlich den Fuß auf die Brust seines überwundenen Gegners setzen? Herr Schlegl war körperlich kräftiger, alles an ihm war kurz, straff; wenn er sprach, klang es wie der Schlag der Turmuhr. Herr Ryšánek sprach weich und breit, er war schwach, aber er schwieg und haßte mit demselben Heldenmut.

Da geschah etwas.

Es war am Mittwoch vor Sonntag Jubilate, als Herr Schlegl kam und sich niedersetzte. Er setzte sich nieder, stopfte seine Pfeife und stieß Rauchwolken aus, die wie aus einem Schornstein quollen. Der Wirt kam herein und ging direkt auf ihn zu. Er klopfte auf die Schnupftabakdose und gab die Prise. Als er die Dose wieder schloß und schüttelte, sagte er mit einem Blick zur Tür: „Heut werden wir Herrn Ryšánek also nicht zu sehen bekommen."

Herr Schlegl antwortete nicht, mit steinerner Gleichgültigkeit schaute er vor sich hin.

„Dort der Herr Stabsarzt hat gesagt", berichtete der Wirt weiter und drehte wieder den Rücken zur Tür, wobei sein Blick über das Gesicht des Herrn Schlegl glitt, „er ist heute morgen wie immer aufgestanden, da packte ihn ein derartiger Schüttelfrost, daß er sogleich wieder ins Bett mußte – schnell um den Doktor geschickt, schnell – Lungenentzündung. Der Herr Stabsarzt ist heute schon dreimal bei ihm gewesen – ein alter Mensch – man weiß nie – aber er ist in guten Händen. Hoffen wir das Beste!"

Herr Schlegl schnaufte mit geschlossenen Lippen. Er sagte kein Wort, verzog keine Miene. Der Wirt ging zum nächsten Tisch.

Ich ließ Herrn Schlegl nicht aus dem Auge. Lange blieb er ohne die geringste Bewegung, nur die Lippen öffneten sich und ließen den Rauch heraus, und manchmal rutschte das Pfeifenrohr aus einem Mundwinkel in den anderen. Dann trat ein Bekannter zu ihm. Sie unterhielten sich, und Herr Schlegl lachte einigemal laut. Mir war dieses Lachen zuwider.

Überhaupt benahm sich Herr Schlegl heute ganz anders als sonst. Sonst wie an seinen Platz festgenagelt, wie ein Soldat vor dem Schilderhaus, war er heute nicht seßhaft, sondern ging dahin und dorthin. Er spielte sogar eine Billardpartie mit dem Kaufmann Köhler. Er hatte bei jeder Partie Glück bis zum Doublée, und ich gestehe, daß ich ihm gönnte, daß ihm das Enddoublée kein einziges Mal glückte und Herr Köhler ihn dabei immer einholte.

Dann setzte er sich wieder hin, rauchte und trank. Als jemand an seinen Tisch trat, redete Herr Schlegl lauter und in längeren Sätzen als je zuvor. Mir entging auch nicht die geringste Bewegung, ich sah deutlich, daß er sich innerlich freute und nicht das geringste Mitleid mit seinem kranken Feind empfand – er wurde mir widerwärtig. Einigemal schlich sein Blick auf Umwegen zum Buffet, wo der Herr Stabsarzt saß. Gewiß hätte er ihm gern die Hand gedrückt und zu verstehen gegeben, sich mit dem Kranken nicht zu viel Mühe zu geben. Ein schlechter Mensch, durch und durch schlecht.

Um die achte Stunde brach der Herr Stabsarzt auf. Er blieb beim dritten Tisch stehen. „Gute Nacht", sagte er, „ich muß heute noch einmal nach dem Ryšánek sehen. Es ist Vorsicht geboten."

„Gute Nacht", grüßte Herr Schlegl kalt.

An jenem Tage trank Herr Schlegl vier Glas und blieb bis halb neun. –

Tage, Wochen vergingen. Nach einem kühlen, feuchten April kam ein warmer Mai, wir hatten in diesem Jahr einen herrlichen Frühling. In einem schönen Frühjahr ist die Kleinseite ein Paradies. Der Laurenziberg ist ein einziges weißes Blühen, als ob überall Milch aus ihm überlaufen würde, die ganze Kleinseite atmet Fliederduft.

Herr Ryšánek war bereits außer Gefahr. Der Frühling wirkte auf ihn wie Balsam. Ich hatte ihn schon beim Spaziergang in den Anlagen getroffen. Er ging langsam, auf einen Stock gestützt. Schon immer mager, war er es jetzt noch viel mehr, sein Unterkiefer hing jetzt dauernd herab. Das Kinn mit einem Tuch hochbinden, die müden Augen zudrücken und ihn in den Sarg legen ...

Aber allmählich erholte er sich doch wieder.

Zu „Steinitz" kam er nicht. Dort residierte am dritten Tischchen Herr Schlegl stets allein und drehte sich und saß, wie er wollte.

Schließlich – es war schon Ende Juni, am Tag Peter und Paul – sah ich Herrn Ryšánek und Herrn Schlegl wieder beisammen. Herr Schlegl saß wieder wie angenagelt, und beide drehten den Rücken gegen das Fenster.

Die Nachbarn und Bekannten kamen und gaben Herrn Ryšánek die Hand. Jeder hieß ihn herzlich willkommen, der Greis war freudig bewegt, lächelte, sprach ganz sanft, war gerührt. Herr Schlegl schaute zum Billardtisch und rauchte.

Als Herr Ryšánek wieder allein war, schaute er immerwährend zum Buffet hinüber, wo sein Arzt saß. Eine dankbare Seele!

Wieder schaute ich hinüber, als Herr Schlegl plötzlich seinen Kopf ein wenig zur Seite wandte. Sein Blick kroch langsam vom Fußboden zu Herrn Ryšánek hinauf, über dessen spitzes Knie bis zur Hand, die am Rand des Tisches wie ein mit Leder überzogenes Skelett lag; eine Weile ruhte der Blick auf dieser Hand, dann stahl er sich höher, bis er das herabhängende Kinn, das ausgemergelte Gesicht erreichte – der Blick berührte es nur und huschte fort, und der Kopf hob sich wieder.

„Wieder gesund? Das ist aber eine Freude!" sagte der Wirt überschwenglich – er kam erst jetzt aus der Küche oder aus dem Keller. Sobald er Herrn Ryšánek erblickt hatte, war er rasch auf ihn zugekommen. „Also gesund und uns wieder geschenkt – Gott sei Dank!"

„Ja, Gott Lob und Dank", lächelte Herr Ryšánek, „noch

einmal davongekommen. Ich fühle mich schon, wie sich's gehört."

„Herr Ryšánek rauchen ja nicht – noch keinen Appetit auf ein Pfeifchen?"

„Heute hab ich zum erstenmal Appetit – rauchen wir uns also eine Pfeife an!"

„So ist es recht, das ist ein gutes Zeichen", sagte der Wirt, schloß seine Schnupftabakdose, klopfte darauf, bot auch Herrn Schlegl irgendwie feierlich an und ging.

Herr Ryšánek legte die Pfeife heraus und griff in den Rockschoß nach dem Tabakbeutel. Er schüttelte den Kopf, griff ein zweites, ein drittes Mal, dann rief er den Pikkolo. „Spring zu mir nach Haus – weißt du, wo ich wohne? Ja, hier am Eck. Sie sollen dir meinen Tabakbeutel geben, er muß auf dem Tisch liegen." Der Junge lief hinaus.

Herr Schlegl rührte sich. Er griff mit der rechten Hand langsam nach seinem offenen Tabakbeutel, der auf dem Tisch lag, und schob ihn Herrn Ryšánek hinüber. „Gefällig? Ich habe Dreikönigstabak, gemischt mit Rotem", sagte er in seiner abgehackten Art und räusperte sich.

Herr Ryšánek gab keine Antwort. Herr Ryšánek blickte nicht auf. Sein Kopf blieb abgewandt, steinerne Gleichgültigkeit wie in all den elf Jahren vorher.

Einigemal zitterte die Hand, der Mund schloß sich.

Die rechte Hand Herrn Schlegls blieb auf dem Tabakbeutel wie festgefroren liegen, seine Augen hefteten sich auf den Fußboden, bald zog er an der Pfeife, bald räusperte er sich.

Da kam der Pikkolo zurück.

„Danke, da hab ich ja schon meinen", sagte Herr Ryšánek erst jetzt, ohne aufzublicken. „Ich rauche auch Dreikönigstabak, mit Rotem gemischt", fügte er nach einer Weile hinzu; er mochte fühlen, daß er doch etwas sagen müsse.

Er stopfte, zündete an und zog.

„Schmeckt's?" brummte Herr Schlegl mit einer hundertmal rauheren Stimme als sonst.

„Es schmeckt – Gott sei Dank."

„Ja, Gott sei Dank", wiederholte Herr Schlegl. Um seinen

Mund zuckten die Muskeln wie Blitze am dunklen Himmel, und rasch fügte er hinzu: „Wir hatten schon Schlimmes für Sie befürchtet.“

Jetzt erst wandte ihm Herr Ryšánek langsam den Kopf zu. Die Blicke der beiden Männer begegneten einander.

Von dieser Stunde an sprachen Herr Ryšánek und Herr Schlegl am dritten Tisch miteinander.

Sie stürzte den Bettler ins Elend

Ich will über eine traurige Begebenheit schreiben, aber wie eine fröhliche Initiale schaut mich aus der Geschichte das Gesicht des Herrn Adalbertchen an. Ein Gesicht, strahlend vor Gesundheit und rötlich glänzend wie ein mit frischer Butter übergossener Sonntagsbraten. Aber so gegen den Samstag – Herr Adalbertchen rasierte sich nur sonntags –, wenn ihm der weiße Bart ums runde Kinn schon tüchtig wucherte und wie dicke Schlagsahne glänzte, erschien er mir noch schöner. Auch seine Haare gefielen mir. Er hatte davon nicht mehr viele, sie begannen unter der kreisförmigen Glatze an den Schläfen und waren schon angegraut, nicht mehr silbern, sondern schon ein wenig gelblich, aber sie waren wie Seide und wehten weich um seinen Kopf. Herr Adalbertchen hielt seine Mütze stets in der Hand und setzte sie nur auf, wenn er durch stechenden Sonnenschein gehen mußte. Überhaupt gefiel mir Herr Adalbertchen sehr, seine blauen Augen leuchteten so ehrlich, sein ganzes Gesicht war wie ein rundes, aufrichtiges Auge.

Herr Adalbertchen war ein Bettler. Was er vorher gewesen war, weiß ich nicht. Aber Bettler mußte er schon lange vorher gewesen sein, denn er war seit langem auf der Kleinseite bekannt, und seiner Gesundheit nach konnte er es noch lange bleiben, er war wie eine Buche. Wie alt er in jener Zeit war, das weiß ich ungefähr. Einmal sah ich ihn mit seinen Schrittchen den Johannisberg hinaufhumpeln und in die Spornergasse einbiegen, und dort trat er zu dem Herrn Schimmer, welcher sich, bequem gegen die Brüstung gelehnt, sonnte. Herr Schimmer, das war jener dicke Herr Polizist; so beleibt, daß sein grauer Uniformrock immerwährend am Platzen war, und sein Kopf von rückwärts wie fettriefende Leberwürste aussah – ich bitte um Entschuldigung! Der funkelnde Helm wackelte bei jeder Bewegung auf seinem großen Kopf, und wenn er hinter einem Spitzbuben dreinlief, der schamlos und gesetzeswidrig mit der brennenden Pfeife im Mund die Straße überquerte, mußte Herr Schimmer den Helm rasch in die Hand nehmen. Dann lachten wir Kinder und hüpften vor Freude von einem Bein aufs andere, aber sobald er uns sah, stellten wir uns, als sei nichts gewesen. Herr Schimmer war ein Deutscher aus Schluckenau; sollte er noch leben – Gott geb, daß er noch lebt! –, so gehe ich eine Wette ein, daß er noch immer so schlecht tschechisch spricht wie damals. „Na, sehen", pflegte er zu sagen, „ich es in einem einzigen Jahr gelernt haben."

Herr Adalbertchen drückte seine blaue Mütze unter den linken Arm, und seine Rechte wühlte tief in der Tasche seines langen, grauen Rockes. Dabei begrüßte er den gähnenden Herrn Schimmer mit den Worten: „Helf Gott!", und Herr Schimmer salutierte. Endlich angelte Herr Adalbertchen seine bescheidene Schnupftabaksdose aus Birkenrinde hervor, zog das Lederriemchen, das den Deckel festhielt, herunter und bot Herrn Schimmer an. Herr Schimmer nahm eine Prise und sagte: „Sie gewiß auch schon hübsch alt sein. Wieviel Sie wohl haben?"

„Nun ja", schmunzelte Herr Adalbertchen, „es wird wohl an die achtzig Jahre her sein, daß mich mein Vater zu seiner Freude ans Licht der Welt brachte."

Der aufmerksame Leser wundert sich gewiß, daß der Bettler Adalbertchen so vertraulich mit dem Herrn Polizisten plauderte und daß dieser zu ihm „Sie" und nicht „Ihr" sagte, was er bei irgendeinem Mann vom Lande oder einem unter ihm stehenden Menschen ganz gewiß getan hätte. Dazu muß man sich vorstellen, was damals ein Polizist war! Das war keineswegs irgendeine Nummer von Eins bis Sechshundert, das war Herr Novák, Herr Schimmer, Herr Kedlický und Herr Weiße, die sich in der Bewachung unserer Gasse Tag für Tag ablösten. Das war der kleine Herr Novák aus Slabec, der am liebsten vor dem Kaufladen Posten bezog – wegen des Sliwowitz; das war der dicke Herr Schimmer aus Schlukkenau; dann der Herr Kedlický vom Vyšehrad, griesgrämig, aber gutherzig; schließlich Herr Weiße aus Rosental, groß, mit ungewöhnlich langen gelben Zähnen. Von jedem wußte man, woher er stammte, wie lange er beim Militär gedient und wieviel Kinder er hatte; an jedem von ihnen hingen wir Kinder aus der Gasse; jeder kannte jeden, Männer wie Frauen, und den Müttern konnten sie immer sagen, wohin ihre Kinder gelaufen waren. Als im Jahr 1844 Herr Weiße an den Folgen eines im Renthaus ausgebrochenen Brandes gestorben war, ging die ganze Spornergasse zu seinem Begräbnis.

Er, Herr Adalbertchen, war eben kein gewöhnlicher Bettler. Genaugenommen hätte man ihn gar nicht für einen Bettler gehalten, er sah recht sauber aus, besonders am Wochenanfang; sein Halstuch war stets ordentlich gebunden, am Rock waren zwar allerlei Flicken, aber nicht wie angelötete Blechstücke und keineswegs buntscheckig. In einer Woche bettelte er stets die ganze Kleinseite ab. Er hatte überall Zutritt, und sobald die Hausfrau draußen seine sanfte Stimme hörte, brachte sie ihm bereitwillig seinen Dreier. Ein Dreier, ein halber guter Kreuzer, war damals ein Stück Geld. Er bettelte vom Morgen bis gegen Mittag, dann ging er in Sankt Niklas zur Halbzwölfuhrmesse. Hier vor der Kirche bettelte er nie, nein, er übersah die Bettler, die dort hockten. Dann ging er irgendwohin essen, er wußte, wo sie ihm reihum ein volles Töpfchen vom Mittagessen übrigließen. Es war etwas Stilles und Friedliches in seinem ganzen Sein und Tun, etwas davon, was Storm zu seinem rührend seltsamen Vers veranlaßt haben mag: „Ach, könnt ich betteln gehen über die braune Heid!"

Nur der Gastwirt in unserem Hause, Herr Herzl, gab ihm niemals einen Dreier. Herr Herzl war ein etwas groß geratener Mann, etwas karg, aber sonst konnte man mit ihm auskommen. Anstatt Geld gab er ihm immer etwas Tabak aus seiner Dose. Dabei führten sie – es war immer am Samtag – jedesmal dasselbe Gespräch.

„Achach, Herr Adalbertchen, wir haben schlechte Zeiten."

„Gewiß, die haben wir, und sie werden nicht besser, bevor sich der Löwe von der Burg nicht in die Vyšehrader Schaukel setzt."

Er meinte den Löwen auf dem Turm des Veitsdoms. Ich

gestehe, daß mir dieses Wort des Herrn Adalbertchen nicht aus dem Kopf wollte. Obwohl ich ein ordentlicher und verständiger junger Mann bin – ich war damals schon acht Jahre alt –, zweifelte ich keinen Augenblick, daß der erwähnte Löwe ebenso wie ich zur Zeit der Kirchweih über die steinerne Brücke bis zum Vyšehrad gehen und sich dort in die erwähnte Schaukel des Ringelspiels setzen konnte. Wie dadurch bessere Zeiten kommen sollten, das allerdings habe ich nicht begriffen.

Es war ein wunderschöner Junitag. Herr Adalbertchen kam aus der St.-Niklas-Kirche, setzte sich zum Schutz gegen die stechende Sonne die Mütze auf den Kopf und ging langsam über den jetzigen Stefansplatz. Bei der Dreifaltigkeitsstatue blieb er stehen und setzte sich auf eine Stufe. Der Brunnen hinter ihm plätscherte laut, die Sonne wärmte, es war alles so angenehm. Offensichtlich wird er heute irgendwo zu Mittag essen, wo sie erst nach zwölf zu Tische gehen.

Kaum daß er sich niedergesetzt hatte, erhob sich eine von den Bettlerinnen vor der Tür der Niklaskirche und ging in derselben Richtung. Sie wurde „Millionenweib" genannt. Die anderen Bettlerinnen versprachen, daß der liebe Gott das gegebene Almosen hunderttausendfach vergelten werde, sie aber versprach millionen- und abermillionenfache Vergeltung. Deshalb gab auch die Frau Offizial Hermann, welche zu allen Versteigerungen in ganz Prag ging, ihr als einzige ein Almosen. Das Millionenweib ging, wenn es wollte, aufrecht, und wenn es wollte, hinkte es. Jetzt ging es aufrecht und direkt auf Herrn Adalbertchen unter der Dreifaltigkeitsstatue zu. Der Leinenkittel schlug fast lautlos gegen die dürren Beine, das tief in die Stirn gezogene blaue Kopftuch nickte herauf und herunter. Ihr Gesicht war mir stets schrecklich zuwider. Lauter kleine Runzeln wie dünne Nudeln liefen an der spitzen Nase und um den Mund zusammen. Ihre Augen waren wie die einer Katze gelbgrün.

Sie trat bis zu Herrn Adalbertchen. „Gelobt sei Jesus Christus!" murmelte sie.

Herr Adalbertchen nickte zum Zeichen der Zustimmung.

Das Millionenweib setzte sich an das andere Ende der Stufe und nieste. „Brrr!“ machte sie, „ich kann die Sonne nicht ausstehn; wenn sie auf mich scheint, muß ich niesen.“

Herr Adalbertchen schwieg.

Das Millionenweib zog das Kopftuch zurück, und ihr ganzes Gesicht war zu sehen. Es blinzelte wie eine Katze in der Sonne, dann schloß es die Augen, dann funkelten sie unter der Stirn wieder wie zwei grüne Punkte. Der Mund zuckte ununterbrochen; wenn er sich öffnete, war vorn oben der einzige Zahn zu sehen, ganz schwarz.

„Herr Adalbertchen“, begann sie wieder, „Herr Adalbertchen, ich sag immer, wenn Sie nur wollten!“

Herr Adalbertchen – nichts. Er drehte ihr nur sein Gesicht zu und schaute auf ihren Mund.

„Immer und stets sage ich: ja, wenn Herr Adalbertchen nur wollte, könnt er uns sagen, wo es gute Leute gibt.“

Herr Adalbertchen – nichts.

„Warum schauen Sie mich so unverwandt an?“ fragte das Millionenweib nach einer Weile. „Was gibt's denn an mir zu sehen?“

„Den Zahn! – Ich wundere mich, warum Sie diesen einen Zahn haben.“

„Ach ja, der Zahn!“ seufzte sie und redete dann weiter: „Sie wissen, daß der Verlust eines Zahnes immer den Verlust eines guten Freundes bedeutet. Schon sind alle unter der Erde, die mir wohlwollten und es aufrichtig mit mir gemeint haben – alle. Nur einer blieb mir noch – aber ich weiß nichts von ihm – weiß nicht, wo dieser mein guter Freund weilt, den mir der barmherzige Gott auf meinem Lebensweg noch zugedacht hat. Ach du mein lieber Gott, ich bin entsetzlich einsam.“

Herr Adalbertchen blickte vor sich hin und schwieg.

Etwas wie ein Lachen, wie eine Freude glitt über das Gesicht der Bettlerin, aber es war ein häßliches Lachen. Sie spitzte den Mund, ihr ganzes Gesicht verzog sich gegen die Lippen wie zu einem Stengel.

„Herr Adalbertchen, wir zwei könnten noch glücklich werden. – Deswegen träume ich immerfort von Ihnen, ich glaube, der Herrgott will es so. – Sie sind so einsam, Herr Adalbertchen, niemand sorgt für Sie. – Sie finden überall Gunst, Sie haben so viele gute Menschen. – Sehn Sie, ich würde sofort zu Ihnen ziehen. Ein Federbett habe ich – "

Während sie sprach, hatte sich Herrr Adalbertchen langsam aufgerichtet. Nun stand er und brachte mit der rechten Hand das Lederschild seiner Mütze in Ordnung. „Lieber nehme ich Arsenik!" rief er und wandte sich ohne Gruß um.

Er ging langsam auf die Spornergasse zu. Zwei grüne Kugeln funkelten ihm nach, bis er um die Ecke verschwand.

Dann zog sich das Millionenweib das Kopftuch bis unters Kinn und saß lange reglos. Vielleicht war sie eingeschlafen.

Seltsame Gerüchte begannen auf der Kleinseite die Runde zu machen. Wen sie erreichten, der kratzte sich hinterm Ohr. „Herr Adalbertchen", hieß es immer wieder in den Gesprächen, und nach einer Weile konnte man wieder woanders hören: „Herr Adalbertchen!"

Bald hatte ich alles erfahren. Herr Adalbertchen soll gar nicht arm gewesen sein. Herr Adalbertchen besaß, hör ich, am andern Moldauufer, auf der „Františku", zwei Häuser. Es soll gar nicht wahr sein, daß er unter der Burg irgendwo in der Bruska wohnt.

Einen Narren hat er aus den braven Kleinseitnern gemacht! Und sie so lange zum Narren gehalten!

Alle waren gegen ihn erbittert. Die Männer ärgerten sich, fühlten sich beleidigt, schämten sich, leichtgläubig gewesen zu sein.

„Ein Nichtsnutz!" sagte jemand.

„Wirklich", stimmte ein anderer zu. „Hat ihn jemand am Sonntag betteln gesehn? Da war er sicher daheim, in seinen Palästen, und ließ sich seinen Braten schmecken."

Die Frauen überlegten noch. Das gute Gesicht des Herrn Adalbertchen schien ihnen doch zu ehrlich.

Doch da kam noch etwas auf und ging um. Er soll auch zwei Töchter haben, die Fräuleins spielten. Die eine habe einen Leutnant, die andere wolle zum Theater. Sie trug den ganzen Tag Handschuhe und fuhr im Baumgarten spazieren.

Das gab auch bei den Frauen den Ausschlag.

Das Schicksal des Herrn Adalbertchen war sozusagen in zweimal vierundzwanzig Stunden entschieden. Überall wiesen sie ihn von der Tür, da „schlechte Zeiten“ seien. Wo er sonst ein Essen hatte, bekam er zu hören, daß heute nichts übriggeblieben sei, denn: „Wir sind arme Leute, wir hatten nur Erbsen, und das ist nichts für Sie.“ Die Gassenjungen sprangen um ihn herum und schrien: „Hausbesitzer! Hausherr!“

Ich stand am Samstag vor dem Haus und sah Herrn Adalbertchen näher kommen. Herrr Herzl stand wie gewöhnlich in seiner weißen Schürze vor dem Haus, an den Türpfosten gelehnt. Unwillkürlich lief ich aus einer unerklärlichen Angst ins Haus und versteckte mich hinter dem schweren Tor. Zwischen Tür und Angel konnte ich genau beobachten, wie Herr Adalbertchen näher kam.

Die Mütze zitterte in seiner Hand. Er kam nicht mit dem hellen Lächeln wie sonst. Der Kopf war gesenkt, das vergilbte Haar verrauft. „Gelobt sei Jesus Christus“, grüßte er mit der gewohnten Stimme. Dabei hob sich sein Kopf. Seine Wangen waren bleich, die Augen voll Müdigkeit.

„Gut, daß Sie kommen“, sagte Herr Herzl. „Herr Adalbertchen, könnten Sie mir nicht zwanzigtausend Gulden borgen? Sie brauchen nicht fürchten, darum zu kommen, sie erhalten eine sichere Hypothek. Ich könnte nämlich hier das Haus neben dem ‚Schwan‘ kaufen –“

Er sprach nicht zu Ende.

Herrn Adalbertchen stürzten die Tränen wie ein Strom aus den Augen. „Ich bin doch – ich bin doch –“, schluchzte er, „ich bin doch mein Lebtag ehrsam gewesen!“

Er schwankte über die Straße und brach an der Mauer bei der Kehre zur Burg zusammen. Er legte seinen Kopf auf die Knie und schluchzte laut.

Ich lief, am ganzen Körper zitternd, zu meinen Eltern ins Zimmer. Die Mutter stand am Fenster und blickte in die Gasse. Sie fragte: „Was hat Herr Herzl ihm denn gesagt?“

Ich schaute unverwandt durchs Fenster auf den weinenden Herrn Adalbertchen. Die Mutter kochte gerade den Nachmittagskaffee, aber immer wieder trat auch sie ans Fenster, schaute hinaus und schüttelte den Kopf.

Auf einmal sah sie, daß Herr Adalbertchen langsam aufstand. Rasch schnitt sie einen Ranft Brot ab, legte ihn auf den Kaffeetopf und lief hinaus. Sie rief und winkte von der Schwelle, Herr Adalbertchen sah und hörte nichts. Sie ging bis zu ihm und reichte ihm den Topf. Herr Adalbertchen schaute sie stumm an. „Vergelt's Gott", murmelte er schließlich und sagte noch: „Aber jetzt krieg ich nichts hinunter."

Herr Adalbertchen bettelte nicht mehr auf der Kleinseite. Am anderen Ufer der Moldau konnte er nicht von Haus zu Haus gehen, die Leute kannten ihn dort nicht, und auch die Polizisten kannten ihn nicht. Er setzte sich auf den Kreuzherrnplatz unter die Arkaden des Klementinums gegenüber der Militärwache, welche an der Brücke Posten stand. Ich sah ihn dort jedesmal, wenn wir an unserem schulfreien Donnerstagnachmittag in die Altstadt die Auslagen der Buchhändler am Ring anschauen gingen. Die Mütze lag vor ihm auf dem Boden, der Kopf hing ihm stets auf die Brust herab, in der Hand hielt er einen Rosenkranz, er beachtete niemanden. Glatze, Gesicht, Hände glänzten nicht mehr und bräunten sich nicht wie früher, die verwelkte Haut war zu schuppigen Falten zusammengeschrumpft. Soll ich es sagen oder lieber nicht? Warum sollte ich nicht eingestehen, daß ich mich nicht getraute, zu ihm zu treten, daß ich mich immer um den Pfeiler herumdrückte, um ihm mein donnerstägliches Vermögen, einen Groschen, von rückwärts in die Mütze zu werfen und dann rasch davonzulaufen?

Dann begegnete ich ihm einmal auf der Brücke; ein Polizist führte ihn auf die Kleinseite. Dann sah ich ihn nicht mehr.

Es war ein frostiger Februarmorgen. Draußen war es noch dunkel, an den Fenstern dichte Eisblumen, in denen sich der Schein vom gegenüberliegenden Ofen orangen spiegelte. Vor dem Haus rasselte ein Wagen und bellten Hunde.

„Spring um ein Seidel Milch!" befahl mir die Mutter. „Aber nimm dir was um den Hals."

Draußen stand die Milchfrau auf dem Wagen, und hinter dem Wagen stand der Polizist Herr Kedlický. Ein Kerzenstummel brannte ruhig in der viereckigen Glaslaterne.

„Was, der Herr Adalbertchen?“ fragte die Milchfrau und hielt im Rühren mit dem Löffel inne. Es war den Milchfrauen zwar behördlich verboten, den Löffel zu gebrauchen, um Schmettenschaum vorzutäuschen, aber Herr Kedlický war, wie schon gesagt, ein gutherziger Mann.

„Ja“, sagte er, „wir fanden ihn um Mitternacht am Aujezd neben der Artilleriekaserne. Er war durch und durch erfroren, und wir haben ihn in die Leichenkammer bei den Karmelitern gebracht. Er hatte nur einen zerrissenen Rock und zerfetzte Hosen an, nicht einmal ein Hemd hatte er am Leibe.“

Das weiche Herz der Frau Russ

Der Kaufmann Josef Welsch war einer der wohlhabendsten Geschäftsleute der Prager Kleinseite. Ich glaube, er hatte in seinem Laden alles, was Indien und Afrika hervorbringen, vom Süßholz und gebrannten Elfenbein als Glanzmittel bis zum Goldstaub. Auch war sein Laden auf dem Marktplatz den ganzen Tag über wie vollgestopft. Herr Welsch war ununterbrochen im Laden, ausgenommen am Sonntag zur Zeit des Hochamtes zu Sankt Veit und dann zur Zeit einiger großer Paraden, die die Prager Bürgervereine abhielten, denn Herr Welsch war Schütze, erste Kompanie, erste Gruppe, erster Mann vom Herrn Leutnant Nedoma rechts. Im Laden hätte er gerne alle Kunden selber bedient, obwohl er hier zwei Gehilfen und zwei Lehrburschen hatte, und wen er nicht bedienen konnte, den grüßte er, nickte mit dem Kopf, lächelte. Herr Welsch lächelte überhaupt immer, im Laden, auf der Straße, in der Kirche, überall, sein geschäftliches Lächeln hatte sich ihm in seine Wangenfalten eingegraben und konnte nicht mehr aus ihnen heraus. Eine liebe Gestalt, nicht groß, dick, mit einem ständig wackelnden Köpfchen und mit diesem Lächeln. Im Laden mit einer flachen Mütze und ledernen Kaufmannsschürze, auf der Straße in langem, blauem Rock mit goldenen Knöpfen und bauchigem Zylinderhut. Ich hatte eine gewisse läppische Vorstellung von Herrn Welsch. In seinem Haushalt war ich während seiner Lebzeit niemals gewesen, aber manchmal stellte ich ihn mir vor, wie er zu Hause aussehen mag, es war immer dasselbe Bild: Herr Welsch sitzt ohne Mütze, aber mit der Schürze am Tisch, vor ihm steht ein Teller mit dampfender Suppe, den Ellbogen hat Herr Welsch auf den Tisch gestützt, und die Hand hält einen vollgeschöpften Löffel zwischen Teller und lächelndem Mund, und da sitzt er wie geschnitzt, und der Löffel bewegt sich weder hin noch her. Eine dumme Vorstellung, ich weiß.

Aber zur Zeit, da unsere Geschichte beginnt – am 3. Mai 184* um 4 Uhr nachmittags –, war Herr Welsch schon gar nicht mehr am Leben. Er lag über dem Laden im ersten Stock, in seinem Paradezimmer in einem prächtigen Sarg. Der Dekkel war noch nicht daraufgelegt – Herr Welsch lächelte noch nach seinem Tode und mit zugedrückten Augen.

Das Begräbnis war für die vierte Stunde bestimmt. Der Leichenwagen, der sogenannte Quastenwagen, stand schon auf dem Marktplatz vor dem Hause. Auch stand da eine Kompanie des bürgerlichen Schützenvereins mit der Musik.

Das Paradezimmer war fast voll, lauter Kleinseitner Honoratioren. Es war selbstverständlich, daß der Herr Pfarrer von Sankt Niklas mit der Assistenz etwas später kommt, wie das bei jedem geehrten Nachbarn üblich war, damit es nicht heißt, es habe mit ihm Eile aus dem Tor hinaus. Im Zimmer war es schwül. Die Nachmittagssonne drang herein und brach sich in den großen Spiegeln, die langen Wachskerzen um den Katafalk flackerten gelb und rußten, die heiße Luft war angefüllt mit Rauch, mit dem Geruch des frisch lackierten schwarzen Sarges und der Späne unter der Leiche, wohl auch schon mit dem Geruch der Leiche. Es herrschte Stille, die Leute flüsterten nur. Weinende gab es keine, Herr Welsch hinterließ keine näheren Verwandten, und die entfernten sagen immer: „Wenn ich mich nur ausweinen könnt – aber ich hab keine Tränen, wenn mir's das Herz ausrisse.“ – „Ja, ja, das ist aber um so schlimmer.“

Jetzt trat Frau Russ ins Zimmer. Die Witwe des seligen Russ, Gastwirts im Grafengarten, wo immer die herrlichsten Bälle der Kanoniere waren. Weil das überhaupt niemanden interessiert, berühre ich nur nebenbei, was man sich von der verwitweten Frau Russ erzählte. Damals war bei jedem Artillerieregiment eine besondere Abteilung Bombardierer, junge, pausbackige Bürschchen, Milch und Blut. Diese Abteilung soll Herr Russ besonders gehaßt haben, wegen irgendeines Weibchens, hör ich, und einmal haben sie ihn deswegen schrecklich verprügelt. Aber, wie gesagt, das interessiert niemand. Frau Russ aß ihr Witwenbrot schon ins fünfundzwanzigste Jahr, lebte kinderlos in ihrem Haus auf dem Bauern-Markt, und wenn jemand gefragt hätte, was sie dauernd mache, würde geantwortet werden: Sie geht zu Begräbnissen.

Frau Russ drückte sich bis zum Katafalk durch. Eine Fünfzigerin, aber eine stattliche Frau überdurchschnittlicher Größe. Von den Schultern glitt ihr eine seidene schwarze Mantille, eine schwarze, mit lichtgrünen Bändern geschmückte Haube umrahmte ihr rundes, offenherziges Gesicht. Ihre braunen Augen hefteten sich auf das Gesicht des Verschiedenen. Ihr Gesicht zuckte, ihre Lippen begannen zu zittern, reiche Tränen brachen aus ihren Augen. Sie schluchzte tief.

Sie trocknete sich mit dem weißen Taschentuch rasch Augen und Mund. Jetzt blickte sie auf die Nachbarinnen rechts und links. Links stand die Frau Wachszieherin Hirt und betete aus ihrem Büchlein. Rechts stand irgendein sauber gekleidetes Frauchen, das Frau Russ nicht kannte; war sie, wie's schien, aus Prag, mußte sie von irgendwoher hinter der Moldau sein. Sie redete sie an, selbstverständlich deutsch, denn in nationaler Hinsicht war die Kleinseite damals tatsächlich das linke Prag. „Gott geb ihm die ewige Ruhe", sagte Frau Russ, „als ob er lebte, liegt er da und lächelt", und wieder wischte sie die rinnenden Tränen ab. „Er ist gegangen, und uns ließ er da – er ließ auch all sein Vermögen zurück – der Tod ist ein Dieb, jawohl."

Die fremde Frau antwortete nicht.

„Einmal bin ich bei einem jüdischen Begräbnis gewesen", fuhr Frau Russ mit halbem Geflüster fort, „aber das ist nicht hübsch. Alle Spiegel sind verhängt, damit man die Leiche nicht sehen soll, wohin man sich auch dreht. So ist es besser, der Entschlafene im Sarg ist hübsch von allen Seiten zu sehen – ich möchte sagen, daß dieser Sarg zwanzig Silbergulden kostet, das ist eine Pracht! Aber er hat sie sich verdient, der gute Kerl, als ob er uns auch aus diesem Spiegel zulächelte. Der Tod hat ihn überhaupt nicht verändert, nur ein bißchen gestreckt hat er ihn – wie lebend sieht er aus, nicht?"

„Ich habe Herrn Welsch lebend nicht gekannt", meinte das fremde Frauchen.

„Nicht? O je, ich sehr gut. Noch als Ledigen, auch seine Frau noch als Ledige, Gott laß sie selig ruhn! Ich sehe sie wie heut; als sie Hochzeit hatten, weinte sie vom Herrgottsmorgen an – ich bitte Sie, den ganzen Tag weinen, wenn man schon neun Jahre lang mit einem Mann Bekanntschaft hat. Der hat sie sich erwartet, neun Jahre, hätt lieber noch neunmalneun warten sollen. Ich sage, widerlich war sie. Von allen war sie die klügste und schönste, und die Hauswirtschaft verstand keine so wie sie; am Markt handelte sie eine Stunde wegen eines Groschens, und bei der Wäsche machte sie den armen Wäscherinnen immer irgendeine Butte Wasser streitig, und die Dienstmädchen aßen sich bei ihr nie satt. Und Welsch, der hatte sein Kreuz! Ich hatte zwei Dienstmädchen hintereinander von ihr und weiß alles. Keine Minute hatte er Ruh. Er sei nur darum ordentlich, weil er sich vor ihr fürchtete, und er soll ihr nur darum nicht widersprochen haben, damit sie sich um so mehr ärgere. Wissen Sie, sie war, wie man so sagt, romantisch, und wollte, die ganze Welt möchte sie bedauern. Immerzu beklagte sie sich, wie sie der Mann peinige. Wenn sie der Mann aus Zorn vergiftet hätte, wäre sie froh gewesen, und wenn sich der Mann selbst aufgehängt hätte, auch, die Welt hätte sie wenigstens bedauert."

Frau Russ schaute wieder auf ihre unbekannte Nachbarin. Aber die Fremde stand nicht mehr da. In ihrem Feuer hatte Frau Russ gar nicht bemerkt, daß die Wangen ihrer Nachbarin immer mehr und mehr errötet waren und daß sie während ihrer Rede von ihr weggetreten war. Nun sprach die Unbekannte im Hintergrund des Zimmers mit dem trockenen Herrn Uhmühl, dem Offizial des Landesrechnungsamtes, einem Verwandten des Herrn Welsch.

Frau Russ blickte wieder in das stumme Gesicht des Verschiedenen. Wieder begannen ihre Lippen zu zittern, eine Träne quoll aus ihrem Auge.

„Armer Schlucker", sagte sie hübsch laut zur Wachszieherin Hirt, „aber es kommt auf alles eine Strafe Gottes, auf alles. Er war ja doch auch nicht ehrenhaft, lassen wir das! Wenn er die arme Toni genommen hätte, von der er doch ein Kind hatte –"

„Ist die Hexe in der Maiennacht auf einem Besen angekommen?" zischte es laut hinter ihr, und eine knochige Männerhand legte sich auf ihre Schulter. Alle Anwesenden fuhren zusammen und schauten auf Frau Russ und Herrn Uhmühl, der sich vor sie stellte. Er hob die Hand nach der Tür und befahl mit seiner kreischenden, aber durchdringenden Stimme: „Hinaus!"

„Was ist dort los?" fragte von der Tür der andere Herr Uhmühl, der damalige Kleinseitner Polizeikommissar. Ein kahles Skelett, dürr wie sein Bruder.

„Die Hexe hat sich hierher gedrängt und beredet die Toten. Sie hat eine Zunge wie ein Messer."

„So gib ihr eins über ihr ungewaschenes –!"

„Das macht sie bei jedem Begräbnis", klang es von einigen Seiten.

„Sie hat selbst am Friedhof schon Szenen gemacht!"

„Nur schnell raus!" befahl der Herr Kommissar und faßte Frau Russ an der Hand. Frau Russ ging schluchzend wie ein Kind.

„So ein Skandal – und an einem so herrlichen Begräbnis", meinten die Hinterbliebenen.

„Ruhig!" befahl der Herr Kommissar Frau Russ im Vorzimmer, denn eben versammelten sich der Pfarrer und die Kapläne. Dann führte er sie zur Treppe. Frau Russ bemühte sich, etwas zu sagen, aber der Herr Kommissar führte sie unerbittlich weiter bis vors Haus. Dort winkte er dem Polizeiwachtmeister: „Führen Sie diese Frau bis zu ihrer Wohnung, damit sie beim Begräbnis keine Schande mache!"

Frau Russ war wie eine Pfingstrose errötet, sie wußte gar nicht mehr, was mit ihr geschah.

„Ein Skandal – und ein so herrliches Begräbnis!" klang es jetzt wieder unten auf dem Marktplatz.

Die Herren Uhmühl, Söhne des Herrn Uhmühl, des Stadtschreibers, Enkel des Herr Umjel, des Färbers, waren, wie zu sehen, überaus strenge Herren. Und gegen Frau Russ herrschte heute der Unwille der Kleinseite, ich würde sagen: der Welt, wenn die Kleinseite, wie ich's als Gebürtiger wünschte, die ganze Welt bedeckte.

Am folgenden Tag war Frau Russ auf das Kommissariat in der Brückengasse vorgeladen.

Dort ging's lebhaft zu. Wenn sie im Sommer bei offenen Fenstern amtierten, waren sie über die ganze Gasse zu hören. Sie fuhren jeden aus vollen Schleusen an, damals gab es noch nicht das höfliche Verfahren, das jetzt gewiß jede Polizeiverordnung verschönt. Oft blieb dort unter den Fenstern auf dem Gehsteig der Harfenist Josef, ein bekannter Kleinseitner Revolutionär, stehen. Und wenn einer von uns jungen Leuten vorbeiging und ihn anschaute, blinzelte Josef, zeigte mit dem Daumen über sich und sagte mit ruhigem Lächeln: „Sie bellen." Ich hoffe, daß darin nichts Despektierliches war, daß Josef sich nur mit einem möglichst plastischen Wort auszudrücken suchte.

Und dort stand in Mantille und Haube mit grünen Bändern gegen Mittag am 4. Mai 184* Frau Russ vor dem strengen Herrn Kommissar.

Sie war niedergeschlagen, schaute zu Boden, antwortete nicht. Und als der Herr Kommissar seine strenge Rede beendete und zu ihr sagte: „Wagen Sie sich Ihr Lebtag nicht mehr zu einem Begräbnis! – Jetzt können Sie gehen!" – ging sie. Damals allerdings konnte der Herr Kommissar selbst zu sterben verbieten, geschweige denn zum Begräbnis zu gehen.

Als sie aus der Kanzlei hinausgegangen war, schaute der Herr Kommissar den unterstellten Beamten an und sagte lächelnd: „Sie kann gar nichts dafür. Sie ist wie eine Säge, sie zersägt, was ihr unterkommt."

„Sie müßte eine Buße zugunsten der Taubstummen zahlen", meinte der unterstellte Beamte.

Sie lachten laut und waren beide wieder guter Laune.

Aber Frau Russ konnte lange nicht ihre frühere gute Laune zurückgewinnen. Endlich fand sie sie wieder.

Etwa nach einem halben Jahr zog sie aus ihrem Hause aus und mietete sich eine Wohnung gerade neben dem Aujezder Tor. Hier mußte jeder Leichenzug vorüber. Und wer immer vorübergetragen wurde, die gute Frau Russ trat stets vors Haus und weinte herzlich.

Abendliche Plaudereien

Eine herrliche warme Juninacht. Die Sterne flimmerten nur so, der Mond schien fröhlich, die Luft war ein einziges silbernes Licht.

Am fröhlichsten aber schien der Mond auf die Dächer der Spornergasse, und am allerfröhlichsten auf die stillen Dächer der Nachbarhäuser „Zu den zwei Sonnen“ und „Zum tiefen Keller“. Sonderbare Dächer! Mir nichts, dir nichts, kann man von dem einen aufs andere gelangen, und sie bestehen aus lauter Winkeln, Traufen und Übergängen. Besonders vielfältig verschachtelt ist das Dach des Hauses „Zu den zwei Sonnen“; es ist ein sogenanntes Satteldach mit einem Doppelgiebel zur Straße und einem Doppelgiebel zum Hof. Zwischen ihren beiden Firsten läuft eine breite Rinne, unterbrochen durch einen quer verlaufenden Steg von Boden zu Boden. Dieser Steg ist wiederum überdacht und wie die anderen auch mit Hohlziegeln gedeckt, die auf dem Dach zahllose Regenrinnen bilden. Von dem Gangsteg führen zwei große Erkerfenster in jene breite mittlere Rinne, welche über das Haus wie der gutgezogene Scheitel über die Mitte des Kopfes eines Prager Stutzers läuft.

Plötzlich war es, als habe bei den Erkerfenstern eine Maus gepfiffen.

Sogleich danach noch einmal.

Dann tauchten aus dem nach dem Hof gehenden Fenster Kopf und Brust einer Mannsperson auf. Sie schwang sich gewandt heraus und stand in der Rinne. Es war ein etwa zwanzigjähriger Jüngling mit hagerem, gebräuntem Gesicht, schwarzen Locken, dünnem Flaum über dem Mund; auf dem Kopf hatte er einen türkischen Fez, in der Hand ein langes schwarzes Rohr mit einer Pfeife. Ein graues Röckchen, eine graue Weste, graue Hose – darf ich vorstellen: Jan Hovora, Student der Philosophie.

Blick von der Kleinseite auf die Prager Altstadt

„Ich mauspfeife, und die Nachtwächterstube ist leer", brummte er. Dann kletterte er bis zum Schornstein. An dem Schornstein klebte ein halber Bogen Papier. Auf einmal fuhr sich Hovora mit der Hand über die Augen und schaute näher hin.

„Jemand ist hier gewesen, jemand hat mir das Blatt ausge-", knurrte er wieder; „nein, nicht ausgetauscht, es ist mein Blatt. Aber – " und er schaute noch genauer hin. Jetzt schlug er sich mit der Hand auf die Stirn. „Ach – die Sonne hat mir mein Gedicht weggetrunken – so eine Naschkatze! Genauso wie dem Petöfi. – Armer Kupka, nun muß er den Vorabend seines Namenstags unbesungen verbringen – und ich hatte eine so herrliche Idee gehabt, der heilige Antonius selbst hatte sie mir eingegeben!" Er riß das Blatt ab, knüllte es zusammen und warf es über das Dach.

Dann setzte er sich nieder, stopfte die Pfeife und zündete sie an. Und streckte sich auf die warmen Dachziegel und stützte die Füße in die Rinne.

Wieder dieses Mausepfeifen, und Hovora antwortete ebenso, ohne den Kopf zu wenden. In die Rinne schob sich ein anderer Jüngling. Klein, bleich, blondhaarig, mit blauer Mütze auf dem Kopf, wie sie die Technische Legion im Jahr 1848 getragen hatte. Er trug eine Jacke und Hosen aus hellem Segeltuch; im Mund hatte er eine brennende Zigarre.

„Servus, Hovora."

„Servus, Kupka."

„Was tust?" Und der Techniker Kupka, zukünftiger Ingenieur, schob sich langsam neben Hovora.

„Was tun? Ich habe mir den Ranzen mit Erdäpfel- und Graupenbrei vollgeschlagen, und jetzt warte ich darauf, daß mir speiübel wird. Was geruhtest du zum Abend zu speisen?"

„Ich habe wie der Herrgott genachtmahlt."

„Und was nachtmahlt der Herrgott?"

„Nichts."

„Hm! – Aber was zappelst du so herum?"

„Eh, ich möchte mir gern die Stiefel ausziehn. Wenn wir doch in unserem Salon wenigstens einen Stiefelknecht hätten – wenigstens dieses Einrichtungsstück!"

„Ein Stiefelknecht ist kein Einrichtungsstück, ein Stiefelknecht gehört in jede anständige Familie."

Jetzt erst drehte Hovora träg seinen Kopf Kupka zu.

„Ich bitt dich", begann er wieder, „was für eine Zigarre rauchst du da eigentlich? – Eine ordinäre? Oder eine noch ordinärere als ordinär?"

„Mir gefällt unser Salon – er hat eine herrliche Decke", meinte Kupka.

„Und so billig!"

„Je größer eine Wohnung, desto billiger ist sie. Der Herrgott hat die größte Wohnung und bezahlt dafür so gut wie gar nichts."

„Du bist heut vor deinem Namenstag irgendwie fromm angehaucht."

„Dächer, Dächer – ihr seid meine Liebe!" schwärmte Kupka, mit der Zigarre in der Luft herumfuchtelnd. „Ich würde die Kaminfeger beneiden, wenn sie nur nicht eine so einseitige schwarze Ansicht vom Leben hätten."

Diese Unterhaltung plätscherte leicht dahin, mit entsprechenden Pausen und gedämpften Stimmen. Es ist doch sonderbar, im Hochwald, an einsamen Orten, auf den Bergen spricht der Mensch unwillkürlich leiser.

„Eine entzückende Nacht", schwärmte Kupka weiter. „Diese Stille! – Das Wehr rauscht wie aus dem Traum eines Helden. – Und die Nachtigallen auf dem Laurenziberg – ein einziges Jauchzen! Hörst du?"

„Nun ja, nach drei Tagen ist Sankt Veit vorüber, und aus ist's mit dem Nachtigallenschluchzen. – Ist das schön! – Um keinen Preis möcht ich in der Altstadt wohnen."

„Und ob! Drei Meilen im Umkreis ist dort kein Vogel zu hören. Wenn sie sich nicht manchmal vom Kohlenmarkt eine gebratene Gänsehaxe mitbrächten, wüßten sie dort gar nicht, wie ein Vogel überhaupt aussieht."

„Es sind erst zwei oben", erklang jetzt ein sonorer Tenorbariton vom Bodenfenster.

„Novomlýnský – Servus!" riefen Kupka und Hovora.

Novomlýnský, ein Mann über dreißig, kroch vorsichtig auf allen vieren Stückchen um Stückchen die Rinne herauf.

„Verdammt!“ knurrte er, sich langsam hochrekelnd, „so was ist nichts für mich, dessen bin ich ungewohnt.“ Novomlýnský war überdurchschnittlich groß und ganz hübsch dick. Sein Gesicht war braun, glatt und rund, die blauen Augen schauten verschmitzt, unter der Nase hatte er einen mächtigen Schnauzer. Auf dem Kopf schaukelte auch ihm ein Fez, und sein Leib war mit einem schwarzen Rock und weißen Hosen bekleidet.

„Nun – mit meinem Orleansrock kann ich mich nicht wie ihr auf die Dachziegeln legen – setzt euch, wie sich's gehört!“

Kupka und Hovora saßen schon. Auf ihren Gesichtern war die frühere, etwas gespielte Ruhe einem leichten Lächeln gewichen, sie betrachteten Novomlýnský mit sichtlichem Vergnügen. Es war offenbar, daß er durch seine Reife hier herrschte. Novomlýnský setzte sich an der Schräge des anderen Daches ihnen gegenüber nieder und zündete sich eine Zigarre an.

„Also, Jungen, was tut ihr?“

„Ich preise die Kleinseite“, gestand Hovora.

„Ich betrachte den Mond“, sagte Kupka, „diesen toten Mann mit dem lebendigen Herzen.“

„Jetzt glaubt schon jedermann, er dürfe den Mond betrachten“, raunzte Novomlýnský. „Euch sollte man wie mich in ein Amt mit trockenen Zahlen stecken!“ In seiner klangvollen Stimme war gar nichts Gedämpftes oder Zurückhaltendes. Novomlýnský hätte auch im Hochwald, an einsamen Orten und auf den Bergen genauso geradeheraus drauflosgeredet wie hier. „Was gibt's Neues? – Sagt mal, ist das wahr, daß Jäkl gestern bei den Kaisermühlen fast ertrunken wäre?“ und er lachte übers ganze Gesicht.

„Jawohl“, nickte Hovora lächelnd, „er schwimmt aber auch wie ein Mühlstein. Genau neben mir rutschte er in den Tümpel – er gurgelte entsetzlich, Blasen stiegen auf – das kostete was, bevor wir ihn heraus hatten, was, Kupka? Dann haben wir ihn gefragt, was er sich so gedacht habe, als er absoff, und er sagte, er habe darüber lachen müssen, darum habe es so gegurgelt.“

Alle drei lachten, das Lachen Novomlýnskýs dröhnte wie eine Glocke.

„Und was für ein Lärm war das heute bei den Professoren?" fragte Novomlýnský weiter. „Sie sind dann weggegangen, Hovora."

„Etwas Pikantes", sagte Hovora und verzog den Mund. „Die Frau Professor kam ihrem Mann auf einen Brief, den er im Schreibtisch versteckt hatte. Er war von einem Frauenzimmer, feurig und verliebt – von der Frau Professor selber. Sie hatte ihm den Brief vor zwanzig Jahren geschrieben, und jetzt stieß sie darauf, und er war – noch immer versiegelt. Stellt euch vor, wie gekränkt sie war!"

„Ein einaktiges Lustspiel", lachte Novomlýnský. Er zog die Beine hoch und knurrte Kupka an. Kupka war inzwischen bis ans Ende der Dachrinne gegangen, neigte sich etwas vor und schaute irgendwohin in den Hof. Nun kam er wieder zurück, sichtbar zufrieden mit dem Erfolg seiner Erkundungsreise.

„Kupka, wohin locken die Teufel Sie nur immer? Wohin schauen Sie? Sie werden noch einmal in den Abgrund stürzen."

„Wohin ich schaue? Zum Buchbinder. Sie wissen nicht, daß er seit zwanzig Jahren die Lebensbeschreibung des Jan Hus liest und jedesmal dabei weint. Ich habe geschaut, ob er schon in Tränen ausgebrochen ist. Es ist noch nicht so weit."

„Dummheiten! Ihr grünen Spechte könntet euch um etwas anderes als um Buchbinder kümmern", und Novomlýnský hob warnend seinen Finger. „Habt ihr drüben beim Töpfer schon die neue Amme bemerkt? Das ist ein Mädel, was? Aber sie ist wie eine Drossel, sie kann nichts für sich behalten."

„Novomlýnský ist wie eine gute Hausfrau, er hat wie sie sein größtes Kreuz mit den Dienstmädchen", bedauerte ihn Hovora mit mitleidiger Miene.

„Ob er sein Kreuz hat! Er kann sich gar nicht ausschlafen. Früh ist er schon um fünf auf der Gasse, die hübschesten Mädchen gehen nämlich nur ganz frühzeitig um Wasser, damit sie niemand mit der Bütte sehe."

„Schweigt! Ich kann schnell schlafen, darum bin ich früh

aus den Federn. Übrigens –" Novomlýnský klopfte langsam seine Zigarre an einem Dachziegel ab und sprach mit sichtbarem Vergnügen weiter: „Es war einmal, es war einmal! ... Ich war ein unglaublich eleganter Herr gewesen, acht Paar Handschuhe habe ich in einem Jahr verbraucht. – Ja, wirklich, noch immer hab ich das Unglück, bei den Mädchen Glück zu haben. Kann ich dafür, daß ich so hübsch bin? Ich wünschte euch, ihr grünen Jungen, daß ihr mich einmal sehen könntet. Über meine Liebeserklärungen würdet ihr erschauern. – Aber", fuhr er rascher fort, „nun unterhaltet ihr mich mit irgend etwas! Wer ist heute dran, das Thema unserer Unterhaltung zu bestimmen?"

„Jäkl."

„Dann kommt er bestimmt nicht", sagte Novomlýnský. „Wir hatten einmal einen Abendessenverein, jeden Tag sollte ein anderer bezahlen. Der, welcher dran war, kam nie." Zufällig hob er den Kopf zum First des gegenüberliegenden Daches. „Der Ertrunkene!" rief er entsetzt aus. Kupka und Hovora schauten sich rasch um.

Dort überm First tauchte ein dritter Fez auf, und darunter lachte Jäkl voll aus seinem breiten, roten Gesicht.

„Schnell hierher, schnell!" rief die Freiluftkumpanei.

Jäkl wuchs langsam über den First. Jetzt erschienen die Schultern, dann die Brust, endlich der ganze Kerl.

„Der nimmt kein Ende", brummte Novomlýnský, „der Bursche könnte in Fortsetzungen erscheinen."

Nun wurde das überlange rechte Bein herübergeschoben, dann das linke, da rutschten beide aus, und mit schrecklichem Gepolter glitt Jäkl übers Dach in die Rinne zu Füßen seiner Freunde.

Die Freunde kreischten vor Lachen. Das ganze Dach schien mitzulachen, ja selbst der Mond dort oben am Himmel lachte.

Am meisten von allen aber lachte Jäkl selbst. Er lag auf dem Bauch und strampelte mit den Spitzen der Stiefel gegen die Rinne. Es bedurfte einiger ordentlicher Rippenstöße und einiger freundschaftlicher Fußtritte, bevor Jäkl zu sich zu kommen geruhte. Er erhob sich langsam in seiner ganzen klafterlangen Majestät und tastete seinen Sommeranzug ab, einen Anzug von irgendeiner unbestimmten gelblichen Farbe. „Nicht eine einzige Naht ist aufgerissen", freute er sich und setzte sich neben Novomlýnský.

„Nun, hast du dir etwas für die heutige Unterhaltung ausgedacht?"

Jäkl schob die Hände zwischen die Knie und schaukelte eine Weile mit dem Oberkörper. Dann begann er gemächlich: „Ich – ich hab mir gedacht, jeder von uns sollte die früheste Erinnerung seines Lebens erzählen. Wißt ihr, die allerfrüheste, die – "

„Hab ich mir doch gleich gedacht, daß da etwas Dummes herauskommen wird!" raunzte Novomlýnský. „Es ist entsetzlich! Ein absolvierter Jurist, ein Mann, der schon einige Rigorosen gemacht hat – "

„Schließlich sind auch Sie nicht gar so entsetzlich gescheit auf die Welt gekommen!" schmollte Jäkl.

„Ich? Da möcht ich aber schon bitten. Mich trug meine Mutter sechzehn Monate unterm Herzen, und als ich auf die Welt kam, konnte ich schon sprechen. Danach besuchte ich vierundzwanzig Lateinschulen, und jedes Wort, das ich spreche, kam meinem Vater auf einen Zwanziger."

„Nun, das ist gar nicht so dumm", meinte Hovora und klopfte seine Pfeife aus. „Versuchen wir es! Du hast doch deine früheste Erinnerung schon bereit, Jäkl?"

„Ich? Selbstredend", versicherte Jäkl und schaukelte immer noch weiter. „Ich erinnere mich an etwas, als ich kaum zwei Jahre alt war. Der Vater war nicht zu Hause, die Mutter mußte schnell irgendwohin über die Straße, wohin sie mich nicht mitnehmen konnte, ein Dienstmädchen hatten wir nicht. Damit mir nicht bange werde, hatte die Mutter aus der Küche eine lebende Gans, die sie zum Fettfüttern hielt, geholt und gab sie zu mir ins Zimmer. Mir wurde überm Alleinsein angst und bange, ich umarmte krampfhaft den Hals der Gans, brüllte vor Angst, die Gans schnatterte vor Angst – ein hübsches Bild, was?"

„Sehr hübsch", brummte Novomlýnský.

In der Dachtraufe herrschte eine Weile nachdenkliches Schweigen. Hovora hatte wohl schon dreimal ein brennendes

Zündholz an die frisch gestopfte Pfeife gelegt, aber jedesmal aufs Ziehen vergessen. Jetzt tat er es und rief: „Auch mir ist meine früheste Erinnerung eingefallen! Ich war mit meinem Vater im Kloster der Ursulinerinnen gewesen, und die Nonnen hatten mich auf den Schoß genommen und geküßt."

„Noch hübscher als das mit der Gans", brummte Novomlýnský wieder. „Haben Sie auch etwas so Hübsches erlebt, Kupka?"

Kupka lächelte.

„Mein Großvater war Glöckner in Rakovník. Er war schon sehr alt, und eines Tages fiel ihm ein, sich selber das Sterbeglöckchen zu läuten, dann ging er nach Hause, legte sich hin und starb. Sie führten mich an seine Leiche – sie war schon angezogen, an den Füßen hatte sie weiße Strümpfe –, um ihm die große Zehe zu küssen, ich weiß nicht mehr, was für ein Aberglaube das war. Dann spielte ich neben dem Tischler, der in unserem Haus wohnte und am Sarg arbeitete."

„Ausgezeichnet!" freute sich Jäkl. „Und nun Novomlýnský."

Novomlýnský schaute finster drein und schwieg. Schließlich machte er doch den Mund auf.

„Ich – ich habe keinerlei früheste Erinnerung. – Eigentlich – ja, zwei habe ich, aber ich weiß nicht mehr, welche früher ist. Ich erinnere mich, wie wir von den neuen Schloßstiegen hinunter in den ‚Elefanten' übersiedelten, und ich wollte nicht aus dem Haus, bevor sie mir nicht die Wiege brachten. Und dann – da habe ich zu meiner Schwester ein garstiges Wort gesagt – wißt ihr, so ein ganz garstiges Wort. Die Mutter gab mir eins über den Mund, und ich mußte zur Strafe beim hinteren Fuß des Klaviers stehen. Wirklich, ein Kind ist ein interessantes Geschöpf – ein urkomisches Abbild des erwachsenen Menschen! – So kreuzdumm, so gleichgültig den Folgen gegenüber – der Mensch tut gut daran, an einen Schutzengel zu glauben. – Mein erstes Gebetbuch war deutsch. Ich konnte damals noch kein einziges Wort Deutsch – das ganze Jahr hab ich daraus das ‚Gebet für schwangere Frauen' gebetet, und rein nichts ist mir passiert."

Jäkl strampelte wieder vor Vergnügen mit den Füßen in der Dachtraufe. Novomlýnský schaute ihn zufrieden an. „Seht, das gefällt mir an Jäkl. Man macht einen guten Scherz, und an Jäkl ist sofort der Erfolg zu sehen."

„Ach was, mir ist gar nicht eingefallen, über Ihren Witz zu lachen", wehrte sich Jäkl. „Mir ist eben etwas riesig Dummes eingefallen! – Die alten Römer hatten doch wohl auch Kinder – oder?"

„Es scheint so."

„Und die konnten wohl auch nicht sogleich wie Cicero reden, sie mögen genauso wie unsere Kinder geplappert haben. Stellt euch einmal ein solches altlateinisches Kindergeplapper vor – Hanibaj ante pojtas! – Hanibaj ante pojtas – Jesus Maria und Josef – das ist zum Totlachen!"

Das Strampeln Jäkls wurde zum Toben. Alle lachten, die Kumpane, das Dach, selbst der Mond hoch oben lachte mitsamt den Sternen, als ob er kicherte: „Hanibaj ante pojtas!"

„Jäkl ist heut guter Laune", meinte Hovora.

„Stimmt", bestätigte Kupka. „Was hat er bloß?"

Jäkl hatte sich schon beruhigt. Er saß aufgerichtet, und seine treuherzigen Augen schauten Kupka an. „Hm – was ich habe? Warum sollte ich es euch nicht sagen. Es drückt mich ohnehin. – Ja, ich sag's! Ich bin verliebt, das heißt: ich war's. Ich soll heiraten – aber wiederum auch nicht – ich weiß nicht recht, wie ich das geschwind sagen soll."

„Ist sie hübsch?" fragte Kupka rasch.

„Er wird doch seinen besten Freunden nicht die Schande antun, eine häßliche Frau zu nehmen?" verteidigte Hovora den Freund.

„Heiraten – hm! Freilich, ich wär auch für ein Familienleben, aber die Herren Ehemänner sind mir dabei überall ein Hindernis", meinte – selbstverständlich – Novomlýnský. „Hat sie Geld?"

„Was heißt Geld? Ich frage nicht nach Geld und Gut und irgendwelcher Mitgift. Es brauchen nur ein paar trockene Sommer zu kommen, und das Geld ist vertrunken."

„So jung noch und schon so edel!"

„Was ist das für ein Mädel?" fragten zwei zugleich.

„Die Lizinka."

„Welche Lizinka?"

„Die vom Perálek – dem Schneider – aus der Heuwaaggasse. Kennt ihr sie?"

„Und ob!" nickte Hovora. „Es gibt dort drei Töchter. Marie, die älteste, kann ich nicht ausstehn. Wenn ich sie anschau, gähnt sie. Dann Lizinka. Und dann die magere Karla."

„So mager, daß sie sich immer erst die Zähne anfeuchten muß, wenn sie den Mund zumachen will. Und gerade sie hat sich zuerst verheiratet", wunderte sich Kupka.

Der weise Novomlýnský hob den Finger: „Von drei Töchtern heiratet immer die häßlichste zuerst – merkt euch das!"

„Plappert und schwatzt nur!" knurrte Jäkl. „Ich kann um die Welt nicht leiden, wenn jemand viel redet, ich komme dann nie zu Wort."

„Ja, die Lizinka ist hübsch."

„Und wie lange liebt ihr einander schon?"

„Wartet mal – achtzehn Jahre werden das jetzt schon her sein." Und auf dem Gesicht Jäkls spiegelte sich eine zarte Ironie. „Ich ging in die zweite Volksschulklasse, sie nebenan in die erste. Es war im Winter, als ich sie kennenlernte und mich sogleich in sie verliebte – für ewig! – Ein entzückendes Mädchen! Ein Kopf wie ein Mohnhäuptel, die Haare in langen, schon goldenen Zöpfen, Wänglein wie Rosen. Auf dem Kopf trug sie ein grünes Seidenhütchen, von den Schultern glitt ein grüngelbes Mantillchen. Ihre Schultasche war mit einem weißen Pudel auf blauem Hintergrund bestickt – mein Gott, dieses Pudelchen! – Das Mädel blieb nicht lange im Ungewissen über die Gefühle, die es in mir geweckt hatte. Einmal faßte ich mir ein Herz und bewarf sie mit Schneeballen, und als sie davonlief, holte ich sie ein und riß ihr den Hut vom Kopf. Von da an lachte sie mich an, sie hatte mich verstanden. Sie anzusprechen, das hatte ich mich auch jetzt noch nicht getraut, aber mit Schnee hab ich sie oft beworfen.

So zwei Jahre später gab ich schon einem kleinen Jungen Nachhilfestunden, und der wohnte am Ende der Heuwaaggasse. Ich ging täglich bei den Peráleks vorbei, und Lizinka stand immer vor dem Haus. Bloßköpfig und ohne Mantille war sie erst richtig schön. Ihre unschuldigen reinen, blauen Augen schauten mich immer fröhlich an; ich konnte mir nicht helfen, ich wurde jedesmal rot. Unsere Bekanntschaft wurde immer herzlicher. Einmal stand sie da und aß ein Butterbrot. Ich faßte mir ein Herz und blieb stehn. ‚Bekomme ich ein Stückchen?' fragte ich. ‚Da hast du!' sagte sie und brach die Schnitte entzwei. – ‚Ich möcht aber das größere Stück', scherzte ich galant. – ‚Dann bliebe ja mir nichts übrig. Ich habe Hunger', lächelte sie reizend. Ich ging beglückt weiter und zeigte ihr noch von weitem das geschenkte Butterbrot. Schade – bald nahmen die Eltern des Jungen, den ich unterrichtet hatte, einen anderen Lehrer; sie hatten dafür den dummen Vorwand, daß wir zwei miteinander nur spielten.

Dann haben die Lizinka und ich sich an die fünfzehn Jahre so gut wie nicht gesehen. Bis heuer. Am ersten Mai – es war ein Sonntag – fiel mir plötzlich ein, ein wenig weiter hinters Tor hinauszugehen – ich weiß nicht, warum; meinetwegen könnten alle Tore das ganze Jahr über zugemauert sein. Vielleicht – Magnetismus des Herzens! Ich ging in die Šárka zu Čistecký. Dort saß der alte Perálek mit seiner Frau und Marie und Lizinka. – Eine erblühte Rose! – Ein Körper – rund und reif wie ein Vers von Goethe. – Das Auge noch immer so unschuldig, so rein wie bei dem Kind. – Im Nu war ich als Mann so hingerissen wie vor achtzehn Jahren als Kind.

An einem Tisch in der Nähe, an dem ich mich niedergesetzt hatte, tratschte man über Perálek. – ‚Wenn er spricht, zeigt er ununterbrochen auf die Stirn, damit die Leute meinen sollen, er denke – ein widerlicher Dummkopf!' sagte der, welcher neben mir saß. – ‚Man spricht, daß er seine Töchter ohrfeige, wenn sie nicht zum Tanz geholt werden', sagte der andere. – Ich stand auf. – Arme Lizinka! – Nebenan tanzte die Jugend unter freiem Himmel. Ihr wißt, daß ich nicht gern tanze, ich bin etwas groß geraten, und ein solcher Mensch wirkt beim Tanzen nicht gerade graziös, aber jetzt war mir das gleichgültig! Am Tisch der Peráleks saß der alte – wie heißt der alte pensionierte Hauptmann schnell? Dieser – Vítek, richtig! Er unterhielt sich lebhaft mit der Marie. Wir kennen einander. Ich trat also an ihren Tisch und grüßte die Peráleks. Lizinka lächelte, dann errötete sie. Nach einer Weile bat ich sie zum Tanz. Sie schaute die Mutter an und versprach mir die nächste Quadrille, weil sie Rundtänze nicht liebe. Das war mir gerade recht.

Fast schweigend tanzten wir die Quadrille. Dann machten wir einen Spaziergang längs des Baches, dabei lösten sich unsere Zungen. Ich fragte, ob sie mich noch kenne. Sie neigte den Kopf zur Seite und schaute mich mit ihren unschuldigen Augen an. Nach einer Weile war mir, ich sei wieder das Kind; ich redete von Schneebällen und vom Pudel und von Butterbroten – und sie fühlte wohl dasselbe wie ich. Und dann begleitete ich sie nach Hause. Das Gehen strengte sie an, und ich führte sie. ‚So gehört sich's, Jugend zu Jugend', sagte Vítek, dieser widerliche Kerl. Nun, ein verliebter Mensch ist unempfindlich, selbst bei einem gutgemeinten Wort.

Nach einigen Tagen bekam ich von Lizinka einen deutsch geschriebenen Brief, darin stand: ‚... um drei Uhr bei St. Niclas zu kommen.' Ich zitterte vor Seligkeit. Von der Kirche gingen wir in den Wallenstein-Park, dort schwuren wir einander ewige Liebe, dort versprach ich ihr, bis zum August meinen Doktor zu machen, und in zwei Jahren werde sie mein sein. Dann führte sie mich zu ihren Eltern; ich sah, daß Herr Perálek ein lieber Mensch ist und die Mutter Perálková eine rechtschaffene Frau, nur die Marie gefiel mir nicht, sie schaute mich irgendwie komisch an.

Sogleich danach – nun sind es schon vier Wochen her – mußte Lizinka überstürzt zu ihrer Tante nach Klattau, weil diese im Sterben lag.

Gestern kam mein Freund, der Mediziner Bureš. Er sagte unter anderem: ‚Kennst du die Lizinka Perálková?' – ‚Die kenne ich.' – ‚Sie hat heut einen Jungen zur Welt gebracht, bei uns in der Gebärabteilung.'"

Die Freunde hatten bis hierher der Erzählung des Freundes gespannt zugehört, aber bei seinen letzten interessanten Worten war es plötzlich, als ob er gar nicht mehr erzählte – auf einmal gab es allen dreien einen Ruck, und sie schauten auf die Dachfenster.

„Und zu mittag kam der alte Hauptmann Vítek dort hinauf und erkundigte sich nach ihrem Befinden und nach dem, was das Licht der Welt erblickt hatte“, ergänzte Jäkl.

„Die Dienstmädchen belauschen uns – hört ihr sie nicht kichern?“ flüsterte Novomlýnský. Und schon war er aufgesprungen und verschwand mit unglaublicher Geschwindigkeit im Erkerfenster. Und hinter ihm eins, zwei Kupka und Hovora.

Der Mond machte einen langen Hals und spitzte die Ohren – ihm schien, er höre unterm Dach das leise Quieken und Kichern von Mädchen.

Wahrscheinlich hörte Jäkl auch so etwas. Jedenfalls schob er seine langen Hände wieder ruhig zwischen die Knie, schaukelte vor und zurück und brummte vor sich hin: „Diebstahl bei Nacht ist ein erschwerender Umstand.“

Doktor Weltverderber

Sie hatten ihn nicht immer so genannt, erst nach einem gewissen Vorfall, aber der war so seltsam, daß er in die Zeitung kam. Eigentlich hieß er Herr Heribert und mit seinem Taufnamen irgendwie ganz ungewöhnlich, nur daß ich nicht mehr weiß wie. Herr Heribert war Arzt; damit ich die volle Wahrheit sage: er war tatsächlich zum doctor medicinae promoviert, aber er heilte ganz und gar niemanden und ganz und gar nichts. Er müßte sich selbst dazu bekennen, daß er von der Zeit an, als er als Student die Kliniken besucht hatte, keinen einzigen Kranken unter den Händen gehabt hatte. Und er hätte sich wohl auch bereitwillig dazu bekannt, wenn er nur überhaupt mit jemandem gesprochen hätte. Aber er war ein mehr als eigentümlicher Mensch.

Doktor Heribert war der Sohn eines Doktors Heribert, des sehr beliebten zweiten Arztes der Kleinseite. Die Mutter war früh gestorben und der Vater kurz vor der Promotion des Sohnes, und diesem blieb am Aujezd ein einstöckiges Haus und wohl auch etwas Geld, aber nicht viel. In diesem Häuschen ließ sich Dr. Heribert junior nieder. Zwei kleine Läden im Erdgeschoß auf die Straße zu, eine Wohnung im ersten Stock nach vorn trug ihm etwas Mietzins ein, er selbst wohnte im ersten Stock gegen den Hof, und zu ihm führte unmittelbar aus dem Hof eine eigene Treppe, mit einem gleich unten im Hof verschlossenen Gitter, und die Treppe war unbedeckt. Wie es bei ihm in der Wohnung aussah, das weiß ich nicht, daß er aber sehr einfach lebte, das weiß ich. Einer der beiden Läden war eine Hökerei, die Hökerin bediente den Herrn Doktor, und ihr Sohn, das Joseflein, war mein Kamerad – wir sind schon lange, sehr lange auseinandergekommen, weil das Joseflein Kutscher beim Herrn Erzbischof und stolz geworden war. Aber von ihm hatte ich erfahren, daß sich der

Herr Doktor Heribert das Frühstück selber kocht, zum Mittagessen in irgendein billiges Speiselokal in der Altstadt geht und das Abendessen irgendwie erledigt.

Dr. Heribert der Jüngere hätte auf der Kleinseite genug Zuspruch gehabt, wenn er nur gewollt hätte. Nach dem Tod des Vaters übertrugen die Patienten ihr Vertrauen auf ihn, aber, ob ein Reicher oder ein Armer kam, er nahm sich keines an und ging nirgendwohin. Allmählich hörte denn das Zutrauen auf, die Leute rundum begannen ihn für so etwas zu halten, was man einen „verkrachten Studenten" nennt, und später machten sie sich lustig: „Ja, ein Doktor – aber nicht einmal die Katz würd ich ihm anvertrauen!" Den Doktor Heribert kümmerte das, so schien es, nicht allzuviel. Es mochte ihm überhaupt nichts an Menschen liegen. Er grüßte niemanden und dankte keinem Gruß. Ging er in der Gasse, so war es, als triebe der Wind ein welkes Blatt hin und her. Er war von fast kleiner Gestalt – nach dem neuen Maß hatte er an die anderthalb Meter –, und dieses trockene Figürchen steuerte so durch die Gasse, daß es von den anderen Menschengestalten immer wenigstens zwei Schritte entfernt war. Daher der schwankende Gang. Sein blaues Auge war irgendwie scheu wie das Auge eines geprügelten Hundes. Sein Gesicht war von einem hellbraunen Bart überwachsen – ein solch bärtiges Gesicht war nach damaligen Ansichten etwas ganz Ungehöriges. Im Winter, wenn er einen grauen Müllerkalmuck trug, fiel das Köpfchen unter der Tuchmütze tief in den Kragen aus wollenem Astrachan, und im Sommer, wenn er einen leichten, grauen, karierten Anzug trug oder ein noch leichteres Leinengewand, neigte sich das Köpfchen wie auf einem dünnen Stengel. Im Sommer ging er schon um die vierte Morgenstunde in die Anlagen auf den Marienschanzen, und hier setzte er sich mit irgendeinem Buch in der Hand auf eine abseitige Bank. Es geschah, daß ein gutherziger Kleinseitner Nachbar sich zu ihm setzte und zu sprechen begann. Aber Dr. Heribert stand auf, klappte sein Buch zu und ging, ohne ein Wort geantwortet zu haben. Schließlich ließen sie ihn links liegen. Ja, so weit brachte es dieser Dr. Heribert, daß sich trotz seiner wohl kaum erst vierzig Jahre von allen

Kleinseitner Jungfrauen aber auch nicht mehr eine um ihn kümmerte.

Plötzlich aber geschah etwas – ich sagte es schon, selbst in die Zeitung kam es. Und davon will ich erzählen.

Es war ein herrlicher Junitag. So ein Tag, an dem uns vorkommt, das Lächeln einer tiefsten Zufriedenheit strahlte aus Himmel und Erde und den Gesichtern aller Menschen. Und an diesem Tag bewegte sich am späten Nachmittag ein prachtvolles Begräbnis durch Aujezd zum Tor. Sie begruben da Herrn Schepeler, Rat der Landes- oder Ständerechnungskammer, wie man damals sagte. Gott verzeih uns, aber tatsächlich schien dieses zufriedene Lächeln auch über dem Leichenzug zu ruhen! Das Gesicht des Toten war zwar nicht zu sehen, weil es bei uns nicht wie im Süden üblich ist, die Toten im offenen Sarg zu Grabe zu tragen, damit sie sich, bevor sie in die Grube sanken, in der Sonne wärmten. Aber, abgesehen von einem gewissen schicklichen Ernst, konnte sich eine gewisse allgemeine Zufriedenheit nicht verleugnen. Sie lag an diesem wunderschönen Tag den Leuten irgendwie in allen Gliedern – sehen wir zu, wie wir damit zurechtkommen!

Am meisten zufrieden waren wohl die Praktikanten der Landesämter, welche den Herrn Rat auf der Bahre trugen. Sie hatten sich das nicht nehmen lassen. Zwei Tage waren sie aufgeregt gewesen und von Kanzlei zu Kanzlei gelaufen; jetzt schritten sie stolz und gemessen unter ihrer Last, jeder davon überzeugt, daß auf ihm die Blicke der Welt ruhten, und diese Welt flüsterte: „Das sind die ständischen Praktikanten!“ Zufrieden war weiter der lange Herr Doktor Link, welcher nach der nur achttägigen Krankheit des entschlafenen Herrn Rates von dessen Witwe zwanzig Dukaten Honorar erhalten hatte; die ganze Kleinseite wußte das schon; er ging jetzt mit ein wenig vorgeneigtem Haupt, als denke er nach. Zufrieden war der Nachbar Ostrohradský, seines Zeichens Riemer und der nächste Verwandte des Herrn Rat. Bei Lebzeiten hatte ihn der Herr Onkel zwar vernachlässigt, aber jetzt wußte Herr Ostrohradský schon, daß ihm ins Geschäft fünftausend Goldgulden zugesprochen worden waren, und einigemal hatte er zu dem Herrn Bierbrauer

Kejřík im Leichenzug die Bemerkung gemacht: „Er hatte doch einen guten Kern!" Ostrohradský ging gleich hinterm Sarg und neben ihm der beleibte, vor Gesundheit strahlende Herr Kejřík, der beste und vertrauteste Freund des Gottseligen. Hinter diesen beiden gingen die Herren Kdojek, Mužík und Homann, allesamt Räte des Landesrechnungsamtes, aber im Dienstgrad niedriger als der entschlafene Schepeler; auch sie waren sichtbar zufrieden. Ja, wir müssen leider sagen, daß sich selbst Frau Marie Schepeler, welche allein im ersten Fiaker saß, der allgemeinen Zufriedenheit nicht entziehen konnte, daß aber, leider Gottes, ihre Zufriedenheit nicht mit der Junistimmung zusammenhing. Dieses gute Frauchen war zwar ein Weib, aber schon den dritten Tag der Gegenstand des aufrichtigen Mitgefühls so vieler Menschen zu sein, das nimmt her. Dann paßte auch das schwarze Trauerkleid zu ihrer schlanken Gestalt ganz reizend, und ihr immer etwas bleiches Gesicht nahm sich im Rahmen des schwarzen Schleiers hübsch aus.

Der einzige, der schwer am Tode des Herrn Rat trug und sich im Inneren eines unangenehmen Gefühls nicht erwehren konnte, war der Bierbrauer Herr Kejřík, noch Junggeselle und, wie schon erwähnt, der beste und vertrauteste Freund des im Herrn Entschlafenen. Es handelt sich darum, daß ihm schon gestern die junge Witwe in aller Deutlichkeit ihre Erwartung zu verstehen gegeben hatte, indem sie erklärte, daß sie sich jetzt geziemend belohnt fühle dafür, daß sie ihm schon zu Lebzeiten ihres Ehegatten – so treu gewesen sei. Als heute der Nachbar Ostrohradský zum ersten Male gesagt hatte: „Er hatte doch einen guten Kern", hatte Herr Kejřík geantwortet: „Keineswegs, sonst hätte er länger hier ausgehalten." Und dann hatte er Herrn Ostrohradský gar nicht mehr geantwortet.

Der Leichenzug erreichte langsam das Aujezder Tor. Damals war dieses Tor noch nicht wie heute zum Wegblasen, es wand sich zwischen schweren Schanzen und Basteien, zwei lange, gewundene und dunkle Durchgänge folgten einander, das richtige Vorspiel für die Gräber auf dem Friedhof hinter dem Tor.

Der Paradeleichenwagen war dem Leichenzug voraus und hielt am Tor. Die Priester drehten sich um, die jungen Männer ließen die Totenbahre langsam auf die Erde nieder, und die Einsegnung begann. Die Kutscher zogen die bewegliche Unterlage aus dem Wagen. Jetzt geschah es! Ob sie nun an der einen Seite zu heftig zugefaßt hatten oder ob sie auf beiden Seiten gleich ungeschickt waren – plötzlich stieß der Sarg mit dem schmalsten Ende gegen die Erde, und der Deckel fiel laut herab. Die Leiche blieb zwar im Sarg, aber sie rutschte leicht in die Knie, und die rechte Hand glitt aus dem Sarg heraus.

Die Bestürzung war allgemein. Mit einem Schlag wurde es so still, daß der Nachbar das Ticken der Uhr in der Tasche des Nachbarn hören konnte. Die Blicke aller bohrten sich in das reglose Gesicht des toten Rates. Und an dem Sarg stand – Doktor Heribert. Er kehrte eben von einem seiner Spaziergänge durch das Tor zurück, schwankte in dem Menschenhaufen hin und her, plötzlich mußte er direkt hinter den Priestern stehenbleiben, und jetzt war sein graues Mäntelchen direkt neben dem schwarzen Totenhemd.

Das dauerte einen Augenblick. Unwillkürlich griff Heribert nach der herabhängenden Hand, wie um sie wieder in den Sarg zu legen. Aber er behielt sie in seiner Hand, seine Finger spielten unruhig, und seine Augen ruhten prüfend auf dem toten Gesicht vor ihm. Jetzt hob er die Hand und schob das Lid vom rechten Auge des Toten zurück.

„Nun, was ist denn das?" schrie Ostrohradský. „Warum bringt man das nicht in Ordnung? Sollen wir so stehen bleiben?"

Einige junge Männer wollten zufassen.

„Vorsicht!" rief der kleine Heribert mit unglaublich lauter und klangvoller Stimme. „Dieser Mann ist nicht tot!"

„Unsinn! – Sie sind ein Narr!" schrie Herr Doktor Link.

„Wo ist die Polizei?" schrie Ostrohradský dazwischen.

Alle Gesichter zeigten die höchste Verwirrung. Nur der Bierbrauer Kejřík war rasch zu dem ruhigen Heribert getreten. „Und was soll geschehen?" fragte er voll Eifer. „Ist er – ist er tatsächlich nicht tot?"

„Nein. Er ist nur starr. Jetzt tragt ihn rasch in ein Haus, damit wir versuchen, ihm zu helfen."

„Der ausgemachteste Irrsinn!" schrie Herr Doktor Link. „Wenn der nicht tot ist, dann –"

„Wer ist das?" fragte Ostrohradský.

„Ein Doktor soll es sein – "

„Der Doktor Weltverderber! – Polizei!" brüllte der Riemer, dem die Hoffnung auf die fünftausend beinahe zerschlagen war.

„Der Doktor Weltverderber", wiederholten die beiden Herrn Räte Kdojek und Mužík.

Aber schon trug der aufopferungsvolle Freund Herr Kejřík mit einigen jungen Männern den Sarg langsam ins nächste Gasthaus, „Zum Kalkofen".

In der Gasse entstand ein geradezu stürmischer Lärm und Tumult. Der Leichenwagen wendete, die Kutschen drehten um, der Herr Kdojek rief: „Gehen wir – wir werden schon alles erfahren!" aber keiner wußte, was tun. „Gut, daß Sie kommen, Herr Kommissär!" rief Ostrohradský dem ankommenden Polizeibeamten zu. „Hier begibt sich eine schreckliche, eine unstatthafte Komödie – Leichenschändung am hellichten Tag – vor dem halben Prag –", und er führte den Kommissär in den „Kalkofen". Doktor Link verschwand. Schon nach einer Weile war Ostrohradský wieder draußen, hinter ihm der Kommissär. „Geht, bitte, auseinander", sagte dieser zu der Menschenansammlung, „niemand darf hinein! Doktor Heribert versichert, daß er den Herrn Rat zu sich bringt."

Die Frau Rat wollte aus ihrer Kutsche heraus, aber sie fiel in Ohnmacht. Die Freude kann manchmal töten. Jetzt trat Herr Kejřík eilig heraus und trat zur Kutsche, wo sich die Frauen um die ohnmächtige Frau Rat bemühten. „Führt sie langsam nach Haus, daheim wird sie zu sich kommen", riet er. Dann brummte er vor sich hin: „Sie ist doch entzückend – so entzückend!" Er wandte sich um, sprang in eine Kutsche und fuhr dorthin, wohin Doktor Heribert ihn geschickt hatte.

Die Wagen fuhren auseinander, die Trauergesellschaft verlief sich. Aber der Aujezd war ums Tor ununterbrochen voll von Menschen, und die Polizeiwache mußte vor dem Haus für Ordnung sorgen. In den Gruppen wurden die merkwürdigsten Dinge erzählt. Rasch verleumdeten die einen Doktor Link und redeten ihm übel nach, gleichzeitig verspotteten die anderen den Doktor Heribert. Von Zeit zu Zeit zeigte sich in aller Eile Herr Kejřík und stammelte mit rotglühendem Gesicht: „Wir haben die beste Hoffnung – ich habe schon selbst den Puls gespürt. Dieser Doktor zaubert! – Er atmet!" rief er schließlich ganz entzückt und warf sich in die bereitstehende Kutsche, um der Frau Rat diese freudige Botschaft zu überbringen.

Schließlich trugen sie, spät am Abend, schon gegen die zehnte Stunde, aus dem „Kalkofen" eine zugedeckte Bahre. Auf der einen Seite ging Doktor Heribert, auf der anderen Seite der Kommissär.

Aber es gab auf der Kleinseite kein einziges Gasthaus, das nicht bis über Mitternacht gerammelt voll gewesen wäre. Von nichts anderem wurde geredet als von der Auferweckung des Herrn Rat Schepeler und von Doktor Heribert. Und es wurde fieberhaft geredet.

„Der weiß mehr, als was in der lateinischen Kuchel zu finden ist!"

„Wenn man ihn nur ansieht, sieht er's sogleich. Schon sein Vater war ein hervorragender – ein ausgezeichneter Arzt! Das vererbt sich."

„Warum er nur nicht praktizieren will? – Der müßte sich wie irgendein Hofrat zu stehen kommen!"

„Er hat wohl Geld, das ist es."

„Warum nennen sie ihn Doktor Weltverderber?"

„Weltverderber? Das habe ich noch nicht gehört."

„Ich habe es heut hundertmal gehört." –

Nach zwei Monaten amtierte der Herr Rat Schepeler wieder wie vordem. „Gott im Himmel und Doktor Heribert auf Erden!" sagte er. Und ein andermal wieder: „Dieser Kejřík ist ein Diamant!" –

Die ganze Stadt sprach von Doktor Heribert. Die Zeitungen schrieben über ihn wohl in der ganzen Welt. Die Kleinseite war stolz. Man erzählte sich wunderliche Dinge. Barone,

Grafen, Fürsten bewarben sich um Doktor Heribert als Leibarzt. Sogar ein gewisser regierender italienischer König machte ihm ein geradezu unerhörtes Angebot. Überhaupt bewarben sich am angelegentlichsten um ihn alle jene, über deren Tod sich viele Menschen gefreut hätten. Aber Doktor Heribert blieb wie vernagelt. Ja, es wurde erzählt, die Frau Rat habe ein Säckchen voll Dukaten zu ihm getragen, sei aber nie bis zu ihm gekommen, schließlich soll er sie von der Pawlatsche herunter mit Wasser begossen haben.

Wieder war zu sehen, daß ihm nichts an Menschen lag. Sie grüßten ihn, aber er dankte nie. Wie früher wankte er durch die Gassen, und sein durchsichtiges, trockenes Köpfchen schwankte ängstlich wie die Fruchtkrone einer Blume. Kranke empfing er nicht. Dennoch nannte man ihn allgemein „Doktor Weltverderber". Das war wie vom Himmel gefallen.

Ich habe ihn schon mehr als zehn Jahre nicht gesehen, ich weiß nicht einmal, ob er noch lebt. Sein kleines Haus am Aujezd steht wie eh und je und wie unberührt. Ich muß mich einmal nach ihm erkundigen.

Der Wassermann

Er ging stets mit dem Hut in der Hand. Selbst beim schärfsten Frost und in der grellsten Sonne hielt er höchstens seinen niedrigen, aber bauchigen Zylinder mit der breiten Krempe wie einen Schirm über den Kopf. Die grauen Haare waren glatt an den Schädel gekämmt und vereinigten sich rückwärts zu einem Zöpfchen, so fest geflochten und gebunden, daß es sich nicht bewegte – einem der letzten Zöpfe in Prag; schon damals gab es deren nur mehr zwei oder drei. Sein grüner Frack mit goldenen Knöpfen hatte nur ein kurzes Leibchen, dafür waren die Schöße lang und schlugen der mageren, kleinen Gestalt des Herrn Fischer an die ausgetrockneten Waden. Eine große Weste bedeckte die vorgeneigte Brust, die schwarzen Hosen reichten nur bis an die Knie, wo zwei silberne Schnallen glänzten, weiter waren dann schneeweiße Strümpfe wieder bis zu zwei anderen silbernen Spangen, und darunter stapften große Stiefel. Ob diese Stiefel je erneut worden waren, das weiß ich nicht, aber immer sahen sie so aus, als ob man für sie das rissige Leder vom Dach des ältesten Fiakers verwendet hätte.

Das trockene, spitze Gesicht des Herrn Fischer war von einem ewigen Lächeln überstrahlt. Einen besonderen Anblick bot Herr Fischer, wenn er durch die Gasse ging. Alle zwanzig Schritte blieb er stehen und wandte sich nach rechts, nach links. Es schien, daß seine Gedanken nicht in ihm waren, daß sie höflich etwa einen Schritt hinter ihm gingen und ihn ununterbrochen mit irgendwelchen fröhlichen Einfällen unterhielten, so daß Herr Fischer lächeln mußte und sich von Zeit zu Zeit nach den Spaßvögeln umschaute. Wenn er jemanden grüßte, hob er nur den Zeigefinger der rechten Hand in die Höh und pfiff ganz leise. Ein solches leises Pfeifen ertönte auch stets, wenn Herr Fischer zu reden begann, und gewöhnlich begann er mit „djoh!“, was so viel wie Ja bedeuten sollte.

Herr Fischer wohnte im Tiefen Weg, gleich unten links, mit dem Ausblick auf den Laurenziberg. Aber wenn er auch schon knapp an seinem Haus gewesen wäre, sobald er irgendwelche Fremde erblickte, die sich auf den Hradschin zubewegten, ging er hinter ihnen her. Wenn sie bei dem auseinandergezogenen Fernrohr stehenblieben und sich an der Schönheit unseres Prag ergötzten, stand er neben ihnen, hob den Finger und pfiff: „Djoh, das Meer! – Warum wohnen wir nicht am Meer!“ Dann ging er hinter ihnen in die Burg, und wenn die Fremden in der Kapelle des heiligen Wenzel wieder die mit böhmischen Edelsteinen ausgelegten Mauern bestaunten, pfiff er abermals: „Das glaub ich! Bei uns in Böhmen wirft der Hirt mit einem Stein nach der Herde, und der Stein ist manchmal mehr wert als die ganze Herde.“ Mehr sagte er ihnen nie.

Wegen seines Namens, seines grünen Fracks und wegen dieses „Das Meer!“ nannten wir ihn Wassermann. Aber alt und jung hielt ihn in Ehren. Herr Fischer war Justiziar im Ruhestand, irgendwo bei Turnau. Hier in Prag lebte er bei einer nahen jungen Verwandten, die einen nicht hohen Beamten zum Mann und mit ihm schon zwei oder drei Kinder hatte. Man erzählte sich, daß Herr Fischer geradezu fabelhaft reich sei. Nicht einmal so sehr an Geld als an Edelsteinen. In seinem Stübchen hatte er, hieß es, einen hohen, schwarzen Schrank stehen, in diesem Schrank waren lauter niedrige, viereckige schwarze Schachteln, hübsch groß, und in jeder Schachtel war das Innere mit schneeweißem Pappendeckel in lauter Vierecke eingeteilt, und in jedem Fach lag auf Baumwolle ein funkelnder Edelstein. Es gab Leute, die das gesehen hatten. Er soll sie alle auf dem Berg Kozakov selber gefunden und gesammelt haben. Wir Kinder erzählten untereinander: Wenn sie bei Schaiwls – so hießen die Verwandten Herrn Fischers – den Fußboden scheuerten, bestreuten sie ihn statt mit Sand mit reinem gestoßenem Zucker. Am Samstag, dem Scheuertag, beneidete ich stets die Schaiwl-Kinder heftig. Einmal saß ich auf dem Graben links hinter dem Schnellen Tor neben Herrn Fischer. Dort pflegte sich nämlich Herr Fischer an jedem schönen Tag auf ein Stündchen bequem ins Gras zu setzen und seine kurze Pfeife zu rauchen. Damals gingen zufällig zwei größere Studenten vorüber. Einer von ihnen scherzte und sagte: „Der raucht Mutters Watterock!“ Von dieser Zeit an hielt ich „Mutters Watterock rauchen“ für einen Genuß, den sich nur wohlhabende Leute leisten können.

So spazierte der „Wassermann“ – doch nein, nennen wir ihn nicht so, wir sind doch keine Kinder mehr! – immer nur auf den Schnellen Schanzen. Wenn er irgendeinem von den Domherrn begegnete, die auch immer hierher ihre Spaziergänge machten, blieb er stehen und redete mit ihnen einige freundliche Worte. Einmal – ich hörte gern, was erwachsene Leute sprachen – hörte ich ihn, wie er sich mit zwei Chorherrn unterhielt, die auf dem Bänkchen saßen. Er stand. Er sprach von Frankreich und irgendeiner Freiheit, lauter sonderbare Reden. Auf einmal hob Herr Fischer den Finger und pfiff: „Djoh, ich halte es mit Rosenau! Rosenau sagt: ‚Die Freiheit ist wie die saftigen Speisen und kräftigen Weine, durch die sich die an sie gewöhnten starken Naturen nähren und kräftigen, die schwachen aber übernehmen, betrinken und zugrunde richten.‘“

Und dann winkte er mit dem Hut und ging.

Der größere und fettere Chorherr raunzte dann: „Was hat der nur immer mit diesem Rosenau?“

Der kleinere, aber auch fette, antwortete: „Ein Schriftsteller, gewiß ein Schriftsteller.“

Ich aber merkte mir den Satz als Inhalt jeglicher höheren Weisheit. Von Rosenau und Herrn Fischer hatte ich eine gleich erhabene Vorstellung. Als ich dann, erwachsen, selbst verschiedene Bücher in die Hand bekam, fand ich, daß Herr Fischer damals tatsächlich ganz richtig zitiert hatte. Nur mit dem Unterschied, daß den angeführten Satz nicht Rosenau geschrieben hat, sondern ein gewisser Rousseau. Offensichtlich hatte ein tückischer Zufall Herrn Fischer durch einen leichtsinnigen Druckfehler irregeführt.

Deswegen hat er meine Hochachtung keineswegs verloren. Guter, unermeßlich guter Mensch! –

Es war an einem sonnigen Augusttag, so um die dritte Nachmittagsstunde. Wer gerade durch die Spornergasse ging, blieb stehen; wer gerade gemütlich draußen stand, rief schnell etwas ins Haus; aus dem Laden kamen Leute gelaufen. Alle schauten Herrn Fischer nach, der hinunterschritt.

„Er geht irgenwohin mit seinem Reichtum prahlen", sagte Herr Herzl, der Wirt ‚Zu den zwei Sonnen'.

„O je!" rief Herr Witousch, der Kaufmann am Eck, „es muß schlimm stehen, er trägt zum Verkauf!" Es tut mir leid, wenn ich sagen muß, daß sich Herr Witousch keiner allzu großen Wertschätzung bei den Nachbarn erfreute. Man sagte von ihm, daß er schon einmal nahe am Bankrott war, und bis heute schaut ein guter Kleinseitner Nachbar ganz anders auf den „Bankrottierer" als die übrige Welt.

Aber Herr Fischer schritt ruhig weiter, ein bißchen schneller als sonst. Unter dem linken Arm trug er eine von jenen viereckigen schwarzen Schachteln, von denen so viel Gerede war. Er drückte sie fest an den Leib, so daß der abgenommene Hut in der Hand unten wie an den Fuß geklebt war. In der rechten Hand hatte er ein spanisches Rohr mit einem flachen Knopfgriff aus Elfenbein, was bedeutet, daß Herr Fischer irgendwohin zu Besuch geht, sonst trug er niemals einen Stock. Wenn er gegrüßt wurde, hob er den Stock und pfiff viel lauter als sonst.

Er ging die Spornergasse hinunter, überquerte den Sankt-Niklas-Platz und trat in das Schambergsche Haus. Dort wohnte im zweiten Stock der Gymnasialprofessor Mühlwenzel, Mathematiker und Naturwissenschaftler. Also ein Mann von damals nicht alltäglicher Bildung. Der Besuch dauerte nicht lange.

Der Herr Professor war guter Laune. Sein mächtiger, untersetzter Leib hatte sich eben durch einen Mittagsschlaf erquickt. Die langen grauen Haare, die den kahlen Scheitel umkränzten, igelten sich darauf in gemütlicher Unordnung. Die blauen, geistvollen und immer freundlichen Augen leuchteten. Die an und für sich immer roten Wangen brannten. Dieses breite, gute Gesicht war ein wenig sehr von Pockennarben entstellt und gab dem Herrn Professor Ursache zu einem dauernden Witz. „So ist es auf der Welt“, sagte er, „wenn ein Mädchen lacht und Wangengrübchen hat, soll sie hübsch sein; und wenn ich lache, hab ich an die hundert Grübchen, und ich soll doch nur häßlich sein.“

Er winkte Herrn Fischer zum Sofa und fragte: „Womit also kann ich dienen?“

Herr Fischer legte die Schachtel auf den Tisch und hob den Deckel. Bunte Steinchen funkelten.

„Ich möchte – möchte nur, was das hier – welchen Wert das ungefähr haben mag –“ stotterte er.

Er setzte sich dann und stützte das Kinn auf den Knopf des Stockes.

Der Herr Professor schaute in die Steinchen. Dann nahm er einen dunklen heraus, wog ihn in der Hand und schaute gegen das Licht.

„Das ist ein Moldavit“, sagte er.

„Was?“

„Ein Moldavit.“

„Djoh, ein Moldavit“, pfiff Herr Fischer. An seinem Gesicht war so ein bißchen zu sehen, daß er dieses Wort zum erstenmal im Leben hörte.

„Der wäre für unsere Gymnasial-Sammlung geeignet, sie sind schon selten. Könnten Sie ihn uns verkaufen?“

„Man könnte sehen. – Wieviel wäre der so ungefähr –“

„Drei Gulden in Zwanzigern könnten Sie dafür bekommen. Nun?“

„Drei Gulden!“ lispelte Herr Fischer leise. Das Kinn hob sich, dann fiel es wieder auf den Knopf. „Und die andern?“ flüsterte er nach einer Weile aus beinahe beklommener Kehle.

„Chalcedone, Jaspisse, Amethyste, Rauchtopase – das ist nichts.“ –

Nach einigen Augenblicken war Herr Fischer schon wieder am Eck der Spornergasse. Er schritt langsam hinauf. Zum erstenmal sahen ihn die Nachbarn mit dem Hut auf dem Kopfe. Die breite Krempe war in die Stirn gezogen. Das spanische Rohr schleifte schließlich über den Boden und klapperte auf dem Pflaster. Er beachtete niemanden, er lispelte nicht einmal. Auch schaute er sich während dieses Weges nicht ein einzigesmal um. Offensichtlich trieb sich heut keiner seiner Gedanken draußen herum, alle seine Gedanken waren in ihm, tief in ihm.

Heut ging er schon nicht mehr aus dem Haus, nicht auf die Schanzen und nicht zum Schnellen Tor. Und es war ein so herrlicher Tag!

Es war schon gegen Mitternacht. Der Himmel färbte sich blau wie am Morgen, der Mond schien mit seinem stolzesten, zauberhaftesten Glanz, die Sterne glitzerten wie weiße Funken. Den Laurenziberg bedeckte ein herrlicher, silberner Nebel, ein silberner Schimmer lag über ganz Prag.

Das fröhliche Licht floß in das Stübchen des Herrn Fischer durch die beiden weit geöffneten Fenster. Vor einem Fenster stand Herr Fischer. Er stand wie eine Statue, erstarrt. Aus der Ferne rauschten die Moldau-Wehre mit langgezogenem, einförmigem Ton. Hörte sie der Greis?

Plötzlich durchzuckte es ihn. „Das Meer! – Warum ist hier nicht das Meer!“ flüsterte er, und seine Lippen zitterten. Vielleicht wogte in ihm die Bangigkeit wie ein ruheloses Meer.

„Eh!“ zuckte er zusammen, und dann wandte er sich ab. Auf dem Fußboden lagen die geöffneten Schachteln, und sein Blick berührte sie. Er griff langsam nach der nächsten und nahm die Steinchen in die hohle Hand. „Fi – Kies!“ und warf sie durchs Fenster hinaus.

Unten brach und klirrte Glas. Herr Fischer hatte sich heute nicht einmal daran erinnert, daß unten im Garten ein Glashaus ist.

„Onkelchen, was tut Ihr denn?“ tönte eine angenehme Männerstimme draußen, offenbar aus dem Nachbarfenster.

Herr Fischer machte automatisch einen Schritt rückwärts. Die Tür knarrte, und Herr Schaiwl trat ein. Vielleicht hatte ihn die schöne Nacht am Fenster festgehalten. Vielleicht hatte er an dem alten Onkel die ungewöhnliche Unruhe bemerkt und aus seinem Stübchen die lang andauernde Geschäftigkeit gehört. Vielleicht waren auch einige Seufzer des Greises aus dem Fenster gedrungen.

„Onkelchen, Ihr wollt doch nicht gar alle die hübschen Steinchen hinauswerfen?"

Der Greis zuckte. Dann murmelte er, indem er seine Augen auf den Laurenziberg heftete: „Es hat keinen Wert – Kies –"

„Ich weiß, daß sie keinen großen Wert haben, ich kenne das doch selbst. Aber einen Wert haben sie doch, für uns und für Euch. Ihr habt sie fleißig gesammelt – Onkelchen, laßt sie, bitte, alle für meine Kinder. Sie werden an ihnen lernen. Ihr werdet ihnen erzählen –"

„Ihr habt vielleicht geglaubt", flüsterte der Greis monoton und mit Anstrengung, „daß ich reich bin, aber ich bin tatsächlich –"

„Onkelchen", sagte Herr Schaiwl mit fester, aber zugleich weicher Stimme und ergriff die Hand des Greises, „sind wir denn durch Euch nicht reich? Meine Kinder hätten keinen Großvater, meine Frau wäre ohne Vater, wenn wir Euch nicht hätten. Ihr seht doch, wie wir Euretwegen glücklich sind, Ihr seid im Hause unser Segen –"

Plötzlich trat der Greis wieder ganz nah ans Fenster. Sein Mund zitterte, im Auge fühlte er einen unbeschreiblichen Druck. Er schaute hinaus. Er sah nichts Bestimmtes, alles funkelte wie ein geschmolzener Diamant, alles wogte – bis ans Fenster heran – bis in sein Auge – das Meer – das Meer!

Ich will nicht weitererzählen, ich kann es nicht.

Wie sich Herr Worel sein Meerschaumpfeifchen anrauchte

Am 16. Februar des Jahres eintausendachthundertvierzig und noch etwas eröffnete Herr Worel seinen Krämerladen „Zum grünen Engel".

„Du, Poldi, hörst?" sagte die Frau Hauptmann im Stockwerk über uns zu ihrem Fräulein Tochter, die eben auf den Markt gehen wollte und schon draußen im Gang war, „den Grieß kauf da bei dem Neuen, man kann's mal versuchen."

Mancher rasch Urteilende mag meinen, die Eröffnung eines neuen Krämerladens sei keineswegs eine wer weiß wie besondere Angelegenheit. Aber denen könnte ich nur sagen: „Ihr Armen!" oder ich würde überhaupt nur mit den Schultern zucken und nichts sagen. Wenn damals einer vom Lande an die zwanzig Jahre nicht mehr in Prag gewesen war und dann durch das Strahower Tor bis zur Spornergasse gekommen wäre, hätte er den Kaufmann an demselben Eck gefunden wie vor zwanzig Jahren, den Bäcker unter demselben Aushängeschild und den Krämer im selben Haus. Damals hatte alles seinen festen Platz, und einen Krämerladen so mir nichts, dir nichts dort einzurichten, wo vorher zum Beispiel ein anderer Laden gewesen war, war eine so alberne Sache, daß sie niemandem auch nur eingefallen wäre. Der Laden vererbte sich vom Vater auf den Sohn, und ging er je auf einen Zugezogenen aus Prag oder vom Lande über, schauten sie nicht gerade fremd auf diesen herab, denn er hatte sich irgendwie ihrer gewohnten Ordnung unterstellt und verwirrte sie nicht durch Neuerungen. Aber dieser Herr Worel war nicht nur ein vollkommen fremder Mensch, sondern richtete sich auch einen Krämerladen im Hause „Zum grünen Engel" ein, wo zeitlebens vorher kein Laden gewesen war, und ließ deswegen auch die Wand der Wohnung des Erdgeschosses in die Straße hinaus durchbrechen. Dort war immer nur ein gewölbtes Fenster gewesen, und dahinter war vom Morgen bis zum Abend Frau Stanjkowa mit einem grünen Schirm über den Augen vor ihrem Gebetbuch gesessen, und jeder Vorübergehende hatte sie sehen können. Das alte, verwitwete Frauchen hatten sie vor einem Vierteljahr auf den Friedhof von Košiř gefahren, und jetzt – wozu dieser Laden? In der Spornergasse war schon ein Krämer, zwar ganz unten, wozu also einen zweiten? Damals hatten die Leute noch Geld und kauften den größten Teil ihres Bedarfs direkt in der Mühle. Vielleicht hatte Herr Worel gedacht: Es wird schon gehn! Vielleicht auch hatte er selbstgefällig gemeint, er sei doch ein junger, hübscher Bursche mit rundem Gesicht, träumerischen blauen Augen, schlank wie eine Jungfrau, dazu ledig – die Köchinnen würden schon kommen. Doch das sind recht komische Sachen!

Es war jetzt gerade so um ein Vierteljahr her, daß Herr Worel in die Spornergasse eingezogen war; er kam von irgendwoher vom Lande. Man wußte von ihm nichts, nur daß er der Sohn eines Müllers war; vielleicht hätte er dies und das gern erzählt, aber kein Mensch fragte ihn danach. Sie kehrten ihm gegenüber jeglichen Stolz der Einheimischen heraus, er war ihnen eben fremd. Am Abend saß er im „Gelben Häuschen" bei einem Krügel Bier, am Eck des Tisches neben dem Ofen, allein. Die anderen beachteten ihn nicht, kaum daß sie mit dem Kopf nickten, wenn er grüßte. Wer später kam als er, schaute ihn an, als ob dieser fremde Mensch heute zum erstenmal hier säße; kam er später, so geschah es, daß das Gespräch verstummte. Ja, selbst gestern hatte sich keiner um ihn gekümmert, und es war doch eine so herzliche Feier gewesen! Hatte doch der Herr Postbeamte Jarmarka seine Silberne Hochzeit gefeiert. Dieser Herr Jarmarka war bislang zwar immer noch Junggeselle, aber gerade am 18. Februar war es ein Vierteljahrhundert her, daß er beinahe geheiratet hätte. Die Braut war ihm einen Tag vor der Hochzeit gestorben. Herr Jarmarka hatte dann an keine Heirat mehr gedacht, er blieb seiner Braut treu, und gestern das mit der Silbernen Hochzeit hatte er todernst gemeint. Auch die

Nachbarn, lauter brave Leute, sahen darin gar nichts Seltsames, und als dann am Schluß des üblichen täglichen Umtrunks Herr Jarmarka drei Flaschen Melniker spendierte, tranken sie sich herzlich zu. Die Gläschen kreisten – die Wirtin hatte in ihrer ganzen Ausstattung nur zwei Weingläser –, aber keines gelangte bis zu Herrn Worel. Und doch hatte er heute ein funkelnagelneues Meerschaumpfeifchen, mit Silber beschlagen, und er hatte es sich nur darum angeschafft, um wie ein Nachbar auszusehen.

Am 16. Februar, um sechs Uhr morgens, hatte Herr Worel also seinen Laden „Zum grünen Engel" eröffnet. Schon gestern war darin alles aufs beste vorbereitet worden, der Laden glänzte vor Sauberkeit und Neuheit. In den Schubladen und in den geöffneten Säcken leuchtete das Mehl weißer als die frisch gekalkte Wand, funkelten die Erbsen gelber als die pomeranzengelb angestrichene Einrichtung. Als die Nachbarn und Nachbarinnen vorübergingen, schauten sie gründlich hinein, und mancher tat einen Schritt zurück, um noch einmal hineinzuschauen. Aber in den Laden trat niemand.

„Sie werden schon kommen", sagte sich Herr Worel, der mit einem kurzen grauen Jäckchen und weißen tuchenen Hosen bekleidet war. Das war um sieben Uhr.

„Wenn ich bloß schon den ersten kleinen Anfang hätte", sagte er um acht Uhr, zündete sich sein neues Pfeifchen an und paffte.

Um neun Uhr dann trat er fast an die Türschwelle und blickte ungeduldig in die Gasse, ob nicht endlich der erste kleine Anfang komme. Da kam des Hauptmanns Fräulein Poldinchen die Gasse herauf. Fräulein Poldinchen war ein rundliches Dämchen, nicht groß, aber mit kräftigen Armen und Hüften, und so was über zwanzig. Man hatte von ihr schon mindestens viermal gesagt, daß sie sich verheiraten werde, und ihre hellen Augen hatten jenen Ausdruck der Gleichgültigkeit, eigentlich der Resignation, der sich in den Augen aller jener Dämchen einnistet, bei denen das Häubchen schon etwas zu lange auf sich warten läßt. Ihr Gang war flatterhaft und hatte noch eine besondere Eigenart. In gewissen Zeitabständen stolperte Fräulein Poldinchen nämlich immer und griff dabei jedesmal nach ihrem Rock, als ob sie darauf getreten wäre. Mir erschien ihr Gang wie ein langes episches Gedicht, das jedesmal nach der gleichen Anzahl von Versen in einheitliche Strophen zerlegt wird.

Der Blick des Krämers ruhte auf Fräulein Poldinchen.

Das Fräulein kam mit dem Körbchen am Arm bis zum Laden. Es schaute am Laden empor, als ob es sich über etwas wundern würde, dann stolperte es über die Stufe und stand in der Tür. Es trat nicht vollends herein, es drückte mit einer raschen Bewegung sein Taschentuch an die Nase. Herr Worel hatte nämlich aus Langeweile tüchtig drauflosgepafft, und der Laden war ganz schön voll Rauch.

„Küß ergebenst die Hand! Womit kann ich dienen?" fragte Herr Worel höflich, trat zwei Schritte zurück und legte das Meerschaumpfeifchen auf den Ladentisch.

„Zwei Seidel mittleren Grieß", verlangte Fräulein Poldinchen und drehte sich halb aus dem Laden heraus.

Herr Worel beeilte sich. Er maß zwei Seidel ab, gab fast ein halbes zu und goß es in eine Papiertüte. Er fühlte sich verpflichtet, dabei etwas zu reden. „Sie werden, gnädiges Fräulein, sehr zufrieden zu sein geruhen", stotterte er. „So – bitte, hier."

„Das macht?" fragte Fräulein Poldinchen mit angehaltenem Atem und hüstelte ins Taschentuch.

„Vier Kreuzer. – So! Küß ergebenst die Hand. Der erste Anfang durch ein hübsches Fräulein – das wird mir Glück bringen."

Fräulein Poldinchen schaute ihn kalt und mit großen Augen an. So ein hergelaufener Krämer! Er könnte froh sein, wenn ihn die rothaarige Anna, die Tochter des Seifensieders, nähme – und der erlaubt sich . . . Sie rauschte ohne Antwort hinaus.

Herr Worel rieb sich die Hände. Er schaute wieder in die Gasse, und sein Blick fiel auf Herrn Adalbertchen, den Bettler. Einen Augenblick später stand Herr Adalbertchen, seine blaue Mütze in der Hand, auf der Schwelle.

„Da ist ein Kreuzer", sagte Herr Worel leutselig, „kommen Sie jeden Mittwoch." Herr Adalbertchen dankte lächelnd und ging. Herr Worel aber rieb sich wieder die Hände und meinte: „Es scheint, daß der, den ich scharf ansehe, in den Laden hereinkommen muß. Wird schon gehn!"

Aber vor dem Hause „Zum tiefen Keller" stand das Hauptmannsfräulein Poldinchen und erzählte brühwarm der Frau Rat Kdojeková: „Er hat dort drin so viel Rauch, daß alles wie geselcht ist." Und als zu Mittag die Grießsuppe auf den Tisch kam, behauptete Fräulein Poldinchen steif und fest, daß sie nach Tabakrauch schmecke, und legte den Löffel weg.

Bis zum Abend erzählten sich schon sämtliche Nachbarn, daß im Laden des Herrn Worel alles nach Tabakqualm stinke, das Mehl sei wie angebrannt und der Grieß geräuchert. Und schon nannten sie Herrn Worel nicht anders als den „geselchten Greißler" – sein Schicksal war besiegelt.

Herr Worel ahnte nichts. Der erste Tag war karg – gut. Der zweite, dritte Tag – es wird schon noch werden! Am Ende der Woche hatte er einen Erlös von nicht einmal zwei Gulden – das ist doch nur –!

Und es ging immer so fort. Von den Nachbarn kam niemand, und nur selten verirrte sich ein Auswärtiger in den Laden. Regelmäßig kam nur Herr Adalbertchen. Herrn Worels einzige Trösterin war sein Pfeifchen. Je verdrießlicher er war, desto mächtigere Rauchwolken qualmten aus seinem Mund. Die Wangen Herrn Worels wurden bleich, die Stirn wurde faltig, aber das Meerschaumpfeifchen wurde von Tag zu Tag röter und glänzte vor Wohlbehagen. Die Polizisten in der Spornergasse schauten giftig in den Laden auf diesen unermüdlichen Raucher – wenn er, mit der Pfeife im Mund, wenigstens einmal über die Schwelle in die Gasse herausgetreten wäre! Besonders einer von ihnen, der kleine Herr Novák, hätte ich weiß nicht was dafür gegeben, wenn er ihm die brennende Pfeife aus dem Mund hätte schlagen können. Gefühlsmäßig teilten sie die Abneigung der Nachbarn gegen den Fremden. Und Herr Worel saß verdrießlich hinter dem Ladentisch und rührte sich nicht.

Der Laden verödete und verarmte. So nach fünf Monaten begannen Herrn Worel verdächtige Gestalten zu besuchen, Juden. Jedesmal schloß dann Herr Worel die gläserne Ladentür. Die Nachbarn erzählten sich als vollkommen sicher, daß die Kleinseite einen Bankrott erleben werde. „Wer sich einmal mit den Juden einläßt ..."

Am Sankt-Gallus-Tag erzählte man sich schon, daß Herr Worel aus dem Haus gejagt worden sei und aus dem Laden wieder eine Wohnung gemacht werde. Schließlich blieb, einen Tag vor der Räumung, der Laden geschlossen.

Am folgenden Tag aber wimmelte es vor dem verschlossenen Laden des Herrn Worel von der neunten Morgenstunde bis zum Abend ununterbrochen von Leuten. Man erzählte sich, der Hausherr habe, da er Herrn Worel nirgends finden konnte, den Laden gewaltsam öffnen lassen: und in die Gasse sei ein hölzerner Stuhl gefallen, und oben habe der unglückliche Krämer geschaukelt, der sich auf einem Haken erhängt habe.

Um zehn Uhr kam die Gerichtskommission und drang durch das Haus in den Laden. Sie nahm den Selbstmörder ab, und Herr Uhmühl, der Kleinseitner Polizeikommissar, half dabei.

Er griff in die Rocktasche des Toten und zog eine Pfeife heraus. Er hielt sie gegen das Licht und sagte: „Eine so prächtig ausgerauchte Meerschaumpfeife habe ich noch nie gesehen – da, schaun Sie her!"

„Zu den drei Lilien"

Ich glaube, ich war damals von Sinnen. Jede Ader pochte, das Blut kochte.

Es war eine warme, dunkle Sommernacht. Die schwefelige, tote Luft der letzten Tage hatte sich endlich zu schwarzen Wolken zusammengeballt. Gegen Abend trieb sie ein Sturm vor sich her, dann entlud sich ein mächtiges Gewitter, ein Platzregen prasselte nieder, und Gewitter und Regen hielten bis in die späte Nacht an. Ich saß unter der hölzernen Laube des Gasthauses „Zu den drei Lilien" in der Nähe des Strahower Tores – ein kleines Gasthaus, das damals nur an den Sonntagen mehr besucht war, wenn sich im kleinen Salon Kadetten und Korporale beim Tanz zu den Klängen eines Pianos vergnügten. Heute war Sonntag. Ich saß allein unter der Laube am Tisch beim Fenster. Mächtige Donnerschläge dröhnten Schlag um Schlag, der Regen schlug auf das Ziegeldach über mir, das Wasser stürzte in spritzenden Bächen zur Erde, und das Piano im Salon verschnaufte nur kurz, immer wieder erklang es von neuem. Ab und zu schaute ich durch das offene Fenster auf die tanzenden, lachenden Paare; dann und wann schaute ich in den dunklen Vorgarten hinaus. Manchmal, wenn ein Blitz grell aufflammte, sah ich an der Gartenmauer und am Ende der Laube einen Haufen weißer Menschenknochen. Hier war ehemals ein kleiner Friedhof gewesen, und in dieser Woche hatte man die Skelette ausgegraben, um sie wegzuschaffen. Der Boden war aufgewühlt, die Gräber standen offen.

Ich hielt es an meinem Tisch nur kurze Zeit aus. Immer wieder erhob ich mich und ging für eine Weile an die weit offenstehende Tür des kleinen Salons, um die Tanzenden von nahe zu betrachten. Mich fesselte ein schönes, etwa achtzehnjähriges Mädchen von schlankem Wuchs, mit vollen warmen

Altprager Gasthaus

Formen, offenen schwarzen Haaren, die im Nacken kurz geschnitten waren, einem rundlichen glatten Gesicht, hellen Augen – ein schönes Mädchen! Besonders zogen mich ihre Augen an. Klar wie Wasser, wie ein Wasserspiegel rätselhaft, ruhelose Augen, die an das Wort erinnerten: „Eher sättigt sich das Feuer an Holz und das Meer an Wasser, als eine Schönäugige an Männern."

Sie tanzte so gut wie ununterbrochen. Aber sie merkte wohl, daß sie meine Blicke anzog. Wenn sie an der Tür, in der ich stand, vorbeitanzte, starrte sie mich an, und wenn sie in dem kleinen Salon weitertanzte, sah und fühlte ich, daß sie mich bei jeder Wendung mit ihrem Blick festhielt. Ich bemerkte nicht, daß sie mit jemandem gesprochen hätte.

Schon wieder stand ich dort. Unsere Blicke fanden sich sofort, obwohl sie in der hintersten Reihe stand. Die Quadrille ging zu Ende, die fünfte Tour klang aus, da kam ein anderes Mädchen in den Saal gelaufen. Es war außer Atem und ganz durchnäßt. Es drängte sich zu der Schönäugigen durch. Die Musik begann die sechste Tour. Über die erste Kette hinweg flüsterte das eben gekommene Mädchen der Schönäugigen etwas zu, und diese nickte schweigend mit dem Kopf. Die sechste Tour dauerte länger, ein forscher junger Kadett führte sie an. Als sie beendet war, blickte die Schönäugige noch einmal nach der Gartentür, dann ging sie durch die vordere Tür des Salons hinaus. Ich sah, wie sie draußen das Oberkleid über den Kopf zog und verschwand.

Ich ging und setzte mich wieder auf meinen Platz. Das Gewitter hatte sich noch nicht ausgetobt, es brach von neuem los, der Wind brauste, Blitze fuhren nieder. Ich hörte erregt zu, dachte aber nur an das Mädchen, an seine wundervollen Augen. An Heimgehen war jetzt nicht zu denken.

So nach einer Viertelstunde schaute ich wieder durch die Tür in den Salon. Da stand die Schönäugige wieder. Sie brachte die durchnäßten Kleider in Ordnung, wischte sich über das feuchte Haar, eine ältere Freundin half ihr.

„Warum bist du bei einem solchen Wetter nach Hause gegangen?" fragte diese.

„Meine Schwester kam mich holen."

Ich hörte jetzt zum erstenmal ihre Stimme. Sie war seidenweich und klang voll.

„Ist bei dir zu Hause was geschehen?"

„Die Mutter ist eben gestorben."

Ich erschrak.

Die Schönäugige drehte sich um und trat heraus. Sie stand neben mir, ihr Blick ruhte auf mir, ich spürte ihre Hand neben meiner zitternden Hand, ich ergriff sie, sie war so weich.

Schweigend zog ich das Mädchen tiefer und tiefer in die Laube, es folgte willig.

Das Unwetter tobte. Der Regen rauschte wie eine Flut, Himmel und Erde tosten, über uns wälzten sich die Donner, rings um uns schienen die Toten aus ihren Gräbern zu schreien.

Sie schmiegte sich an mich. Ich spürte ihr feuchtes Kleid an meiner Brust, spürte ihren weichen Körper, ihren warmen Atem – mir war, ich müßte die verruchte Seele aus ihr trinken.

Die Messe des heiligen Wenzel

Ich saß unten auf der Treppe, die zum Kirchenchor emporführte, und atmete kaum. Durch die geschlossene Tür im Gitter sah ich in den Dom, rechts zum silbernen Grabmal des heiligen Johannes von Nepomuk und querüber auf der anderen Seite zur Sakristei. Es war schon lange nach dem Nachmittagssegen, der Dom des heiligen Veit war leer. Nur beim Grab des heiligen Johannes kniete noch meine fromme Mutter, ins Gebet versunken, und aus der Kapelle des heiligen Wenzel trat der alte Kirchendiener, der seinen letzten Rundgang machte. Er ging drei Schritt von mir entfernt vorüber, bog zum Ausgang unter dem Königs-Oratorium, klapperte mit dem Schlüssel, drehte ihn im Schloß herum und drückte, um sicher zu sein, die Klinke herunter. Dann ging er weiter, und jetzt erhob sich auch meine Mutter, bekreuzigte sich und ging neben dem Kirchendiener. Das Grabmal verdeckte mir beide, ich hörte nur ihre hallenden Schritte, einige Worte ihres Gesprächs, dann tauchten sie auf der anderen Seite bei der Sakristei wieder auf. Hier schlug der Mesner die Tür zu, wieder rasselte das Schloß, knackte die Klinke, und jetzt gingen sie zum rechten Ausgang. Zweimal noch klang das Eisen von Schlössern, dann war ich in der Kirche allein und eingeschlossen. Ein seltsames Gefühl durchbebte mich, heiß lief es mir über den Rücken, aber alles das war mir nicht unangenehm.

Ich sprang rasch auf, zog mein Taschentuch heraus und band es so fest wie möglich um die Tür im Gitter, die nur zugezogen, aber nicht verschlossen war. Dann lief ich über die Stufen hinauf bis zum ersten Absatz des Chors, drückte mich gegen die Mauer und setzte mich wieder auf eine Stufe. Ich hatte beides aus Vorsicht getan, denn ich war fest davon überzeugt, daß sich die Domtüren noch einmal öffnen und durch sie in langen Sätzen die Kirchenhunde zur nächtlichen

Wache hereinspringen würden. Nie hatten wir Ministranten diese Kirchenhunde gesehen, nicht einmal bellen hatten wir sie gehört, aber wir erzählten unter uns, daß ihrer drei seien, große, gescheckte, böse Tiere, die genauso aussehen wie die Dogge König Wenzels auf dem Bild hinter dem Hauptaltar. Angeblich bellten sie nie, ein Zeichen dafür, wie böse sie waren.

Ich wußte, daß große Hunde auch eine Klinke öffnen können, deswegen hatte ich die untere Tür mit meinem Taschentuch festgebunden. Ich nahm an, daß sie hier herauf auf die Rampe nicht gelangen könnten. Und am Morgen, nachdem der Kirchendiener sie wieder hinausgeführt hätte, könnte ich ohne Gefahr herunterkommen. Ja, ich hatte mir vorgenommen, die Nacht im Sankt-Veits-Dom zu verbringen. Selbstverständlich geheim. Das war mir sehr wichtig. Wir Buben wußten nämlich ganz sicher, daß an jedem Tag genau um Mitternacht der heilige Wenzel in seiner Kapelle die heilige Messe liest. Um ehrlich zu sein – ich selbst hatte diese Nachricht unter meinen Kameraden verbreitet. Ich hatte sie aber aus guter, vollkommen zuverlässiger Quelle. Der Kirchendiener Havel – er wurde wegen seiner ungewöhnlich langen, prächtigen Nase Havel Truthahn genannt – hatte davon daheim bei meinen Eltern erzählt, und dabei hatte mich sein Seitenblick gestreift, wodurch ich erriet, daß er nicht wollte, ich möchte dieses Geheimnis erfahren. Ich teilte es aber meinen beiden besten Kameraden mit, und wir beschlossen, uns diese Mitternachtsmesse einmal anzuschauen – der heilige Wenzel war unser Ideal. Ich als Haupteingeweihter hatte natürlich den Vorrang, und heut saß ich also als erster unseres Dreibundes auf dem unteren Chor, eingeschlossen und abgeschlossen von aller Welt.

Daheim, das wußte ich, würde man mich heut nicht vermissen. Mit jener durchtriebenen Schläue, welchen so manchen neunjährigen hellen Buben ziert, hatte ich der Mutter vorgelogen, daß unsere Tante in der Altstadt den Wunsch geäußert habe, ich möchte am Abend zu ihr kommen. Es war dann stets selbstverständlich, daß ich bei ihr übernachtete und mich am Morgen zur Rorate-Messe zu meinem Dienst als

Ministrant wieder einfand. Was lag daran, wenn ich mich später verraten sollte? Ich konnte berichten, wie der heilige Wenzel die Messe liest! Ich werde dann, so schien mir, eine ebenso angesehene Persönlichkeit sein wie die alte Wimmerin, die Mutter des Hradschiner Tischlermeisters Wimmer, die einmal zur Zeit der Cholera mit eigenen Augen gesehen hatte, wie die Jungfrau Maria von den Kapuzinern in goldenem Mantel nachts über den Loretto-Platz gegangen war und die Häuser mit Weihwasser besprengt hatte. Die Leute freuten sich, dadurch die Seuche zu überleben. Als sie dann aber gerade in diesen Häusern noch grausamer wütete als vorher und anderswo, fiel ihnen erst die richtige Deutung ein, daß nämlich die Jungfrau Maria jene eingesegnet hatte, die zu ihr ins himmlische Königreich eingehen sollten.

Gewiß ist jeder, und sei es nur für kurze Zeit, schon einmal allein in einem menschenleeren Dom gewesen und weiß, wie mächtig die riesigen, stillen Räume aufs Gemüt wirken. Bei einem Kind mit reger Phantasie, das zudem etwas vollkommen Ungewöhnliches erwartet, steigerte sich dieses Gefühl ins Grenzenlose. Ich wartete eine Weile – es schlug ein Viertel – halb – und das Schlagen der Uhr fiel in den Dom wie in eine Höhle – aber an den Türen rührte sich nichts. Wußte man nicht, daß gerade heut der Dom bewacht werden müsse? Oder ließen sie die Hunde erst mit der Dunkelheit herein?

Ich erhob mich von der Stufe und richtete mich langsam auf. Durch das nächste große Fenster drang das Tageslicht nur noch müd und grau. Es war später November, schon nach Katharina, und der Tag kurz. Von draußen drang nur selten ein Geräusch herein, aber jedes klang laut. Gegen Abend wird es um den Dom traurig still. Nur manchmal hallte der schwere Schritt eines einzelnen Menschen. Nun hörte ich mehrere Schritte, und zwei vorübergehende Männer unterhielten sich mit rauhen Stimmen. Dann klang von fern ein dumpfes Rattern. Irgendein schwerer Wagen fuhr durch das Burgtor. Das Rattern wurde deutlicher, der Wagen mochte auf dem Domplatz angelangt sein. Immer lauter und näher klang das Rattern, Hufe klapperten, schwere Ketten klirrten, große Räder rollten, es mochte ein Militärwagen sein, der hier vorbei in die Sankt-Georgs-Kaserne fuhr. Das Poltern war so stark, daß die Kirchenfenster leise klirrten und im höchsten Chor die Spatzen unruhig piepsten. Bei diesem Piepsen atmete ich auf. Das Bewußtsein, daß hier irgendwo lebende Geschöpfe in meiner Nähe waren, rief mich aus der Verlorenheit zurück. Übrigens kann ich nicht sagen, in der Einsamkeit des Domes Bangigkeit oder Furcht empfunden zu haben. Warum auch? Ich war mir des Ungewöhnlichen meines Vorhabens bewußt, aber keines Fehlers. Kein Empfinden von Sündhaftigkeit beunruhigte oder bedrückte meine Seele, im Gegenteil! Ich fühlte mich begeistert und erhoben. Die fromme Hingabe machte aus mir ein besonderes, entrücktes Wesen; nie zuvor – und ich bekenne: auch niemals später fühlte ich mich so vollkommen, so würdig, von anderen beneidet zu werden. Ich hätte vielleicht vor mir selber das Knie gebeugt, wenn das Kind die törichte Eigenliebe der Erwachsenen besäße. Anderswo und anderswann hätte ich mich wohl vor Gespenstern gefürchtet, aber hier in der Kirche war doch jedes Gespenst machtlos. Und die Geister der hier bestatteten Heiligen? Ich hatte heute und hier nur mit dem heiligen Wenzel zu tun, und dieser konnte sich an mir doch nichts als freuen, weil ich so viel wagte, um ihn in seiner Herrlichkeit und bei seinem Gottesdienst zu sehen. Sollte er es wünschen, werde ich ihm bereitwillig ministrieren, das metallbeschlagene Meßbuch von einer Seite des Altars auf die andere tragen und darauf achten, mit dem Glöckchen auch nicht einmal mehr als notwendig zu klingeln. Auch die Riemen unten an der Handorgel will ich ziehen, und singen will ich, so hell und schön, daß der heilige Wenzel in Tränen ausbricht, beide Hände auf meinen Kopf legt und sagt: „Ein braves Kind!"

Der laute Schlag der fünften Stunde riß mich aus meinem Hindämmern. Ich holte aus meiner Schultasche, die am Riemen über meine Schulter hing, das Lesebuch, legte es aufs Geländer und begann zu lesen. Die jungen Augen konnten es noch trotz der Dämmerung. Aber jeder kleinste Laut, der von draußen hereindrang, störte mich auf, und jedesmal hörte ich zu lesen auf, bis es draußen wieder totenstill war. Jetzt näherten sich plötzlich eilige Schrittchen. Genau vor dem Fenster hielten sie. Im Augenblick durchfuhr mich die freudige Gewißheit, daß dies meine beiden Freunde seien. Draußen ertönte auch schon unser gemeinsamer Pfiff. Ich zitterte vor Freude darüber, daß die Freunde an mich gedacht hatten und noch einmal hierhergelaufen waren – vielleicht bekommen die armen Kerle deswegen daheim Schläge! Gleichzeitig schwoll in mir der Stolz, daß sie mich jetzt bewundern, daß sie gern an meiner Stelle wären, wenn auch nur für eine Stunde – die ganze Nacht werden sie nicht schlafen können! Wie gern hätte ich sie für eine Stunde hereingelassen!

Jetzt rief Fritzchen – das Fritzchen des Schusters – wie hätte ich ihn nicht erkennen sollen? Ich hatte ihn so gern, und nun hatte der arme Kerl den ganzen Tag Pech gehabt. In aller Frühe hatte er bei der ersten Messe dem Herrn Pfarrer das Wasser auf die Schuhe gegossen – Fritzchen guckte immer in der Kirche herum statt auf den Priester –, und am Nachmittag hatte ihn der Herr Lehrer erwischt, wie sich Fritzchen mit der Anynka vom Direktor abgeküßt und ihr ein Briefchen gegeben hatte – wir alle hatten sie gern, die Anynka, und sie uns alle drei auch. Und jetzt juchzte Kubíček – Kubíček, juhuh! Wie gern hätte ich auch einen Juchzer von mir gegeben oder auch nur gepfiffen oder mich wenigstens mit lauter Stimme gemeldet, aber – ich war in einer Kirche. – Die Jungen sprachen laut, damit ich sie höre, manchmal schrien sie, aber ich verstand nur einige Worte. „Bist du drin?“ – „Juhuh, bist du drin?“ – „Hast du keine Angst?“ – Ich bin hier. Ich fürcht mich nicht! – Wenn sich jemand näherte, liefen sie ein Stückchen fort, kamen aber sogleich wieder. Mir war, ich sähe durch die Mauern jede ihrer Bewegungen, und mein Gesicht war voll von Lachen. – Jetzt klopfte es gegen das Fenster – ich erschrak. Sie warfen Steinchen. Und wieder! Zugleich erscholl über den Platz ganz nah eine laute Männerstimme – ich hörte den Mann schimpfen und die Jungen davonlaufen. – Sie kehrten nicht mehr zurück – ich wartete vergebens.

Zum erstenmal durchschauderte mich Bangigkeit. Ich schob das Buch in die Schultasche, ging zum andern Geländer hinüber und schaute hinunter in den Dom. Mir kam vor, alles sei jetzt trauriger als vorher, aus sich heraus und nicht wegen der Dunkelheit traurig. Die Dinge sah ich genau, ich hätte sie bei noch dichterer Dunkelheit unterschieden, ich kannte sie. Aber um die Säulen und vor den Altären schienen wie zur Passionszeit lange violette Leinwandstreifen zu hängen und alles mit einer Farbe, ja einer einzigen Farblosigkeit zu verhüllen. Ich beugte den Kopf über das Geländer. Dort, rechts, genau unter dem Königsoratorium brannte das Ewige Licht. Ein steinerner, frei in der Luft schwebender, lebensgetreu farbig bemalter Bergmann hält es in der Hand. Das Lichtlein strahlte so reglos und ohne zu flackern wie das stillste Sternchen am Himmel. Unter dem Licht sah ich den Fußboden aus regelmäßigen viereckigen Steinplatten, mir gegenüber die Kirchenbänke in dunkelbraunem Glanz, und über dem nächsten Altar schimmerte nur der goldene Saum vom Gewand eines hölzernen, buntbemalten Heiligen. Ich konnte mich beim besten Willen nicht daran erinnern, wie der Heilige bei Tageslicht ausgesehen hatte. Mein Blick huschte zurück zu dem steinernen, das Ewige Licht tragenden Bergmann. Sein Gesicht war von unten beleuchtet, die pausbackigen Formen wirkten unfertig, eine schmutzige rote Kugel; die Glotzaugen, vor denen wir uns bei Tage fürchteten, waren jetzt nicht zu erkennen. Etwas ferner ragte schattenhaft das Grabmal des heiligen Johannes von Nepomuk empor, an dem ich außer einigen funkelnden Stellen nichts erkennen konnte. Als mein Blick den Bergmann wieder berührte, kam mir vor, daß er den Kopf absichtlich wegen seines heimtückischen Lachens so weit zurückbog und daß sein Gesicht nur so rot angelaufen war, weil er dieses Lachen zurückzuhalten versuchte. Vielleicht grinste er mich von der Seite an und lachte mich aus. Angst überwältigte mich. Ich schloß die Augen und begann zu beten. Mir wurde sofort leichter, ich stand auf und schaute den Bergmann beherzt an. Das Lichtlein glänzte ruhig weiter. Im Turm schlug es sieben.

Ein neues unangenehmes Gefühl meldete sich. Ich zitterte vor Kälte. Draußen herrschte ein trockener Frost, im Innern des Domes war es kühl, ich hatte mich zwar gut, dennoch ungenügend angezogen. Schließlich meldete sich auch der Hunger. Die übliche Abendessenszeit war vorüber, und ich hatte vergessen, mir für mein Vorhaben etwas mitzunehmen. Ich war entschlossen, dem Hunger heldenhaft zu widerstehen, ja ich sah im Fasten eine würdige Vorbereitung auf die sich nähernde mitternächtliche Glückseligkeit. Aber die in den Körper eindringende Kälte ließ sich nicht durch den bloßen Willen verscheuchen, ich mußte mich bewegen, um mich zu erwärmen. Ich ging auf dem Chor auf und ab, dann kam ich bis zur untersten Orgel, hinter welcher die Treppe zum höchsten Hauptchor hinaufführt. Ich war mit allem vertraut und begann emporzusteigen. Die erste Stufe knarrte, und mir stockte der Atem. Ich stieg weiter, langsam und vorsichtig, so wie wir an Feiertagen emporsteigen, damit uns der Balgentreter an der Orgel nicht höre und nicht wieder hinunterjage, bevor wir nicht oben waren und uns hinter den Musikanten verstecken konnten.

Ich war auf dem Hauptchor. Langsam tat ich Schritt um Schritt, bis ich ganz vorne stand. Dort, wohin wir uns immer nur scheu hingewagt hatten und stets mit einem poetischen Schauder standen, war ich jetzt mutterseelenallein, von niemandem bewacht und beobachtet. Zu beiden Seiten der Orgel befinden sich die stufenweise ansteigenden Sitzreihen wie in einem antiken Theater. In der vordersten Reihe setzte ich mich nieder, neben die Trommeln. – Wer konnte mich jetzt daran hindern, diese Pauken einmal selbst zu schlagen, die uns so anlockten und imponierten? Ich berührte die nächste ganz zart auf dem Trommelfell, so vorsichtig wie eine Blüte, um ihren Staub nicht abzustreifen, dann tupfte ich mit der Spitze des Fingers stärker darauf; davon gab es einen zwar fast unhörbaren Ton, aber ich wagte es nicht noch einmal. Mir war, ich machte mich einer sündhaften Herausforderung schuldig.

Auf den Pulten und den höchsten Brüstungen lagen dunkel die großen Psalter. Auch sie hätte ich jetzt berühren dürfen, hätte versuchen können, ob sie nicht zu schwer waren, um sie hochzuheben; bei Tag hätte ich dieser Versuchung kaum widerstanden. Die riesengroßen Psalter waren uns stets so geheimnisvoll. Ihre Beschläge waren aus schwerem Messing;

die Deckel schadhaft; die pergamentenen Blätter, die sich mit Hilfe von hölzernen Pfropfen umwenden ließen, waren schmutzig und abgegriffen: auf den Blättern leuchteten goldene und bunte Initialen, eine schwarze, altertümliche Schrift und in breiten Zeilen schwarze und rote Noten, so groß, daß wir sie noch aus der letzten, höchsten Bankreihe sehen konnten. Ein solcher Psalter mußte ungeheuer schwer sein, denn der hagere Burgtenor konnte ihn nicht von der Stelle bewegen – wir Buben konnten den langen Tenor nicht ausstehn –, und wenn einer von ihnen weitergereicht werden sollte, mußte es der dicke, rote Bassist tun, und selbst der schnaufte dabei. Diesen Bassisten hatten wir gern, seine tiefe Stimme ergriff uns, als strömte durch unseren Körper Musik, und bei Prozessionen hielten wir uns stets dicht bei ihm. – Genau hier und vor mir stand der Bassist immer beim Hochamt, und mit ihm sangen vom selben Blatt noch zwei andere Bassisten, aber schon nicht so mächtig wie er. Einen Schritt weiter links standen zwei Tenöre – aber was bedeutet schon ein Tenor? Dennoch schätzten wir einen von ihnen, den kleinen. Er schlug auch die Pauke, und wenn er die Schlegel in die Hand nahm und neben ihm der Herr Kaufmann Rojko, der Besitzer des Hauses „Zum steinernen Vogel", die Posaune ansetzte, erlebten wir einen der feierlichsten Augenblicke. Noch weiter links standen die Sängerknaben, unter ihnen der allmächtige Regenschori. Ich höre seine ermahnenden Worte vor Beginn der Messe, das Rascheln beim Austeilen der Noten, draußen das Brausen der Glocken – jetzt klingt das Glöcklein vor der Sakristei, die Orgel setzt mit dem Präludium ein, von dessen tiefen, langgezogenen Tönen der ganze Dom erzittert, der Regenschori schaut mit ausgestrecktem Hals zum Hauptaltar hinunter, plötzlich hebt er den bestaubten Taktstock, und mit einem Schlag wogt die volle, herrliche Musik, das feierliche Kyrie dröhnt, ich träumte die ganze Messe bis zum getragenen „Dona nobis pacem" – noch nie war und konnte eine Messe so herrlich sein, wie ich sie jetzt in meiner Vorstellung sah und hörte, der Baß erklang in nie vorher geahnter Anmut, immer wieder jubelte er in den vollen Strom der Trommeln und Posaunen. Ich weiß

Blick von der Altstadt auf Hradschin und Kleinseite

nicht, wie lange diese Messe in meiner Seele gedauert hatte, mir schien, daß, während die zauberhaften Klänge emporbrausten, aus dem Turm die Schläge der Uhr herabtönten. Plötzlich durchfuhr mich wieder ein Frösteln, unwillkürlich erhob ich mich.

Im Gewölbe des Mittelschiffes schien ein zarter silberner Schimmer zu schweben. Durch die vielen Fenster drang das Licht der Sternennacht, vielleicht auch das des Mondes. Ich trat auf die Stufe vor dem Geländer und blickte in den Dom hinunter. Ich atmete tief, und meine Lunge füllte sich mit dem jeder Kirche eigentümlichen Geruch von Weihrauch und Moder. Unter mir schimmerte der weiße Marmor eines großen Grabmals, ihm gegenüber funkelte über dem Hochaltar das zweite Ewige Licht, und über die vergoldeten Altarwände glitt ein zarter, rosiger Hauch. Schon jetzt war ich voll frommer Schauder – wie erst würde die Messe des heiligen Wenzel sein! – Die Glocken im Turm werden nicht läuten, die Welt würde es hören, und das sagenhafte Geheimnis wäre zerstört. Vielleicht aber erklingt das helle Glöckchen vor der Sakristei, die Orgel ertönt, und dann bewegt sich im zauberhaften Schein des gedämpften Lichtes der Zug um den Hochaltar und durch das rechte Schiff in die Kapelle des heiligen Wenzel. Der Zug wird wie beim sonntäglichen Nachmittagssegen geordnet sein, anders konnte ich es mir nicht denken.

Voran auf roten Stangen funkelten Metall-Laternen, wahrscheinlich von Engeln getragen – wer sonst sollte es tun? Dann – wer aber sollten die Sänger sein? Höchstwahrscheinlich gehen zu zweit jene Gestalten, deren steinerne, buntbemalte Büsten sich oben im Triforium befinden: die böhmischen Könige, die Königinnen aus dem luxemburgischen Geschlecht, die Erzbischöfe, die Domherrn und die Baumeister des Domes. Die jetzigen Domherrn werden gewiß nicht unter ihnen sein, sie sind dessen nicht würdig, vor allem dieser Kanonikus Pešina! Der hatte mich am schlimmsten gekränkt. Als ich einmal beim Segen die schwere metallene Laterne trug und sie ein wenig schief hielt, hatte er mir eine Ohrfeige gegeben. Ein anderes Mal, als mich der Glöckner in den Turm ließ, um zum erstenmal allein die Josefs-Glocke zum Segen zu läuten, war ich dort oben ganz allein und Herr dieser großartigen erzenen Riesen; als ich fertig war und voll der dichterischsten Erregung wieder heraustrat, stand der Kanonikus Pešina unten am Turm und fragte eben den Glöckner: „Welcher Esel war denn heut da oben? Der hat ja Sturm geläutet!“

Ich sah im Geist all die alten Herrn, wie sie den Zug eröffneten, aber sonderbarerweise konnte ich mir den Rumpf und die Beine nicht dazu denken, nur die Büsten schwebten, dennoch schienen sie zu schreiten. – Dann werden vielleicht die Erzbischöfe kommen, die hinten in der Kinsky-Kapelle liegen, nach ihnen die silbernen Engel vom Grabmal des heiligen Johannes von Nepomuk, und hinter ihnen, das Kreuz in der Hand, der heilige Johannes. Dann die Gebeine des heiligen Sigismund, nur einige Knöchelchen auf einem roten Kissen, aber auch das Kissen scheint zu schreiten. Dann allerlei gepanzerte Ritter, hinter ihnen die Könige und Herzöge aus allen Grabstätten im Dom, einige bekleidet mit kostbar schimmernden Gewändern aus rotem, andere, unter ihnen Georg von Poděbrad, aus weißem Marmor. – Und dann, den Kelch unter einem silbernen Schleier tragend, der heilige Wenzel selbst. Eine hohe, jugendlich mächtige Gestalt. Auf dem Kopf statt des Biretts einen einfachen erzenen Helm; aber das den Körper schützende Ringelhemd bedeckt ein Ornat aus weißschimmernder Seide. Die kastanienbraunen Haare fallen in langen Locken, das Gesicht ist feierlich gütig und ruhig. Ich konnte mir genau die Form des Gesichtes vorstellen, das große, blaue Auge, die vor Gesundheit blühenden Wangen, den weich herabwallenden Bart, aber das Gesicht schien nicht aus Fleisch und Blut, sondern aus mild glänzendem Licht. –

Ich hatte die Augen geschlossen, während ich mir den erhofften Einzug vorstellte. Die Stille, die Müdigkeit und die Traumvorstellungen bewirkten, daß Schlaf mich überwältigte. Ich begann zusammenzusinken, aber ich ermannte mich wieder, und mein Blick glitt durch den Raum des Domes. Alles war still und tot wie zuvor, aber jetzt wirkte dieses Tote anders als vorher auf mich. Meine Müdigkeit war schwer geworden, mein Körper erstarrte vor Kälte, und aus allem befiel mich eine unbestimmte, darum lähmende Angst. Ich wußte nicht, wovor ich mich fürchtete, aber ich fürchtete mich in kindlicher Ratlosigkeit.

Ich sank auf die Stufe und weinte schmerzlich. Die Tränen flossen, die Brust krampfte sich zusammen, ich schluchzte laut, vergebens kämpfte ich dagegen an: das Schluchzen wurde heftiger, es klang schmerzlich durch die Stille der Kirche, in ihrer Hoffnungslosigkeit wuchs meine Angst. Wäre ich nur nicht mutterseelenallein in diesem riesengroßen Dom gewesen! – Wenn ich wenigstens darin nicht eingeschlossen gewesen wäre! –

Wieder seufzte ich laut auf, wohl noch lauter als vorher – da meldete sich über mir wie als Antwort das Piepsen der Vögel. – Ich war also gar nicht allein, die Sperlinge übernachteten hier mit mir! – Ich kannte ihr Versteck gut, zwischen den Balken oben über den Bankreihen. Sie hatten dort ihr kirchliches Asylrecht und waren sicher vor den ausgelassenen Überfällen von uns Jungen. Mit der Hand konnte jeder von uns hinter die Balken nach ihnen greifen, aber wir taten es nie.

Ich entschloß mich, mit angehaltenem Atem stieg ich langsam Stufe um Stufe hinauf. Schon war ich am Balken, vorsichtig atmete ich noch einmal, streckte die Hand aus, und schon hielt ich einen Sperling. Der aufgeschreckte Vogel begann schrill zu kreischen, pickte gegen meinen Finger, aber ich ließ ihn nicht frei. Ich spürte unter meinen Fingern, wie das kleine, warme Herz lebhaft klopfte – und jetzt fiel alle Furcht von mir ab. Ich fühlte mich nicht länger vereinsamt, ja das Bewußtsein, das stärkere Geschöpf zu sein, erfüllte mich mit neuem Mut.

Ich nahm mir vor, den Sperling weiterhin in der Hand zu behalten. So würde ich mich nicht mehr fürchten und auch nicht einschlafen. Es konnte nicht mehr weit bis Mitternacht sein. Ich gab acht, den Stundenschlag nicht wieder zu überhören. Am besten war, sich hier über zwei Stufen auszustrekken, die Hand mit dem Sperling auf die Brust zu legen und zum Fenster der Sankt-Wenzels-Kapelle zu blicken, um sogleich zu sehen, wenn darin das Licht zur wunderbaren Messe aufflammte.

Ich legte mich also zurecht und schaute zu dem Fenster. Es lag im Halbdunkel. – Ich weiß nicht, wie lange ich so geschaut habe, aber allmählich verwandelte sich das Halbdunkel in dem Fenster ins Hellere, ein Blau leuchtete auf, immer heller, immer klarer, daß mir war, ich blicke in den blauesten Himmel. Da meldete sich im Turm die Uhr, Schlag um Schlag fiel, zahllos, ins Unendliche. –

Ein unaussprechlicher Schmerz weckte mich auf, ein durch die Kälte verursachter Schmerz. Mein ganzer Körper war wie gefoltert und zerschlagen. Meine Augen waren geblendet, als blickten sie in einen großen, blutrot brennenden Backofen. In die Ohren klang ein höllisches Pfeifen und Quieken.

Allmählich kam ich zu mir. Ich lag auf den beiden Stufen, die Hand gegen die Brust gedrückt, aber sie war geöffnet und leer. Mir gegenüber glühte das Fenster der Sankt-Wenzels-Kapelle von einem inneren Licht. Die kleine Orgel brauste, und der fromme, mir wohlbekannte Rorate-Gesang erklang.

Sollte das die Messe des heiligen Wenzel sein?

Vorsichtig erhob ich mich und ging leise zu dem Fenster, das in den untern Chor führte. Ängstlich schaute ich durch die Scheiben hinunter.

Am Altar las der Herr Pfarrer die Messe. Da ich nicht zum Dienst gekommen war, ministrierte ihm einer der alten Kirchendiener, eben klingelte er zur Wandlung.

Mein Blick suchte ängstlich den bekannten Platz in den Bänken. Wie sonst immer kniete dort mit geneigtem Kopf meine Mutter und schlug sich an die Brust. Und neben ihr kniete – die Altstädter Tante.

Jetzt hob die Mutter wieder den Kopf, und ich sah, daß ihr Träne um Träne über die Wangen floß.

Ich wußte alles. Ich fühlte mich zu Tode beschämt, verzweifelt, unglücklich, mein Kopf schmerzte, alles um mich drehte sich. Das Leid um die Mutter, die mich vielleicht als verloren beweinte und der ich unendlichen Kummer bereitet hatte, preßte mir das Herz zusammen, der Atem würgte mich. Ich wollte rasch hinunter und zur Mutter treten, aber meine

Füße waren wie gelähmt, der Kopf glitt an der Wand herab, und ich lag auf dem Boden. Glückliche Befreiung, daß ich zugleich zu weinen begann! Zuerst brannten die Tränen wie Feuer, dann besänftigten sie mich.

Es war noch dunkel, und vom Himmel fiel ein dünner, kalter Regen, als die Menschen aus der Rorate gingen. Der gedemütigte, enttäuschte fromme Held stand vor dem Kirchentor, aber niemand achtete seiner. Auch er beachtete niemanden. Aber als endlich die alte Mutter neben der Tante heraustrat, fühlte sie plötzlich auf ihrer runzeligen Hand zwei glühende Lippen.

Wie es kam, daß am 20. August 1849 um halb ein Uhr mittags Österreich nicht zerstört wurde

Am 20. August des Jahres 1849, um halb ein Uhr mittags, sollte Österreich zerstört werden: das war im „Pistolenklub“ beschlossen worden. Ich weiß schon nicht mehr, was sich Österreich damals hatte zuschulden kommen lassen, aber ich zweifle keineswegs daran, daß der Entschluß recht schwerwiegende Gründe gehabt hatte. Da war keine Rettung mehr, die Sache war beschworen und beschlossen worden und die Ausführung bewährten Händen anvertraut, nämlich dem Žižka von Trocnov, Prokop dem Kahlen, Prokop dem Kleinen und Nikolaus von Hus, das heißt mir, dann dem Josef Rumpál, Sohn des Fleischers, dem Franz Mastný, dem Sohn des Schusters, und dem Anton Hochmann, der aus der Gegend von Rakovník stammte und auf Kosten seines Bruders, eines Bauern, das Gymnasium besuchte. Die angeführten historischen Beinamen waren nicht etwa durch ein Spiel des Zufalls verteilt worden, sondern ganz und gar nach Verdienst. Ich war Žižka, denn ich war von allen der schwärzeste, redete am schlagfertigsten, und gleich bei der ersten Zusammenkunft unseres Vereins – sie fand auf dem Boden bei Rumpál statt – erschien ich mit einer schwarzen Binde überm linken Auge, was allgemeines Aufsehen erregte. Die schwarze Binde mußte ich dann bei allen Versammlungen tragen; das war zwar nicht angenehm, aber es ließ sich nichts dagegen tun. Auch die anderen hatten auf ihre Beinamen ein wohlbegründetes Anrecht.

Die ganze Sache war mit erstaunlicher Umsicht vorbereitet worden. Ein ganzes Jahr benützten wir jeden Ausgang zu gemeinsamen Übungen im Steinschleudern. Das ausgezeichnete Schleudermaterial lieferte Mastný-Prokop der Kleine, und auf hundert Schritt trafen wir jeden Baumstamm, wenn er nur den Umfang eines Mannes hatte. Damit aber begnügten wir uns nicht. Ein ganzes Jahr legten wir jeden – ob ehrlich oder unehrlich erworbenen – Kreuzer in die gemeinsame „Pistolenkasse“, woher auch der Name unseres Vereins kam. Die Ersparnisse betrugen schließlich ganze elf Gulden. Für fünf Gulden hatten wir vor einer Woche auf dem Graben eine Pistole „Lütticher Arbeit“, wie der Kaufmann versicherte, erworben. Während der ganzen Versammlung, die seit dem Beginn der Ferien täglich abgehalten wurde, betrachteten wir die Pistole; sie ging von Hand zu Hand, und jeder von uns versicherte, daß sie echt Lütticher Arbeit sei. Geschossen hatten wir daraus zwar noch kein einziges Mal, erstens darum, weil wir kein Pulver hatten, und zweitens, weil der Ausnahmezustand noch immer andauerte und wir daher auf der Hut sein mußten. Wir waren überhaupt sehr vorsichtig, um uns nicht zu verraten, daher nahmen wir niemanden mehr in unseren Verein auf, nur wir vier „Prinzipisten“ gehörten ihm an, aber wir wußten, daß das genügte. Wir hätten für die verbliebenen sechs Gulden noch eine Pistole kaufen und dadurch unsere Armierung verdoppeln können, aber wir bestimmten diese Summe für Pulver, von dessen Preis wir keine rechte Vorstellung hatten. Für den Plan, den wir ausgeheckt hatten, genügte eine Pistole vollkommen. Wir hatten noch weiteren Vereinsbesitz, so eine Tonpfeife, aus der bei den geheimen Zusammenkünften Prokop der Kleine im Namen aller rauchte; es war eine hübsche, sinnreich mit Kelch, Dreschflegel und Morgenstern bemalte Pfeife, aber für die heutige Zeit maßen wir ihr keinen besonderen Wert bei. Wir besaßen auch einen besonderen elektrischen Apparat, den uns der Bruder Prokops des Kahlen, der Schlosserlehrling, aus einem alten Zweigroschenstück gebaut hatte, aber er hatte sich nicht bewährt. Daher ließen wir ihn daheim.

Ich lege hiermit unseren Plan vor, damit sich jeder darüber wundern kann. Hauptzweck: Österreich zerstören. Erste Aktion: sich Prags bemächtigen. Notwendige Aktion: die Zitadelle vom Belvedere am Ende der Marienschanzen erobern, von wo aus wir Prag beherrschen und wo wir nach unserer Ansicht von keiner Seite bombardiert werden konnten. Genau durchdachte Einzelheiten: Die Zitadelle wird genau zur Mittagszeit überfallen. Wenn wir bedenken, daß beim Überfall auf verschiedene Festungen seit urvordenklichen Zeiten der Brauch herrscht, diesen Überfall stets um Mitternacht auszuführen, und daß eben deswegen die Wachen um Mitternacht am aufmerksamsten sind, muß man zugeben, daß unser Plan von einer geradezu teuflischen Schlauheit ausgeheckt worden war. Die Zitadelle war in jener Zeit nur ungenügend, von sechs bis acht Soldaten, bewacht. Einer von ihnen stand gleich neben dem eisernen, in den Vorhof führenden Tor Posten; das Tor war stets halb geöffnet, und wir hatten beobachtet, daß dort der Soldat sorglos auf und ab ging. Der andere patrouillierte auf der Prager Seite, wo einige Geschütze standen. Ohne Aufsehen zu erregen, werden wir uns dem Tor nähern, wir vier und noch jemand – wir werden gleich sehen, wer – überfallen den Posten, überwältigen ihn, eignen uns sein Gewehr an, nehmen zweimal die Fenster des Wachhauses mit der Schleuder unter Beschuß, dringen gegen die niedergestreckten Wachen im Innern ein, überwältigen auch sie und nehmen auch ihnen die Gewehre ab. Bleibt noch der zweite Wachposten. Dieser wird sich höchstwahrscheinlich ergeben, wir fesseln ihn und nehmen ihm ebenfalls das Gewehr ab. Gibt er es nicht her, so ist das seine Sache, auf alle Fälle wird er von uns überwältigt werden. Dann fahren wir sofort ein Geschütz ans Tor, zünden den Pechkranz an, der dort an einer Stange hängt, und werden von der Schanze den Pragern zurufen, daß die Revolution ausgebrochen ist. Jetzt marschiert Militär auf, das ist selbstverständlich. Aber sie kommen nicht über die Mauer, um uns zu überfallen, denn wir werden durch das im Nu geöffnete Tor aus dem Geschütz in sie hineinfeuern und das Tor sofort wieder schließen. Die Soldaten in den vordersten Reihen werden vernichtet, die übrige Mannschaft wird sich voraussichtlich ergeben, weil sie sich durch die Revolution von allen Seiten bedroht sieht; ergibt sie sich nicht, ist das ihre Sache. Wir machen einen Ausfall, vereinigen uns mit den Pragern, und unsere erste Tat wird sein, alle auf dem Hradschin noch schmachtenden Gefangenen zu befreien. Alles andere ist so natürlich, wie daß das Korn wächst. Die erste große und siegreiche Schlacht schlagen wir bei Deutschbrod, dorthin werden wir die Armee gelockt haben. Die zweite schlagen wir auf dem Marchfeld, genau dort, denn der Geist Přemysl Ottokars schreit nach Rache. Dann erobern wir Wien und vernichten Österreich. Inzwischen sind uns die Ungarn zu Hilfe gekommen. Und dann vernichten wir die Ungarn. Ist das nicht bewunderungswürdig?

Eine überaus wichtige Aufgabe sogleich am Anfang dieses blutigen Dramas oblag jener fünften Person. Sie selber wußte davon noch ganz und gar nichts und sollte bis zum allerletzten Augenblick nichts erfahren. Das war der Händler Pohorák. Er war aus der Gegend von Jenč hinterm Weißen Berg und kam mit einem Handwagen und seinem großen Zughund dreimal in der Woche mit geschlachteten Hühnern und Tauben nach Prag. Auf ihn hatte der Heerführer Rumpál Prokop der Kahle aufmerksam gemacht, als es sich um eine gewichtige Sache handelte, nämlich um die Beschaffung des Pulvers. In den Besitz von Pulver zu gelangen, war damals eine überaus schwierige Angelegenheit, die Kaufleute durften es nur gegen Vorzeigen einer behördlichen Genehmigung abgeben, und Prokop der Kahle, bei dessen Eltern Pohorák geselchtes Fleisch kaufte, teilte uns mit, daß Pohorák Pulver für die Kaufleute in Prag besorge. Prokop der Kahle fragte ihn, ob er nicht auch ihm für gute Bezahlung und gegen eine besondere Belohnung Pulver kaufen wolle, und Pohorák hatte zugestimmt. Am 19. August wurden dem Pohorák durch Prokop den Kahlen alle sechs Gulden ausgehändigt, wovon zwei Gulden die königliche Belohnung und vier für das Pulver bestimmt waren. Er versprach, sich mit dem Verkauf seiner Ware und dem Einkauf zu beeilen, diesmal mit seinem Wägelchen den Weg statt durch das Strahower Tor durch das Bruska-Tor zu nehmen und dort Prokop dem Kahlen das Pulver zu übergeben. Jetzt wird er erfahren, daß alle Macht in unseren Händen ruht. Er wird seinen weißen Hund ausspannen, das Wägelchen auf der Straße stehen lassen und sich uns verbünden. Daß er tatsächlich kommen wird, ist über allen Zweifel erhaben, denn er hat doch zwei Gulden bekommen, und dann die Ehre! Wir machen dann auf alle Fälle etwas aus ihm, dessen kann er gewiß sein. Außerdem hatte uns Prokop der Kahle mitgeteilt, Pohorák habe erzählt, daß er im verflossenen Jahr nach den Pfingstfeiertagen draußen auf dem Feld einen Husaren vom Pferd heruntergerissen habe.

„Hinterm Weißen Berg leben die stärksten Leute in Böhmen", sagte Prokop der Kahle feierlich.

„Und das gilt bis Rakovník", behauptete Nikolaus von Hus und schwang seine mächtige Faust.

Die Mitwirkung Pohoráks war mir, ehrlich gestanden, recht angenehm, und ich wette, daß die anderen Heerführer ähnlich dachten. Es handelt sich, wie oben bereits weitläufig dargestellt worden ist, bei unserem Plan in erster Linie um die Torwache. Da war erst vor wenigen Monaten etwas geschehen, was im Grunde der Seele gewiß eines jeden von uns bis heute seine Spur hinterlassen hatte. Wir vier – und es waren ihrer noch mehr – spielten damals auf den Schanzengräben Ball. „Hüter" hieß unser soldatisches Spiel und ging einige Stunden hin und her. Wir hatten einen herrlichen Gummiball, der bestimmt zwei Zwanziger gekostet hatte. Wir spielten ausgezeichnet, selbst ein vorübergehender Grenadier blieb stehen, um uns zu bewundern. Er stand lange da, schließlich setzte er sich sogar ins Gras, um uns bequem zuzuschauen. Plötzlich rollte der Ball zu ihm hinüber, der Grenadier rekelte sich faul, wälzte sich auf den Bauch und fing den Ball. Er stand langsam auf – sein Aufstehen nahm kein Ende –, und wir warteten neugierig, wohin seine mächtige rechte Hand den Ball wohl schleudern würde. Aber seine Pranke schob ihn seelenruhig in die Tasche, und seine mächtige Gestalt kroch träg den Hang hinauf. Wir umzingelten den Grenadier, baten, schrien, drohten – mit dem Erfolg, daß Prokop der Kahle eine Ohrfeige bekam und Nikolaus von Hus ebenfalls eine. Wir bewarfen den Grenadier mit Steinen, aber er stürzte auf uns zu, und die wahrheitsgetreue Historie muß vermerken, daß wir allesamt die Flucht ergriffen.

„Wißt ihr, das war gescheit von uns, daß wir uns mit ihm nicht eingelassen haben", erklärte danach Žižka von Trocnov. „Ihr wißt, was wir vorhaben, und wer weiß, was jetzt geschehen wäre. Bei einer Verschwörung weiß man nie, was passieren kann, ich kenne das! Ich habe vor Wut gezittert – ich wollte den Kerl fassen, aber ich dachte mir: Wart nur!" Diese klare Auslegung des Falles wurde einmütig und dankbar angenommen, und jeder bekräftigte, daß er ebenfalls am ganzen Körper gezittert und sich nur mit Mühe beherrscht habe.

In den ersten Augusttagen, als es sich schon um die allersubtilsten Einzelheiten des Plans handelte, fragte ich: „Beißt Pohoráks Hund?"

„Er beißt", versicherte Prokop der Kahle, „gestern hat er dem Töchterchen des Lebkuchenbäckers den Rock zerrissen."

Es war sehr wichtig zu wissen, daß Pohoráks Hund beißt.

Der Morgen des denkwürdigen Tages brach an. Die unbeirrbare Chronik des Himmels verzeichnete ihn als Montag.

Ich sah den Morgen leicht dämmern, dann wurde er aschgrau und allmählich hell und immer heller – alles das geschah in einer mir endlos erscheinenden Zeit. Dennoch schmachtete ich mit ganzer Seele vor Sehnsucht, es möge weder dämmern noch hell werden, und die Natur möchte diesen einen, diesen einzigen Tag überspringen. Ich hoffte, daß ganz bestimmt irgend etwas dieser Art geschehen müsse, ich betete und betete und, ich bekenne mich dazu, meine Seele verging fast vor Angst.

Ich hatte die ganze Nacht nicht geschlafen. Nur dann und wann übermannte mich ein fiebriges Hindämmern, gleich darauf warf ich mich auf dem heißen Lager schon wieder hin und her, und ich hatte Mühe, nicht laut aufzustöhnen.

„Was ist mit dir – du atmest so schwer?" fragte die Mutter einige Male.

Ich stellte mich schlafend.

Dann stand die Mutter auf, machte Licht und kam an mein Bett. Ich hielt die Augen geschlossen. Sie legte die Hand auf meine Stirn.

„Der Junge glüht wie ein Ofen. Komm her, Mann, mit ihm ist etwas nicht in Ordnung."

„Laß ihn!“ meinte der Vater. „Er hat gestern wieder irgendwo herumgetollt. Der Teufel reitet sie – aber diese Gesellschaft muß aufhören, immerzu ist er mit diesem Franz und Josef und mit dem aus Rakovník beisammen.“

„Du weißt doch, daß sie zusammen lernen. Es fällt ihnen so leichter.“

Ich schreibe wahrheitsgetreu: Ich fühlte mich hundeelend. Das ging nun schon einige Tage so, aber es wurde immer schlimmer, je näher der 20. August kam. Bei den anderen Feldherrn beobachtete ich etwas Ähnliches. In den letzten Versammlungen hatten einige schon recht verworren gesprochen. Den Grund dafür sah ich darin, daß die Feldherrn Angst bekamen. Ich beherrschte mich, und gestern war ich entschlossen aufgetreten. Da widerstanden auch sie heldenhaft ihrer Angst, wir gerieten sogar in Feuer, nie war so mutig gesprochen worden. In der darauffolgenden Nacht schlief ich trotzdem schlecht. Wenn ich bei den anderen einen unbedingten Heldenmut gespürt hätte, hätte auch ich mich ganz anders gefühlt.

Daß ich selbst Angst hatte, das durfte ich um keinen Preis zugeben. Trotzdem dachte ich, und es klang wie eine schwere Anklage gegen das Schicksal, warum gerade mir diese schreckliche Aufgabe zuteil geworden sei. Die Zerstörung Österreichs erschien mir plötzlich ein Kelch voll von unaussprechlicher Bitternis zu sein. Ich hätte gern gebetet: „Herr, laß diesen Kelch an mir vorübergehen!“, aber ich fühlte, daß es schon keinen Ausweg mehr gab, und der Gipfel des Ruhmes wurde mir plötzlich zum Gipfel des Berges Golgatha. Aber der Schwur verpflichtete.

Um zehn Uhr sollten wir an Ort und Stelle sein, um elf sollte Pohorák eintreffen, und um halb eins sollte der Staatsstreich durchgeführt werden.

Ich ging um neun aus dem Haus.

Ein angenehmer Sommerwind kühlte meine Schläfen. Der blaue Himmel lachte wie Prokop des Kahlen Schwesterlein Márinka, wenn sie uns zu einem Streich verführte. Nebenbei bemerkt, Márinka war meine Liebe. Ich dachte an sie, an die Achtung, die sie stets meiner heldenhaften Natur entgegenbrachte, mir wurde leicht und leichter ums Herz, die Brust weitete sich und die Seele wuchs.

Eine zauberhafte Veränderung ging mit mir vor, bevor ich den Hirschgraben erreichte; ich ertappte mich zweimal dabei, daß ich auf einem Bein hüpfte.

Ich prüfte in Gedanken, ob alles in Ordnung sei. Es war vorbildlich in Ordnung. Zwei Schleudern verbargen sich in meiner Tasche. In der anderen hielt ich eine schwarze Augenbinde versteckt. Unterm Arm trug ich aus Kriegslist ein Schulbuch. Auf den Marienschanzen ging ich um die Abteilungen exerzierender Soldaten herum und empfand keinerlei Furcht. Ich wußte, daß sie zu gegebener Zeit längst wieder in ihre Kasernen zurückgekehrt sein würden.

Es war Zeit genug, und ich schritt das ganze Gelände unseres kriegerischen Unternehmens ab, ging durch den Chotek-Park, wo – ganz nah der talwärts führenden Straße – Nikolaus von Hus seine Stellung beziehen sollte, schaute zur Bruska hinunter, wo Prokop der Kleine stehen und den Pohorák erwarten sollte, um uns, den steilen Hohlweg vorauslaufend, rasch Nachricht zu bringen. Ich begab mich zur Zitadelle und überschritt von hier die Wälle zum Bruska-Tor. Als ich zu der Zitadelle kam, schlug mir das Herz heftig; als ich mich von ihr entfernte, schlug es wieder ruhiger. Die Wälle von der Zitadelle zum Bruska-Tor bilden zwei vorspringende Bastionen. Die erste ist erhöht und hat oben im Umkreis ein kleines Plateau; darin befand sich damals ein kleiner, ummauerter Teich mit dichtem Schilf und Sträuchern rundherum – Schauplatz vieler unserer Abenteuer. Unter einem der Sträucher hatten wir einen hübschen Haufen pfündiger Kieselsteine für die Schleudern versteckt. Der Platz um die zweite Bastion bildet eine tiefe Mulde. Heut steht in diesem Einschnitt das Café „Panorama“, damals war er von dichtem Strauchwerk bedeckt. Einige Schritte weiter ist das Bruska-Tor, mein Standort als oberster Befehlshaber.

Ich setzte mich auf eine Bank oberhalb des Tores und schlug das Buch auf. Ein leichtes Zittern ging durch meinen Körper, manchmal lief mir ein Frösteln über den Rücken, aber ich glaube, Angst war das nicht. Ich fühlte mich im großen und ganzen wohl. Viel trug dazu bei, daß ich keinen einzigen Mitkämpfer erblickte. Ich hatte sie in dem mir angenehmen Verdacht, daß sie Angst bekommen hatten und nicht erscheinen würden. Immer wieder zwang mich mein Herz, trotzdem den Helden zu spielen – aber im Grund meiner Seele meldete sich der Aberglaube, daß ich sie dadurch herbeirufen könnte, und ich gab auf, mich aufzuspielen.

Trommeln und Trompeten klangen bald vom Exerzierplatz auf den Marienschanzen, bald von dem auf dem Belvedere. Menschen und Wagen gingen und fuhren durch das Tor ein und aus. Anfangs hatte ich sie nicht beachtet, dann aber begann der Aberglaube auch hier sein Spiel. Wendet sich, so orakelte ich, dieser Mensch am Ende der Brücke in der Richtung nach Bubeneč, dann wird es schlimm mit uns; wendet er sich links gegen Podbaba, so wird alles gut. Eins-zwei-drei-vier – alle gehen gegen Bubeneč – die Trompeten auf dem Belvedere schmetterten wie zum Angriff – ich sprang auf.

Im selben Augenblick schlug es vom Turm des Veitsdomes zehn. Ich schaue mich um und sehe, daß Nikolaus von Hus durch die Allee an seinen Platz stapft. Ein edles, tapferes Herz – ein mutiger Kämpfer – die Ferien hat er einer großen Sache geopfert, er könnte schon seit zwei Wochen daheim bei seinem Bruder sein – aber ich fühlte, daß es mich dennoch bedrückte, ihn zu sehen. Ich mußte jetzt pflichtgemäß meinen Inspektionsrundgang machen. Ich ging, das offene Buch vor mir, langsam über die Bastion. Nirgends war ein Spaziergänger zu sehen.

Ich kam zum Teich. Dort lag Prokop der Kahle im Gras. Als ich ihn bemerkte, begann ich lange, feste Schritte zu machen, als dröhnte ein schwer gepanzerter Fuß in einer Wagenburg.

Prokop der Kahle hielt ebenfalls ein Buch in der Hand und schaute mich an. Seine Augen waren gerötet.

„Alles in Ordnung?"

„Alles in Ordnung."

„Hast du?"

„Ich habe." – Also hatte er die ihm anvertraute Pistole bei sich.

Ich zwinkerte zu dem Strauch hinüber, wo unsere Kieselsteine lagen. Prokop der Kahle zwinkerte auch und versuchte dabei zu lächeln, aber es gelang ihm nicht. Da trat aus der Zitadelle ein Soldat mit einer Kanne in der Hand, in einem Leinenkittel und mit einer bequemen Mütze. Die ständige Bedienung auf der Wache. Ihn hatten wir in unserer Berechnung ganz vergessen – nun, eben einer mehr! Er kam langsam näher, und als er ganz nahe bei uns war, stellte er die Kanne zu Boden. In uns zuckte es wie in einer Uhr, bevor sie schlägt.

„Haben die jungen Herrn nicht ein Zigarettchen?"

„Wir haben nicht – wir", mir stockte die Rede; ich konnte doch nicht sagen, daß außer Prokop dem Kleinen noch keiner von uns rauchte.

„Aber zwei Kreuzer haben die jungen Herrn gewiß – geben Sie mir für ein Päckchen Tabak! Ich bin nun schon seit dem vorjährigen Rummel da" – ein neues, heftigeres Zusammenzucken, geradezu ein elektrischer Schlag – „und jeden Tag geben mir die Herrn für Tabak."

Ich zog zwei Kreuzer aus der Tasche und gab sie ihm mit zitternder Hand.

Der Soldat pfiff sich eins vor Freude, hob die Kanne hoch und trottete ohne Dank weiter.

Ich winkte mit der Hand und ging zur Straße hinunter, trat in den Chotek-Park und näherte mich dem Nikolaus von Hus, welcher die Bank „Zur schönen Aussicht" besetzt hielt. Er schaute über das Buch den Hang hinab. Ein wuchtiger, langer Schritt, wiederum wie von einem gepanzerten Fuß.

„Alles in Ordnung?"

„In Ordnung!" Und er lächelte.

„Ist Prokop der Kleine auf seinem Posten?"

„Ja – und raucht." Unten saß Prokop der Kleine auf dem Geländer, schlenkerte mit den Füßen und rauchte eine Zigarre. Gewiß eine um drei Kreuzer.

„Morgen fang ich auch zu rauchen an."

„Ich auch."

Winken mit der Hand und Abgang mit einem möglichst würdigen Schritt.

Ich saß wieder über dem Tor. Die Soldaten kehrten abteilungsweise von ihrem Exerzierplatz hinterm Tor zurück – ausgezeichnet! Sonderbarerweise aber betrachtete ich sie heut mit einem quälenden Unbehagen. Früher hatte mich ihr Anblick begeistert, schon das Trommeln hatte genügt, meine lebhafte Phantasie zu entfesseln. Ich dachte mir die wirbelnden, mitreißenden Klänge einer türkischen Musik hinzu, mich selbst sah ich an der Spitze auf einem schnaubenden Silberschimmel, eben aus siegreichen Schlachten heimkehrend, hinter mir die Soldaten mit einem fröhlich heldenhaften Gesang, rund um mich das jubelnde Volk, ich mit unbewegtem Gesicht, nur dann und wann und ganz leicht den Kopf neigend. Heut war meine Phantasie wie fades, abgestandenes Bier von gestern, aus dem die Mutter stets eine mir widerliche Suppe kochte. Der Kopf wollte sich nicht siegesbewußt erheben, auf der Zunge spürte ich so etwas wie einen lehmigen Belag. Wenn einer der Soldaten aufblickte und mich anschaute, zuckte mein Blick zur Seite.

Ich schaute in die Landschaft. Rings eine stille Heiterkeit, als ob auf die Hügel und in die Täler ein feiner goldener Regen fiele. Trotzdem lag über der Landschaft ein eigentümlich elegischer Ton – ich fror trotz der warmen Luft.

Ich schaute zum blauen Himmel empor. Ich dachte wieder an Márinka. Liebes Mädchen! – Aber mir war, ich bangte in diesem Augenblick um sie. – Dieser Gedanke verflog. – Schließlich hatte Žižka mit einer Handvoll Leute Hunderttausende von Kreuzfahrern geschlagen – der Ritter Parzival erschlug hundert Bewaffnete in einer Stunde – – weiß Gott, was das sein mag, manchmal hat selbst die Geschichte keine Überzeugungskraft – abgestandenes Bier, Lehm auf der Zunge.

Nein – unmöglich – ein Zurück konnte es nicht geben – also sei es gewagt!

Nun kamen schon mehr Leute als vorher durch das Tor. Mein Blick verfolgte sie gedankenlos. Dann begann das abergläubische Spiel unwillkürlich wieder, und ebenso unwillkürlich bediente ich mich dabei einer täuschenden Ausflucht. Ich bezog nur die in mein Orakel ein, die unverkennbar ländlich gekleidet waren und von denen mit großer Wahrscheinlichkeit anzunehmen war, daß sie sich nach links, hinaus nach Podbaba, begeben würden.

Ein plötzliches Frösteln überrieselte mich – ich raffte mich mit Mühe auf.

Lieber wieder einen Rundgang! Das befahl mir ohnedies die unerbittliche Pflicht.

Als ich mich mit festen Schritten – ich fühlte selbst, daß sie nicht mehr sehr fest waren – wieder Prokop näherte, trat eben der Inspektionsoffizier in die Zitadelle. Wir müssen ohnedies abwarten, bis er wieder herauskommt.

Aber auf dem Gesicht Prokops des Kahlen bemerkte ich eine ungewöhnliche Blässe.

„Pepík, du hast Angst", sagte ich mit aufrichtigem Mitgefühl.

Prokop der Kahle antwortete nicht. Er legte den Zeigefinger der rechten Hand unter das rechte Auge und zog das untere Lid herunter, so daß der rote innere Rand zu sehen war. Auf diese Weise drückte die Prager Jugend eine entschiedene Verneinung aus.

Warum sagte er nicht, daß er Angst habe? Dann hätte Österreich doch noch – –

„Elf!" stammelte Prokop der Kahle.

Die elf Schläge sanken langsam durch die warme Luft herab. Jeder Schlag zitterte lange im Ohr nach, und unwillkürlich blickte ich empor, als könne der Klang sichtbare Gestalt angenommen haben. Wuchtige Schläge der Totenglocke zum Ableben eines der ältesten und größten Staatengebilde Europas.

Langsam ging ich um die militärische Stellung des Nikolaus von Hus und stieg dann leichten Schrittes hinunter zu Prokop dem Kleinen. Mir schien zu obliegen, ihn durch einige oberfeldherrliche Ermahnungen zu größerer Wachsamkeit anzuhalten.

Prokop der Kleine saß noch immer auf dem Geländer, aber er rauchte nicht mehr seine Zigarre, er hatte im Schoß eine Mütze voll Pflaumen. Er aß mit großem Appetit, nahm jeden Kern vorsichtig aus dem Mund, legte ihn auf den Zeigefinger, drückte den Daumen dagegen, schwippte den Kern ab – und schon lief laut gackernd eine der Hennen, die auf der anderen Seite der Straße herumspazierten, davon. Schon hatten sich alle entfernt und in Sicherheit gebracht, nur ein schwarzes Huhn pickte noch unvorsichtig nahe in den Boden. Eben hatte Prokop der Kleine auch auf dieses Huhn gezielt, als er mich erblickte. Dadurch verschob sich der Daumen, und anstatt das Huhn zu treffen, flog der Kern scharf und schmerzhaft gegen mein Kinn, wie wenn es das Ende eines Peitschenriemens getroffen hätte. Das Gesicht Prokops des Kleinen strahlte vor Vergnügen.

„Was soll das? Du gibst nicht acht!"

„Ich? Und ob ich achtgebe! Hab ich vielleicht keine Augen? Magst du?"

„Ich hab keinen Hunger. Was kosten sie?"

„Acht Kreuzer. Nimm dir!"

„Ich nehme vier für Pepík. – Achtung! Er kann jeden Augenblick kommen."

Ich ging wieder hinauf. Immer noch spürte ich den Schmerz von dem Pflaumenkern, der mich getroffen hatte, aber ich beachtete ihn nicht und schritt würdevoll weiter.

Es war halb zwölf, als ich wieder bei der Stellung Prokops des Kahlen eintraf. Er lag noch immer lang ausgestreckt im Gras.

„Da hast du Pflaumen – vom Franz."

Prokop der Kahle lehnte ab. Ich lege die Pflaumen neben ihn hin und mich selber für einen Augenblick ins Gras.

Am Himmel kein Wölkchen. Aber wenn der Mensch so emporblickt, ermüden plötzlich die Augen, und in der Luft scheinen lauter weiße, sich krümmende Würmer herumzuwimmeln. Nicht nur der Blick, sondern auch der ganze Körper war schließlich voll solcher Würmer, mein Blut schien bald zu rasen, bald zu stocken, bald zuckte dieser, bald jener Muskel. Vom Himmel schien geschmolzenes Blei zu tropfen.

Ich drehte mich mit dem Gesicht zu Prokop.

Es schlug drei Viertel.

„Du – hör mal", sagte Prokop der Kahle auf einmal, während seine Augen starr wurden, „ob uns Pohorák nicht verraten hat?"

„Das doch wohl nicht“, stammelte ich. Aber es ließ mir keine Ruhe, ich erhob mich und ging auf und ab. Entsetzliche Gedanken von schwarzem Verrat wühlten in meinem Herzen.

Da fällt mein Blick durch die Sträucher in den Hohlweg – dort kam Prokop der Kleine, so rasch die Beine ihn nur tragen konnten, heraufgerannt.

„Prokoplein!“ Und der erste Gedanke war: fliehen wir!

Prokop der Kahle ist auch schon auf den Beinen. Von der anderen Seite eilt Nikolaus von Hus herbei. Er hatte ebenfalls Prokop den Kleinen laufen sehen.

Prokop der Kleine war außer Atem.

„Die Dienstleute trinken dort im Laden Schnaps und erzählen sich, eben habe ein Polizist auf dem Markt einen Händler abgeführt!“

Keiner sagte: „Das ist Pohorák!“, aber so, wie wenn ein schwerer Stein zwischen Vögel fällt, waren wir in alle Windrichtungen auf und davon.

Ich rannte den Hohlweg hinunter, daß mir im Kopf ganz schwindelig wurde. Im Nu war ich in der Wallensteingasse, aber eine Eingebung trieb mich weiter. Ich bog in die Heuwaaggasse und schien über den Pflastersteinen zu fliegen. Schon war ich bei der Thomas-Kirche und wollte durch die Lauben um den Ringplatz hinauf – der erste Pfeiler flog vorbei – da hielt ich im Laufen inne und preßte mich an den zweiten Pfeiler.

Eben führte der Polizist Pohorák mit Wägelchen und Hund nebenan auf die Wache. Pohorák sah offensichtlich mitgenommen aus. Sein Gesicht hatte den Ausdruck eines unaussprechlichen Schmerzes.

Die Geschichte der Menschheit wiese eine unliebsame Lücke auf, würde nicht berichtet, was mit Pohorák geschehen war.

An besagtem Tag war er etwas später als sonst durch das Strahower Tor nach Prag hineingefahren, ja, es muß vermerkt werden, nach Händlergepflogenheit und Prager Brauch schon arg spät; das war um sieben Uhr. Es ging in aller Eile über die holperigen Straßen hinunter, das Sattelpferd, die weiße Dogge, mußte sich nicht anstrengen und lief munter, das Handpferd, Herr Pohorák, bremste das Wägelchen, und die linke, die Deichsel haltende Hand hüpfte in regelmäßigen Abständen auf und ab.

„Warum heut so spät, Pohorák?" fragte der Brotbäcker im Tiefen Weg; er stand hemdärmelig draußen auf dem Gehsteig und rauchte behaglich.

„Nun – ich hatte öfter Station machen müssen", lachte Herr Pohorák und hielt mit einem langgezogenen „Brrr" das Wägelchen an. Er griff in die rechte Tasche, holte eine strohumwickelte Flasche mit Kümmel heraus und reichte sie dem Bäcker: „Gefällig?"

„Danke, ich hab mir den meinen schon heut früh genehmigt."

„Ich auch, aber besser fünf Vaterunser als eins." Und Pohorák leerte die Flasche bis auf den Grund, steckte sie ein, nickte dem Bäcker zu und holperte weiter.

Der Bauernmarkt war schon voll. Der Polizist führte Pohorák mit seinem Wägelchen hin und her, Pohorák stritt ununterbrochen mit dem „Herrn Korporal", endlich fand sich ein Platz. Manchmal bot Pohorák auf dem Markt außer Geflügel auch Hasen, Butter und Eier an, heute hatte er nur geschlachtete Hühner und Tauben. Der Handel mit Geflügel war sein Hauptgeschäft. Pohorák war daher von dem besonderen, nicht gerade angenehmen Geruch, der dem Geflügel anhaftet, durchdrungen, und voll dieses Geruchs war auch die Luft einige Schritte rund um ihn.

Pohorák war bereits weit über die Fünfzig. Sollte ich im Leser nach dem vorher Gesagten den Eindruck erweckt haben, Pohorák sei von mächtiger Gestalt, bedauere ich, der Phantasie des Lesers Grenzen setzen zu müssen. Pohorák sah nicht so aus, als wolle er in der Manege mit einem Herkules um den Preis ringen. Er war von nur mittelgroßer Gestalt, nach dem Nacken zu etwas gebeugt und mehr mager als korpulent. Sein hageres Gesicht war derart mit Pockengrübchen geziert, daß einem gutmütigen Menschen leicht der Gedanke kommen konnte, ihm zu raten, sein Gesicht ein wenig

Polizist, ein sogenannter „Federbusch“, in einer Kleinseitner Gasse

pflastern zu lassen. Pohorák trug einen kleinkarierten bläulichen Rock, der aber an einigen Stellen, besonders auf dem Rücken unterm Kragen und am linken Ärmel, wie ein unkarierter, ausgetrockneter Acker aussah, dann schmutzige braune Hosen, unten schön heraufgerollt, obgleich es schon acht Wochen nicht geregnet hatte. Den Kopf bedeckte im Sommer wie im Winter eine dunkle Tuchmütze, hinter deren Saum der Akziseschein stak, denn für alle von auswärts nach Prag eingeführten Lebensmittel mußte Zoll entrichtet werden.

Pohorák machte im Schatten unter dem Wägelchen ein Strohbett zurecht, in das sich der Hund kuschelte. Dann nahm er seine Ware heraus und legte sie rund um das Wägelchen aus. Dann richtete er sich auf und schaute sich um.

„Junge Frau", redete er eine an die sechzig Jahre alte Verkäuferin neben ihm an, „Sie geben mir ein bißchen acht, nicht wahr? Der Weg hat mich hergenommen, ich geh nur ein Töpfel Brinde trinken."

Er ging zum nächsten Kaffeesieder und trank sein Töpfchen, dann ging er drei Schritte weiter zur Schnapsbutike, schlürfte zwei kleine Gläschen Korn und steckte ein Fläschchen auf Vorrat in die Tasche. Dann kaufte er zwei Mohnsemmeln, eine für sich, eine für den Hund, und jetzt ist er wieder an seinem Wägelchen.

„Nach rechts oder links?" fragte das Weib, das niedrige Hocker vermietete. Pohorák zeigte schweigend mit dem Finger, gab dem Weib einen Kreuzer und setzte sich. Er griff in die linke Rocktasche und holte Pfeife und Tabaksbeutel heraus. Die Schnur um den Beutel wurde aufgerollt, die Pfeife gestopft, aus der rechten Westentasche eine Schachtel mit Streichhölzern genommen – Pohorák rauchte. Es schmeckte. Und jetzt betrachtete er seine Ware.

„Die Hühner geb ich für zwei Zwanziger, die Tauben für einen", brummte er vor sich hin und paffte.

Ein stämmiger alter Herr kam. Einen alten Herrn oder eine alte Frau, Bierbrauer oder Bierbrauerin, erkennt man unfehlbar daran, daß hinter ihnen das Dienstmädchen eine Butte mit kupfernen Reifen trägt.

„Für wieviel haben Sie die Hühner?"

„Für wieviel ich sie hab?“ sagte Pohorák bedächtig und schob die Pfeife in den anderen Mundwinkel. „Da wär ich schön dumm, wenn ich das sagte. Aber ich verkauf sie für vierzig Kreuzer.“

„Sie sind verrückt – was fällt Ihnen ein? Für zweiunddreißig. Einverstanden? Ich nehme sechs.“

Pohorák schüttelt schweigend den Kopf, setzt sich wieder und pafft weiter. Der alte Herr geht.

„Pohorák, für den Preis werdet Ihr heut nichts los“, sagt die Verkäuferin, die er als „junge Frau“ angeredet hatte. „Das schlagt Euch aus dem Kopf! Es wird heut zuviel angeboten.“

„Was geht das dich an, altes Gift! Ich verkauf, wie ich will! Kümmer dich um deine stinkigen Kalkeier! Dem Pohorák wirst du nicht sagen, wie er verkaufen soll. – Und wenn ich gar nichts verkaufe, so hab ich meinen Gewinn doch schon in der Tasche“, fuhr er nach einer Weile fort, nahm einige Gulden aus der Westentasche und klimperte damit.

Die junge Frau schweigt. Pohorák auch, er hat seine Wut mit Branntwein gelöscht.

Eine Dame mit ihrem Dienstmädchen.

„Für wieviel sind die Hühner?“

„Für vierzig.“

„So teuer? – Für fünfunddreißig, nicht?“

Pohorák schweigt.

„Also! – Seien Sie nicht so starrsinnig!“

„Ach was! Ich kann nichts dafür – ich habe es mir so in den Kopf gesetzt – anders geb ich sie nicht!“

„Gehn wir weiter, gnädige Frau!“ bemerkte das Dienstmädchen, „sie sind ohnehin schon fast grün.“

„Was? – Grün? – Grün bist du, alter Krautkopf! – Meine Hühner spielen in allen Farben!“ Er nahm einige Hühner bei den Füßchen und drehte sie hin und her. „Juhuh!“ Die Marktweiber rundum beginnen zu lachen. Pohorák spült seinen Ärger hinunter.

Und so geht es weiter.

Der Markt lichtet sich. Die Tauben und Hühner Pohoráks sind noch immer unberührt. Manchmal blinzelt Pohorák wie fragend über den Wagen, dann knurrt er vor sich hin: „Was kann ich denn für meinen Kopf?"

Der Schnaps beginnt zu wirken.

Ein Verkäufer kommt vorüber: „Heiße Würstchen! Heiße Würstchen!"

„Gib ein Paar her!" Pohorák nimmt und ißt die Würstchen. Inzwischen verkauft der Würstelmann nebenan. Nach einer Weile kommt er zu Pohorák zurück.

„Väterchen, die drei Kreuzer für die Würstchen!"

„Für welche Würstchen?"

Die Hökerin nebenan: „Die Ihr eben gegessen habt."

„Ich sollte Würstchen gegessen haben? Ihr seid alle zusammen verrückt!"

Streit. Pohorák flucht. Der Würstelmann ficht mit dem Haken und ruft den Polizisten.

Der Polizist: „Hatten Sie Würstchen?"

Pohorák glotzt ihn an: „Hatte."

„Dann bezahlen Sie!"

„Selbstverständlich. Jetzt hab ich mich daran erinnert. – Wissen Sie, Herr Korporal, ich bin ein alter Kerl – ich hab schon einen komischen Kopf."

Rundherum Gelächter. Düster hockt Pohorák da und jammert vor sich hin: „Der Kopf! – Dieser Kopf!" Dann trinkt er sein Fläschchen aus und raucht.

Die Sonne brennt unbarmherzig. Dem Pohorák ist nicht wohl. Er schaut auf den Hund, der im Schatten unterm Wagen schläft – langsam rafft sich Pohorák auf, deckt Hühner und Tauben zu – kriecht unter den Wagen. – –

Schon hat auch „Frau Hinkebein", stets die letzte Käuferin, ihren Einkauf beendet. Körbe und Bretter verschwinden, die Hökerinnen tragen ihre Eierkisten fort. Der Polizist kommt und befiehlt: „Aufräumen!"

Auf seinem Rundgang hält er vor dem Wägelchen Pohoráks.

„Aufräumen, wem der Wagen gehört!" Und er rüttelt an der Deichsel. Dunkles Grunzen unter dem Wagen. Der Polizist bückt sich und sieht Pohorák, die Mütze unterm Kopf, ruhig schlafen. „Pohorák, aufstehn!" Er zieht ihn am Bein.

Der Hund springt auf und stößt den Wagen zur Seite, ein Rad rollt über Pohoráks Arm. Pohorák schläft weiter. Der Polizist lacht.

„He, begieß ihn!“ ruft er einem der Straßenkehrer zu, die bereits dabei waren, den Marktplatz zu säubern. Schwapp! Eine halbe Kanne Wasser ergießt sich über Pohoráks armes Haupt.

Pohorák fährt zusammen, setzt sich aufrecht und reibt sich die Augen.

„Aufstehn!“

Pohorák erhebt sich langsam. „Ich bin ganz zerschlagen – ich bin halt schon alt, und diese Schinderei!“

„Dann kommt, Alterchen, eben mit mir! Dort könnt Ihr Euch ausschlafen.“

„Wie Sie befehlen.“ Pohorák ergriff die Deichsel und ging, mit tiefem Kummer im Herzen, wohin der Polizist ihn führte.

Auf dem Boden bei Rumpál eine erregte Versammlung. Der gegenseitig geleistete Schwur, nie und niemals Verrat zu üben. Referat des Jan Žižka von Trocnov: „Ich habe ihn gesehen, so wahr ich hier stehe, alles in mir war in Aufruhr, aber ich konnte ihm nicht helfen!“ Nur Nikolaus von Hus fehlte bei der Versammlung, er war schon unterwegs nach den Wäldern von Rakovník.

Ende der Todesangst von sechs Uhr früh bis zum Abend. Mühevoll zog Pohorák sein Wägelchen herauf und hielt vor Rumpáls Laden. Prokop der Kahle lauschte mit pochendem Herzen hinter der aus dem Laden in die Wohnung führenden Glastür.

„Mir wurde schlecht – sie mußten mich wegführen, und dort hab ich mich ein bißchen ausgeschlafen – es war heut ein armseliger Markt – vielleicht wird's morgen besser.“

Einige Tage später wurde in einem Winkel neben dem Röhrenbrunnen eine neue Pistole gefunden. Niemand wußte, wie sie dorthin gekommen war, und es gingen seltsame Gerüchte um.

Erst an die vier Wochen später schlich sich Prokop der Kahle zu Pohorák, der den leeren Wagen vom Markt heimzog, und fragte ihn: „Pohorák, was habt Ihr mit den sechs Gulden gemacht?"

Pohorák hielt an. „Welche sechs Gulden?"

„Ihr wißt doch, die ich Euch gab, damit Ihr mir – ein wenig Pulver solltet Ihr mir kaufen."

„Mir sechs Gulden? – Joseflein! Joseflein! Mir scheint, Sie wollen alte Leute in Versuchung führen!" Und er hob warnend einen Finger der rechten Hand.

Zu den heurigen Allerseelen geschrieben

Ich weiß nicht, wie oft sie noch zu Allerseelen auf den Friedhof von Košíře kommen wird, heute jedenfalls hat ihr das Gehen schon Mühe gemacht, die Füße beginnen ihr den Dienst zu versagen. Dennoch begab sich alles so, wie es seit Jahren geschieht: Gegen elf Uhr schob sich ihre mächtige, schwere Gestalt aus der Droschke, der Kutscher reichte aus dem Wagen zwei Grabkränze, die in ein weißes Tuch gehüllt waren, und dann hob er ein fünfjähriges Mädchen heraus, das ebenfalls warm angezogen war. Dieses Mädchen ist während der ungefähr fünfzehn Jahre immer fünfjährig, das Fräulein Máry borgt es sich stets irgendwo in der Nachbarschaft aus.

„So, mein Kindchen! Guck mal – da gibt's aber Leut, nicht wahr? Und Lichtlein und Lämpchen und Blümchen! Geh nur, fürcht dich nicht – geh nur voraus – geh, wohin du willst, ich komme hinter dir."

Das Kind geht schüchtern voraus. Das Fräulein Máry folgt ihm, ermuntert es, ohne ihm die Richtung des Weges zu bestimmen. So gehen sie, bis das Fräulein sagt: „Warte!" Und sie nimmt das Mädchen bei der Hand und führt es zwischen den Gräbern. Sie nimmt von einem eisernen Grabkreuz einen verwelkten, von Wind und Regen zerrauften Kranz und hängt an seine Stelle einen neuen, aus weißen und schwarzen Kunstblumen geflochten. Dann umfaßt sie mit der freien Hand den Arm des Kreuzes und beginnt zu beten – niederzuknien hätte sie zu sehr angestrengt. Zunächst blickt sie auf den trockenen Rasen und den braunen Acker des Grabes, plötzlich aber hebt sie den Kopf, die großen, aufrichtigen, blauen Augen in dem breiten, freundlichen Gesicht des Fräuleins schauen ins Weite. Die Augen werden allmählich trüb, die Mundwinkel beginnen zu zucken, die betenden Lippen zittern und werden schmal, Tränen brechen hervor und fallen langsam. Das Kind schaut erstaunt empor, aber das Fräulein sieht und hört nichts. Dann, nach einer Weile, als falle ihr das schwer, besinnt sie sich, seufzt, lächelt das Kind schmerzlich an und flüstert mit rauher Stimme: „Also – geh wieder, Kindchen, geh! Geh, wohin du willst, ich bleibe hinter dir."

Und wieder geht das Fräulein dahin, dorthin, wie es dem Kind gefällt, bis sie plötzlich wieder irgendwo sagt: »Warte!« und sie tritt zu einem anderen Grab. Hier bleibt sie wie vor dem ersten Grab stehen; ich glaube, sie verweilt bei keinem auch nur eine Minute länger. Und dann legt sie auch den zweiten verwelkten Kranz in das Tuch, nimmt ihre kleine Begleiterin bei der Hand und sagt: „Dir ist schon kalt, nicht wahr? Also komm, damit du dich nicht verkühlst. Setzen wir uns wieder in die Droschke und fahren wir heim. Du fährst doch gern, nicht wahr?" Langsam gehn sie zur Droschke, das Mädchen und die Kränze werden zuerst hineingehoben, dann folgt mühsam das Fräulein. Der Wagen ächzt, das Pferd bekommt zwei, drei Peitschenhiebe, bevor es sich in Bewegung setzt. So geschieht es Jahr für Jahr.

Wäre ich noch ein naiver Novellist, würde ich hier höchstwahrscheinlich schreiben: „Ihr fragt, wessen Gräber das sind." Aber ich weiß, daß der Leser nie etwas fragt. Der Novellist muß dem Leser sein Wohlwollen geradezu aufnötigen. Das ist hier einigermaßen schwierig. Fräulein Máry ist unzugänglich, verschlossen, was ihre Erlebnisse betrifft, sie hat sich ihr Lebtag nie einem Menschen aufgedrängt, nicht einmal ihren allernächsten Nachbarn. Seit ihrer Kindheit hatte sie und hat noch eine einzige Freundin, das ehedem hübsche Fräulein Luisi, jetzt vertrocknete Witwe des Herrn Finanzoberwachtmeisters Nocarov. Heute nachmittag werden beide in der Wohnung der Frau Nocarová beisammensitzen. Es geschieht nicht oft, daß das Fräulein ihre Freundin in der Welschen Gasse besucht, sie kommt überhaupt selten aus ihrer Erdgeschoßwohnung unterm Johannisberg heraus, so gut wie niemals, außer am Sonntagmorgen zeitig früh in die Niklas-Kirche. Da sie zu korpulent ist, wurde ihr das Gehen längst mühsam. Daher wird sie von der Freundin geschont, und diese besucht sie täglich. Durch die langjährige aufrichtige Freundschaft sind sie miteinander verwachsen.

Heute aber wäre dem Fräulein Máry zu Hause allzu bange geworden. Daheim erschien ihr alles leer, und sie fühlte sich noch mehr vereinsamt, und so suchte sie bei der Freundin Zuflucht. Auch für Frau Nocarová wird daher dieser Tag zum Feiertag. Niemals röstet sie den Kaffee mit solcher Sorgfalt wie heut, nie ist sie so sehr darum bemüht, daß der Gugelhupf nicht zusammenfalle und hübsch locker sei. Ihre Unterhaltung hat heut einen gedämpften, feierlichen Ton. Sie sprechen nicht viel, und was sie reden, das klingt irgendwie einförmig und weckt doch einen tiefen Widerhall. Dann und wann fließt auch eine Träne, und man umarmt einander öfter als sonst.

Wenn sie schließlich lang genug nebeneinander auf dem Sofa gesessen sind, kommen sie auf ihren alljährlichen Gesprächsstoff.

„Ich bitt dich", sagt Frau Nocarová, „der Herrgott hat uns beiden schließlich fast das gleiche Schicksal auferlegt. Ich hatte einen guten und braven Mann, nach zwei Jahren ging er von mir fort in die Ewigkeit und ließ mir nicht einmal ein Kind zu meiner Freude zurück. Seit jener Zeit bin auch ich allein – ich weiß nicht, was schlimmer ist: die Liebe nicht zu kennen oder sie gekannt zu haben und wieder zu verlieren."

„Nun, du weißt, daß ich immer in den Willen Gottes ergeben war", sagte darauf Fräulein Máry feierlich. „Ich habe übrigens mein Schicksal vorausgewußt. Es hat mir ja geträumt. Als ich zwanzig Jahre war, träumte mir, ich sei auf einem Ball. Du weißt, daß ich zeit meines Lebens nie auf einem Ball gewesen bin. Wir schritten zur Musik und in strahlendem Licht Paar hinter Paar, der Tanzsaal war wie ein großer Bodenraum unterm Dach. Auf einmal begannen die vordersten Paare die Treppe hinunterzusteigen, ich ging als eine der letzten, mit irgendeinem Tänzer, an dessen Gesicht ich mich nicht mehr erinnere. Wir waren nur noch wenige oben, da schaue ich mich um und sehe, daß hinter uns der Tod schritt. In grünem, samtenem Mantel, mit einer weißen Feder am Hut und mit einem Degen. Ich eilte, damit auch wir beide rasch hinunterkämen, aber die andern waren alle schon verschwunden, auch mein Tänzer verschwand. Plötzlich hielt mich der Tod an der Hand fest und zog mich fort. Dann lebte ich lange, lange in einem Palast, und der Tod war sozusagen mein Mann. Er behandelte mich ungemein liebevoll, er hatte mich gern, aber mir war er zuwider. Wir hatten eine unermeßliche Pracht um uns, lauter Kristall und Gold und Samt, aber mich freute das alles nicht. Ich sehnte mich ununterbrochen in die Welt zurück, und unser Bote – eine andere Art von Tod – berichtete mir stets, was auf der Erde vorging. Meine Sehnsucht schmerzte meinen Gemahl, ich sah das, und er tat mir deswegen leid. Seit damals wußte ich, daß ich mich niemals verheiraten werde und mein Bräutigam der Tod ist. Nun, du siehst, Luisi – kommen die Träume nicht aus Gottes Hand? Trennt mich nicht ein zweifacher Tod vom übrigen Leben?“

Dann weint Frau Nocarová, wenngleich sie den Traum schon zahllose Male gehört hat, und die Tränen der Freundin tropfen in die wunde Seele des Fräuleins wie kühlender, duftender Balsam.

Wirklich, es ist seltsam genug, daß das Fräulein nie geheiratet hat. Sie war früh verwaist, auf sich selber angewiesen und Besitzerin eines hübschen zweistöckigen Hauses unterm Johannisberg. Sie war keineswegs häßlich gewesen, das ist noch heute zu sehen. Sie war von so hoher Gestalt wie nur wenige Damen, ihre blauen Augen waren wirklich schön, ihr Gesicht allerdings ein wenig breit, aber ebenmäßig und angenehm, und von frühester Jugend an war sie etwas beleibt, was ihr den Necknamen „dicke Máry“ eingetragen hatte. Wegen ihrer Beleibtheit neigte sie schon immer zu Bequemlichkeit, sie spielte auch nicht mit den anderen Kindern, und später ging sie in keine Gesellschaft; ihr einziger täglicher Ausgang war ein kurzer Spaziergang auf den Marienschanzen. Man kann aber nicht behaupten, daß jemals ein Kleinseitner darüber nachgedacht hätte, warum Fräulein Máry eigentlich nicht geheiratet hatte. Auf der Kleinseite ist die Gesellschaft von einer ganz bestimmten Eigenart, Fräulein Máry vertritt darin die Gestalt der alten Jungfer, und keinem Menschen wäre eingefallen, daß es anders sein könnte. Wenn dennoch irgendeine Frauensperson im Gespräch mit Fräulein Máry in den üblichen weiblichen Redensarten diese Frage anschneidet, antwortet das Fräulein mit ruhigem Lächeln: „Ich denk, daß ein Mensch auch in ledigem Stand Gott dienen kann – oder?" Und wenn jemand diese Frage an Frau Nocarová richtet, zuckt sie mit ihren spitzigen Schultern und sagt: „Sie wollte eben nicht. Sie hätte sich oft und gut verheiraten können, das ist die heilige Wahrheit. Ich selbst weiß von zweien – sehr, sehr brave Leute – aber sie wollte eben nicht!"

Aber ich, der Chronist der Kleinseite, weiß, daß diese beiden rechte Taugenichtse waren. Es handelt sich dabei um niemand anderen als um den Kaufmann Cibulka und den Graveur Rechner, und wo immer von den beiden gesprochen wurde, hieß es stets: „Diese Flamänder!" Ich sage nicht, daß sie etwa Verbrecher gewesen wären, das würde gerade noch fehlen. Aber es war ganz und gar nichts an ihnen, keine Ordnung, kein Verlaß, keine Vernunft. Vor Mittag begann Rechner nie zu arbeiten, und am Samstagvormittag arbeitete er schon nicht mehr. Er hätte sich ein hübsches Geld verdienen können, er war recht geschickt, wie der Taglohnschreiber Herr Hermann, ein Landsmann meiner Mutter, immer versicherte – aber die Arbeit schmeckte ihm nun einmal nicht. Und der Kaufmann Cibulka war mehr in der Weinstube unter den Lauben als in seinem Laden, schlief stets in den hellichten Tag hinein, und stellte er sich schließlich doch hinter den Ladentisch, war er verschlafen und brummig. Er soll auch Französisch gekonnt haben, aber um sein Geschäft kümmerte er sich nicht, und sein Kommis machte, was er wollte.

Sie waren fast immer beisammen, und leuchtete in der Seele des einen manchmal ein edler Funken auf, so erstickte ihn der andere sogleich. Wer sich zu ihnen setzte, fand in ihnen reizende Gesellschafter. Über das glattrasierte, in ein kantigspitzes Kinn auslaufende Gesicht des kleinen Rechner huschte ständig ein leichtes Lächeln wie Sonnenschein über ein Feld. Seine hohe Stirn, aus der das lange, kastanienbraune Haar nach hinten gekämmt war, war stets klar, und auch um die schmalen, blassen Lippen spielte ständig ein Lächeln. Sein ganzer hagerer Körper in gelblicher Kleidung – so war die Lieblingsfarbe Rechners – war dauernd in einer spielenden Bewegung, und die Schultern zuckten jeden Augenblick.

Sein Freund Cibulka hingegen, immer schwarz gekleidet, war viel ruhiger – doch das schien nur so. Er war mager wie Rechner, aber etwas größer. Sein Köpfchen endete in einer vierschrötigen Stirn. Zwischen den vorstehenden Backenknochen und den dichten, dunklen Brauen funkelten die Augen, die schwarzen Haare waren in der Mitte gescheitelt, der lange, samtweiche, schwarze Schnurrbart wucherte über dem scharfgeschnittenen Mund, und wenn Herr Cibulka lachte, leuchteten seine Zähne unter dem Bart wie Schnee. Es war etwas Wildes und zugleich Gutmütiges in Herrn Cibulkas Gesicht. Cibulka unterdrückte gewöhnlich ein Lachen, bis er nicht mehr konnte und plötzlich herausplatzte, aber sofort spielte er wieder den Ruhigen. Sie verstanden einander – ein Augenzwinkern, und sie wußten alles ohne ein Wort. Nur selten setzte sich jemand zu ihnen, ihr Witz war den biederen Nachbarn zu frech, zu heftig, sie verstanden ihn nicht, und das Gespräch der beiden erschien ihnen als ständiges Lästern. Cibulka und Rechner ihrerseits kümmerten sich nicht um die eingesessene Kleinseitner Gesellschaft. Für den Abend waren ihnen die entfernten Schenken in der Altstadt hundertmal lieber: sie schlenderten gemeinsam durch die ganze Stadt, selbst das entlegene Wirtshaus František sah sie als tägliche Gäste. Und wenn lange nach Mitternacht fröhliches Lachen durch die Kleinseitner Gassen klang, gingen da bestimmt Rechner und Cibulka erst nach Haus.

Mit Fräulein Máry waren beide ungefähr gleichaltrig. Sie waren einmal mit ihr in die Pfarrschule von Sankt Niklas gegangen, aber sie hatten sich seitdem nicht um sie und sie hatte sich nicht um die beiden gekümmert. Sie sahen sich nur in der Gasse, und dann blieb es bei einem flüchtigen Gruß.

Da bekam Fräulein Máry durch eine Botin überraschend einen Brief, sorgfältig und in Schönschrift verfaßt. Als sie ihn gelesen, sanken ihre Hände, und der Brief fiel zu Boden.

Er lautete:

„Hochgeschätztes Fräulein!

Sie wundern sich gewiß, daß ich Ihnen schreibe, gerade ich. Noch mehr aber wird Sie der Inhalt des Briefes überraschen. Ich habe nie den Mut gehabt, mich Ihnen zu nähern, aber – ohne nutzlose Abschweifungen sage ich: Ich liebe Sie! Ich liebe Sie schon längst. Ich habe mich geprüft und fühle, daß, soll ich glücklich werden, ich es nur durch Sie kann.

Fräulein Máry! Vielleicht wundern Sie sich und werden mich abweisen. Vielleicht haben verschiedene falsche Gerüchte meinen Ruf auch bei Ihnen getrübt, und Sie zucken verächtlich die Schultern. Ich kann nichts anderes tun, als Sie zu bitten, nicht übereilt zu handeln, zu überlegen, bevor Sie das entscheidende Wort sagen. Das kann ich Ihnen versichern, daß Sie einen Gatten fänden, der sich mit jedem Atemzug um Ihr Glück bemühen würde.

Ich bitte noch einmal: Prüfen Sie genau! Heute in vier Wochen erwarte ich Ihre Entscheidung, nicht eher und nicht später.

Bis dahin – Verzeihen Sie mir!

In sehnsuchtsvoller Hingabe Ihr ergebener

Wilhelm Cibulka“

Dem Fräulein Máry wurde schwindelig. Sie war schon an die Dreißig – plötzlich lag unerwartet die erste Liebeserklärung zu ihren Füßen. Bisher hatte sie nie von sich aus an Liebe gedacht, niemand hatte bisher mit ihr von Liebe gesprochen.

Durch ihren Kopf zuckten feuerrote Blitze, die Schläfen pochten, sie atmete schwer. Sie war nicht in der Lage, einen klaren Gedanken zu fassen – dieser finster dreinblickende Cibulka!

Endlich hob sie den Brief wieder auf und las ihn zitternd noch einmal. – Wie schön war er geschrieben! – Wie zärtlich! –

Sie wußte sich nicht anders zu helfen, als mit dem Brief zu ihrer Freundin, der damals schon verwitweten Nocarová, zu gehen. Schweigend reichte sie ihr das Blatt.

„Da schau an!“ sagte Frau Nocarová schließlich. Ihr Gesicht war nichts als Erstaunen. „Und was willst du tun?“

„Ich weiß nicht, Luisi.“

„Du hast genug Zeit, dir die Sache zu überlegen. – Es ist immerhin möglich – verzeih! – aber du weißt, wie die Männer sind, und daß so mancher nur hinterm Geld her ist – aber – warum könnte er dich nicht wirklich gern haben? Weißt du was? Ich werde mich über ihn erkundigen.“

Fräulein Máry schwieg.

„Hör, dieser Cibulka ist ein hübscher Mensch, er hat Augen wie Kohlen, einen schwarzen Schnurrbart und Zähne – ich sage dir, Zähne wie Zucker. Eigentlich ist er sehr hübsch!“ Und Frau Nocarová neigte sich zu der schweigenden Freundin und umarmte sie zärtlich.

Fräulein Máry wurde purpurrot.

Genau eine Woche später fand Fräulein Máry, als sie aus der Kirche heimkam, wieder einen Brief vor. Sie las mit wachsendem Erstaunen:

„Wertes Fräulein!

Verargen Sie mir nicht, daß ich die Kühnheit habe, Ihnen zu schreiben. Es handelt sich darum, daß ich zu heiraten beabsichtige und daß ich für meinen Haushalt eine ordentliche Hausfrau benötige, aber ich habe keinerlei Bekanntschaft, denn meine Arbeit läßt mir keine Zeit für Unterhaltungen, und ich mag mich umschauen, so sehr ich will, ununterbrochen wird mir mehr und mehr klar, daß Sie gewiß eine gute Frau für mich wären. Verübeln Sie mir das nicht, aber ich bin ein guter Mensch, und Sie würden mit mir keine schlechte Wahl treffen, ich habe mein Auskommen und kann arbeiten, und mit Gottes Hilfe würde uns nichts fehlen. Ich bin einunddreißig Jahre alt. Sie kennen mich und ich kenne Sie, ich weiß, daß Sie vermögend sind, aber das schadet nichts, es ist gut so. Das muß ich noch sagen, daß sich mein Haushalt nicht länger ohne Frau behelfen und ich nicht lange warten kann, daher bitte ich, mir längstens innerhalb von vierzehn Tagen Ihre liebenswürdige Nachricht zukommen zu lassen, sonst müßte ich mich anderswo umsehen. Ich bin kein Schwärmer, ich kann keine hübschen Worte machen, aber ich kann jemanden gern haben und bin für vierzehn Tage ergeben und hochachtungsvoll

Ihr Jan Rechner, Graveur“

„Er schreibt einfach wie ein aufrichtiger Mensch“, sagte am Nachmittag Frau Nocarová. „Du kannst also wählen, siehst du, Mariechen – was wirst du tun?“

„Was ich tun werde?“ fragte Fräulein Máry wie im Traum zurück.

„Hast du einen lieber? – Sag aufrichtig – gefällt dir überhaupt einer von beiden? – Welcher?“

„Wilhelm“, flüsterte das Fräulein errötend.

Also war Cibulka schon Wilhelm – Rechner war verloren.

Es war abgemacht, daß Frau Nocarová als die Erfahrenere einen Brief an Rechner entwarf, den Fräulein Máry nur abzuschreiben brauchte.

Aber nach kaum einer Woche kam Fräulein Máry mit einem neuen Brief in der Hand zu ihrer Freundin. Ihr Gesicht leuchtete vor Zufriedenheit. Der Brief lautete:

„Geehrtes Fräulein!

Verübeln Sie mir nicht, es ist auch so gut, und ich kann nichts dafür. Wenn ich früher gewußt hätte, daß sich mein lieber Freund Cibulka um Ihre Hand bewirbt, hätte ich kein Wort gesagt, und ich trete freiwillig zurück, weil er Sie liebt, aber ich bitte, mich nicht auszulachen, das wäre nicht hübsch von Ihnen, und ich kann mein Glück noch anderswo machen. Schade ist es trotzdem, aber es schadet nichts, und vergessen Sie, daß ich ergeben und hochachtungsvoll bin Ihr

Jan Rechner, Graveur“

„Jetzt bist du aus der Verlegenheit heraus“, meinte Frau Nocarová.

„Gott sei Dank!“ – Und Fräulein Máry blieb allein, aber die Einsamkeit war ihr heut süß. Ihre Gedanken spannen in die Zukunft und waren so verlockend, daß sie jeden immer wieder von neuem begann. Dadurch nahm jeder Gedanke allmählich mehr und mehr Gestalt an, und sie wurden zu einem festen Ganzen – zum Bild eines erfüllten, schönen Lebens.

Am nächsten Tag traf Frau Nocarová Fräulein Máry krank an. Sie lag auf dem Sofa, war bleich, ihre Augen waren trüb und vom Weinen gerötet.

Die Freundin erschrak darüber so sehr, daß sie kaum eine Frage herausbrachte. Fräulein Máry brach von neuem in Weinen aus, dann zeigte sie schweigend auf den Tisch. Dort lag schon wieder ein Brief.

Frau Nocarová schwante Schreckliches. Der Brief war tatsächlich schwerwiegend:

„Hochgeehrtes Fräulein!

Ich soll also nicht glücklich werden! – Der Traum entfloh, ich presse die Hand gegen die Stirn, in meinem Kopfe dreht sich alles vor Schmerz.

Aber nein – ich will nicht den Weg schreiten, der mit den vernichteten Hoffnungen meines besten, meines einzigen Freundes gepflastert ist! Armer Freund, so elend wie ich!

Sie haben sich zwar noch nicht entschieden – aber welche Entscheidung ist da überhaupt möglich? Ich kann nicht glücklich leben, wenn ich meinen Hans verzweifelt weiß. Und wenn Sie mir tatsächlich den Kelch irdischer Wonne reichen wollten, ich kann ihn nicht annehmen.

Ich bin entschlossen zu verzichten.

Ich bitte nur um eines: Gedenken Sie meiner wenigstens nicht mit Spott.

Ihr ergebener

Vilém Cibulka“

„Komisch“, sagte Frau Nocarová laut auflachend.

Fragend und erstaunt blickte Fräulein Máry sie an.

„Nun ja“, sagte Frau Nocarová nachdenklich, „es sind anständige Kerle – beide, das ist klar. Aber du kennst die Männer nicht, Máry! Eine solche Anständigkeit hält nicht an, plötzlich wirft so ein Mannsbild alle Rücksichtnahme ab und denkt doch wieder nur an sich selber. Laß sie nur, Máry, sie werden sich schon noch entschließen! Dieser Rechner scheint sehr praktisch zu sein, aber Cibulka – der, das ist doch zu sehen, liebt dich heiß. Cibulka kommt ganz gewiß!“

Der Blick des Fräulein Máry wurde auf einmal verträumt. Sie glaubte der Freundin, und die Freundin schwor auf ihre eigenen Worte. Beide waren ehrliche, gute Seelen, nicht der geringste Zweifel kam ihnen. Sie wären vor dem Gedanken, es könne sich mit alledem nur um einen geschmacklosen, ungezogenen Scherz handeln, erstarrt.

„Wart nur – er kommt noch – er entscheidet sich bestimmt!“ versicherte Frau Nocarová ihrer Freundin noch im Weggehen.

Und das Fräulein Máry wartete, und ihre früheren Gedanken spannen sich von neuem weiter. Gewiß, sie hatten nicht mehr ganz dieselbe besiegende Kraft wie vordem, aber sie waren von einem elegischen Atem durchweht, dem Fräulein wurden sie, wenngleich sie traurig waren, gerade deswegen um so teuerer.

Fräulein Máry wartete, und Monat um Monat ging dahin. Manchmal, wenn sie ihren gewohnten Spaziergang auf den Marienschanzen machte, begegnete sie den beiden Freunden, sie waren auch jetzt immer beieinander. Es ist möglich, daß sie, als ihr die beiden noch gleichgültig gewesen waren, diese Begegnung nicht beachtet hatte, nun aber kam ihr vor, daß sie ihnen auffallend oft begegnete. „Sie steigen dir nach – das siehst du doch!“ belehrte sie Frau Nocarová. Anfangs schlug Fräulein Máry immer die Augen nieder, wenn sie ihnen begegnete. Dann faßte sie sich ein Herz und schaute sie an. Sie machten einen Bogen um sie, jeder grüßte überaus hochachtungsvoll und schaute dann traurig zu Boden. Bemerkten sie je die einfältige Frage aus den Augen des Fräuleins? Ich weiß, sie bemerkte nicht, daß die beiden ein Lachen verbissen.

Ein Jahr verfloß. Frau Nocarová brachte inzwischen seltsame Nachrichten, die sie dem Fräulein nur schüchtern mitteilte. Die beiden seien heruntergekommen und verwahrlost. Daß sie nicht anders als „Flamänder“ genannt werden. Daß sie ein übles Ende nehmen würden. Das meinten alle.

Jede dieser Nachrichten brach Fräulein Máry das Herz. War nicht auch sie daran schuld? Die Freundin wußte keinen

Rat. Die weibliche Scham hielt das Fräulein zurück, von sich aus einen entscheidenden Schritt zu tun, aber ihr war zumute, ein Verbrechen begangen zu haben.

Ein zweites qualvolles Jahr verging, und Rechner wurde begraben. Er war an Schwindsucht gestorben. Fräulein Máry war niedergeschmettert. Sollte diesen praktischen Rechner, wie Frau Nocarová immer behauptet hatte, der Gram verzehrt haben?

Frau Nocarová seufzte und sagte: „Das ist also die Entscheidung! – Jetzt wird Cibulka noch eine Zeitlang zögern, dann kommt er", und sie küßte das bebende Fräulein auf die Stirn.

Cibulka schob es nicht lange hinaus. Nach vier Monaten war auch er auf dem Friedhof von Košíře. Eine Lungenentzündung hatte ihn dahingerafft.

Nun liegen die beiden schon über sechzehn Jahre dort.

Um keinen Preis der Welt würde Fräulein Máry selbst entscheiden, an welches der beiden Gräber sie zuerst treten soll. Ein unschuldiges fünfjähriges Mädchen muß das tun; wohin das Kind sich wendet, dorthin legt das Fräulein den ersten Kranz.

Außer den Gräbern Cibulkas und Rechners kaufte Fräulein Máry ein drittes Grab für ewige Zeiten. Die Leute meinen, das Fräulein habe die fixe Idee, die Gräber von solchen Toten anzukaufen, die sie nichts angehen. In diesem dritten Grab ruht Frau Magdalena Töpfer – nun ja, die war eine kluge Frau, viel ist über sie nicht zu berichten. Als beim Begräbnis von Herrn Welsch Frau Töpfer beobachtet hatte, daß die Wachszieherin Frau Hirt über das Nachbargrab stieg, hatte sie vorausgesagt, daß die Wachszieherin ein totes Kind zur Welt bringen werde. So kam es. Als Frau Töpfer einmal zu ihrer Nachbarin, der Handschuhmacherin, kam und sah, daß diese Möhren schabte, sagte sie ihr gleich, daß ihr Kind Sommersprossen haben werde. Und die Marina der Handschuhmacherin hat ziegelrotes Haar und erregt durch ihre Sommersprossen geradezu Schrecken. Eine weise Frau, aber –

Doch, wie gesagt, dem Fräulein lag an dieser Frau Töpfer

ganz und gar nichts. Aber deren Grab liegt etwa in der Mitte zwischen den Gräbern Cibulkas und Rechners. Ich würde den Scharfsinn des Lesers in Frage stellen, wollte ich meine Vermutung äußern, warum Fräulein Máry dieses Grab angekauft hat, wo sie ihre letzte Ruhe finden wird.

Figuren

Idyllische Fragmente aus den Memoiren
eines Advokaturkonzipienten

Gestern wurde ich dreißig Jahre. Ich fühle, daß ich ein anderer Mensch geworden bin. Erst seit gestern bin ich ein ganzer Mann, das Blut strömt in ernstem Takt, jeder Nerv ist stählern, jeder Gedanke wahrhaftig – es ist wunderbar, wie man über Nacht, ja in einem Augenblick zum Manne reift, und welche Kraft das Bewußtsein gibt: jetzt bist du dreißig! Wahrlich, so gefalle ich mir, denn ich fühle, daß ich Ersprießliches leisten kann und leisten werde. Auf alles blicke ich mit gelassener Ruhe. Jetzt – ja, jetzt werde ich wieder mit Lust mein Tagebuch führen, um mich porträtiert zu sehen, so, wie ich aussehe. Ich weiß, daß ich nach Jahren diese Seiten meines Tagebuchs mit Stolz lesen werde. Und jeder, der sie nach meinem Tode lesen wird, wird ausrufen: Sieh, welch ein Mann!

Ich bin mit einem Schlag ein so völlig anderer Mensch, daß das Vorgestern mir schon als graue Vergangenheit erscheint. Diese Vergangenheit kann ich nicht einmal mehr begreifen. Ich hatte zwar täglich meine Aufzeichnungen gemacht, aber jetzt lese ich meine festgehaltenen Gedanken, ohne sie verstehen zu können. Ich schüttle den Kopf: Warum schrieb ich das? – „Wozu Ideale? Warum streben wir nach Höherem?“ – „Erkaltende Sonne – Eismeere.“ – „Mir ist so traurig, nicht zum Sterben, sondern zum Selbstmord.“ – „Das dunkle Gewölk eines drohenden großen Unheils oder das Gefühl, daß die Welt einstürzt.“ – „Möglich, daß ich mich irrte.“ – „Vor und nach der Aufgabe des Lebens: kein frohes Gefühl, eine traurige Frage.“ – Schauderhafte Dummheiten! Krankes Gefühl. Das beweist, daß ich kein klares Ziel und keinen starken

Willen hatte, daß ich dem Trott des banalen Lebens und einschläfernden Gewohnheiten verfallen war. Wie hoch stehe ich plötzlich jetzt!

Zunächst: ich bringe die Advokaturprüfung hinter mich; staunenerregend rasch werde ich das schaffen. Zweitens: ich widme mich voll und ganz diesem Studium. Die Kanzlei betrete ich nicht eher, als ich die Prüfung bestanden habe; mein Chef wird mich nicht aus der Kanzlistenliste streichen, ich würde dadurch einen Teil meiner vorgeschriebenen siebenjährigen Praxis verlieren. Drittens: ich beschränke mich völlig auf meine Wohnung, ein Gasthaus betrete ich nicht, nicht einmal am Abend, es ist sündhaft, wieviel Geld ich beim täglichen Kartenspiel verloren habe. Nicht einmal sonntags will ich auf den Graben spazierengehen, auch nicht ins Theater, überhaupt nirgendwohin, mag sich Fräulein Franziska den Hals verdrehen! Sie hat bei den Loukotas gesagt, ich sähe verwahrlost aus – wart nur!

Ein ausgezeichneter Gedanke! Ich könnte mich dafür selbst umarmen! Jawohl, ich übersiedle auf die Kleinseite. Auf diese poetische, stille Kleinseite, zu ruhigen, lieben Nachbarn, in den Winkel einer abseitigen Gasse. Fürwahr, für meinen jetzigen gehobenen Seelenzustand ist eine poetische Umgebung äußerst wichtig. Das wird eine Lust! Ein stilles Haus, eine luftige Wohnung, die Aussicht auf den schwermütigen Laurenziberg, der Blick in das stille Hausgärtchen – ein Gärtchen muß bei dem Haus sein – Arbeit und Friede! Ich fühle schon, wie sich meine Brust weitet.

Frisch gewagt – der heilige Georg steht vor der Tür! –

Wenn ich mich nicht täusche, gibt es auf dem Laurenziberg Nachtigallen.

Ich habe Glück. Eine Wohnung, wie ich sie mir nicht besser wünschen könnte, in der stillen Aujezder Gasse. Dorthin verkrieche ich mich wie ein Kind in seinen geheimnisvollen Winkel, niemand erfährt etwas von mir, niemand!

Schon das Äußere des zweistöckigen Häuschens gefällt mir. Nur werde ich kein selbständiger Mieter, sondern nur ein Untermieter sein – aber was macht das aus! Meine zukünftige

Kleinseitner Ring mit Radetzky-Denkmal (1918 abgerissen)

„Frau" ist Kondukteurin, die Gattin eines Kondukteurs – er ist bei der Eisenbahn beschäftigt –, ich habe ihn noch nicht gesehen, er scheint immer im Dienst zu sein. Sie haben im ersten Stock eine für sie viel zu große Wohnung. Ein großes Zimmer in die Gasse, dann die Küche, dann zwei kleine Zimmer im hinteren Flügel, die habe ich gemietet. Drei Fenster gehen in den nach unten abfallenden Hof, eins, aus der Hinterstube, ins Gärtchen und auf den Laurenziberg. Ein hübsches Gärtchen – die Kondukteurin sagte, daß jeder Mieter es benützen dürfe; nun, ich werde es nicht tun, ich werde studieren. Aber angenehm ist mir dieses Gärtchen doch. Da das Haus unmittelbar am Fuß des Laurenziberges steht, fällt der Hof ab, und das Gärtchen befindet sich ungefähr auf der Höhe des ersten Stockwerks, so daß mein Fenster im Erdgeschoß zu sein scheint. Als ich ans Fenster trat, hörte ich vom Laurenziberg herüber Lerchen singen. Herrlich! Ich fragte, ob es dort auch Nachtigallen gebe. Es gibt sie!

Die Kondukteurin ist jung, ein etwa zweiundzwanzigjähriges Frauchen. Sie ist hübsch, so gesund hübsch. Das Gesicht ist zwar nicht von klassischer Regelmäßigkeit, das Kinn ist etwas breit, aber ihre Wangen sind wie rosenroter Samt, und die etwas vorstehenden Augen sind kornblumenblau. Sie hat ein Kind – ein sieben Monate altes Mädchen, Kačenka – von diesen Leuten erfährt man sogleich die ganze Biographie. Kačenka sieht komisch aus. Der Kopf gleicht einer Kugel, Glotzaugen, nach der Mutter, wie auf einem Stiel, sie schauen unendlich blöd. Sieht man Kačenka freundlich an, beginnt die Kugel zu lachen, und die stumpfsinnigen Augen sind auf einmal voll Funken und bekommen einen angenehmen Ausdruck wie – (ich ergänze später, augenblicklich fällt mir die richtige Bezeichnung nicht ein). Ich streichelte Kačenka die Wangen und sagte: „Das ist ein hübsches Kind, wirklich." Es ist immer gut, die Gunst der Mutter zu gewinnen, indem man ihr Kind lobt. „Und ruhig ist sie, sie weint so gut wie nie", lobte die Mutter. Das ist mir wegen des Studiums sehr angenehm.

Als ich sagte, daß ich Doktor der Rechte bin, war die Kondukteurin sichtbar beglückt. Und als ich sagte, daß ich

Krumlovský heiße, rief sie aus: „Ei ei, ist das ein hübscher Name!“ Das einfache Volk sagt das alles so aufrichtig heraus. Wir vereinbarten Miete, Bedienung und Frühstück, die Kondukteurin wäscht mir die Wäsche, bedient mich und kocht das Frühstück. Rechts unten neben dem Eingang ist ein Gasthaus, sauber, wie ich sah, von dort will ich mir das Mittag- und Abendessen holen. „Wenn mein Mann zu Hause ist, holen wir auch das Essen von dort; sie haben Hausmannskost.“ Ausgezeichnet, ich liebe Hausmannskost. Ich bin nicht aus auf gewürzte Restaurationsküche, mir sind Sterz, Hirseauflauf und Butternudeln hundertmal lieber als alle Karbonaden. Und links unten neben dem Eingang hat ein Schuster seinen Laden, und gerade über mir, im zweiten Stock, wohnt ein Schneider – was will ich mehr? Ich muß erwähnen, daß ein Stückchen weiter das Haus steht, in welchem der Dichter Mácha geboren wurde. Aber ich achte geschriebene Poesie für nichts, mir ist Poesie, die das Leben selber dichtet, hundertmal lieber, und darum erwähne ich das von Mácha nur nebenbei. Ich selbst habe niemals Gedichte geschrieben – doch – als Studentlein hatte ich auch damit angefangen. Möglich, daß ich Talent hatte. Zumindest erinnere ich mich an ein ganz hübsches Gedicht von mir, eine Ballade mit meisterhafter Alliteration:

Am Hang
hört man zum Heulen des Hundes
des Herren Pfiff.

Alles lachte mich aus, als ich in der Schule die Ballade vorgelesen hatte. Ich wehrte mich und wies auf die Alliteration hin. Da lachten sie noch mehr, und von dieser Zeit an sagten sie stets: „Hörthanghundeheulenherrenpfiff.“ Diese Esel! –

Während ich noch mit der Kondukteurin verhandelte, trat in die offene Küchentür ein etwa vierzigjähriger Mann mit der Pfeife im Mund. Irgendein Nachbar, häuslich angezogen. Er blieb stehen, lehnte sich gegen den Türpfosten und paffte.

„Das ist der Herr Doktor Krumlovský“, sagte die Kondukteurin mit besonderer Betonung des Wortes Doktor.

Der Mann paffte. „Das freut mich, auf gute Nachbarschaft, Herr Doktor!" Und der Mann gab mir seine fleischige, weiche Hand. Ich schüttelte sie, der Mensch muß verstehen, mit Nachbarn umzugehen, es sind ohnedies so brave Leute! Der Mann war untersetzt, hatte ein gerötetes Gesicht und wasserblaue Augen, als ob sie in Tränen schwämmen. Wieder so ehrliche Augen! Aber die Aufrichtigkeit wäßriger Augen kann auch vom Trinken kommen – ich bin Menschenkenner. Seine Oberlippe ist dick – alle Trinker haben eine dicke Oberlippe.

„Spielen Sie Sechsundzwanzig?"

Gern hätte ich gesagt, daß ich studieren muß und jetzt gar nichts spiele, aber – warum von allem Anfang an die gute Nachbarschaft verderben? „Welcher Tscheche spielt nicht Sechsundzwanzig?" sagte ich mit höflichem Lächeln.

„Das ist gut, da machen wir gleich einen Tag aus." (Ein fertiger Germanismus: „Einen Tag ausmachen." Unsere tschechische Sprache verdirbt in den Städten ganz und gar! Ich werde mich bei den Unterhaltungen unauffällig bemühen, ihnen die Fehler zu verbessern.) „Wir Künstler lieben gelehrte Menschen. Man kann von ihnen allerlei lernen."

Die können von mir etwas auffangen! Ich fühle, daß jetzt wieder ich etwas Schmeichelhaftes sagen muß. Wer aber ist dieser Mann eigentlich? Ein Künstler – wäßrige Augen, gerötetes Gesicht, eine fleischige Hand – ich vermute, daß er an den Fingerspitzen Schwielen hat, ich kann es zwar nicht sehen, aber er muß Schwielen an den Fingerspitzen haben – er spielt Baßgeige – ich bin Menschenkenner. – „Nun, Sie als Musiker haben gewiß niemals Langeweile", sage ich.

„Frau Kondukteurin, haben Sie gehört?" kicherte der Mann, daß seine Schultern am Türpfosten herauf und herunter hüpften, als ob sich ein Nashorn an einem Pfahl riebe. „Ich so ein verrückter Musikant wie der –!" Er zeigte mit dem Daumen über die Schulter auf die mittlere Tür des Flures, und sein Lachen wurde zu einem lauten, rasselnden Husten.

„Herr Augusta ist Maler", erklärte die Kondukteurin.

Jetzt lief von hinten aus dem Gang ein etwa achtjähriger Junge herein, den wohl das Lachen und Husten aus der

Wohnung gelockt hatte. Er schmiegte sich an den Maler und schaute mich an.

„Ist das Ihr Sohn, Herr Augusta?" fragte ich verlegen.

„Mein Pepík, ja. Ich wohne dort im ersten Hofflügel, wie Sie hier im linken, wir werden einander direkt in die Fenster schauen."

„Wer ist das?" fragte Pepík und zeigte mit dem Finger auf mich. Ich liebe die einfache, unbefangene Sprache der Kinder.

„Das ist der Herr Doktor Krumlovský, du Lausbub!"

„Und der bleibt jetzt hier?"

„Hör, Pepík, magst du einen Kreuzer?" fragte ich und streichelte dem Jungen über die Locken.

Er streckte schweigend die Hand aus.

Ich glaube, ich habe auf alle einen guten Eindruck gemacht.

War das ein harter Tag! Umzug, Ordnen, Einräumen – mir drehte sich der Kopf. Ich bin noch nicht oft übersiedelt, ich tue es nicht gern. Es soll allerdings Menschen geben, die eine Vorliebe dafür haben – eine besondere Krankheit, es müssen Menschen mit einem labilen Charakter sein. Wenn man die alte, leergewordene Wohnung aufgibt, überfällt uns eine gewisse bedauernde Bangigkeit, als verlasse man den bergenden Hafen und begebe sich auf schwankende Wogen. Die neue Wohnung blickt uns fremd an, sie weiß uns nichts zu sagen, sie wirkt kalt. Mir war wie einem Kind zumute, das sich in dem ungewohnten Raum an Mutters Kittel klammern und ausrufen möchte: „Ich fürcht mich!" Aber morgen werde ich beim Aufstehn gewiß schon sagen: „Gut schläft es sich hier." – Wie spät ist es schon? Halb elf. Im Haus ist es totenstill wie in einem Brunnen. Das ist ein gutes Bild: Wie in einem Brunnen, viel besser als: Wie in der Kirche, wenigstens nicht so abgenützt.

Über die Kondukteurin mußte ich viel lachen. Über alles hat sie gestaunt, alles mußte sie in die Hände nehmen und genau ansehen; eine solche naive Neugierde verletzt nicht. Sie hat fleißig geholfen, hat sofort mein Bett aufgestellt und zum Schlafen hergerichtet, am meisten bewunderte sie den großen Strohsack und die Kopfkissen, die mit Rehleder überzogen sind. Als alles fertig war, konnte sie es sich nicht versagen, sich aufs Bett zu legen, um zu prüfen, wie es sich darauf liege; im Bett lachte sie vor lauter Freude wie ein Eichhörnchen – das heißt, wenn Eichhörnchen überhaupt lachen. Dann legte sie Kačenka hinein und lachte wieder. Sie hat ein besonderes Lachen, es klingt wie das Läuten einer kleinen Glocke. Und als sie auf dem Boden vor dem Bett den ausgestopften, mit rotem Tuch eingesäumten Fuchs ausbreitete, freute sie sich wieder, weil sich Kačenka vor dem Fuchskopf mit den Glasaugen fürchtete. „Ich werde ihr damit Angst machen, wenn sie nicht brav ist!" Diese Menschen macht doch schon eine Kleinigkeit vergnügt.

Aber dann hätte ich mich fast geärgert. Als ich mit der zweiten Möbelfuhre kam, sah ich durch die offene Tür in der zweiten Stube Pepík auf dem Stuhl neben dem Aquarium sitzen, im Schoß einen gefangenen Goldfisch. Ich sprang rasch hinzu. „Jesus Maria!" hörte ich hinter mir eine unbekannte Frauenstimme, und als ich mich umschaute, lief irgendein Weibsbild aus der Tür. Die Kondukteurin stand neben dem Bett und lachte, daß sie sich die Hüften halten mußte. „Das war die Frau des Malers. Sie hat sich ins Bett gelegt, um zu sehen, wie es sich darin liegt." Ich glaube, die Kondukteurin führt nach und nach das ganze Haus herein, um im Bett zu liegen – worauf schlafen denn die Leute hier? Aber der Pepík darf mir ohne Aufsicht nicht in die Wohnung, er könnte mir noch einmal das Aquarium herunterreißen. Übrigens ein hübscher Junge – Locken wie Flachs und Augen wie Schlehen – diese Augen hat er nicht vom Vater, wohl von der Mutter.

Ich lauschte immerzu, ob nicht eine Nachtigall singt. Ich höre nichts, es mag ihr noch zu kalt sein. Ein schönes Frühjahr, wir haben schon sechs Wochen Frühling und gehen noch immer in Wintermänteln! Vielleicht wird die Kälte auf den Sommer zu immer größer, und die Menschen werden Sommerpelze tragen – haha, ein guter Einfall: Sommerpelze.

Aber der Nachtigall schadet doch ein wenig Kälte nicht? Ich lausche umsonst – kein Schlag! – Schritte! – Schwere Männerschritte, die durch den Gang näher kommen. Knarren einer Tür – das ist die Tür unserer Küche – eine Frauenstimme, eine Männerstimme – höchstwahrscheinlich ist der Kondukteur vom Dienst heimgekommen. Schnell lösche ich das Licht und lege mich nieder, schließlich würde sie ihn überreden, mein Bett auszuprobieren. Und wenn ein Kondukteur vom Dienst kommt, ist er schmutzig.

Bürgerliches Gesetzbuch. Wechselrecht. Handelsrecht. Prozeßordnung. Summarisches Patent. Patent zu der Verordnung über Besitzstörung. Patent zur Verordnung über Mietstreitsachen. Bergrecht. Wasserrecht. Strafrecht. Strafprozeßordnung. Gesetz über das adelige Richteramt. Gemeindeordnung. Notariatsordnung. Gewerbeordnung. Vereinsgesetz. Jagdrecht. Gebührenordnung.

So! Jeden Morgen schaue ich dieses Verzeichnis durch, um festzustellen, wieviel mir noch fehlt, und um im Fleiß nicht nachzulassen. Jedoch der Fleiß hält an, ich bin jetzt ein ganz anderer Mensch. Wann immer und welchen Vorsatz immer ich habe, den schreibe ich auf und werde ihn jeden Tag lesen, jeden Tag! Der Mensch vergißt unwillkürlich.

Gutes Frühstück. Kaffee ohne Zichorie, resche Hörnchen. Die Kondukteurin in weißem Morgenröckchen. Sie strahlt, man sieht ihr an, daß sie glücklich verheiratet ist. „Ein guter Kaffee, ausgezeichnet!" lobe ich, um sie mir ganz geneigt zu machen. – „Das freut mich aber, Herr Doktor, wenn's Ihnen nur geschmeckt hat. – Brauchen Sie sonst noch etwas?" – Jetzt erinnere ich mich an den Kondukteur. „Ist Ihr Herr Gemahl zu Haus? Ich muß mich rasch mit ihm bekannt machen." – „Er ist mit dem Rapport zum Bahnhof gegangen und kommt erst zum Mittagessen zurück." Wieder lacht sie, sie lacht immerzu. „Ich könnt jetzt aufbetten und ein wenig aufräumen, Kačenka habe ich eben gebadet, jetzt schläft sie. Wenn es den Herrn Doktor stören sollte, könnten Herr Doktor inzwischen ins andere Zimmer gehn."

Ich gehe ins andere Zimmer und schaue durch das Fenster in den Hof. In den Fenstern beider gegenüberliegender Stockwerke Blumen. Selbstverständlich die bei uns üblichen Blumen. Es ließe sich eine eigene böhmische Fensterflora zusammenstellen. Das wohlriechende Basilienkraut mit den großen, saftigen Blättern: aber wenn man sie ein wenig reibt, welken sie – „Geliebtes Mädchen". Balsamine, geruchlos, aber mit verschiedenerlei Blüten; jeder zieht sie jährlich aus dem Samen des Vorjahrs. Die widerliche Pelargonie mit den traurigen ledernen Blättern und schreiend roten Blüten. Das Rosenkraut mit den ausgezackten Blättern, die nicht empfindlich sind. Natürlich Muskat und Rosmarin. Rosmarin – die Hochzeitsblume, die Begräbnisblume. Duft: die Liebe; immergrün: die Treue. Rosmarin soll das Gedächtnis stärken, ich muß mir einige Stöcke kaufen. Rosmarin lassen sie auf dem Wasser schwimmen:

Sträußlein schwimmt im Bächlein klar,
Vielleicht fängst du's, Jan, in einem Jahr –

doch nein! Ich fang es lieber nicht. Das wär was, so bald heiraten!

Das Gärtchen ist schon hübsch in Ordnung. Viele Lauben stehen darin, wohl für jede Familie des Hauses eine. Um die Lauben werden gewiß Malven ranken, damit Pepík die Früchte, die wie kleine Käse aussehen, pflücken kann. Und auf den Beeten wächst gewiß Dillkraut für die Soß zu den Knödeln.

„Fertig, Herr Doktor!" lacht die Kondukteurin in die Tür herein. Die Fenster im ersten Zimmer hat sie sperrangelweit geöffnet. Ich muß sie wieder schließen, aber erst, bis sie wieder draußen ist. „Brauchen Sie noch etwas?" Ein wahres Muster von Dienstbarkeit, ich muß wenigstens freundlich mit ihr plaudern. Von den Malerleuten klingt das Schreien eines kleinen Kindes herüber und ein schriller Frauensopran.

„Haben sie dort nicht einen Säugling?" – „Einen Jährling, aber er heult den ganzen Tag." (Die Fenster in den Hof werde ich nur selten öffnen.) „Und die Malerin schreit auch ununterbrochen. Die hat die Scharniere an ihrem Brotschrank gut geschmiert." (Die Fenster in den Hof werden nie geöffnet, das Fenster in den Garten darf den ganzen Tag über offen bleiben.)

Ich bemerke, daß sich die Kondukteurin nicht gerade salonfähig ausdrückt – nun, eine einfache Frau. Es scheint allerdings, daß besondere Kleinseitner Redewendungen existieren, ich werde sie schriftlich festhalten, zum Beispiel gleich die von den Scharnieren. Sie bemerkt, daß ich etwas notiere, und fragt: „Ich stör doch Herrn Doktor nicht, Herr Doktor müssen vielleicht arbeiten?" – „Ach nein, nur so", sage ich. „Wer wohnt denn über dem Maler?" – „Irgendein Sonderling, ein alter Junggeselle. Provazník heißt er, ich weiß gar nicht, was er war. Er tut den ganzen Tag rein gar nichts, geht nicht aus dem Haus, glotzt nur wie ein Uhu aus dem Fenster und beobachtet mit giftigen Augen, was die Nachbarn tun. Wenn er wenigstens eine Katze über den Rücken streichelte." Sie lacht. (Ich notiere: Eine Katze über den Rücken streicheln.) „Im ersten Stock wohnt der Hausherr mit seinem Fräulein Tochter, und im zweiten Stock gegen die Gasse wohnen Herr und Frau Vejrostek, eine Beamtenfamilie. Sie müssen erst kurz verheiratet sein, sie haben noch ganz frische Ringe. – Aber ich schwätz hier, inzwischen ist vielleicht meine Kačenka schon aufgewacht." Gelächter, und schon ist sie draußen.

Jetzt weiß ich alles. Schnell das Fenster schließen und studieren!

Neun Uhr. Es ist Dienstag, ein guter Tag, mit dem Studium zu beginnen!

Ich fange wie jeder mit dem Bürgerlichen Gesetzbuch an. Ich glaube, daß es gut geh – . . .

„Aber ich hab noch gar nicht gefragt, wie Herr Doktor die erste Nacht geschlafen haben", klingt es fröhlich wieder von der Tür. „Guck, Kačenko, der Herr Doktor! Wünsch ihm einen guten Morgen – mach einen Knicks (sie hilft nach) – so! Dutz! Dutz! (Sie tut so, als wolle sie mir Kačenka zuwerfen.) Gut hat er geschlafen, das läßt sich denken, in so einem Bett! (Schon ist sie dort.) Guck, Kačenko, da läßt sich heia machen! (Und schon liegt das Kind wieder in meinem Bett.) Was, du Balg, da spielst du ein gnädiges Fräulein, was? Ist das aber auch ein Bett!" (Da liegt sie auch schon halb bei Kačenka.)

Ein hübsches Frauchen, ein reizendes, aber –! Ich starre ins Gesetzbuch.

„Komm, Kačenka, der Herr Doktor hat zu tun, wir dürfen ihn nicht stören." Und schon ist sie lachend draußen.

Unglaublich naiv!

Nein! Jeden Paragraphen genau lesen und gründlich durchdenken! Die einführende Präambel lassen wir beiseite. Einleitung. Von den Gesetzen –

Eine Katze! Eine weiße Katze! Sie steht an der Tür und miaut. Ich habe sie bisher noch nie gesehen – ist das unsere Katze? – Wie macht man schnell bei einer Katze? Aha: Tschitschi! Wenn ich aber tschitschi mache, wird sie vielleicht noch lauter miauen!

Nein, wenn sie hier ist, kann ich nicht weiterstudieren. Ich mag Katzen nicht, sie sind böse, falsch und fangen Mäuse. Auch kratzen und beißen sie. Und wenn man schläft, legen sie sich einem auf den Hals, und man kann ersticken. Vorsatz: Jede Nacht vor dem Niederlegen tschitschi machen! Sie sollen auch gern tollwütig werden – das wär mir so etwas! Ich muß die Kondukteurin – vielleicht ist sie ihr Liebling – schonend fragen, ob nicht an etwas zu erkennen ist, daß sie ein wenig tollwütig ist.

Schon wieder miaut sie. – Ich öffne ein wenig die Tür. Die Katze läuft davon. Die Kondukteurin: Ob ich vielleicht etwas wünsche. – Nein. – Ich habe aber die Tür geöffnet. – Nur wegen dieser Katze. – Ach so! – Lachen.

Einleitung . . .

Klopfen. Der Maler. Er wolle nicht stören, aber er habe, als das Fenster offenstand, an der Wand Bilder gesehen, und das gebe ihm keine Ruhe. Ich habe zwei Gouachen von Navrátil: Meer im Sturm – düster; die zweite: Meer im Sonnenglanz – heiter. Der Maler stellte sich vor sie hin. Er ist zum Ausgehen gekleidet, trägt einen schwarzen Gesellschaftsrock mit Schößen, Stock und Spitzhut. Wüchse aus diesem Hut ein Schneeballstrauch, würde er wie ein Kurgan, ein Kosakengrab aussehen. Das müsse ein Navrátil sein. – „Ja." – Solche Navrátils habe er noch nicht gesehen. – Wann wir die Sechsundzwanzig-Partie machen würden? – „Nun, es wird schon."

Mit dem Hausherrn könnten wir zu dritt spielen, und wenn ich einen meiner Bekannten einladen wollte, könnten wir zu viert spielen. Er müsse mir auch sagen, daß sich seine Frau vor mir schäme. Er habe sie gestern hier überrascht, als sie auf meinem Bett gelegen sei, Frau Wilhelm habe sie dazu ermuntert. Ich lächelte höflich – „Nun, da kann sich Ihre Frau Gemahlin beruhigen, das ist nicht so schlimm." – „Diese Frauen!" Wir schütteln einander die Hände, und er geht.

Die Kondukteurin in der Tür. Es sei gleich zehn, ob der Herr Doktor nicht ein Gabelfrühstück von unten wünschen. – „Danke. Ich nehme nie ein Gabelfrühstück." –

Einleitung. Über die Bürgerlichen Gesetze im allgemeinen. Wesen des Bürgerlichen Rechts.

Ich geriet in ein angenehmes Fieber. So sehr hatte ich mich in das Studium der Paragraphen vertieft, daß es mir leid tat, als das Mittagessen gebracht wurde. Ganz ordentlich, aber nicht ausgiebig – nun, es ist ohnedies nicht gesund, sich vollzustopfen, wenn man ständig sitzt. – Schwarzer Kaffee gefällig? – „Nein, Frau Kondukteur, erst am Abend, so gegen acht Uhr, sonst brauche ich nichts." – Auch keine Zigarre? – „Ich rauche nie zu Haus."

Ausgezeichnet! Wie wenn ein Wildbach einen Kahn in schwindelnder Geschwindigkeit mitreißt und die Gegenstände längs des Baches nur so dahinrasen, bewältige ich Paragraphen um Paragraphen – so gleiten die Perlen eines Rosenkranzes durch die Finger! Ich hätte nie gedacht, daß ich so vieles wüßte und daß es so leicht gehen würde. Ich hatte mich derart ins Studium gestürzt, daß ich nichts sah und hörte. Die Kondukteurin war an die sechs oder sieben Male hier, und vermutlich hat sie Kačenka zweimal mit dem Fuchs geschreckt. Sprach sie mich an, gab ich ihr einfach keine Antwort. So weiß sie, daß ich nicht herausgerissen werden will.

Ich bin ungemein zufrieden. 135 Pragraphen! Jetzt das Abendessen, dann gleich weiter. Es soll mir jemand sagen, Arbeit sei kein Vergnügen! Ich zittere am ganzen Körper vor Schaffenslust.

Der Roßbraten etwas hart. – Da hab ich was angestellt! Ich hab den Kondukteur ganz vergessen. – „Ja, noch einen halben Liter, Frauchen. Kann ich jetzt mit Ihrem Herrn Gemahl sprechen? – damit wir uns endlich kennenlernen.“ – „Er ist schon zum Bahnhof gegangen, er fährt um neun Uhr. Ich bin wieder Witwe.“ Und sie lacht. Ich fürchte, ich werde den Kondukteur mein Lebtag nicht kennenlernen.

Halb elf. Ich bin müde; der Eifer hat nicht nachgelassen, aber die Nerven wollen nicht mehr. – Das Bürgerliche Recht hat 1502 Paragraphen – in acht Tagen werde ich damit fertig. Langsam, spielen wir uns ein bißchen!

Ich zähle alle Paragraphen der übrigen Gesetze zusammen – eine einfache Division – spätestens in einem Monat bin ich vollkommen vorbereitet!

Ich zittere noch am ganzen Körper, der Puls hämmert, und einschlafen werde ich nicht sogleich können, trotzdem lege ich mich, um auszuruhen. Ich bringe Leuchter und Notizbuch aufs Nachttischchen. Ich werde nachdenken.

Bin ich erschrocken – pfui! Ich trete ans Bett, und darauf liegt etwas. Zwei funkelnde Dreieckchen – die Katze! Sie liegt, hat nur den Kopf gehoben und schaut mich an.

Was anfangen? Wenn ich nur wüßte, wie man eine Katze verscheucht – nein, scheuchen will ich sie nicht, aber wie macht man, daß sie sich entferne? – Husch! Heja, heja! – Sie schaut mich seelenruhig an. Haschhasch – pardon, so redet man Kaninchen an. – Ksch! raus! – Jetzt schaut sie mich gar nicht mehr an. Sie kuschelt den Kopf ins Bett und schläft weiter. – Was nun?

Raubtiere sollen sich vor Feuer fürchten. Ich schiebe den Leuchter näher – ganz nah zu ihr – sie rührt sich nicht, blinzelt nur ein wenig, ich glaube, sie ist gekränkt.

Einen Schuh! Ich habe sie nicht getroffen, aber sie ist schon unten und an der Tür. Ich öffne sie ein wenig – Gott sei Dank!

Hinter der Tür eine Stimme – ob ich etwas wünsche. – Nein. – Ich hätte aber die Tür geöffnet. – „Ich hab nur die Katze hinausgejagt.“ – Ich möge es ruhig sagen, wenn ich etwas wolle. Sie könne, wenn sie allein ist, auch nicht gut schlafen und habe sowieso Langeweile. – Ich antworte nicht. – Draußen ein Kichern.

Mein Gott, ist das eine Wonne! – Tüun tüun tüun tüun spe tüu zkwa – eine Nachtigall!

Welch süßer Gesang! Welch wundervolles Kehlchen! – Göttliche, von Tausenden Dichtern gefeierte Philomele! – Du Sängerin des Frühlings, Sängerin der Liebe, Sängerin der Lust!

Tüo tüo tüo tüo tüo tüo tüo tüx –

kutüu kutüo kutüo kutüo –

Tyrannische Menschen, die einem solchen Vogel die Freiheit rauben! Nur wenn er frei ist, ist auch sein Lied frei. Ich preise die Gesetze –

Zü zü zü zü zü zü zü zü zü zi –

Kworor tüu zkwa pipikwi –

wie Honig! – Ich preise die Gesetze, welche die gefiederten Sänger schützen.

Zkwo zwko zwko zwko –

Das ist etwas zu grell – anders, Diamant!

Zak zak zak zak zak zak zak –

Kusch! Das geht einem durchs Mark wie ein glühender Draht.

Zak zak zak zak zak zak zak zak zak zak –

Ich bin fertig. Das ist zum Verrücktwerden – ich bin sowieso noch aufgeregt! Aha, wenn ich die Tür zum zweiten Zimmer schließe, werd ich sie nicht hören ... Zak zak zak ... Umsonst! Dieser verfluchte Nagelschmied muß irgendwo hinterm Hof sitzen ... Zak zak ... Eine Flinte! Eine Flinte! Hätte ich eine Flinte, würde ich aus dem Fenster schießen, und wenn die ganze Nachbarschaft Krämpfe bekommen sollte! Daß man ein solches Ungeziefer nicht ausrottet!

Zak zak zak zak zak zak ... Jesus, Maria und Josef! Mein Gehirn kocht. Nein, das halte ich nicht aus. Wenn ich wüßte, wo sie sitzt, ließe ich mich's nicht verdrießen und zöge mich an – zak zak ... Jetzt hab ich's!

Ich zerre einen alten Mantel aus dem Kleiderschrank, reiß

das Futter auf, nehm die Watte heraus und stopf in die Ohren, was hineingeht. Jetzt kannst du bellen!

Zak zak – nützt nichts! – Die ganze Watte aus dem Mantel heraus! Über die Ohren, über den Kopf, und ein dickes Tuch herumgewickelt.

Hilft nichts, das tolle Geschrei dieses Mistviehs dringt durch die stärkste Mauer!

Das wird eine gräßliche Nacht! –

Zehn Uhr, und ich stehe erst auf. Einen Kopf wie ein Wasserschaff. Ich weiß nicht, wann ich eingeschlafen bin, ich glaube, so gegen drei. Zwischen zwei und drei habe ich im Fieber hingedämmert, die Nachtigall hat ununterbrochen gebellt. In der Altstadt bellen keine Nachtigallen. Sicher habe ich einen Schnupfen bekommen. Zwischen den Augen brennt es, in der Nase kribbelt es. Der Himmel ist schwarz, die Luft winterlich kalt. Aber Sommer ist Sommer, auch wenn der Juli wie der November ist. Kalte Schauer, die Blätter fallen, und die Menschen frieren.

Die Kondukteurin jagt mich ins andere Zimmer, weil sie aufräumen will. Sie läßt wieder die Fenster offenstehen, der Schnupfen wird noch ärger – nein! Ich gehe inzwischen hinüber zum Maler. Ich bin es der Malerin schuldig, damit sie sich nicht länger schämen muß, man muß Zartgefühl haben. Weil mich der Maler besucht hat, muß auch ich ihn besuchen: ich weiß, was sich gehört.

„Heut geht es, die Augusta zu besuchen“, meint die Kondukteurin, „heut zischelt sie.“ Komische Dinge redet meine Kondukteurin; was heißt das: „Heut zischelt sie?“ Wenn jemand zischelt, zischelt er doch immer! –

Ich hab angeklopft. Ich lausche. Nichts. Ich klopfe wieder. Wieder nichts. Ich fasse vorsichtig die Klinke an, die Tür schiebt sich auf. Gleich im ersten Zimmer ist die ganze Familie versammelt. „Bitte zu entschuldigen –“ Niemand beachtet mich. Er sitzt, den Kopf in die Hand gestützt, an der Staffelei, sie steht mit gesenktem Kopf vor einem niedrigen Wäscheschrank und hält ein Wischtuch in der Hand. Nur Pepík hat sich nach mir umgesehen, streckt die Zunge aus und dreht sich wieder um; er schaut vom Vater zur Mutter. Ich muß so tun, als hätte ich Pepíks Ungezogenheit nicht bemerkt; er hört schließlich von selber auf. Ein kleiner schwarzer Hund beschnuppert mich; er bellt nicht, offenbar ist er noch sehr jung.

„Ich bitte zu entschuldigen", sage ich lauter.

„Ah, der Herr Nachbar – verzeihen Sie, ich dachte, es sei die Bedienung. Frau, der Doktor von gegenüber! Wir haben heut Kartoffelsuppe – ich könnte Kartoffelsuppe dreimal am Tag essen – und wir überlegen eben, ob wir Graupen hineintun sollen. Nehmen Sie doch Platz!"

Ich muß so nobel als möglich beginnen. „Ich bin doch nicht fremd, bitt schön, den Herrn kenne ich schon, und hier das Söhnchen kenne ich auch schon, und die gnädige Frau habe ich auch schon erblickt. Darf ich mich vorstellen, gnädige Frau? Doktor Krumlovský." Eine fade, magere Blondine verbeugt sich steif. Das sieht aus, als ob eine hölzerne Gliederpuppe plötzlich in der Mitte einknickte. Sie will etwas sagen. „Ich bitte, bitte, Herr Augusta hat mir gesagt, daß Sie mir ein bißchen bös sind – aber, aber! Unter Nachbarn macht das doch nichts aus!" Wieder so, als ob sie in der Mitte entzweibräche.

Ich möge mich setzen, und wie es mir in der neuen Wohnung gefalle. – Ausgezeichnet, aber heut nacht – und ich erzähle von der Nachtigall.

„Eieiei, eine Nachtigall, und ich hab sie nicht gehört."

„Wie hättest du sie auch hören können, wenn du wieder einen Kanonenrausch hattest!" mischt sich der Sopran scharf wie ein Rasiermesser ein.

„Ich? Nun, ein bißchen –"

„Das soll ein bißchen gewesen sein? Da, schaun Sie an, Herr Doktor!" Frau Augusta rollt den Ärmel hoch, ich sehe blaue Flecken. „Ich, Herr Doktor, hatte Auswahl genug, die Männer waren wie verrückt hinter mir her, und ich habe den genommen – du!" Die Malerin hat ein Benehmen wie ein Marktweib. Ich bin verlegen. Aber ich beobachte, daß sie tatsächlich zischelt. Jetzt staubt sie die Möbel ab, wie wenn ich nicht hier wäre.

„Nun, Herr Doktor, ich hatte ein kleines Malheur", sagt der Maler und bemüht sich zu lächeln. Es gelingt ihm nicht recht. „Ich bin zwar in sechserlei Gasthäusern gewesen, aber ich hab in jedem nur ein Glas getrunken und bin gleich nach Hause gegangen. Ich hab in diesen Dingen kein Glück. Ich bin ein herzensguter Mensch, aber wenn ich mich betrinke, wird aus mir ein anderer Mensch, und der trinkt weiter und macht dann Dummheiten. Ich mach mir nichts draus, nicht wahr?" Er kicherte gezwungen.

„Von Zeit zu Zeit schadet das nicht, zuweilen ist es auch gesund. Luther sagt –" Plötzlich erschrak ich über meine eigenen Worte und sprach nicht weiter. Mir war zumute, als müsse mir der Staublappen an den Kopf fliegen. „Die Nachtigall hat mich gestern zur Verzweiflung gebracht", lenke ich vorsichtig ein. Der Hund knabbert unten an meinen Hosen. Ich will ihn nicht wegstoßen, aber ich kann nicht ungestört sitzen.

„Da sollten Sie erst mich hören – das ist ein Spaß, was, Anna?" Anna sagt kein Wort. „Ich kann wie eine Nachtigall schlagen. Manchmal locke ich fünf, sechs an, das gibt dann ein Konzert! Sie können sich davon überzeugen."

Beginnt er einmal zu locken, erschieße ich ihn.

„Ich vermutete, daß Sie Landschaftsmaler sind, aber Sie arbeiten, wie ich sehe, figural." Er hat so etwas auf der Staffelei.

„Ich muß, um mein Auskommen zu haben, lauter Heilige machen. Drei Gewandfalten, rot oder blau, etwas Fleisch und fertig; es bringt auch nichts ein. Eigentlich bin ich Porträtist. Es gab einmal genug Arbeit, die ganze Judenstadt hatte ich einmal – viel hat es nicht abgeworfen, ein ganzer Jud für zwanzig Gulden, aber da kam ein Deutscher und hat sie mir abspenstig gemacht. Was mir eben einfällt! Ich soll jetzt einen heiligen Crispin malen, der Herr Doktor könnten mir Modell sitzen. Der Herr Doktor eignen sich ganz und gar als heiliger Crispin, er hat so was –!" Was habe ich – stehle ich vielleicht? Ich lenke das Gespräch auf etwas anderes, auf Pepík, ich bediene mich zur Ablenkung des Pepík.

„Pepík, komm zu mir, komm!"

„Laß mich, du bist dumm."

Eine väterliche Ohrfeige. Ich spüre, daß ich erröte. „Das hat heut die Frau Kondukteur zur Mutter gesagt, daß dieser Doktor dumm sein muß. Nicht wahr, Mutter?" – „Willst du still sein?"

Ich soll dumm sein! – „Komm her, Pepík, komm!" Irgendwie verschlägt es mir die Stimme. Der Junge kommt heulend näher und stellt sich zwischen meine Beine.

Wie spielt man nur schnell mit Kindern? – „Zeig deine Hand her! – Der kocht – der bäckt – der brät – der sagt: Gib mir ein Stückchen! – Der antwortet: Wurre-murreschnurrebart!" – Der Junge lacht nicht. „Das ist der Vater – das ist die Mutter – das ist der Großvater – das ist die Großmutter – das ist –" Weiter weiß ich nicht. Der Junge wie ein Holzscheit. „Wart, Pepík, ich geb dir ein Rätsel auf! Was ist das? Ich bin grün, aber ich bin kein Gras; eine Tonsur hab ich, aber ein Priester bin ich nicht; gelb bin ich, aber Wachs bin ich nicht; einen Schwanz hab ich, aber ein Hund bin ich nicht. Was ist das?" – „Weiß nicht." – Ich will es ihm sagen, weiß es jetzt aber selber nicht. Ich hab mir wohl das Rätsel, aber nicht die Lösung gemerkt. „Sag halt noch was Dummes!" fordert mich Pepík auf.

Ich nehme mich zusammen und überhöre es. Ich verabschiede mich. „Ich muß weiterstudieren. Es wird bald zwölf sein."

„Ach was", meint der Maler, „schon so spät? Unsere Uhr geht mindestens eine halbe Stunde vor." – „Sie geht richtig!" fährt ihm Frau Augusta über den Mund. „Gestern, als es vom Turm schlug, hab ich sie mit dem Kehrbesen gerichtet." – Er habe sich gefreut, und ich möge oft wiederkommen. Wir würden gewiß gute Nachbarn!

Jetzt wüßte ich gern, warum ich dumm bin.

Im Gang grüßte ich irgendein Weibsbild, vielleicht das Fräulein Tochter des Hausherrn. Schon hübsch alt.

„Hat sie gezischelt?" fragt die Kondukteurin. – „Sie hat." – „Dann haben sie Geld. Wenn sie keinen Groschen haben, spricht sie ganz normal." Die Frau Kondukteurin ist anscheinend ein ganz entsetzliches Lästermaul. „Als der Herr Doktor durch den Gang herüberkamen, beugte sich der Provazník aus dem Fenster und schaute Herrn Doktor nach." Ich blicke hinauf. Ein wachsgelbes, abgemagertes Gesicht; mehr sehe ich nicht. – Ob ich etwas brauche? – Ein wenig verärgert: Nein. Ob sie nicht Kačenka für eine kleine Weile herüber in mein Zimmer geben dürfe? Sie müsse zum Kaufmann, werde aber sofort wieder zurück sein; und Kačenka weint, wenn sie allein ist. – „Aber ich versteh nicht, wie man Kinder hütet." – „Ich leg sie nur aufs Bett." – „Und wenn sie zu weinen anfängt?" – „Sie weint nicht, solange sie jemanden sieht." – „Oder wenn sie mir etwas anstellt?" – „So ein Würmchen!" – Ja, so ein Würmchen! – Ich bin sehr verdrossen.

Vorsatz: Auf Pepík erzieherisch einwirken.

Ich habe einmal Burnands „Gute Gedanken" gelesen. Aber meine Vorsätze sind ganz und gar anders; ich imitiere ihn nicht.

Ich hätte nicht gedacht, daß ich heut mit meinem Studium wieder so zurechtkommen würde; ich bin zufrieden, aber schrecklich müde – ich gehe schlafen.

Die Nachtigall bellt nicht. Vielleicht ist sie erfroren. Geb's Gott!

Aber das wüßte ich doch gern, warum ich dumm bin!

„Also schon im voraus meinen Glückwunsch! Ich vermute, daß Du von einem alten Freund einen Rat annehmen wirst, ja, ich halte es für meine brüderliche Pflicht, Dir, weil ich ihn weiß, einen guten Rat mitzuteilen. Vor allem dies: Ruhig Blut zur Prüfung! Wissen wirst Du genug, davon bin ich überzeugt, aber kühles Blut hat, um es zu sagen, doppelt mehr Wert als alle Kenntnisse. Die Herrn Oberlandesgerichtsräte stellen meist Verstandesfragen, und wenn Dir schon gar nichts anderes einfällt und der Herr Rat Dich fragt: ‚Wenn jemand mit einer solchen Sache zu Ihnen kommt, was werden Sie machen?' – antworte vertrauensvoll: ‚Ich werde von ihm Vorschuß verlangen.' Glaub mir, dieser Rat ..."

Dummkopf! Ich kann nicht ausstehn, wenn jemand ununterbrochen geistreich sein will und sich mit alten Anekdoten behilft. Wir nannten ihn schon in der Schule nicht umsonst Jindra das Plappermaul. Das ist er! Aber es ist ganz meine Schuld, warum habe ich ihm von meinen Vorbereitungen geschrieben und warum war ich so höflich, hinzuzufügen: „Hast Du, lieber Freund, irgendeinen guten Rat –" Ich brauche von keinem Menschen in der Welt gute Ratschläge, am wenigsten von ihm. Ich werde ihm gar nicht antworten! –

Aber Schnupfen habe ich einen ganz ordentlichen. Ein leichtes Fieber schleicht über meinen Körper, mein Kopf glüht, meine Augen tränen. Ich wundere mich, daß ich trotzdem noch gut studiere, und auch der Appetit aufs Essen stellt sich ein.

An die Arbeit!

Der Hausherr war bei mir. Ein seltsamer Mann, etwa sechzig. Ein dürftiges Männlein, das wegen der eingefallenen Brust und der herabhängenden Schultern – als trage es in jeder Hand eine Kanne mit Wasser – kleiner erscheint, als es ist. Glattrasiertes, mageres Gesicht, eingefallene Lippen, weil der Mund zahnlos ist, winziges Kinn wie ein Kreuzerlein, kleine Nase mit Spuren von Schnupftabak, graue Haare. Aber die schwarzen Augen glühen wie fiebrig. Auch die trokkenen, runzeligen Hände greifen unruhig um sich her, manchmal geht durch den Körper ein Zucken. Wenn der Mann spricht, flüstert er nur. Man fühlt sich in seiner Nähe unbehaglich, als könne jeden Augenblick etwas passieren.

Er komme fragen, ob ich meinen Wohnungswechsel schon bei der Polizei gemeldet habe. Ich habe selbstverständlich darauf vergessen. Dann solle ich es bald tun. Der Maler habe ihm von der entstehenden Sechsundzwanzigerrunde erzählt, er freue sich darauf. Ich verbeuge mich. Er bemerkt, daß ich Schnupfen habe, und sagt: „Mancher Mensch weiß nicht, was er hat, wenn er gesund ist." Das ist nicht besonders geistreich, und mit einem höflichen Lächeln sage ich nur: „Gewiß!" Pause. Dann gebe ich der Hoffnung Ausdruck, daß er sich guter Gesundheit erfreue. – Nicht besonders, immerwährend habe er das mit dem Hals, er müsse sich schonen. – Er hüstelt und spuckt mir genau auf den Schuh. Ich bin froh, daß er es nicht bemerkt hat, es wäre eine dumme Entschuldigung geworden. Ich verstecke die Füße unterm Stuhl. – Ob ich musikalisch sei? – Nicht gerade, als Bub habe ich zwar Klavier gespielt, aber gelernt habe ich nichts; trotzdem sage ich, als ob sich das von selbst verstünde: „Nun, ich vermute, daß es keinen Tschechen gibt, der nicht wenigstens ein bißchen Musikant wäre." – „Ausgezeichnet! Ausgezeichnet! Da können wir vierhändig spielen. Im Sommer stell ich immer das Spinett in den Garten – es ist alt, aber gut, da können wir uns eine Freude machen. Ausgezeichnet!" Ich muß das richtigstellen. „Klavier? Ich nicht – ich spiele Geige." – „Haben Sie ein gutes Instrument?" Und er blickt sich im Zimmer um. Ich weiche noch weiter zurück. „Jetzt habe ich schon sehr lange nicht gespielt – man wird vom praktischen Leben zu sehr in Anspruch genommen – man . . ." – „Schade." Er steht auf, um mich, wie er sagt, nicht aufzuhalten. Er sei keiner von jenen Hausherrn, welche die vollen Rechte des Mieters nicht achten. Aber noch etwas habe er auf dem Herzen. Ob ich nicht glaube, daß bei Spanien nicht Bismarck dahinterstecke, und er stellt sich mit einem Ausdruck von Klugheit im Gesicht dicht vor mich hin. Ich sage, daß die Wege der Diplomaten undurchschaubar sind. „Freilich", stimmt mir der Hausherr zu, „einen Balken behandelt man anders als ein Streichholz." Jetzt tappt er mir ganz ordentlich auf den Fuß und fährt fort: „Ich sage immer: Das kommt davon, daß die Könige mit dem, was sie haben, nie zufrieden sind." Ich wende dagegen nichts ein und lächle nur höflich. Er empfiehlt sich.

Eine naive Erklärung – aber eigentlich richtig. Diese Leute haben ihre Weisheit in Sprichwörtern, man sollte sie nicht überheblich unterschätzen, es verbirgt sich in ihnen immer die ganze, wenngleich nicht allzu tiefe Ansicht des kleinen Mannes. Das ergäbe eine recht interessante Sammlung: „Persönliche Sprichwörter".

Im großen und ganzen mit dem Tag zufrieden. Ich gehe schlafen.

Die Nachtigall bellt, aber weit entfernt. Dort soll sie bellen, so viel sie mag. Sollte sie aber der Maler hierher locken, schlage ich Lärm. – Allerdings einen höflichen Lärm, nur so viel, um zu erkennen zu geben, daß man sich nicht alles bieten läßt. – Indessen hoffe ich, daß der Maler durch die Gasthäuser nach Hause eilt – denn gestern hat die Augusta gezischelt.

Mir kommt vor, daß die Kondukteurin heute nicht mehr so oft gefragt hat, ob ich etwas wünsche. Alles bekommt mit der Zeit sein richtiges Maß. Ich kann mich allerdings auch irren – wenn der Mensch sich derart dem Studium widmet!

Schnupfen und Studium. Von der Welt weiß ich so gut wie nichts, so sehr hab ich mich in die Arbeit verbohrt.

Aber das beobachte ich doch, daß die Kondukteurin tatsächlich viel seltener fragt, ob ich etwas wünsche. Heut hat sie gesagt, daß ich ein von Grund auf guter Mensch sei und daß der Herrgott mich segnen werde. Irgendeine Schustersfrau, Witwe, Mutter von zwei Kindern, war nämlich bei ihr in der Küche gewesen und hatte ihr ihre Not geklagt, und ich habe ihr einen Gulden gegeben. Aber ich sehe nicht ein, daß sich der Herrgott um jeden Gulden kümmern sollte.

Die Katze kommt jetzt nicht mehr zu mir herein, auch dann nicht, wenn die Tür offensteht. Sie steht nur davor und miaut. Sie traut mir offensichtlich nicht.

Mir fällt ein, daß ich den Kondukteur immer noch nicht gesehen habe. War er inzwischen überhaupt zu Hause?

Zichorie im Kaffee! – Ich irre mich nicht, Zichorie – entsetzlich! Da muß etwas geschehen.

Ich fliege mit erhöhter Geschwindigkeit wie ein Rennpferd im Anblick des Ziels ans Ende des Bürgerlichen Gesetzbuches.

Wieder Zichorie, und ich vermute, mehr als gestern, und die Kondukteurin fragt überhaupt nicht mehr. So habe ich wenigstens meine Ruhe. – Gestern brachte sie mir wieder eine Schustersfrau, Witwe, Mutter. Wieder ein Gulden.

Pepík hat fürchterlich Prügel bekommen, er brüllte, daß es durchs ganze Haus schallte. Ich fragte die Kondukteurin, was er angestellt habe. Eigentlich nichts, er hatte sich Nüsse gekauft, und der Vater hat sie ihm weggegessen – „niemand würde für möglich halten, wie naschhaft der Mann ist!" – Pepík wollte es sich nicht gefallen lassen, deswegen hat ihn der Vater verprügelt. – Ich bedauere Pepík. – „Ach was, so ein Kerl!" Er tauge sowieso nichts. Am letzten Karfreitag soll er in der Kajetan-Kirche aus dem Teller beim Heiligen Grab des Herrn Jesus Christus die Kreuzer herausgestohlen haben.

Ja, ich muß auf Pepík erzieherisch einwirken! Sobald ich nur etwas Zeit habe. Es wäre schade um das hübsche Kerlchen. Der Vater ist offensichtlich ein komischer Kauz und schlechter Erzieher.

George Washington war als Bub auch nicht viel wert, aber er hatte einen klugen Vater. Gott sollte die Kinder mit der Gabe bedenken, frühzeitig zu erkennen, ob ihr Vater dem George Washington ähnlich ist; anderenfalls sollten sie sich nicht lange mit dem ungeratenen Vater herumplagen und sich an jemand anderen halten. (Hinweis auf Mark Twain, der auch durch sein Verhalten à la G. W. seinen Vater erziehen wollte.)

Der Maler war bei mir, nur so auf einen Sprung. Ob ich ihm also nicht Modell sitzen wollte für seinen heiligen Crispinus. – Ich antworte ihm, ich müsse jetzt bei meinen Büchern sitzen. Ich werde energischer.

Ich bin mit dem Bürgerlichen Gesetzbuch fertig! – Morgen gehe ich ans Wechselrecht. – Wird sich das heut schlafen!

So etwa muß dem Kalb Puschkins zumute gewesen sein, als es ausrief: „Oh, ich Esel!" – Ein schrecklicher Augenblick!

Ich stellte mir am Morgen, im Bewußtsein, mit dem Bürgerlichen Gesetzbuch fertig zu sein, eine Frage. Ich wußte rein gar nichts!

„Jesus, Maria und Josef!" schrie ich unwillkürlich auf und

faßte mich am Kopf. Ich fühlte, wie ich mit einem Schlag erblaßte.

Die Kondukteurin kam hereingelaufen. Was mir zugestoßen sei. – „Ich weiß nichts!" rufe ich aus meiner Blödheit. – „Das kommt mir auch so vor", sagt sie und läuft laut lachend wieder hinaus. – Ein durch und durch impertinentes Weib! –

Jetzt bin ich wieder ruhig. – Ich weiß doch von meinen früheren Studien, daß das immer so ist. Das Gelernte muß erst etwas abliegen.

Hing das nicht mit der früheren Bemerkung zusammen, daß ich dumm sei? – Nein, das ist nicht mehr naiv, das ist impertinent!

Zwei Schustersfrauen, Witwen – die andere eigentlich eine Schneiderin. Mir scheint, die Kondukteurin will mir alle Witwen zuführen – wie viele sind's bloß, die am linken Moldau-Ufer weinen?

Umkehr! Eine völlige, radikale Umkehr, die ich nie und nimmer erwartet hätte. Umkehr in der Natur und in der Gesellschaft.

Erstens: Laue, lachend herrliche Tage, und mit der zunehmenden Wärme schwindet mein Schnupfen. Zweitens: Die Zichorie der Kondukteurin habe ich satt bekommen, und eben habe ich Kaffee getrunken, den ich mir überm Spiritusbrenner selbst gekocht habe. Ich werde mir von nun an den Kaffee selber kochen. Auch noch in anderen Dingen habe ich eine Veränderung herbeigeführt. Nur noch heute bringt mir die Kondukteurin das Mittagessen von unten, zum Abendessen spring ich hinunter ins Gasthaus. Ich brauche ihre Gefälligkeit nicht, die Kondukteurin hat in ihrer Dienstbereitschaft völlig nachgelassen. Soll sie! Mir ist das nur recht. Ununterbrochen sitzen und studieren, das geht auf die Dauer nicht, der Mensch verblödet und schreitet in seinem Studium um so langsamer fort. So viel und so viel täglich studieren, solange der Arbeitseifer anhält, dann ein wenig Unterhaltung. Der Verkehr mit den friedlichen Leuten unten wird mich nicht allzusehr ablenken. Und ins Gärtchen werde ich auch täglich gehen, wenigstens für eine kurze Weile. Sie sind schon seit zwei Tagen unten. Wie wäre es, wenn ich an jedem Morgen zeitig aufstünde und in den Garten studieren ginge? So studiert es sich ausgezeichnet, ich weiß das aus meiner Gymnasialzeit.

Vorsatz: Jeden Morgen zeitig aufstehen, sehr zeitig.

Eben habe ich eine neue Schustersfrau, Witwe, hinausgeworfen.

Ein solches Gasthaus gefällt mir! Man regt sich nicht auf, dennoch unterhält man sich gut, das paßt vorzüglich zu meiner jetzigen Lebensweise. Du mußt dich nicht anstrengen, geistreich zu reden, du beobachtest nur und hörst zu. Schlichte Menschen, dennoch lauter Individualitäten mit natürlichem Verstand und Mutterwitz, mit dem kleinsten Spaß zufrieden. Über alles können sie von Herzen lachen. Aber man muß sich, um sich mit ihnen gleichzeitig über dem Durchschnitt zu unterhalten, auf Individualitäten verstehen. Ich habe das Talent dazu.

Ein freundliches, sauberes Lokal, nur ein wenig dunkel. Hinten in der Mitte ein Billard und dahinter an den Wänden kleine Tische; vorn einige größere Tische, von denen meist vier besetzt sind. Nach meinen bisherigen Erfahrungen scheint die Gesellschaft seit einer Ewigkeit dieselbe zu sein, seit vielen Jahren unverändert. Ich habe das sofort erkannt, als ich zum erstenmal eintrat. Augenblicklich allgemeines Verstummen des Gesprächs, alle Blicke auf mich gerichtet.

Ich grüßte nach allen Seiten. Unter meinen Füßen knirschte weißer, frisch gestreuter Sand. Ich nahm an einem Tisch Platz, an dem ein einziger Mann saß, der meinen Gruß mit einem stummen Kopfnicken erwiderte. Sofort war der kleine, korpulente Wirt zur Stelle. „Ah, Herr Doktor, das freut uns aber, daß uns Herr Doktor auch einmal hier unten besuchen. Sind Sie mit dem Mittagessen und Abendessen zufrieden?" Ich antworte, daß ich es bin. Ich hätte zwar mancherlei auszusetzen, aber man muß die Menschen manchmal auch mit einer kleinen Lüge für sich gewinnen. – „Das freut mich, wenn meine Gäste mit mir zufrieden sind, ich wünsche mir nichts anderes auf der Welt. Die Herren kennen sich doch gewiß schon?" – Ich schaue auf den mir unbekannten Herrn, der mit unbeweglichem, verdrießlichem Gesicht vor sich hin starrt. – „Noch nicht? Aber die Herren sind doch Nachbarn und wohnen übereinander! Herr Doktor Krumlovský, Herr Schneidermeister Sempr." Ich sage: „Da schau an!" und reiche Herrn Sempr die Hand. Der Schneider hob nur ein wenig den Kopf, rückte mit seinem auf den Tisch gehefteten Blick ein Stückchen weiter und gab seine Hand so plump wie ein Elefant seine Pfote. Ein komischer Mensch! Da ist schon der Kellner, um mich zu bedienen. Ich liebe männliche Bedienung. Eine Kellnerin hat stets mindestens einen Geliebten, und mit dem sitzt sie dann in einem Winkel; der Gast muß sich zu Tode klopfen und rufen, bevor sie sich rührt.

Während ich zu Abend esse, seh und hör ich nichts. Fertig geworden, zünde ich mir eine Zigarre an und schaue mich, an allem interessiert, aufmerksam in der Runde um. Am Tisch gegenüber einige Herrn in lebhaftem Gespräch. Einen Stuhl weiter zwei junge Leute. Links von uns ein Herr, eine Dame, zwei Fräulein und ein nicht mehr junger, ein wenig dicker Oberleutnant. An allen Tischen wird laut gelacht, besonders am linken. Eines der jungen Fräulein schaut mich an. Sie hat reizende Zähnchen, fröhliche Augen – mag sie schauen! Ihr Herr Vater hat einen überaus sonderbaren Kopf, lauter rechte Winkel und alle grauen Haare zu einem Schopf gekämmt. Das sieht aus wie eine vierkantige, mit Bier gefüllte Flasche, eine Schaumkrone überm Hals. Die Köpfchen seiner Töchterchen sind auch Fläschchen, aber bauchig.

Nur an unserem Tisch ist es still. „Wie gehn die Geschäfte, Herr Sempr?" beginne ich. Er rührt sich ein wenig, dann tropft es von seinen Lippen: „Nun – so." Sehr gesprächig scheint er nicht zu sein. „Haben Sie viele Gesellen?" – „Nur zwei – zu Hause – ich gebe Arbeit auswärts." Sieh da, eine ganze Reihe von Worten! „Sie haben Familie, Herr Sempr, nicht wahr?" – „Nein." – „Also Junggeselle?" – „Nein." Irgendwie arbeitet es in ihm, schließlich fügt er hinzu: „Witwer, schon drei Jahre." – „Da fühlen Sie sich einsam, ohne Frau und Kinder." Wieder merkt man ihm die Mühe an, bis er endlich sagt: „Ich habe ein Mädchen – siebenjährig." – „Sie sollten sich wieder verheiraten." – „Sollte, ja."

Der Wirt setzt sich an unseren Tisch. „Das ist schön", sage ich, „daß uns der Wirt mit seinem Besuch beehrt." – „Meine Pflicht, die das Geschäft von mir fordert. Der Wirt muß von Tisch zu Tisch gehen, die Gäste sehen das gern, sie rechnen es sich als große Ehre an." – Ich will wie über einen Witz lachen, aber ich sehe seine Augen träg und stumpf blinzeln. Meinte er das im Ernst? Er scheint ein Dummkopf zu sein. Aber diese Augen! Mein Lebtag hab ich keine so hellgrünen Augen gesehen. Die Gesichtshaut rot, die Haare so rot wie die Haut, so daß sie nichts anderes als eine zerfranste Fortsetzung der Haut zu sein scheinen. Wenn ich ihn von fern betrachte, verschwimmen die Umrisse seines Kopfes. – „Schönes Wetter haben wir jetzt", sage ich, damit das Gespräch nicht einschlafe. – „Ach was! Wenn es schön ist, gehen die Leute spazieren, und die Gasthäuser stehen leer. Ich bin heut nachmittag auch auf die Straße gegangen, aber bald wieder umgekehrt. Die Sonne brannte mir auf den Rücken, und wenn die Sonne mir auf den Rücken brennt, kommt ein Gewitter. Heute kam keins." – Ich biß mir auf die Lippen. „In der Stadt", sage ich, „schadet ein Gewitter oder Regen den Spaziergängern nicht, da behilft man sich mit einem Regenschirm." „Ich hatte keinen mit." – „Dann geht man eben etwas rascher heim." – „Wenn ich rasch gehe, gehe ich nicht spazieren!" – „Bei einem vorüberziehenden Frühlingsregen stellt man sich irgendwo in der Einfahrt unter." – „Wenn ich in einer Einfahrt stehe, gehe ich ebenfalls nicht spazieren." – Fürwahr, ein Dummkopf! Jetzt gähnte er. „Sind Sie müde?" – „Ich bin gestern zeitig schlafen gegangen, am nächsten Tag muß ich dann schon früh am Abend gähnen." – „Da waren wohl wenig Gäste da?" – „Woher! Sie saßen lange. Aber ich hatte gestern schlechtes Bier, es schmeckte mir nicht – warum sollte ich mich da ärgern?" – Ein origineller Typ!

Am linken Tisch kam der Oberleutnant in Feuer. „Das sage ich, daß der Tausendste nicht weiß, wie viele Arten von Schimmeln es gibt! Siebzehn Arten, jawohl! Der Atlasschimmel ist der kostbarste, das lassen Sie sich gesagt sein! Ein herrliches Pferd! Um Augen und Maul rötlich-weiß, die Hufe sind hellgelb –"

Ein neuer Gast trat herein. Am Verstummen und an den Blicken merke ich, daß er ein Fremder ist. Der Gast geht ans hintere Tischchen und setzt sich. Das Gespräch geht weiter. Der Oberleutnant erklärt, daß der Schimmel schwarz geboren wird. Die Jüngere schaut ununterbrochen zu mir herüber – bin ich denn ein Schimmel?

Ich habe ausgetrunken. Der Wirt beachtet es nicht. Auch der Kellner Ignaz beachtet es nicht. Ich klopfe, und Ignaz kommt wie verrückt gelaufen. Dieser Ignaz macht mir Spaß, ich verfolge ihn ständig mit meinen Blicken. Er ist schon an die Vierzig, er trägt knopfartige silberne Ohrringe, und im rechten Ohr hat er Baumwolle. Er sieht ein wenig Napoleon I. ähnlich, allerdings einem entsetzlich blöden Napoleon I. Die schweren Augenlider schließen sich immer wieder erst nach längeren Zeiträumen; das sieht aus wie eine wohlüberlegte Interpunktion zwischen den Gedanken, aber ich wette, daß Ignaz nichts denkt. Er stellt sich dahin, dorthin und steht in sich versunken da; wenn jemand ruft, zuckt er zusammen und eilt im Fluge herbei.

Am Tisch nebenan wird über das Polnische gesprochen. Ich beobachte dort eine seltsame Art und Weise, miteinander zu sprechen: man versucht einander in witziger Form zu veralbern. Lauter „Nase" und „Ohr" und davor irgendein beigefügter Tiername – komisch. Jemand behauptet jetzt, daß der, welcher Tschechisch und Deutsch kann, auch Polnisch kann. Das Polnische sei nur eine Mischung aus diesen beiden Sprachen. Zum Beispiel: „Co se fraguje pan?" – Was fragt der Herr?

Wieder tritt jemand herein. Eine knorrige Gestalt, wie ein Wurzelstock. Offenbar ein täglicher Gast. Er lächelt und setzt sich an unseren Tisch. „Auch ein Nachbar", sagt der an den Tisch getretene Wirt, „Herr Doktor Krumlovský, Herr Schustermeister Klikeš." Herr Klikeš gibt mir die Hand. „Ein hübscher Kerl, ausnehmend hübsch! Hinter Ihnen müssen ja die Mädchen her sein, Herr Doktor!" Ich bin verlegen und vermute, daß ich errötet bin. Gern würde ich den Unbefangenen spielen und mich lächelnd umschaun, zum Beispiel nach der Jüngeren drüben, aber es geht nicht. „Hübscher als du ist er schon", sagt der Wirt und lacht, „du mit deinem Dolkengesicht, das wie eine Form für Zuckerwerk ist!" – „Verdammt!" sagt Klikeš und schabt mit den Füßen über den Sand. „Hast du von der Gemeinde den Befehl bekommen, endlich einmal den Fußboden zu scheuern?" – Gelächter. – „Ja, Herr Doktor, eher wird hier nicht gescheuert. Und einmal im Jahr kommen zwei Polizisten und führen ihn ins Bad ab. Manchmal müssen drei kommen, so sehr wehrt er sich." Allgemeines, lautes Lachen. Klikeš ist offenbar der Spaßmacher der Gesellschaft. Er kann bissig sein – aber ich muß selber lachen. Doch sein pockennarbiges, derbes Gesicht ist nicht böse, er hat kluge, ehrliche Augen. „Er hat recht, daß er spart", fährt er fort, „er braucht viel, und was er an mir verdient, reicht nicht für sein Trinken." Er spricht mit lebhaften Gebärden, die Hände sind fast dauernd überm Kopf; er sieht dann aus wie ein Baumstrunk mit den Wurzeln nach oben.

Die beiden jungen Männer, die allein sitzen, lassen sich auf dem Billardtisch eine Pyramide aufbauen und stehen auf. Während sie saßen, waren sie gleich groß; jetzt ist einer auffallend kleiner, der andere geradezu unanständig lang. Ich kenne jemanden, der, solange er im Gasthaus am Tisch sitzt, nach gar nichts aussieht; wenn er sich aber erhebt, nimmt dieses Aufstehen kein Ende, und alle Anwesenden lachen. Er fühlt sich unsagbar unglücklich.

„Wie üblich, nichts Gescheites", schimpft Klikeš, während er die Speisekarte studiert, „Gulasch – Paprika – eingemachtes Gekröse – mit Bröseln aus der Tasche, so ist es doch, Wirt?" – „Sei still!" – „Wenn es wenigstens gekochtes Huhn gäbe!" – „Glaubst, sie kochen nur für dich?" – „Ist das so schwierig? Man nimmt ein gekochtes Ei und läßt es ausbrüten – hahaha!" – „Mach dir die Haare aus der Stirn!" – Ironie – Klikeš hat eine Glatze wie der Kirchenvater Quintus Septimus Florens Tertullianus.

„Pst! Karlchen fängt Flöhe!" klingt es von drüben. Allgemeine Stille, Wenden der Köpfe, Spannung. Der, welcher

Karlchen genannt wird, hat die Hand an der Brust ins Hemd geschoben. Sein Gesicht ist voll eines ruhigen, selbstbewußten Lächelns. Jetzt hat er die Hand herausgezogen, zwischen Daumen und Zeigefinger etwas zerdrückt und auf den Tisch gelegt. Lachen, Händeklatschen, die Frauen beißen in ihre Taschentücher. „Er fängt jeden, aber auch jeden Floh", unterrichtet mich Klikeš. Ich wundere mich nach Gebühr und frage: „Jeden?" – „Ja, jeden. – Aber Ignaz, was ist mit dem Abendessen? Und mein Glas bringen Sie mir wieder, ich hatte noch gar nicht ausgetrunken! Ich habe niemals ausgetrunken", wandte er sich wieder an mich. Offensichtlich ein Witz. „Haha, Sie sind ein Schalk!" sage ich und lache. Ignaz kommt aus der Küche. Sein Gesicht sieht noch blöder aus als vorher. „Bitt schön, Herr Klikeš, was geruhten Sie zum Abendessen zu bestellen?" – „Entsetzlich! Der Kerl hat es vergessen. So etwas gibt es nicht noch einmal auf der Welt. Ich –" Herr Klikeš hat es auch vergessen; jetzt wissen es beide nicht.

Die Stimme der Frau Mutter dringt durch die Unterhaltung: „Wenn eine Mutter zwei Töchter hat, sollte sie diese, wenn sie über zwanzig sind, niemals gleich kleiden; sonst verheiratet sich keine." Berechnung! Die Zuhörenden sollen wissen, daß keine ihrer gleich angezogenen Töchter über zwanzig sei. Ich glaub's nicht.

„Nehmen Sie sich in acht, Herr Doktor, daß Ihnen bei Ihrer Zeche nicht mehr berechnet wird", sagte Klikeš, während er sein Gulasch verschlang. „Unser Wirt war Soldat – da hat er in den Gasthäusern die Striche auf den Bierdeckeln heimlich weggewischt – jetzt schreibt er sie heimlich dazu, damit das in seinem Gewissen ausgeglichen werde." Ich lachte, das ist selbstverständlich. Ich möchte das Gespräch wieder auf Herrn Sempr lenken, aber ich erfahre nur, daß er an jedem Vormittag in die Weinstube geht. Ich nehme es zur Kenntnis.

Ignaz steht wie angenagelt am Billardtisch. Er verfolgt gespannt das Spiel, nimmt aber scheinbar für den Kleinen Partei. Manchmal springt er in die Höhe. Jetzt hüpft er gar auf einem Bein.

Klikeš hat zu Ende gegessen. Er stopft seine Pfeife und setzt sie in Brand, in der Pfeifenglut sieht sein Gesicht wie eine alte Schmiede aus. Er pafft und schaut sich zufrieden um. Jetzt ruht sein Blick auf dem Fremden, der neben dem Billardtisch sitzt. „Der muß ein Schuster sein", sagt er lachend zu sich selber. „Schlange!" ruft er dann laut. Dem Fremden gibt es einen Ruck, aber er schaut nicht herüber. „Schuster!" ruft Klikeš wieder. Der Fremde dreht ihm langsam sein Gesicht zu, er ist sichtlich gekränkt: „Gewiß so eine Wirtshausfliege – ständig besoffen", sagt er langsam und spuckt aus. – „Was, vor mir ausspucken?" erregt sich Klikeš, „vor mir, einem Prager Bürger?" und will aufstehn. Der Wirt drückt ihn auf den Stuhl zurück und tritt zu dem Fremden. Klikeš schlägt auf den Tisch. Sein Lebtag habe ihn niemand betrunken gesehen, und wenn man einmal eines großen Ärgers wegen ein Glas über den Durst getrunken habe, so gehe das keinen Menschen etwas an. Inzwischen führte der Wirt den Fremden, der bereitwillig folgte, durch die Küche hinaus. Klikeš schimpfte weiter. Plötzlich draußen in der Einfahrt Streit und Geschrei. Nach einer Weile tritt der Wirt wieder herein. „Erst draußen ist er zornig geworden", sagt er, „und er wollte wieder herein, aber ich habe ihn in die Gasse befördert. Ich hab ihn wie ein Bündel ins Versatzamt geschleudert."

Bald herrscht wieder das alte Treiben. Plötzlich Beifall am Nebentisch. „Bravo, bravo! Löfler wird die Fliege machen – Löfler, mach die Fliege!" Überall Klatschen. Klikeš fragt mich, ob ich schon gesehen habe, wie die Fliege gemacht wird. – Nein. – Er klärt mich auf, daß das ein herrlicher Spaß sei – ich werde vor Lachen platzen. – Ich habe es schon tausendmal gesehen, ich glaube, daß in jedem Prager Gasthaus einer ist, der die Fliege macht. Ich kann das nicht ausstehn! – Löfler, der mit dem Rücken zu mir sitzt, wehrt sich. Es sei nicht genug still. „Ruhe – Ruhe – pst!" Es ist still, und Löfler beginnt zu summen. Zuerst fliegt die Fliege unterm Gewölbe, dann stößt sie gegen ein Fenster, schließlich wird sie in einem Glas eingefangen, in dem sie summend hin- und herstößt. Klatschen, ich klatsche mit. Alle Blicke sind auf mich gerichtet, um zu sehen, wie es mir gefällt. Klikeš sagt: „Ein Sakramentskerl. Dem macht es so rasch keiner nach! Wir könnten manchmal vor Lachen in die Luft gehn." Und er gießt Glas um Glas in sich hinein, offenbar brennt der Vorfall von vorhin noch in ihm. Manchmal klopft er sich auf den Bauch und sagt wie zur Entschuldigung: „Immer noch zehn Zoll unter normal – haha!"

„Sie spielen aber ungeschickt!" klingt es vom Billardtisch; alle Köpfe drehen sich wie auf einen Schlag dorthin. Unglücklicher Ignaz! Der Kleine, den er protegierte, hatte sich irgendwie nicht vorgesehen, und Ignaz konnte sein Mißfallen nicht unterdrücken. – Allgemeine Aufregung. – Der Spieler warf das Queue auf den Billardtisch. Der Oberleutnant schreit: „So eine Frechheit – werft ihn hinaus!" Der Wirt tobt, er werde Ignaz sogleich morgen früh nach der Abrechnung fortjagen. Klikeš lacht ihm ins Gesicht und fragt: „Zum wievielten Mal?"

Die Wogen glätten sich wieder. Ein Hausierer tritt herein. Mager, schmutzig, unrasiert, in schmierigen Kleidern. Er redet nichts, stellt nur seinen Bauchladen auf den Tisch und bietet einen Kamm, ein Portemonnaie, eine Zigarettenspitze an, jeder schüttelt ablehnend den Kopf. Der Hausierer geht schweigend von Tisch zu Tisch, klappt den Bauchladen zu, hängt ihn an den Riemen und geht. – Klatschen. – „Pst, pst, Ruhe!" Und Löfler macht jetzt, wie die Leberwurst brät und schmort. Beifall und Lachen. Nur Ignaz steht niedergeschlagen da und blinzelt ängstlich in den Raum.

Löfler macht einen singenden Tiroler mit Kropf. Widerlich, aber ich klatsche mit. Der Oberleutnant erzählt an seinem Tisch so laut und solche Dinge, daß ich, wenn ich der Vater wäre, der mit Frau und Töchtern hier sitzt, ihn hinausgeworfen hätte. Es läßt sich nur so verstehen, daß er mit ihnen seit langem bekannt sein mag – aber dann müßte ihn der Vater schon längst hinausgeworfen haben.

Ich empfehle mich und gehe.

Im großen und ganzen habe ich mich gut unterhalten. Man muß einen gesunden Sinn für den kleinen Mann haben.

Ich bin nicht zeitig aufgestanden. Wenn ich am Abend ins Gasthaus gehe, schlafe ich morgens lange – ich schlafe überhaupt immer lange, aber es soll Leute geben, die mit größtem Vergnügen zeitig aufstehen. Das schadet nichts: gut ausgeschlafen studiert es sich besser.

Ein herrlicher Tag! Ich konnte nicht widerstehn, ich sitze bei weit geöffneten Fenstern. Zwar höre ich so jeden Laut aus dem ganzen Haus, aber ich stelle fest, daß es mich kaum stört – es klingt wie das Rauschen von einem fernen Wehr und bedeutet eine Veränderung gegenüber der ermüdenden Monotonie eines Zimmers mit geschlossenen Fenstern. Bei dem Schneider Sempr über mir singt jemand, wohl ein Gehilfe; er singt einfältig und unschön. Ein komisches Lied: „... soll sich was genieren, weil sie keinerlei Manie-ieren ... hehe!"

Pepík hat sich zu mir hereingeschlichen. Das darf er sich nicht angewöhnen, ich werde es ihm unauffällig zu verstehen geben.

„Komm her, Pepík, kannst du auch singen?" – „Und ob!" – „Dann sing mir etwas vor, etwas Hübsches, ja?" – Der Bub begann: „Ich hatte ein schönes Täubchen." Aber er verhaspelte sich, und anstatt „grüner Tann" sang er „grüner Zahn". Ihm ist das einerlei. Was weiß so ein Prager Kind von grünem Tann! „So, und jetzt mußt du gehn. Weißt du, ich muß immer allein sein, da darfst du nicht hereinkommen." Pepík ging. Er gefällt mir.

Ich studiere jetzt das Wechselrecht und mische es zur Abwechslung mit dem Handelsrecht.

Ein fürchterlicher Lärm bei den Malersleuten. Pepík wird entsetzlich verdroschen. Ich will die Fenster schließen, der Maler sieht das und ruft über den Hof: „So ein verfluchter Kerl! Er gibt und gibt keine Ruhe!" – „Was hat er denn angestellt?" – „Er hat den Brief von meinem Bruder, dem Pfarrer, aufgefressen, und jetzt weiß ich nicht, was ich antworten soll!" – Ich schloß die Fenster, überdies singt über mir der Gehilfe noch immer: „... soll sich was genieren, weil sie keinerlei Manie-ieren."

Ich habe mit Sempr und dem Wirt unten zu Mittag gegessen. Ich habe Ignaz beobachtet – so ein Jux! Eine Weile hatten sie am Nebentisch zusammen die Abrechnung von gestern in Ordnung gebracht. Ignaz schaute seinen Herrn mit blödem Gesicht und angstvollen Augen von der Seite an, offenbar erwartete er jeden Augenblick die gestern angedrohte Entlassung. Die wirre Kontur des Wirtes schwankt hin und her, die Augen blinzeln verschlafen, er scheint sich an nichts mehr von gestern zu erinnern. Sie beenden die Rechnerei, und Ignaz macht sich aus dem Staube.

Der Wirt setzte sich zu mir. – „Eine gute Suppe", sage ich. – „Versteht sich!" der Wirt. – „Was gibt es zum Fleisch, Ignaz?" – „Was gefällig ist." – „Geben Sie mir ein paar rote Rüben." – „Nein!" – „Was heißt da nein? Sie stehen doch auf der Karte." – Ignaz schweigt. Der Wirt hält sich vor Lachen die Hüften, schließlich lallt er, noch immer lachend: „Ich bring sie selbst, Herr Doktor. Er kann nicht – er kann nicht!" Ich schaue ihn erstaunt an. – „Sobald er rote Rüben sieht, fällt er in Ohnmacht. Sie erinnern den Hasenfuß an geronnenes Menschenblut." – Guten Appetit!

Ein Mittagessen ohne muntere Unterhaltung. Der Wirt taugt zu gar nichts. „Was steht heut Neues in der Zeitung?" frage ich. – „Ich lese sie nicht. Manchmal geh ich zum Kaufmann hinüber und frag, was es Neues gibt." – Ich bemerke, daß die Wand der Gaststube unten wie regelmäßig abgeschlagen ist. „Wieso ist das?" – „Ja, vor mir war da ein Tanzsaal, und da haben sie beim Tanzen den Mörtel abgestoßen." – „Wie lange sind Sie schon hier?" – „Ich? So ans zwölfte Jahr." – Sempr redet so gut wie nichts. „Eh" und „hm" sind seine hauptsächlichsten Wörter.

Ich war gegen Abend im Gärtchen. Das halbe Haus war dort; jetzt kenne ich außer dem jungen Ehepaar im zweiten Stock und meinem Kondukteur schon alle Leute, und wenn ich über alle so nachdenke, dreht sich mir der Kopf. Herrn Provazník, der über dem Maler wohnt, verstehe ich überhaupt nicht. Ich habe ihn früher einige Male im Fenster gesehen, mir schien dann, er habe ein gelbes, mageres Gesicht wie eine

Nudel. Jetzt weiß ich, warum er diesen Eindruck machte. Rund ums Gesicht trägt er einen kurzen, schwarzen, um die Lippen und am Kinn ausrasierten Bart – daher von weitem dieses lange schmale Gesicht. Das Haar ist fast grau. Er ist etwa fünfzig und geht stark gebückt.

Als ich die schmalen Stufen ins Gärtchen hinunterkam, ging Provazník im Hintergrund auf und ab, und auf dem Altan rechts im Eck war die ganze Gesellschaft versammelt: der Hausherr, dessen Fräulein Tochter, der Maler, die Malerin und Pepík. Die schwarzen, fiebrig glänzenden Augen des Hausherrn schauen mich wie einen völlig Fremden an. „Vater, das ist doch der Herr Doktor Krumlovský", erklang eine angenehme Altstimme. – „Ah, Herr Doktor! Jaja – ich vergaß", und er reichte mir seine knochige, heiße Hand. – „Mit Ihrer Erlaubnis möchte ich mir gestatten, mich im Garten ebenfalls etwas zu erholen." – „Bitte", hüstelte er und spuckte mir auf den Schuh. – Wir setzten uns. Ich weiß nicht, was ich reden soll; den anderen war die Stille vielleicht gleichgültig, mir war sie peinlich. Alle schienen darauf gespannt zu sein, mich als unterhaltsamen Gesellschafter kennenzulernen.

Ich sehe keine andere Hilfe als in Pepík. „Komm her, Pepík! Wie geht's dir?" – Pepík schmiegt sich an meine Beine und stützt sich mit den Ellbogen auf mein Knie. „Erzähl mir wieder was", fordert er mich auf. – „Ich soll dir was erzählen? Haha, du Schelm! Er hat sich gemerkt, daß ich ihm unlängst allerlei erzählt hab." – „Erzähl ein Märchen!" – „Ein Märchen? Ich weiß aber keins – wart mal! Ich erzähl dir doch eins." Und ich begann in ernstem Ton: „Es war einmal ein König. Gut. Der hatte keine Kinder. Gut. Da fiel eines Tages seinem älteren Sohn ein, auf Wanderschaft zu gehen." – Allgemeines Gelächter. Der Maler bemerkt: „Der Herr Doktor ist ein Spaßvogel!" und wischt sich zwei große Tränen ab, die aus seinen wässerigen Augen gerollt waren. Der Maler ist offensichtlich ein verständiger Mann, und mir schmeichelt seine Anerkennung. Es ist stets gut, für einen witzigen Menschen gehalten zu werden. – „Nun erzählen Sie doch weiter, das ist ein Märchen auch für große Kinder", eifert mich der Maler an. Ich bin wieder in der Klemme. Das

Märchen geht gar nicht weiter, es ist mit dieser Pointe zu Ende, aber die guten Leute begreifen das nicht. Als witziger Kopf erwäge ich eine Improvisation, es wird schon irgendwie gehen. Ich erzähle – erzähle – aber es geht nicht, ich merke, daß ich schon lauter Unsinn rede. Aber die Gesellschaft hat längst aufgehört zuzuhören, sie unterhält sich, und ich bin es froh. Nur Pepík hört noch immer zu, ich streichle ihm übers Haar. Aber irgendein Ende muß das Märchen bekommen, doch ich stottere schon. Ein glücklicher Einfall! Ich ergreife Pepíks Händchen, als ob ich sie jetzt erst bemerkt hätte, und sage: „Pepík – guck mal – was für schmutzige Hände du hast!" Der Bub schaut auf seine Hände. „Bück dich, ich sag dir etwas ins Ohr!" Und er flüstert: „Gib mir zwei Sechser, dann wasch ich sie mir!" Ich nehme heimlich zwei Sechser heraus und stecke sie ihm zu. Der Junge sprang ins Gärtchen, wo das siebenjährige Mädchen des Herrn Sempr auftauchte.

Ich schaue das Fräulein des Hausherrn an, das neben dem Vater sitzt. Dem Vater ganz ähnlich! Ein hageres Gesicht, zarte, durchscheinende Hände, kleines Kinn, kleine Nase, so klein – kann man sie überhaupt bei der Nase nehmen? Aber sie paßt zu ihr, das Gesicht wirkt auch durch sie noch angenehm, schwarze Augen. Ihre Altstimme ist wirklich sympathisch. Ich habe schwarze Augen gern; eine Frau mit blauen Augen kommt mir immer wie blind vor.

„Sind Sie musikalisch, Herr Doktor ..."

„... Krumlovský", half die Tochter nach.

„Ja, Ottilchen, ich weiß: Herr Doktor Krumlovský."

„Als ich das Vergnügen Ihres Besuches hatte, haben wir schon davon gesprochen. Ich habe einmal Geige gespielt, aber das ist schon lange her." Ich weiß nicht einmal, wie man eine Geige anfaßt. Der Hausherr hört mir schon gar nicht mehr zu. Das Fräulein neigt sich zu mir und flüstert mir traurig mit gedämpfter Stimme zu: „Mein Vater hat das Unglück, nachmittags stets das Gedächtnis zu verlieren." Der Hausherr hat sich erhoben und sagt, als sei er plötzlich heiser geworden: „Komm, Ottilchen, laß uns ein wenig auf und ab gehen. – Hier, Herr Doktor, dieses Zettelchen, bitte!" Er reichte mir einen länglichen, weißen Streifen, auf dem geschrieben stand: „Ich hab heute wieder mein Halsleiden – bitte zu verzeihen, wenn ich nicht laut genug spreche.“

Jetzt tritt Herr Provazník zu uns. Er lächelt mich an, aber sein Lächeln ist irgendwie ironisch. Er reicht mir die Hand.

„Servus, Herr Doktor Kratochvíl!“

„Ich heiße Krumlovský.“

„Das ist doch seltsam – ich dachte, daß jeder Doktor Kratochvíl heißt – hehehe!“ Sein Lachen ist heiser und scharf.

Ich schaue ihn streng an.

„Worüber haben sich die Herren unterhalten? – Wie geht's, Herr Augusta?“

„Trüb! So gut wie nichts zu tun.“

„Soso – und wann immer ich Ihnen auf der Treppe begegne, tragen sie ein feuchtes Bild unterm Arm. Das muß doch für Sie eine Spielerei sein, täglich zwei Bilder zu machen!“

Der Maler lächelt selbstgefällig. „Das ist wahr – das soll doch einer von diesen ‚Professoren‘ versuchen!“

„Da können Sie ja Porträts auf Vorrat malen, hehehe! Übrigens ist ein Porträtist so etwas wie der überflüssigste Mensch auf der Welt. Wenn auch kein einziger Porträtist existierte, würde es auf der Welt trotzdem genug Gesichter geben, und was für wunderliche! – Warum malen Sie nicht etwas anderes?“

Gern würde ich lachen, die bissige Satire Provazníks ist unwiderstehlich, aber ich sehe, daß der Maler verlegen ist – wozu den armen Teufel quälen?

„Ich war ursprünglich Historienmaler“, stotterte Augusta, „das hat nichts eingebracht, die Menschen verstehen nichts von Historie. Einmal hat bei mir ein Pfarrer die Kapuzinerpredigt aus Wallensteins Lager bestellt, und ich habe ihm ein ausgezeichnetes Bild gemalt, das muß ich selbst sagen; aber als es fertig war, wollte der Pfarrer es nicht nehmen, und er nahm es auch nicht – er wollte eine Kapuzinerpredigt ohne Kapuziner – nun ja, ein Pfarrer! – Dann sollte ich für das Rathaus von Kuckov ein Bild von Žižka malen. Das war was! Ich schickte ihnen eine Skizze. Die Stiefel gefielen ihnen nicht, ich sollte Herrn Palacký fragen, ob sie historisch richtig seien. Herr Palacký stellte mir ein gutes Zeugnis aus. Aber in Kuckov hatten sie einen Fachmann, er hieß Malina, und dieser Kenner Malina entschied, daß mein Žižka nicht den militärischen Anforderungen entspräche. Ich stritt mich mit ihnen lange herum, schließlich schrieben sie mir, daß sie mich Wohlgeboren in der Zeitung bloßstellen würden. Es ist gefährlich, Historienmaler zu sein."

„Machen Sie Genre-Bilder! Zum Beispiel, wie ein Kesselflicker einem betrunkenen Flötisten die Flöte repariert. Oder ‚Die Maus in der Mädchenschule'. Die Maus muß gar nicht zu sehen sein, aber alle Mädchen sind mitsamt der Lehrerin oben auf den Bänken – diese Vielfalt erschrockener Gesichter!"

„Hehe, ich habe auch Genre gemalt. Ich hatte sogar eins in der Ausstellung gehabt – ein hübsches Bild! Damals war noch alles deutsch, und meine Genre hieß ‚Häusliche Arzenei'. Der Mann liegt im Bett, die Frau bringt ihm einen warmen Topfdeckel."

„Pfui!"

„Warum pfui? Der Topfdeckel war gar nicht zu sehen, er war in ein Tuch gehüllt, damit er nicht auskühle."

Gern würde ich dem Maler aus der Klemme helfen, aber ich weiß nicht, wie. „Was für einen Tag haben wir heut eigentlich?" fragte ich recht unbeholfen Provazník.

„Sie könnten das unserm Hausherrn vom Hemdkragen ablesen, Herr Doktor Kratochvíl", spottete Provazník. „Er wechselt das Hemd wöchentlich nur einmal – heut ist nach seinem Kragen schon Donnerstag."

Ein impertinenter Kerl! „Ein armer Teufel – ist es nicht wirklich ein besonderes Unglück, immer nachmittags sein Gedächtnis zu verlieren?"

„Er hat gewiß einmal Strohhüte verkauft. Die, welche Strohhüte verkaufen, werden von dem Schwefel über kurz oder lang blöd – besonders die Tiroler, sie können dann nicht einmal mehr addieren."

„Aber er scheint ein guter und ehrenwerter Mensch zu sein."

„Ehrenwert, aber dumm; sein Horizont hat einen Umkreis

von bestenfalls fünf Joch. Ich kenne ihn schon über zwanzig Jahre."

„Seine Tochter, die Arme, pflegt ihn sicher gut. Sie ist ein angenehmes Wesen, wenngleich nicht mehr ganz jung."

„Wegen ihrer Neugierde. Wegen dieser weiblichen Neugierde kam sie um zwanzig Jahre früher auf die Welt, und jetzt ärgert sie das. Ein aufrichtiges Mädchen, sie hat mich schon oft ausgeschimpft."

Mir ist bei diesen Provazníkschen Impertinenzen nicht wohl. „Gehen wir uns ein bißchen mit dem Hausherrn unterhalten", schlage ich vor. – „Gehen wir!" stimmt der Maler bereitwillig zu und klopft Provazník auf den Rücken. Provazník zuckt bei jedem Schlag schreckhaft zusammen und richtet sich rasch wieder auf.

Beide erhoben sich. Der Weggang der Männer riß die gegen den Pfosten des Altans gelehnte Malerin aus ihrem tiefen Nachsinnen. „Weißt du was, Mann? Ich mache heut zum Abendessen Rühreier." – „Gut", sagt der Maler und geht weiter. Diese Gelegenheit benutzt die Augusta, mir zischelnd zu versichern, daß sie ganz andere Bewerber gehabt habe und alle Männer wie verrückt hinter ihr her gewesen seien. Ich wollte ihr irgendwie schmeicheln und sage, daß ihr das noch heut anzumerken sei. – Was noch anzumerken sei? – Ich weiß im Augenblick nicht, was ich sagen soll, schließlich fällt mir ein, ihr zu versichern, es sei zu sehen, daß sie einmal schön gewesen sein müsse. – Die Augusta rümpft die Nase – schließlich sei sie noch gar nicht so alt. Und wenn sie sich erst richtig anziehe – auf einmal lief sie wie eine Kaffeemühle los – „erst unlängst sagte jemand, der hinter mir ging: ‚Sie ist zum Anbeißen!' Und von vorne muß mich ja niemand ansehn." Ich stotterte etwas, aber sie war schon fort.

Wir traten zu den anderen. Der Hausherr lächelt mich an, als ob er mich nicht kennte, und reicht mir noch einmal seinen Zettel mit derselben Entschuldigung. Man sprach von Zuckerfabriken. Ich will mich hinsichtlich meines Geistes rehabilitieren und frage: „Versteht das Fräulein etwas von Zuckerfabriken?" – „O nein!" – „Aber von Zuckerwerk doch gewiß." Ich lache tüchtig, denn es ist bekannt, daß, wenn nur einer ordentlich zu lachen beginnt, er die anderen mitreißt. Ich riß aber niemanden mit. Ich vermute, daß sie meinen Witz wieder nicht verstanden haben.

Der Hausherr fragt mich, ob ich musikalisch sei, und tappt mir dabei auf den Fuß. „Nein", antworte ich verdrießlich, aber gleich darauf tut er mir leid, und ich frage: „Sie gehen gewiß oft in die Oper?"

„Nein, das ist nichts für mich. Ich höre auf dem rechten Ohr um einen Ton höher – und das geht nicht." Ein komischer Mensch: nachmittags verliert er sein Gedächtnis, und auf dem rechten Ohr hört er um einen Ton höher! – „Ich sitze lieber zu Hause am Klavier und arbeite." – „Komponieren Sie?" – „Augenblicklich nicht, seit einigen Jahren bin ich ununterbrochen damit beschäftigt, Mozart zu verbessern. Wenn ich damit fertig bin, sollen Sie sehn, wie Mozart aussehen wird!" Und er spuckte Provazník auf den Fuß. Provazník wischt seinen Schuh am Rasen ab und sagt: „Auch ich gehe schon jahrelang nicht in die Oper. Würde ich gehen, dann nur in – ‚Martha'."

Der Hausherr faßte mich an der Hand und führte mich von den anderen fort. Ich merke, daß er mir etwas mitteilen möchte, aber es will nicht recht heraus; ich höre ununterbrochen nur ‚sss', wie wenn Dampf aus dem Kessel herausgelassen wird. Dreimal zischte er ‚s' rund um den Garten, endlich kam es heraus: „ – in der Kapust ist kein Phosphor." Er kommt manchmal ins Stottern, und zwar immer beim S. Dann gibt er mir wieder einen Zettel.

Danach erwischte mich der Maler und führte mich abseits in einen Winkel. Ob ich wohl beobachtet hätte, wie er Provazník auf den Rücken geklopft hatte? Sollte mich Provazník noch einmal ärgern, müßte ich ihn nur auf den Rücken klopfen, nur ganz leicht, er werde sich sofort mäßigen. Er sei ein böser Mensch, dieser Provazník.

Sogleich nach dem Maler führte mich wieder Provazník beiseite. Was ich zu dem Plan meine, eine Gesellschaft zur Anlegung künstlicher Inseln in der Moldau zu gründen. Er schaute mich siegesbewußt an. Ich antworte ihm, das sei eine geradezu brillante Idee. – „Nun, sehen Sie, und solcher Ideen habe ich noch mehr. Aber uns fehlen die Menschen für solche Ideen. Mit diesen Dummköpfen dort drüben würde ich darüber gar nicht erst sprechen."

„Jetzt könnte man mit einem Sechsundzwanziger beginnen", drängt der Maler. Gut, spielen wir, aber nur ein Stündchen! Die Karten liegen in der Schublade in der Laube des Malers. Wir setzen uns an den kleinen Tisch und einigen uns, daß der Hausherr und ich gegen den Maler und Provazník spielen.

Ein schönes Spiel! Der Hausherr fragt nach jedem Stich, auch noch nach dem letzten, was Trumpf sei. Nie weiß er, welche Farbe ich ausgespielt habe, und er bedient mich damit nie. Ich bin überzeugt, daß er die passenden Karten hat, aber er meldet nicht eine einzige an. Wenn ich ihn etwas frage, hält er mir über den Tisch den Zettel hin. Selbstverständlich gewannen Provazník und Augusta und wieherten vor Vergnügen wie Pferde. Mir bleibt nichts anderes übrig, als die Karten aufzudecken und meine Kreuzer zu bezahlen. Ottilie zahlt für den Vater, anders hätten wir kein Spiel zu Ende gebracht. Der Hausherr beteuert ununterbrochen, er habe schon bezahlt, dabei tritt er mir unterm Tisch ständig auf die Füße. Ich ziehe meine Füße ein und habe meinen Spaß daran, wie seine Füße unterm Tisch fieberhaft arbeiten und suchen, worauf sie tappen könnten.

Plötzlich regt sich der Hausherr über mich auf, daß ich schlecht spiele, ich hätte auf sein Pik-As keinen König ausgespielt. Dabei ist noch gar keine Pik-Karte gespielt worden, und das As habe ich selbst. Der Hausherr schreit weiter, seine Stimme dröhnt wie eine Posaune – und ich hab in der Tasche fünfzehn Zettel! Ottilie schaut mich bittend und schmerzlich an – nun, ich begreife und schweige.

Wir spielten eine knappe Stunde, und ich verlor über sechzig Kreuzer.

Der Hausherr ging mit Ottilie ins Haus, die abendliche Kühle tue seinem Hals nicht gut. Provazník geht auch. Das Dienstmädchen der Malersleute bringt der Familie das Abendbrot. Ich bitte es, mir aus der Wirtschaft auch etwas zum Essen und Bier zu holen.

Ich aß, und der Maler unterhält mich. Er erzählt, daß er noch nie gebührend anerkannt worden sei. Sie hätten ihn schon an der Akademie veranlaßt, sie vor Beendigung seines Studiums zu verlassen; er habe mehr gekonnt als die Professoren.

Ich sitze wieder zu Haus, und mir dreht sich der Kopf.

Nie mehr lasse ich bei Nacht das Fenster geöffnet, nicht einmal bei der größten Hitze! Um zwei Uhr nachts war bei den Malersleuten Krawall. Die Stimme der Frau Augusta hatte Solo – eine Stimme, mit der man einen Baumstrunk durchsägen könnte. Schließlich wurde ich klug daraus, worum es ging. Der Maler war in einem unzurechnungsfähigen Zustand heimgekommen. Er war sich dessen selbst bewußt und fürchtete, im Zimmer etwas umzuwerfen. Als er ins Zimmer eingetreten war, hatte er sich gegen die Tür gelehnt, um zu warten, bis es hell würde. Natürlich war er im Stehen eingeschlafen und mit lautem Gepolter zu Boden gefallen. – Bei dieser Gelegenheit wurde mir klar, warum ich die Nachtigall nicht mehr höre. Sie beginnt erst spät nach Mitternacht – vielleicht kommt sie erst um diese Zeit aus dem Gasthaus.

Ich erblickte den Hausherrn und das Fräulein im Garten. Ich wollte den Hausherrn wieder einmal bei gutem Gedächtnis sehen und ging hinunter. Leider Gottes traf ich dort auch Provazník, den ich vom Fenster aus nicht bemerkt hatte.

Der Hausherr saß am Spinett und spielte. „Warten Sie, Herr Doktor Krumlovský, ich spiele Ihnen eine meiner alten Kompositionen vor, das Lied ohne Worte.“ Und er spielte. Soweit ich das verstehe, war es nicht übel, er spielte virtuos auf dem schlechten Instrument, und mit Gefühl. Ich applaudiere. – „Und wie gefällt es Ihnen, Herr Provazník?“ – „Nun, ich habe von allem ‚Martha‘ am liebsten – aber Ihr Liedchen ist hübsch, Sie könnten es auf den Mist werfen. – Hören Sie, wenn Sie etwas komponieren könnten, was gut gegen Wanzen ist, ich würde es ununterbrochen singen – die

Viecher setzen mir grausam zu." Er drehte sich lachend um. – Der Hausherr gibt mir durch Zeichen zu verstehen, daß in Provazníks Kopf nicht alles in Ordnung sei. Daraufhin neigt sich Provazník zu mir und flüstert: „Ich gäbe was dafür, wenn ich einmal in den Kopf irgendeines Musikanten sehen könnte. Dort muß es ausschaun! – diese Köpfchen mit den Hälsen – ein Gehirn, wie mit lauter Würmern bedeckt!" Der Hausherr bemerkt, daß über ihn gesprochen wird, und knurrt, daß man „mit einem Balken anders umgehen muß als mit einem Streichholz". – Ich will Frieden stiften und frage laut: „Sie, Herr Provazník, haben sich wohl nie mit Musik befaßt?" – „Ich? – Aber ja! Drei Jahre habe ich zugleich Geige, Flöte und Singen gelernt, macht zusammen neun Jahre – dennoch verstehe ich Musik nur so im großen und ganzen."

Ich wende mich mit der höflichen Frage, wie sie geschlafen habe, an das Fräulein. „Gut – aber am Morgen, als ich aufstand, war mir irgendwie bange, ich wußte nicht warum, und mußte weinen." – „Ganz grundlos wird das gewiß nicht gewesen sein. Eine kluge Dame –" – „Sie glauben, ich sei klug? Väterchen, der Herr Doktor meint, daß ich klug sei!" Und sie lachte, daß ihr die Tränen kamen. Ich begann zu erklären, daß die Tränen fließen, solange wir leben, der Mensch merkt es nur nicht. Ich bin überzeugt, daß ich sehr geistreich gesprochen habe, aber als ich ungefähr in der Hälfte war und vom Glanz des menschlichen Auges sprach, stand der Hausherr plötzlich auf und sagte: „Komm schon, Ottilchen, du mußt nach dem Essen schaun!" Sie gingen und ließen mich in den Händen Provazníks.

Mir war nicht wohl neben diesem Sonderling. Er schaute mich mit einem sonderbaren Grinsen an, und mein unangenehmes Gefühl verstärkte sich noch. Schließlich aber wollte ich nicht davonlaufen und begann von mir aus ein Gespräch. „Der Hausherr mag ein ganz guter Musiker sein", sage ich. – „Ist er! Besonders gut soll er – nun, wie nennt man das? – wenn man etwas für verschiedene Klarinetten – ?" – „Instrumentieren." – „Ja. Was sollte daran übrigens Schwieriges sein? Ein Leierkasten und ein Hund – wenn sie zusammenpassen, klingt es auch schön." – Ich mußte lachen. Provazník schaute mich an und sagte geradeheraus: „Herr Doktor, Sie sehen heut irgendwie schlecht aus!“ – „Ich? Ich wüßte nicht –“ – Provazník strich sich mit der Hand über die Stirn, als ob er sich an etwas erinnern wollte, dann begann er langsam und ernsthaft mit tiefer Stimme: „Sie sind ein vernünftiger Mensch, Sie werde ich nicht zum Narren halten. – Verstehen Sie, ich habe einen ätzenden Haß gegen alle Menschen – man hat mich im Leben viel gekränkt und beleidigt – zu viel! Seit vielen Jahren gehe ich schon nicht mehr aus dem Haus. Ich hörte mit meinen Ausgängen sofort auf, als mir die Haare grau zu werden begannen. Mit wem immer du sprichst, jeder sagt dir mit höchstem Erstaunen: ‚Hören Sie – wahrhaftig – Sie werden ja schon grau!‘ Esel! – nicht wahr? – Jetzt bin ich schon grau wie eine Ratte. Aber ich habe mir etwas über sie ausgedacht.“ Und Provazník begann närrisch zu lachen. „Bevor noch jemand das Maul aufreißen konnte, sagte ich entsetzt zu ihm: ‚Um Gottes willen, was ist mit Ihnen los? – Sie sehen miserabel aus!‘ Jeder, aber auch jeder, erschrak und fühlte sich sofort krank und elend. – Oh, ich konnte sie durcheinanderbringen! – Ich hatte Jahre hindurch meinen besonderen Spaß daran, alles, aber auch alles, was ich über jemanden hörte, festzuhalten und mein Material in genauer alphabetischer Ordnung zu sammeln – besuchen Sie mich einmal, ich zeige Ihnen die ganze Registratur über die Einwohner der Kleinseite. Und wenn mir dann wegen der Menschheit die Galle überlief, zog ich Bündel um Bündel hervor und schrieb anonyme Briefe – die Leute konnten verrückt werden über das, was sie von einem unbekannten Menschen über sich lesen mußten – aber auf mich ist niemand verfallen, niemand! Ihnen kann ich es sagen, ich gebe mich ohnedies nicht mehr damit ab. Ich möchte nur noch einen einzigen Brief schreiben – das glückliche Paar neben mir grämt mich – etwas muß ich ihnen antun – aber bisher ist mir leider Gottes noch nichts eingefallen.“

Ich war erschüttert. Provazník fuhr fröhlich fort und sprach immer rascher: „Ich war ihnen ein Kerl! Wie viele Weiber habe ich herumgekriegt, als ich jung war! Schauen Sie nicht so erschrocken – Sie werde ich nicht verführen! Was die Verheirateten betrifft, habe ich ein reines Gewissen, aber auf die Ledigen hatte ich es abgesehen. Schon als kaum erwachsener Gymnasiast schrieb ich mir aus Listen der Mädchenschulen diejenigen heraus, die am schlechtesten lernten; die waren am leichtesten zu bekommen. Und alle Studentenliebschaften beobachtete ich – wenn sich zwei zerstritten, war ich sogleich zur Stelle. Ein Mädchen, das auf den Geliebten böse ist, ist leichte Beute." –

Ich sprang auf. Ich konnte das nicht länger anhören. „Entschuldigen Sie mich, ich muß ins Haus!" Und schon war ich verschwunden.

Mir nach klang ein lautes, grelles Kichern.

Hat er mich zum Narren gehalten?

Die Kondukteurin räumt jetzt bei mir auf, wenn ich hinunter zum Mittagessen gehe. Ich sehe sie nur manchmal, wenn ich durch die Küche gehe. Gut so!

Am Nachmittag Krawall bei den Malersleuten. Pepík wurde tüchtig verprügelt. Ursache: meine zwei gestrigen Sechser. Ein Lohndiener hatte Pepík an der Hand nach Hause geführt. Pepík hatte sich ihn gemietet, damit er das Pferd mache und ihn auf den Schultern trage, gerade vor unserem Haus.

Es stellte sich heraus, daß Pepík Semprs kleine Márinka zum Anschauen eingeladen hatte. Also ein Paraderitt. Vielleicht die erste Liebe? Möglich. Ich war mit drei Jahren zum erstenmal verliebt und bin deswegen ebenfalls verprügelt worden. – Pepík wird entschieden zu oft geprügelt.

Abends im Gasthaus. Dieselben Leute auf denselben Plätzen. Am Anfang ein interessantes Gespräch aller über das tschechische Theater. Der dicke Oberleutnant teilt mit, daß er auch einmal im tschechischen Theater gewesen sei und daß ihm das Stück sehr gefallen habe. Sie hatten damals „Die Tochter des Bösewichts" gegeben, aber er wisse nicht mehr, wie der tschechische Titel gelautet habe. Niemand weiß es. Schließlich behauptet der Oberleutnant steif und fest, das

Stück habe „Huncvutova dcera" gelautet, also „Die Tochter des Hundsfotts". So ein Hanswurst! In dieser Weise sprach man über das Theater weiter und über den Unterschied zwischen Lust- und Trauerspiel. Wiederum behauptete der Oberleutnant steif und fest, ein Trauerspiel müsse fünf Akte haben. Das sei genauso wie bei einem Regiment: vier Feldbataillone und ein Ersatzbataillon.

Das Gespräch fast wörtlich genauso wie vorgestern. Klikeš redet von eingemachten Kutteln „in der Tasche", von den zwei Polizisten, die den Gastwirt jährlich einmal ins Bad führen, von dem gekochten Huhn aus dem gekochten Ei, und der Gastwirt vergleicht das Gesicht des Klikeš wiederum mit einer Form für Zuckerbäckerei. Das Lachen über jeden Witz war genauso wie vorgestern.

Das jüngere Fräulein Flaschenköpfchen schaut wieder ununterbrochen zu mir herüber. Sie trinkt mich mit ihren Blikken, wie die Sonne Wasser trinkt.

Wieder derselbe magere, schmutzige, unrasierte Hausierer. Er sagt nichts, verkauft nichts und geht. Der Bursche schaut dabei so komisch aus, daß ich ihn, aus bloßer Lust an Unterhaltung, Hungers sterben lassen könnte. Vielleicht hat er ein Gelübde getan, immer schmutzig, ohne etwas zu reden und zu verkaufen, durch dieselben Gasthäuser zu gehen.

Dann fängt Karlchen, unter allgemeiner gespannter Aufmerksamkeit, einen Floh. Dann Applaus für Löfler, dann die summende Fliege und die brutzelnde Leberwurst. Offensichtlich habe ich das ganze heutige Programm schon beim ersten Mal kennengelernt.

Dennoch etwas Neues. Karlchen lud Löfler ein: „Machen wir Ferkel!" Applaus. Und sie machen Ferkel. Beide stecken die Fäuste unter das Tischtuch, diese bewegen sich gegeneinander, wie wenn Ferkel sich im Sack bewegen, und quieken dabei so natürlich, daß die Nachahmung vollkommen gelingt. Ich sehe bloß Karlchen ins Gesicht, seine Augen funkeln nur so über das nachgemachte Ferkel.

Heute habe ich, so glaub ich, zu wenig studiert.

In der Nacht ein schreckliches Gewitter, jetzt, am Morgen, eine balsamische Luft. Ich eile mit dem Buch ins Gärtchen, niemand ist hier. –

Es ist doch jemand hier, aber nur Pepík. Den werde ich irgendwie fortjagen, fertig! „Siehst du, Pepík, so bist du um die zwei Sechser gekommen." Und ich streichle ihm übers Haar. Der Bub sieht mich an und lacht verschmitzt. „Aber nein – ich hab mir dafür zwei vom Vater genommen." – „So, und was wirst du jetzt damit machen?" – „Das weiß ich schon – sagst du's aber auch wirklich niemandem?" – „Das weißt du doch, daß ich es niemandem sage." – „Fritzchen hat mir versprochen, daß er mir die Lotterienummern sagt." – „Wer ist Fritzchen?" – „Nun, dort von der Lotterieeinnehmerin der Junge. – Er wollte lange nicht damit heraus, aber ich versprach ihm einen Sechser, und dafür verrät er mir jetzt die Nummern, die kommen werden." – Reizende kindliche Einfalt! – „Was fängst du mit dem Geld an, wenn du gewinnst?" – „Oh, viel! Dem Vater kauf ich Bier, der Mutter ein Kleid aus goldenem Stoff, und dir kauf ich auch was." – Pepík ist ein gutherziger Junge.

Ein Halunke ist dieser Pepík. – Ich zittre vor Wut.

Als es wärmer wurde, ging ich wieder ins Haus. Ich fühlte mich so wohl – Tunichtgut! Ich habe mich gesetzt und überdenke, was ich unten studiert habe. Unversehens schaue ich mich im Zimmer um. Plötzlich stutzt mein Blick vor der Gouache von Navrátil: Meer im Sonnenglanz. Ich trete näher. Das Bild bedeckt eine Kruste aus lauter Lehmkügelchen, die Wand rundherum auch. Pepík hat das Bild aus dem gegenüberliegenden Fenster mit seinem hölzernen Blasrohr beschossen.

Ich nahm das Bild und ging zum Maler hinüber, um mich zu beklagen. Pepík wurde sogleich in meiner Gegenwart unbarmherzig verdroschen. Ich sah mit Wonne zu – meine schöne Gouache!

Der Maler will das Bild wieder in Ordnung bringen.

Nur keine Faulheit! – Aus purer Faulheit hatte ich mir den schwarzen Kaffee gleich unten beim Mittagessen bestellt, um mir das Kochen zu ersparen. Und jetzt muß ich mir doch noch einen Kaffee kochen, weil mir nach dem ersten übel ist.

Heute studiert sich's wiederum schlecht. – Plötzlich höre ich in der Küche einen Säbel rasseln. Tragen denn Kondukteure neuerdings einen Säbel?

Sie rufen zu mir herauf, ob ich heute nicht ins Gärtchen hinunterkäme, sie möchten einen Sechsundzwanziger spielen. Ich antworte nicht. – Ich will nicht. Unten streiten sie, ob ich zu Hause bin. „Warten Sie, ich singe ihn heraus!" verspricht Provazník. Er stellt sich unter mein Gartenfenster und legt mit kreischender Stimme los:

Fragt ihr, warum meinem Magen
Knödel eine Götterspeise –
Wartet, gleich will ich's euch sagen,
Wie von Liebe flüsternd leise –

Er verschluckte sich vor Lachen und lauschte. „Er ist nicht oben", entschied er, „denn meine Stimme hätte ihn wie den Stöpsel aus der Flasche gezogen."

Doch es ließ mir keine Ruhe, und etwas später ging ich hinunter.

Das Gespräch drehte sich um Gewitter. Die Malerin versichert uns mehr als zehnmal und ungemein bedeutungsvoll, daß ihr niemand glauben würde, wie sehr sie sich vor Gewittern fürchte. Der Maler bestätigt es: „Meine Frau fürchtet sich entsetzlich vor Gewittern. Heut nacht mußte ich in die Küche gehn und das Dienstmädchen wecken; sie mußte aufstehn, niederknien und beten. Wozu haben wir sie schließlich? – Das Luder ist dabei eingeschlafen. Heut morgen hab ich sie fortgejagt." – Provazník meint, mit dem Beten sei das manchmal eine schwierige Sache. Er sagt: „Ich kann die Zehn Gebote nur dann, wenn ich wie als Kind gleich von Anfang an das Vaterunser herunterzusagen beginne, aber beim Vaterunser verhasple ich mich stets beim ‚Also auch auf Erden‘ und muß dann immer wieder von neuem anfangen.“ – Die Malerin behauptet, sie habe gleich gewußt, daß sich jemand aufgehängt haben müsse – so ein Wind! Am Morgen habe die Milchfrau erzählt, daß sich beim Schloß Stern ein Veteran erhängt habe. – „So ein Selbstmörder!“ – Provazník hatte nicht zugehört und fragte, wen der Selbstmörder erschlagen habe. „Nun ja, dann weiß ich auch, wer es war!“

Ich redete das Fräulein des Hausherrn an, ob sie sich auch gefürchtet habe. – „Ich weiß nichts von einem Gewitter, ich habe es überschlafen.“ Dazu das Geläut ihres freundlichen Lachens. Das Fräulein richtet einen großen, frisch gestrichenen Vogelkäfig her. Der Käfig ähnelt einer altertümlichen Burg mit Zugbrücke, Türmchen und Erkern. Ob ich glaube, daß sich das Bauer für einen Kanarienvogel eigne? „Bestimmt!“ antworte ich und beginne etwas zu erklären, was ungefähr das bedeutet: daß ein Kanarienvogel und eine mittelalterliche Burg und dieses – schrecklicher Unsinn! Weiß Gott, was das sein mag! Mit geistreichen Frauen ist mir eine Unterhaltung ein leichtes, mit dieser hier, die doch so einfach ist, versagt mir das Wort. Wie alt mag sie sein? Wenn sie lacht, sieht sie wie neunzehn aus, wenn sie ernst dreinschaut, meint man, sie sei volle dreißig – das soll doch der Teufel holen!

Provazník redet dem Maler ein, daß er, wenn er Porträts male, stets auf größte Ähnlichkeit achten möge, das sei wichtig. Die Allgemeinheit verstehe die wahre Kunst nicht und verlange solche Dummheiten. Dann eröffnet er ihm, daß man in Wien jetzt Porträts mittels einer Walze herstelle, in einer Viertelstunde sei so ein Bild ausgewalzt. – Der Maler klopft Provazník auf den Rücken, und Provazník verstummt.

Der Hausherr tritt hinzu und verteilt Zettel. Er hüstelt mit dünner Stimme.

Nach einer Weile nimmt mich Provazník zur Seite. Für die armen Leute in Prag tue man nichts, rein gar nichts! Ununterbrochen sage man zwar: diese armen Leute! – dennoch geschehe nichts. Er wisse, wie man sich der Sache annehmen könnte. Er habe zum Beispiel eine Idee; er wolle nicht behaupten, daß sie großartig sei, aber sie könnte vielen armen

Leuten helfen. Dazu sei nicht einmal besonders viel Geld nötig: auf einem kleinen Handwagen ein kleiner Kessel, der ständig Dampf erzeugt – mehr nicht. Mit dem könne man von Haus zu Haus fahren, um mit dem Dampf die Pfeifenrohre zu reinigen. Bedenkt man, wie viele Raucher es in Prag gebe, würde sich das vorzüglich lohnen. Was ich zu dieser Idee meine? – Ich bewundere sie.

Wieder Sechsundzwanzig. Aus Gewohnheit in derselben Einteilung wie gestern. Alles wie gestern, heut aber siebzig Kreuzer verspielt. Und am Ende schreit der Hausherr wieder.

Der Hausherr und das Fräulein gehen ins Haus. Der Maler und die Malerin geraten ins Grübeln. „Morgen ist Sonntag", sagt schließlich der Maler, „weißt du was? Kauf eine Gans!"

Klikeš ist ungemein aufgeregt. Er ist bei der Kavallerie der Bürgergarde, heute ist ihnen der Rittmeister gestorben, und sie hatten wegen der Bestattung eine Versammlung. Klikeš hatte vorgeschlagen, nach Wien zu telegraphieren und noch jetzt nach dem Tod die Beförderung des Verschiedenen zum Major zu erbitten, das Begräbnis könnte dann noch feierlicher sein. Aber in der Versammlung war doch noch ein Klügerer gewesen, der es ihnen abgeraten hatte, und jetzt redet Klikeš vor lauter Ärger kein Wort.

Man spricht über den Tod. Auch beim Kaufmann am Kleinseitner Ring soll jemand gestorben sein. Wer? Der Gastwirt gibt Auskunft: „Nun, der Vater, und der war schon so alt, daß er sich deswegen selbst geschämt hat." Woran soll er gestorben sein? An der Schwindsucht, wie vor ihm der Vater auch. Das sei so, wie es eben einmal in einer Familie eingeführt und Gewohnheit geworden sei.

Der Hausierer. – Dieser Bursche muß tatsächlich ein Gelübde abgelegt haben.

So kann das nicht weitergehn! Heißt das studieren? Ich komme nur wie eine Schnecke vom Fleck, die Gedanken sind ständig anderswo als beim Buch. Ich werde nicht gestört – ich müßte lügen –, aber ich bin zerstreut. In meinem Kopf spuken Gestalten – meine Nachbarn; ich spüre, wie sie alle darin auf einmal herumwimmeln, bald drängt sich diese vor, bald jene, macht in meiner Vorstellung ihre Faxen, plappert etwas und zieht ihre Fratzen. Es nützt nichts, etwas muß sich verändern! Wegen solcher Leute bin ich nicht auf die Kleinseite gezogen!

Elf Uhr. Ich höre in der Küche das Rasseln eines Säbels: vielleicht ist dieser Soldat unser Verwandter. Ein Kavallerist?

Heulen, herzzerreißendes Jammern der Malerin; ein Aufschrei des Schmerzes, Jaulen und Winseln des Hundes – er mag etwas Schreckliches angestellt haben. Ja, er hat das Portemonnaie der Malerin mit Familienandenken, Haaren des seligen Vaters, den Beichtzettel von der Hochzeit und weiß Gott noch was alles gefressen.

Eine Viertelstunde verhältnismäßig still, dann schon wieder Krawall bei den Malersleuten. Der Maler mag aus der Weinstube heimgekommen sein. Ich höre ihn laut reden, dann schimpfen, schließlich dröhnen die Worte seiner brüllenden Stimme: „So! Ich sage dir, du dürre Zündschnur, daß die Gänseleber dem Familienoberhaupt zusteht! Die ganze Welt weiß das, du elende Vettel!“ Der Maler erschien wie ein Tobsüchtiger im Fenster. Ich zog mich rasch zurück. Gleich darauf höre ich: „Herr Sempr, hab ich recht oder nicht, daß die Gänseleber dem Familienoberhaupt zusteht?!“ Den Sempr höre ich nicht, aber der Maler schreit schon wieder: „Hörst du, du!?“ – Aus Schmerz über den Verlust ihrer Familienandenken mag sich die Malerin die Gänseleber gedünstet haben. Die Stimmen erklingen und streiten weiter, nun bricht die des Malers hervor: „Was, die zwei Zehnerscheine hat er auch gefressen? – Wovon sollen wir jetzt leben?“

Ein herrlicher, stiller Nachmittag. Sonntagsfrieden, bei dem einem so wohl ist. Es ließ mir keine Ruhe, und ich mußte hinunter ins Gärtchen; es ist leer, heilige Stille liegt über ihm.

Ich gehe zufrieden auf und ab, betrachte jeden Strauch, jede Pflanze – über allem Sonntagsglanz. Mir wird vor lauter

Glück bange, ich hätte wie ein Kind hüpfen mögen, aber es hätte mich jemand aus dem Fenster sehen können. Die Luft regt sich nicht, aber man lauscht und meint aus der unendlich fernen, geheimnisvoll rauschenden Welt Klänge zu vernehmen. Ich trat in eine Laube und hüpfte vor Freude – oh, wie bin ich glücklich! Noch einmal – so!

Ich gehe aus einer Laube in die andere. Ich schaue hinein, überlege, denke mir hier diese, dort jene Familie, alle ihre Angehörigen, alle ihre Eigenheiten – ich lächle, ich freue mich.

Das Spinett – dieses veraltete Spinett mit der greisenhaft schwachen Stimme. Was könnte das Alterchen erzählen! Wie oft hat man bei ihm gelacht, wie oft geseufzt, wie viele Male schwang sich die Seele in die Sphären ungeahnter Harmonien!

Ich setze mich davor hin und öffne es. Fünf Oktaven – Armseliger! – Als ich noch selber spielte – ach, das ist lang her! Ich wollte nicht lernen, der Lehrer kümmerte sich wenig darum, er kam nur um den Ersten herum regelmäßig – goldene Zeit der Jugend! – Ich verträumte mich.

Etwas müßte ich doch noch können! – Wenigstens ein paar Akkorde. – Cis-e-a – es klingt! – A-d-fis – ausgezeichnet! Etwas höher – D-fis-a-fis-a-d –

„Da schau an! Der Herr Doktor spielen Klavier – das ist schön!“ hör ich plötzlich den Maler. Ich fahre zusammen – hinter mir stehen sämtliche Bürger unserer Gartenrepublik. Ich erstarre und bleibe wie gelähmt sitzen.

„Spielen Sie etwas, Herr Doktor, bitte!“ zwitschert Fräulein Ottilie.

„Ich kann wirklich nichts, mein Fräulein, ganz und gar nichts! – Mein Lebtag habe ich kein Piano berührt – Geige habe ich gespielt, das ist wahr.“

„Um so besser – ich hab doch reine Akkorde vernommen – es geht, glauben Sie mir, bitte! bitte!“ Und sie hebt flehend ihre Händchen. Sie sieht jetzt wie neunzehn aus.

Der Teufel weiß, warum ich nicht vom Spinett davongelaufen bin! Der Mensch ist doch ein ungemein eitles Geschöpf, ist es bis zur Lächerlichkeit. „Ich kann wirklich nichts, mein Fräulein – ich will Sie davon überzeugen – werden Sie mich nicht auslachen?“ – Ich erinnere mich, daß ich einmal den

Marsch aus „Norma" auswendig konnte – noch vor wenigen Jahren habe ich ihn irgendwo vorgespielt, und es war gegangen. Diesen Marsch muß ich doch noch können! Der Einsatz ist für beide Hände gleich – g, h, d – aber nur am Anfang. Ich legte die Finger auf g, h, d und schlug an. Nach dem zehnten Takt wußte ich nicht weiter.

„Sie können tatsächlich nichts", bemerkt Provazník.

„Holzhackerei!" brummt der Hausherr. Ich schwitze vor Scham.

„Es war doch ganz ausgezeichnet", ereifert sich das Fräulein. „Der Herr Doktor spielt nie Klavier, trotzdem kann er es – der Herr Doktor muß ein beträchtliches Talent für Musik haben." Am liebsten hätte ich sie umarmt – welch gutes Herz hat sie! „Ich weiß das schon selbst, daß der Herr Doktor ein beträchtliches Talent hat. Er pfeift so hübsch – Herr Doktor, heute morgen haben Sie etwas aus der ‚Traviata' gepfiffen, ich habe Sie gehört."

Sie beachtet alles! – Diese frauliche Neugier! – Oder – vielleicht ... Jesus, Maria und Josef!

Aber eigentlich: warum Jesus, Maria und Josef? Ich sage nicht, daß ich sie möchte, daß sie mir nur annähernd gefallen würde – aber ein Unglück wäre es wirklich nicht ...

„Warten Sie, ich spiele Ihnen wieder eines meiner Lieder ohne Worte vor!" sagte der Hausherr, der sich ans Spinett gesetzt hatte.

Er spielt. Aber nach einer Weile kann auch er nicht weiter – es ist ja auch Nachmittag. Ich klatsche trotzdem. Provazník spottet: „Ürigens eine hübsche Melodie. Etwas für Bettelmusikanten."

Die Malerin tritt auf. Sie war auf der Suche nach Pepík und fand ihn schließlich in einem Gartenrestaurant in der Nachbarschaft auf der Kegelbahn; er war bei den Jungen, welche die Kegel aufstellen; er hatte ihnen zwei Kreuzer gegeben und mit ihnen verabredet, daß er ausrufen dürfe, wie viele gefallen waren. Pepík bekam jetzt im Angesicht der versammelten Gemeinde eine reichlich zugemessene Anzahl von Ohrfeigen und muß zudem noch eine strenge mütterliche Predigt über sich ergehen lassen. Dabei zischelte die Malerin überhaupt nicht – heilende Kraft eines gefräßigen Hundes. „Und jetzt bleibst du mir zu Hause und rührst dich nicht fort! Hol mir das Kleine!“ Pepík setzt sich faul in Bewegung.

Nach einer Weile gellt das Schreien eines Kindes durch das Haus. Dann erscheint auf dem Treppchen Pepík, er trägt das Kind – er hält es wie einen jungen Hund mit beiden Händen um den Hals. Das Kind schreit schon nicht mehr, es ist blau angelaufen. Die Malerin rennt, erwischt das Kind, ohrfeigt Pepík.

Auch der Maler hat heut begreiflicherweise schlechte Laune. Ununterbrochen klagt er darüber, daß ihm die Kunst nichts einbringt.

„Warum fangen Sie nicht mit Holzschnitzerei oder Malerei an? Sie sind noch jung genug und können umlernen“, meint Provazník.

„Ach was, Holzschnitzer! Gerade die haben jetzt kaum zu essen – sollen sie vielleicht Leberwurstspeile mit Monogramm machen?“

Wir sonderten uns mit dem Fräulein von den übrigen ab. Wir sitzen miteinander in der Laube und unterhalten uns. Eigentlich rede nur ich, wie ich bemerke. Erstaunlich, wie gesprächig ich heute bin, ich bin um Worte gar nicht mehr verlegen. Aber die Rede dreht sich ausschließlich um mich, um meine Person – macht nichts! Man spricht so wenigstens mit einer gewissen Wärme, tief und zugleich sachlich. Ich stelle fest, daß Ottilie mich bewundert. Jeden Augenblick macht sie mich auf irgendeines meiner Talente oder auf eine meiner guten Eigenschaften aufmerksam. Sie hat einen aufgeweckten Geist.

Ein angenehmes Wesen!

Am Abend redet Klikeš auffallend eindringlich auf Sempr ein, und es war zu merken, daß Sempr ihn mit einer für ihn ungewöhnlichen Aufmerksamkeit anhört. Ich konnte verstehen, daß Klikeš ihm zuredet, sich wieder zu verheiraten – er habe auch schon eine Braut für ihn. „Sechsundzwanzig Jahre – dreitausend Gulden – viele Bekannte in oberen Kreisen – beliebt –“ Da könnte ich ja hier noch eine Hochzeit erleben!

Der Oberleutnant hat mich heut auffallend fixiert. Mindestens zwanzigmal hat er sich nach mir umgesehen. – Was will er bloß?

Ich studiere, aber recht komisch. Lieber wäre ich jetzt schon gleich am Morgen unten im Garten, allein oder mit den anderen, das wäre mir gleichgültig. Die Gedanken laufen durcheinander ... (schon wieder weiß ich nicht, was und wie).

Ei, ei – heut hat der Maler seinen Krach schon zeitig erledigt. Wenn ich richtig beobachtet habe, wurden verprügelt: a) seine Frau, b) Pepík, c) der Hund. Der Hund knautscht noch.

Der Maler kam zu mir herüber. Ob ich nicht ein Blatt gutes Papier für einen Brief hätte. Er müsse seinem Bruder, dem Pfarrer, schreiben und habe so etwas nicht daheim. Er schreibe ungern, sehr ungern, jemandem schreiben falle ihm zum Sterben schwer. Wenn er aber schon einmal schreiben müsse, brauche er es still um sich, sonst werde nichts aus dem Brief – „aber Stille bei mir, Herr Doktor, in dieser Hölle um mich! Ich muß erst Ordnung schaffen – ich hab alle verprügelt, und bleibt es nicht still, verprügle ich noch einmal – und das Dienstmädchen habe ich hinausgeworfen, die hat ein Mundwerk wie ein Scherenschleifer." – Das ist schon die vierte, seit ich hier wohne.

Ich gab ihm Papier und er ging. Nach einer Weile kam der verheulte Pepík, der Vater lasse um eine gute Feder bitten. Ich gab sie ihm.

Der Maler geht im Zimmer auf und ab, vermutlich denkt er nach.

Ich war nebenan beim Kaufmann. Wenn ich jetzt etwas brauche, hol ich es mir einfach selbst. Auf dem Rückweg treffe ich gerade vor unserem Haus einen guten Bekannten, Doktor Jensen, Primar der Irrenanstalt. Er ging langsam und schaute die Gasse hinauf.

„Servus, Doktor, was tun denn Sie hier?"

„Zufällig, ein kleiner Spaziergang. Ich gehe gern auf der Kleinseite spazieren. Und Sie?"

„Ich wohne jetzt hier. Ich bin vor kurzem übersiedelt."
„Und wohin?"
„In dieses Haus."
„Wenn Sie gestatten, komme ich für ein Weilchen zu Ihnen."
Ich kann Doktor Jensen gut leiden, er ist ein intelligenter, kluger und angenehmer Mann. Meine Wohnung gefällt ihm, er betrachtet alles, zu jedem weiß er etwas zu sagen. Ich bat ihn, Platz zu nehmen; er will nicht, er stehe lieber ein bißchen, am Fenster zu stehen sei jetzt so angenehm. Er stellte sich ans Fenster, mit dem Rücken zum Gärtchen, mit dem Gesicht zum Flur des ersten Stockwerks. An der Wand gleich neben dem Fenster habe ich einen Spiegel hängen. Ich bemerke, daß Doktor Jensen ununterbrochen hineinschaut – mir kommt vor, daß der Doktor trotz seiner ernsten Natur doch recht selbstgefällig ist. – Wie ich hierher auf die Kleinseite gekommen sei? – Ich sage ihm, aus Hoffnung auf ein ruhiges Studium; aber ich gebe zu, mich ein wenig geirrt zu haben, die Mieter seien keineswegs still. – Wer alles hier wohne? – Ich beginne sogleich von Provazník zu erzählen – Provazník müsse ihn als Psychiater besonders interessieren. – Ich entwarf bis in alle Einzelheiten ein lebendiges Bild – aber ich bemerke, daß Provazník Doktor Jensen nicht interessiert. Er schaut in den Spiegel. Da fährt er zusammen und beugt sich aus dem Fenster. Ob das Fräulein im Flur nicht die Tochter des Hausherrn sei? – Überrascht stelle ich die Gegenfrage, ob er sie kenne. Er kenne die Familie schon lange. Eine Frage, eine seltsame Frage liegt mir auf der Zunge – ich denke an die oft recht ausgefallenen Eigenheiten des Hausherrn –, schließlich frage ich doch. Der Doktor lacht: „Gott behüte! Er ist nur ein Hypochonder, und er leidet schwer genug darunter. Ich kenne die Leute sozusagen von Kindesbeinen an, meine Mutter war mit ihnen befreundet. Sonderbar, daß sich Ottilie noch nicht verheiratet hat. Sie ist recht hübsch, sehr angenehm, für den Haushalt erzogen, und Geld hat sie auch. Das Haus ist schuldenfrei, außerdem besitzen sie ein ansehnliches Kapital – es wäre schade um sie, eine ausgezeichnete Partie! Außerdem –"
Er beugt sich aus dem Fenster, lächelt und nickt mit dem Kopfe.

Aha! Also kein zufälliger Spaziergang! Nur ich bin ihm zufällig in die Quere gekommen. Ich fühle plötzlich Abneigung gegen Doktor Jensen.

Nach einer Weile verabschiedet er sich und verspricht, wiederzukommen, wenn er zufällig vorübergehen würde. Meinetwegen muß er nicht wiederkommen. Ich glaube, ich habe ihm nicht einmal anständig geantwortet.

Er ist Junggeselle wie ich. – Nein – wirklich nicht – ich denke gar nichts, das wäre doch! Aber das ist schon richtig, wenn ein junger Advokat mit etwas Vermögen beginnt – hahaha – wozu so dumme Gedanken und gerade jetzt!

Ich glaube, Neruda hat recht, wenn er behauptet, daß wir Männer auf jede Frau eifersüchtig sind, auch wenn wir an ihr keinerlei Interesse haben.

Der Maler gegenüber im Zimmer geht hin und her. Er denkt noch immer nach.

Ein Unglück beim Mittagessen. In der Suppe schwamm eine ganze Fliegenfamilie. Vater und Mutter habe ich in meiner Zerstreutheit verschluckt; aber da schwamm noch ein Fliegenembryo, und das mochte ich nicht mehr. Ich fresse Fliegen, Pepík Briefe, der Hund Familienandenken – weiß Gott, was in diesem Hause noch alles gegessen wird!

Jetzt weiß ich, wer er ist. – Ich stand zufällig gerade beim Fenster, als auf der Treppe der Säbel klirrte. Ich beuge mich hinaus – der dicke Oberleutnant von unten! Derselbe, für den in meinen Aufzeichnungen ein Hinauswurf vorgemerkt ist.

Ein Verwandter der Kondukteurin?

Abendliche Plauderei im Garten. Provazník flüstert mir mit sichtbarem Vergnügen zu, daß er an dem jungen Frauchen, das neben ihm wohnt, zum erstenmal rotgeweinte Augen bemerkt habe. Provazník ist mir zuwider geworden.

Dann fragt er den Hausherrn, ob er heut beim Begräbnis des Rittmeisters von der Kavallerie der Bürgergarde gewesen sei. – „Nein! Ich gehe auf kein Begräbnis – seit dem Begräbnis meines Vaters war ich bei keinem. Damals sangen sie am Sarg – sie sangen falsch – ein entsetzlicher Ton! – dieser schreckliche falsche Ton wird mich mein ganzes weiteres Leben verfolgen!" – Ist das nicht poetisch?

Der Maler kommt. Sein gerötetes Gesicht verrät sorgenvolles Nachdenken. „Fertig mit dem Brief?" frage ich. – „Nein. Erst morgen. Bei mir geht das nicht so flink." – „Ihr Bruder, der Pfarrer, könnte ruhig ein paar Hunderter schikken, nicht?" fragt Provazník. – „Ich bitt Sie, ein paar Hunderter – eine solche Bagatelle hilft heutzutage keinem Menschen!" – „Oho!" ruft Provaznik mit Recht höchst erstaunt aus, „ihr Leute habt eben wirklich keine Einfälle! Ich wüßte, was ich mit einem Hunderter anfangen würde. Ein Kinderspiel! Ich würde mir in der Nähe Prags ein Feld pachten und es besäen – wissen Sie, womit? – mit lauter Disteln! Vielleicht fände sich ein Vogelhändler und pachtete das Feld wieder, um darauf Gimpel zu fangen – wenn nicht, fang ich sie selber." – „Vergessen Sie nicht den Zaun um Ihr Feld!" – „Warum?" – „Wegen der Zugluft, damit die Disteln kein Rheuma bekommen." – Der Maler wird witzig.

Der Hausherr ist heut ganz niedergeschlagen. Zettel teilt er zwar nicht aus, aber er hat eine andere Trübsal. Er bildet sich ein, die Nase werde ihm abfallen. Er hat in einem Artikel von Vogt gelesen, daß das mit einem Schnupfen anfange. Er weist darauf hin, daß er schon einige Tage verschnupft sei, und er habe mit Sicherheit gefühlt, daß ein Nasenloch zu wackeln beginnt. – Aber jetzt ist Nachmittag, und er bringt Zahn und Nase durcheinander.

Ottilie schaut den Vater traurig an, sie kann ihre tiefen Seufzer kaum unterdrücken. Wir setzen uns wieder abseits in eine Laube und unterhalten uns. Aber heut ist die Stimmung ganz anders. Heut spricht vor allem sie, sie schüttet ihr Herz aus, klagt – ich höre sie an, und ihre Worte ergreifen mich. Ich fühle, daß mein Mitgefühl sie erleichtert.

Alle sind fort. Ich sitze allein im Gärtchen. Heut kann ich nicht ins Gasthaus gehn, ich passe nicht unter Menschen, mir ist ganz seltsam zumute. Bangigkeit und zugleich eine unerklärliche Wonne.

Gestern und heute frühzeitig wach, vielleicht von der Hitze. Das könnte meinem Studium nützen. Nur daß – ich zwar aufwache, aber nicht aufstehe. Mir ist im Bett so wohl, die Gedanken wandern leicht und frei, und wenn mir im goldenen Halbschlaf ein besonders angenehmer zuflattert, halte ich ihn fest und spinne ihn weiter.

Damit ich nicht lüge: Mit dem Studium beschäftigen sich meine Gedanken nur ungefähr. Ich bin eben beim Bergrecht, und die ungewohnten Ausdrücke vermengen sich mir ununterbrochen mit allem möglichen. Das Bett wird mir zu einer Schurfhalde, auf der ich nach goldenen Träumen grabe. Wenn ich neben Ottilchen stehe, zieht dieser Einfall sogleich einen Kreis um uns, um mein Schurfrecht zu verteidigen. –

Ich sehe, daß ich „Ottilchen“ geschrieben habe. Vorsicht! Vorsicht!

Beim Maler ungewohnte Stille. Der Maler sitzt am Tisch, blickt, den Kopf auf die Hand gestützt, zur Decke und denkt angestrengt nach.

Nachmittag – Doktor Jensen! Den jagt es aber!

Ich verhalte mich ihm gegenüber nicht gerade freundlich, was ihm gleichgültig zu sein scheint. Ich habe das Gefühl, daß er mich kaum beachtet.

Schon steht er wieder beim Fenster vor dem Spiegel. Es gibt keinen traurigeren Anblick als den eines Mannes vor dem Spiegel.

Er erblickt den Hausherrn und das Fräulein, die über den Hof in den Garten gehen. Er redet sie aus dem Fenster an, spricht ganz familiär mit ihnen. Es gibt Menschen, die sich auf Kosten einer alten Bekanntschaft allerlei Rechte herausnehmen. – Sie laden ihn ins Gärtchen ein, er lädt mich ein – gut, gehen wir! Wir wollen sehen, wer von uns – nein, nichts wollen wir sehen – ich will ja nichts! – Ich fühle tatsächlich, daß ich ganz und gar nichts will.

Das Gärtchen sieht heut ganz anders aus, es kommt mir fremd vor. Eine andere Luft, andere Menschen. – Wenn ich es aber überlege, merke ich, daß mir dieser Doktor Jensen doch im Weg steht. Er spricht, wie man das nennt, interessant; viele Menschen sind oberflächlich genug, um über alles interessant zu sprechen. Plötzlich sind außer Provazník alle hier und hören Jensen zu, als ob er Gott weiß was sagte. Ich mache mir wahrhaftig nichts daraus, daß ich nicht interessant spreche.

Ein schwacher Versuch, das Gespräch von ihm abzulenken. Ich frage den Maler: „Schon fertig mit dem Brief?" – „Nein, morgen – ich muß das noch abliegen lassen." Und sogleich wendet er sich wieder an Jensen: „Sie müssen ein sehr interessantes Leben haben, Herr Doktor." – „Wieso?" – „Nun, im Irrenhaus mag es einen ungeheueren Jux geben. Erzählen Sie uns doch bitte etwas." – Ich bin wieder kaltgestellt – wenn wenigstens Provazník käme! Aber ich merke, daß Jensen verlegen wird. Ich freue mich darüber. Er redet etwas vom Unterschied zwischen manischen und melancholischen Kranken, aber das interessiert nicht, sie wollen hören, was „jeder so von sich denkt", was ein Mensch denkt, der meint, er sei der Kaiser, eine Frau, die sich für die Jungfrau Maria hält. Jensen geht darauf nicht ein, er erklärt weiterhin gelehrt, schließlich entschlüpft ihm die Bemerkung, daß fast jeder Mensch ein wenig geisteskrank sei. Das brachte alle auf, nur der Hausherr nickt ruhig mit dem Kopf und meint: „Mancher gesunde Mensch weiß gar nicht, was er hat."

Schließlich verabschiedet sich Jensen. Er werde bald wiederkommen. Ich denke mir: daß du nur nicht zu spät kommst!

Provazník ist heute gar nicht erschienen.

Von Jensen sprach man noch lange, nachdem er gegangen war, zu lange. Ottilie flüstert mir zu: „Ich fürchte mich vor ihm!" Ich antworte: „Angeborener Anstand ist zuweilen eine lobenswerte Sache."

Innenhof eines Hauses auf der Kleinseite

Klikeš redet ununterbrochen auf Sempr ein. Der Wirt streckt den Kopf so nahe hin als möglich. Dauernd hüstelt er und schaut Kilkeš an, als wolle er ihn verschlingen.

Neun Uhr, und Jensen ist hier. Er glotzt ins Gärtchen, in den Flur, und zwischendurch schaut er mindestens dreimal in den Spiegel, und zwar hübsch lange. Ob niemand so zeitig ins Gärtchen gehe? Ich antworte einsilbig: „Nein!" Schließlich – ob er mich nicht störe. Ich sage, daß für mich tatsächlich höchste Zeit sei, fleißig zu studieren. Jensen geht, irgendwie mißgestimmt. – Mag er!

Gegen Mittag schickt der Maler zu mir, ich möchte ihm ein Kuvert für den Brief borgen. Ich schaue zu seinem Fenster hinüber. Die Frau, der Junge stehen neben dem Tisch und schauen ihm zu, wie er die Adresse schreibt.

Der Maler wandert durchs Zimmer, den Brief im Kuvert in der Hand, und alle Augenblicke bleibt er stehen und blickt nachdenklich auf sein geistiges Erzeugnis. Vielleicht empfindet er Stolz.

Ich bin am Nachmittag als erster im Gärtchen. Mir scheint es eine Ewigkeit, bevor die anderen sich einfinden.

Erst eine Stunde nach mir kommt der Hausherr mit Ottilie. Der Hausherr beginnt mit mir ein politisches Gespräch. Bald gelangt er zu dem Ergebnis, daß alles daher rühre, daß die Könige „nie mit dem zufrieden sind, was sie haben." Ich gebe ihm aufrichtig recht. Er gibt noch einige weise Sprüche von sich, ich bewundere sie alle. Dann begann er den wilden Wein festzubinden, und ich komme mit Ottilie in ein vertrauliches Gespräch. Gott weiß, wie es kam, aber auf einmal war von meiner Tugend die Rede. Feurig lobt Ottilie meine Tugend. Und sie redet weiter von meiner Tugend, zieht sie breit wie die Zange des Schusters das Leder, damit es noch auf ein zweites Paar Schuhe für ihn reiche. Woher hat das Mädchen bloß ihr Wissen über meine Tugend?

Der Maler, die Malerin. Der Maler mit zufriedenem,

nahezu siegesgewissem Gesicht. Die Malerin mit ihrer messerscharfen Zunge. „Fertig mit dem Brief?" frage ich. – „Selbstverständlich!" antwortet der Maler, als sei es für ihn ein Kinderspiel, die gesamte Korrespondenz Europas in einem halben Tag zu erledigen. „Du hättest auch das von der Kondukteurin schreiben sollen!" sagt die Malerin lachend, „Pfarrer hören solche Dinge gern." Was hätte er von der Kondukteurin schreiben sollen? „Ich muß noch einen zweiten Brief schreiben, an den anderen Bruder in Tarnov. Wir Brüder schreiben einander zweimal im Jahr, das ist bei uns so üblich." – Niemand kümmert sich darum, aber über die Kondukteurin wird weiter gesprochen. Man erzählt von dem Oberleutnant, und daß die Kondukteurin immer Ausschau hält, ob er schon komme; sie reden recht komisch, und dabei schauen sie mich an und lachen. Plötzlich durchfährt es mich wie ein Blitz – – – Darum war ich also dumm? Ich ereiferte mich und sagte etwas – jetzt weiß ich nicht mehr was.

Dann spielten wir Sechsundzwanzig zu dritt. So geduldig wie nur möglich ertrug ich beim Spiel alle Fehler des Hausherrn und gab ihm in allem recht. Auch streckte ich absichtlich den Fuß unterm Tisch zu ihm hin, damit er seine Freude daran habe; er tappte darauf herum wie ein Orgelspieler.

Provazník ist heut wieder nicht gekommen.

Etwas so Dummes ist mir mein Lebtag noch nicht passiert.

Ich ging zu meinem Freund Morousek zum Abendessen. Er wohnt am Ende von Smíchov, und ich nahm beim Tor eine Droschke. Wir unterhielten uns ausgezeichnet bis in die Nacht hinein, dann ging ich langsam nach Hause. Eine überaus schöne Nacht, im Kopf lauter muntere Gedanken. Kaum eine Menschenseele, nur ein verschlafener Droschkenkutscher fuhr mit seiner müden Mähre heim; das Pferd konnte kaum mehr die Hufe heben, der Wagen holperte langsam, das monotone Räderrillen neben mir klang fast angenehm. Zwei Häuser vor meiner Wohnung überholte mich der Wagen, der Kutscher beugte sich vom Bock herab und fragte: „Wollen Sie nicht einsteigen, junger Herr?" – Meine Droschke! Ich hatte vergessen, den Kutscher zu entlohnen und zu entlassen, und er hatte bis in die Nacht hinein auf mich gewartet. Drei Gulden mußte ich dem Schandbuben bezahlen! –

Es ist kein Zweifel – ich bin verliebt!

Möchte doch eines Tages zwischen den Inseraten der Zeitung zu lesen sein: „Herrn Doktor Krumlovský und seiner edelmütigen Braut, Fräulein Ottilie – – !" Bei diesen Burschen ist jede „edelmütig"! Niemand auf der Welt darf auch nur ahnen – obgleich –

Zwischen uns muß Klarheit geschaffen werden!

Eine schöne Szene – ich zittere noch vor Wut! Den Magen könnte man auskotzen!

Draußen Säbelrasseln. Klopfen an der Tür. „Herein!" Ein Leutnant erscheint – kein Oberleutnant, wie ich erwartet hatte. Ich stehe auf und blicke den Eintretenden fragend an. Der Leutnant war in Galauniform, den Tschako auf dem Kopf. Er salutiert.

„Herr Doktor Krumlovský, bitte?"

Ich nicke.

„Ich komme von Herrn Oberleutnant Rubacký." – Rubacký ist der dicke Oberleutnant von unten und der der Kondukteurin.

„Was wünschen Sie?"

„Der Herr Oberleutnant fühlt sich durch Äußerungen beleidigt, die Sie gestern bei einem Gespräch hier unten im Garten über ihn selbst und über die Frau Kondukteurin gemacht haben, die er als seine Freundin hochschätzt, und er schickt mich, um von Ihnen volle Satisfaktion zu fordern."

Ich griff mir an die Stirn und starrte ihn an. Ich besann mich an gestern – etwas war gesprochen worden, das ist wahr, auch ich hatte etwas gesagt, aber, auch wenn man mich erschlüge, ich weiß nicht was.

Der Leutnant wartet ruhig auf eine Antwort. Ich trete näher, ich fühle, daß ich zu zittern beginne. „Bitte", stottere ich, „da muß ein Irrtum vorliegen. Wer hat denn dem Herrn Oberleutnant gesagt –?"

„Das weiß ich nicht."

Hat jemand getratscht? Hat die Kondukteurin durch das Fenster meines Zimmers gelauscht? Vielleicht mit dem Oberleutnant?

„Es ist etwas gesprochen worden – ich erinnere mich tatsächlich – aber wie hätte ich darauf verfallen sollen, etwas zu sagen! Ich kenne den Herrn Oberleutnant gar nicht – nur so vom Sehen –"

„Bitte, das alles geht mich nichts an. Ich bin nur geschickt worden, Satisfaktion zu fordern."

„Wenn ich Ihnen aber versichere – Was könnte ich gegen den Herrn Oberleutnant sagen? Ich schätze den Herrn Oberleutnant und –"

„Bitte, ich sagte schon – geben Sie mir eine klare Antwort!"

„Nun – wenn der Herr Oberleutnant sich aufgrund einer Tratscherei durch mich beleidigt fühlt, was mir, Gott weiß, niemals in den Sinn gekommen ist, so sagen Sie ihm also bitte, daß ich mich bei ihm entschuldige."

„Das genügt nicht."

„Was will er also? Soll ich vielleicht wieder vor denselben Leuten –?"

„Der Herr Oberleutnant Rubacký fordert Genugtuung mit der Waffe."

„Er ist verrückt!" rief ich aus. „Ich habe mich nie geschlagen und werde mich niemals schlagen."

„Ich werde es ausrichten." Er salutierte und schlug die Tür hinter sich zu.

Soll er verschwinden!

Ich bebe vor Wut. Ein Duell – ich weiß nicht einmal, wie man einen Säbel in die Hand nimmt. Das mir, einem Doktor der Rechte – zukünftigen Advokaten! Nach § 57 des Strafgesetzes gilt Zweikampf als Verbrechen, §§ 158–165 sprechen von den Folgen, und die sind keineswegs hübsch.

Aus dem Irrenhaus entsprungener Irrer!

Jetzt ging ich zur Kondukteurin, ich hatte sie in der Küche gehört. Ich hätte ihr gern die Sache erklärt und etwas gesagt. „Geh nach Hause und friß dich fett!" sagt sie trotzig, dreht mir den Rücken zu und tritt in ihr Zimmer. Gut, ich

„geh nach Hause und freß mich fett“! Komisches Sprichwort!

Das Gärtchen heut ganz sonderbar. Ich bin völlig durcheinander, ich kann nichts dafür.

Provazník wieder einmal unter uns. Er blickt wie eine Eule und sagt zu jedem: „Sie sehen heute aber schlecht aus!“

Ich sitze mit Ottilie in der Laube. Ich möchte heut von der Liebe reden. Schon will ich beginnen – die Worte bleiben mir in der Kehle stecken, ich finde nichts Ungewöhnliches zu sagen – lassen wir für heute dieses Gespräch!

Provazník trat zu uns. Er schaut uns eine Weile an, dann fragt er: „Sie werden heiraten, Herr Doktor?“

Eine peinliche Frage. Ich bin verlegen. Ich lächle gezwungen und antworte: „Ja, Herr Provazník, ich werde heiraten.“

„Da tun Sie gut daran – es muß doch ein Jux sein – Kinder machen Freude; ein Kind ist noch weit komischer als ein junger Fleischerhund.“

Verfluchter Kerl!

Die Unterhaltung stockt heut immer wieder. Von meinem militärischen Besuch sage ich kein Wort.

Da haben wir's. Der Teufel hat mich auf die Kleinseite gelockt!

Doch – was nützt das? Ich hab es getan! Ich hätte ganz einfach „Nein!“ sagen können – er hätte seine Drohung kaum wahrgemacht – wenn aber auch dem Lamm das Blut überkocht! Daß er mich verwunden wird, ist sicher – ich tu ihm gewiß nichts. Ich werde verwundet darniederliegen, das Studium wird für eine Zeit unterbrochen, vielleicht für so lange, daß ich die Prüfungsfrist versäume. Vielleicht wäre es am besten, wenn er mich tötet!

Wieder rasselte der Säbel, es klopfte an, und der gestrige Leutnant trat wiederum in voller Gala herein. Er salutierte und sagt, der Herr Oberleutnant denke nicht daran, die Sache so einfach zu erledigen, er fordere zum letztenmal Genugtuung mit der Waffe. Ärgerlich antworte ich, daß ich schon gestern „Nein!“ gesagt hätte und daß ich heute „Nein und nicht!“ sage. Darauf der Leutnant: es tue ihm leid, aber der Herr Oberleutnant werde mir, wo immer er mich antreffe, mit der Reitpeitsche ins Gesicht schlagen. Ich sprang zornig auf und stellte mich vor den Leutnant. „Mich schlägt er nicht – dafür stehe ich gut!“ – „Er wird schlagen. Adieu!“ – „Warten Sie! Auf welche Waffe fordert er mich?“ – „Auf Säbel.“ – „Gut, ich nehme an.“ Der Leutnant schaut mich überrascht an. „Ich nehme an“, wiederhole ich, vor Zorn bebend, „aber unter folgenden Bedingungen: Erstens müssen Sie die Waffe und meinen Sekundanten stellen; zweitens geben Sie für sich und alle übrigen Beteiligten das Ehrenwort, daß von der Sache kein Mensch auf der Welt etwas erfährt und daß Sie für das Duell einen vollkommen sicheren Ort wählen.“ – „Ich verspreche das mit meinem Ehrenwort.“ Er empfahl sich höflich, auffallend höflich. Heut oder morgen werde er wiederkommen, um das übrige zu vereinbaren.

So, jetzt hab ich's! Es ist möglich, daß die Sache doch irgendwie bekannt wird – vielleicht hat die Kondukteurin unser sehr lautes Gespräch belauscht – ja, ich möchte wetten, daß sie gelauscht hat – ich weiß, daß sie ohnedies die Ursache von allem ist. Wie die Dinge jetzt liegen, erkenne ich, daß ich zunächst ihre weibliche Eitelkeit beleidigt habe. Aber „dumm“ bin ich deswegen nicht gewesen! Jetzt bin ich es! Verrät sie uns, dann leb wohl, Advokatur! Bis zum Tod Konzipient bleiben! Nun, ein bißchen Geld habe ich, und Ottilie hat – – aber ich weiß doch gar nicht, ob sie mich mag!?

Es versteht sich von selbst, daß ich gar nichts studiere. Ich schaue gerade nur so ins Buch, und in Gedanken beschimpfe ich mich.

Die Post brachte mir einen Brief. Der Stempel ist von der Kleinseite – der Brief ist anonym – verdammter Provazník!

„Herr Doktor und Kandidat!

Ich vermute, Sie sind mehr ein Kandidat des Ehestandes

als der Advokatur. Ihr Streben nach dem Ehestand ist aber eine niedrige Spekulation, ganz niedrig. Sie wollen ein Haus, Sie wollen Geld, aber die Frau wollen Sie nicht. Auch können Sie unmöglich dieses alte, verwelkte Ding haben wollen, das zu alledem auch noch so dumm ist, daß sie nicht einmal ein halbes Joch Horizont hat." („Joch Horizont", das habe ich von Provazník schon mündlich gehört.) „Schande über Sie, daß Sie willens sind, sich derart zu verkaufen, ihr junges Leben der ordinären Gewinnsucht zu opfern. Noch einmal und hundertmal Schande über Sie!

Einer im Namen vieler Gleichdenkender."

Warte, dir geb ich's! An dir werd ich mich statt am Oberleutnant rächen. Ohnehin ist eine Kampfeslust in mich gefahren, daß ich mit der ganzen Welt streiten möchte.

Ich kann nicht sagen, daß ich Angst um mein Leben hätte. Nicht einmal vor einer Verwundung fürchte ich mich; ich denke vollkommen kaltblütig darüber. Aber das weiß ich, daß die Angst kommt, und vor dieser Angst fürcht ich mich. Ein Duell ist für mich etwas Ungewohntes, mein Lebtag habe ich daran nicht einmal gedacht – die Angst muß sich einstellen. Ich werde nervös und aufgeregt sein – jeder Nerv wird beben – jeder Muskel zittern – ich werde keinen Augenblick ohne Fieber sein – und selbst gähnen werde ich vor Angst.

Es wird schrecklich werden!

Wir unterhalten uns im Gärtchen, aber wie! Liebeserklärung mache ich heut keine, wozu auch? Nimm dein Taschentuch, Ottilie, und bereite Watte vor! Werde ich getötet, ist alles zu Ende; werde ich verwundet, wird mich Ottilchen pflegen – ich hoffe wenigstens – und da spinnt sich das Geständnis von selber an. Wie in Romanen.

Aber es drängt mich, trotzdem irgendein anständiges Gespräch zu beginnen. Doch ich weiß nicht worüber. Schließlich frage ich, ob sie morgen ins Tschechische Theater gehen wird. Was gespielt wird? Tyls „Jan Hus"; es ist der 6. Juli, der Gedenktag der Verbrennung des Hus. – „Gern würde ich gehen, aber in den ‚Hus' nicht." – „Warum? Doch wohl nicht deswegen, weil Hus ein Ketzer war?" – „Denn morgen ist Freitag – ein Fasttag – und das geht nicht!" – Der spöttische Provazník würde darin seinen „Horizont" erkennen. Ich fühle die Naivität – und Naivität hat stets ihre Reize – gewiß.

Jetzt kommt Provazník. Ich gehe rasch auf ihn zu und ziehe ihn abseits in eine Laube. „Sie, schändlicher Mensch, haben es gewagt, mir heut einen Ihrer anonymen Briefe zu schicken, mit denen Sie die ganze Nachbarschaft beunruhigen! Rechtfertigen Sie sich!"

„Wer hat Ihnen von meinen anonymen Briefen gesagt?" fragt Provazník und wird kreideweiß.

„Sie selbst, unlängst, Sie Ekel!"

„Ich hätte es Ihnen gesagt?" Und er schaut so blöd erstaunt, daß ich mich zur Seite wenden muß, um nicht unwillkürlich herauszulachen.

„Das sage ich Ihnen, wenn so etwas noch einmal passiert, verprügle ich Sie wie einen jungen Hund!" Und ich gehe. Ich habe nun doch schon wenigstens etwas von dem Oberleutnant gelernt.

Später wollten wir Sechsundzwanzig spielen. Der Maler nahm die Karten aus der Schublade, und fast im selben Augenblick erwischte er Pepík beim Hals. Grausame Prügel. Er hat alle Herzen aus den Karten herausgeschnitten.

Es kam heraus, daß Pepík sie auf weißes Papier aufgeklebt und Semprs Márinka als Liebesgabe verehrt hatte.

Wir können nicht spielen, und ich bin damit sehr einverstanden.

Wir reden, reden, aber nichts Rechtes. Dann gehe ich mit Ottilie zwischen den Beeten auf und ab. Plötzlich dreht sie sich zu mir, schaut mir in die Augen und fragt, ob mir etwas fehle. Ich bin bestürzt, aber ich sage, daß mir nichts sei, und zwinge mich zu einem Lächeln. Sie schüttelt den Kopf und wiederholt mehrere Male, mir müsse doch nicht gut sein.

Sie hat – hat Sympathie für mich – das ist ganz offensichtlich!

Ich sitze zu Hause und überlege. Ich bin bewundernswert ruhig, ich habe noch keine Angst – sie wird schon noch kommen.

Glaube ich noch immer nicht, daß das Duell stattfinden wird?

Aber morgen!

Siehe, ich bin heut zeitig aufgestanden! Ich erwachte schon vor drei, wälzte mich aber nicht im Bett und stand sofort auf. Ich bin fürchterlich ernst.

Aber ich weiß mit der Zeit nichts anzufangen. Ich war heut schon zweimal unten im Gärtchen, kehrte aber sofort wieder ins Zimmer zurück. Ich nehme alles mögliche in die Hand, aber nur deswegen, um es sogleich ärgerlich wieder hinzulegen.

Ich konnte den Leutnant kaum erwarten.

Habe ich schon Angst oder noch nicht? Aufgeregt bin ich, ich gähne, aber mir scheint, ich gähne vor fieberhafter Ungeduld.

Er war hier. Also morgen früh um sechs Uhr in der Kaserne auf dem Hradschin, in irgendeinem Gartensaal. Ich denke: Sie werden mich also aus einem Gartensaal hinaustragen! und muß in Gedanken daran lachen wie über einen niegehörten Witz, einen niegesehenen Spaß.

Er war ausgesprochen höflich. Er sagte so etwas wie, daß er „selbst froh sein würde, wenn die unliebsame Sache irgendwie in Ordnung käme“. Ich sagte heftig: „Nicht nötig!“, aber kaum daß ich das gesagt hatte, hätte ich mich ohrfeigen mögen. Ich bin doch nur ein Dummkopf!

Ach was!

Ich ging zu meinem Freund Morousek in Smíchow zu Besuch. Erstens: Zu Hause würde ich es nicht aushalten. Zweitens: Morousek ist ein ausgezeichneter Fechter, er hat sich schon wie eine Bulldogge geschlagen und kann mir noch schnell etwas beibringen.

Morousek ist ein unangenehmer Mensch. Ich habe mich ihm

anvertraut und er – hat mich ausgelacht. Es gibt doch Menschen, die sich über nichts in der Welt ernsthafte Gedanken machen können! Ich bitte ihn, mir etwas zu zeigen, was mir zum Vorteil sein könnte. Er versicherte mir, daß ich in so kurzer Zeit nichts lernen könnte. „Oho!" sage ich gekränkt. – „Du wirst ja sehen!"

Er nahm zwei Schläger, stülpte mir den Stierkopf über den Kopf, zog mir das Fechtwams an und brachte mich in Stellung. So! – jetzt so! – nicht so! – Achtung auf die Schlägerspitze! – so! – und mein Schläger liegt auf dem Boden. „Du mußt die Waffe fester halten!" Und er lacht. – „Wenn der Schläger so schwer ist!" – „Der Säbel wird nicht viel leichter sein – nun, noch einmal!" Nach einer Weile bin ich so erschöpft, als hätte ich mit einer Hand einen Amboß gehoben. Dem knochigen, großen Morousek ist das wie ein Kinderspiel. „Ruh dich etwas aus!" Und er lacht wieder. Ich sage Morousek, er sei früher viel freundlicher gewesen als jetzt. „Aus dir spricht das Trema", meint er. – „Oho, ich habe überhaupt keine Angst – auf mein Ehrenwort!" – „Fangen wir also von neuem an!" Aber nach ein paar Gängen bin ich schon wieder müde. „Wir dürfen es nicht übertreiben", meint Morousek, „du könntest morgen früh deine Hand kaum bewegen. Du bleibst zum Mittagessen und zur Jause bei mir, und wir wollen von Zeit zu Zeit üben, aber nur ganz wenig." Ich wäre ohnehin nicht weggegangen. Seine Frau schaut uns zu, sie meint, wir spielten, und lacht. Diese Leute lachen zu allem und jedem.

Kurz vor dem Mittagessen fragt mich Morousek, ob Rubacký ein guter Fechter sei. Ich weiß es nicht. „Es nützt nichts, du mußt den schnellen, überraschenden Angriff lernen – entweder oder!" Er steckt mich wieder ins Wams, ich krieche nur ungern hinein.

Eine schöne Sache, dieser schnelle, überraschende Angriff! Ich erlerne ihn nicht, immer ist der Angriff zu wenig rasch und überrascht keineswegs. Kann ich dafür? Frau Morousek ruft zum Mittagessen – Gott sei Dank!

Aber ich kann kaum den Löffel halten. Die Hand zittert, und ich vergieße die Suppe. Morousek lacht. Wart nur, bis morgen dein zerhackter Freund dir zu Füßen liegen wird! Fast wünsche ich mir, tüchtig zerhackt zu sein, so sehr zerhackt, daß Morousek weinen müßte!

Noch zweimal nötigt er mich am Nachmittag zum Fechten. Ich schlage in die Luft und wie wahnsinnig auf Morousek ein, dann stürze ich mit Stierkorb und Wams zu Boden und will gar nicht mehr aufstehen. „Auf, auf! Jetzt mußt du dich mit Alkohol einreiben." Ich reibe mich mit Alkohol ein und stinke derart, daß Frau Morousek ihr Nähzeug nimmt und sich am anderen Ende des Gartens niedersetzt. Am liebsten wäre ich vor mir selbst davongelaufen!

Erst spät am Abend ging ich nach Hause. Schrecklichen Schmerz in den Ellbogen und Knien. Hab ich denn auch mit den Beinen gefochten?

Zu Hause finde ich einen Brief vor. Von Ottilie!

„Geehrter Herr Doktor! Ich muß, muß heute noch mit Ihnen sprechen. Kommen Sie abends sofort nach Ihrer Rückkunft ins Gärtchen. Sobald Sie aus ‚Traviata' pfeifen, bin ich bei Ihnen. Verzeihen Sie, daß ich so kritzle, ich tue alles aus Sympathie für Sie. – Ottilie."

Ich ging ins Gärtchen. Der Mond scheint, und ich sehe gut über den Hof in den Flur des ersten Stockwerks. Niemand dort.

Ich gehe hin und her. – Jetzt ist dort jemand! Eine weiße Gestalt. Ich trete für einen Augenblick ins Mondlicht, dann wieder zurück in den Schatten – jetzt aus der „Traviata"! – Gott weiß, was das ist – ich pfeife den Schmarrn den ganzen Tag –, und jetzt –! Wenn man mich erschlüge – ich habe die Melodie vergessen! – Vielleicht hat sie mich doch bemerkt. Und pfeifen kann ich auch, was ich will, nicht? – Aber mir fällt nichts anderes ein als: „Pepík, Pepík, was macht die Káča?" Ich pfeife also diesen „Pepík".

„Der Herr Doktor ist im Gärtchen, und noch so spät?" tönt es plötzlich aus dem Fenster des Malers. Der Maler, der Teufel weiß, in welchem Aufzug, beugt sich aus dem Fenster.

„Eine schöne Nacht, nicht wahr? Ich habe auch noch gar keine Lust zum Schlafen. Plaudern wir ein wenig."

Die Gestalt im Flur ist verschwunden. „Ich gehe aber schon ins Haus!" rufe ich absichtlich sehr laut. Das wäre so was, sich hier mit dem Maler zu unterhalten. Der Kerl könnte bis zum Morgen im Fenster lümmeln!

Ich gehe laut pfeifend – siehe da, jetzt ist mir die „Traviata" eingefallen! – langsam über den Hof. Ich bleibe stehen, schaue dahin, dorthin – auf der Treppe niemand, im Flur niemand – hat sich Ottilie über meinen „Pepík" geärgert?

Vielleicht ist es besser, wenn wir heut nicht miteinander sprechen. Gewiß ist es besser. – Und morgen?

Der Maler liegt im Fenster. Gern hätte ich in den Flur hinübergeschaut, aber er würde es bemerken und ein Gespräch mit mir beginnen. Ich zog die Vorhänge zu.

Letzter Wille! – Es nützt nichts, ich muß Ordnung machen – nur kurz, klar, wenige Zeilen: Mein ganzes Vermögen der Schwester – fertig!

So, und jetzt versuche ich zu schlafen. Ich bin ruhig, auffallend ruhig – aber morgen werde ich zittern wie Espenlaub, ich weiß es!

Noch den Wecker stellen!

Der Maler liegt im Fenster – lieg, Schmierfink!

Ich habe kaum zwei Stunden geschlafen und bin trotzdem ausgeschlafen. Es dämmert schon – im Juli ist schon um drei Uhr früh Tag –, und mich fröstelt in der Morgenkühle. Ich gähne entsetzlich! – Ich bebe ein wenig, das ist wahr, aber ich zittre durchaus nicht.

Ich weiß nichts mit der Zeit anzufangen. Hinunter ins Gärtchen will ich nicht gehen. Auf die Gasse? In meinem Fieber würde ich zu laufen beginnen und ermüden. Mir tun die Hände sowieso noch von gestern weh. Soll ich mich der Papiere annehmen und sie ein wenig in Ordnung bringen?

Halb sechs – ich breche auf. Ich schaue mich im Zimmer um, als ob ich etwas vergessen hätte. Was könnte ich vergessen haben?

Also mit Gott!

Ich fliege über die Treppe in den Hof, über den Hof in die Kaserneneinfahrt, durchs Tor hinaus – ich sprang – mir ist zum Weinen freudig zumute, tatsächlich wurden mir die Augen feucht – genauso, als sei ich aus einem finsteren Keller plötzlich in Sonnenglanz getreten. Es reißt mich nach rechts, nach links – ich weiß nicht, wohin ich gehen will. –

„Krumlovský – he!"

Morousek! Elender Morousek! Ich fiel ihm um den Hals, Tränen rollten über meine Wangen. Aber ich bringe kein Wort heraus. „Nun – wirst du dich schlagen?" – „Es ist schon alles vorüber!" – „Gott sei Dank! Aber laß mich los, du zerdrückst mir die Hand." Tatsächlich, ich halte seine Hand wie im Schraubstock – noch ein Händedruck!

„Steigen wir in die Droschke – ich habe sie gemietet. Hast du schon gefrühstückt?" – „Gefrühstückt? – Nein, noch nicht." – „Da fahren wir in eine Weinstube." – „Ja – nein! Vorerst nach Hause, dann in die Weinstube! Ottilie muß erfahren, daß ich es gesund überstanden habe."

Wir steigen in den Wagen. Ich plappere wie ein kleines Kind und lache immerzu. Weiß Gott, was ich alles schwätze! Dabei bemerke ich gar nicht, daß wir schon vor dem Haus sind. Ich tanze über die Stufen, ich rede ungezogen laut, damit ich im ganzen Haus zu hören sei.

Die Kondukteurin lief vor uns aus der Küche ins Zimmer davon. Da wunderst du dich, was? Wart nur, du wirst noch staunen!

In meinen vier Wänden finde ich wieder zu mir. „Weißt du überhaupt, daß du mir noch gar nichts erzählt hast?" sagte Morousek, zündet sich eine Zigarre an und streckt sich aufs Sofa.

Ja, es ist wahr, bis jetzt habe ich eigentlich noch gar nichts erzählt. Ich muß mich sammeln, um klar zu denken.

Beim Eingang in die Kaserne hatten schon zwei auf mich gewartet. Sie führten mich über den Hof, über Stufen hinunter und in den Gartensaal. Hier warteten der Oberleutnant und ein Arzt. Der zweite der Offiziere, die mich vom Tor hierherbegleitet hatten, stellte sich als mein Sekundant vor. Er sagte mir, daß alles in bester Ordnung sei; die Waffen glichen einander haargenau. Ich vermute, daß ich mich leicht verneigt habe. Da trat der mir bekannte Leutnant, der Sekundant des Oberleutnants, zu mir und sagte: „Die Herren haben, soweit ich weiß, keinen besonderen Groll gegeneinander – das Duell findet statt, aber ich schlage vor: nur bis zur ersten Verletzung. Sind die Herren damit einverstanden?" – „Gut", sage ich. „Gut", sagt der Oberleutnant und macht die Brust frei. Ich tue dasselbe.

Sie reichten mir den Säbel, wir gingen in Position und kreuzten die Klingen, wie du es mir gestern gezeigt hast. Und da fuhr es in mich. „Schneller, überraschender Angriff" – in meinem Kopf brauste ein Wasserfall, vor meinen Augen flimmerte es – da schrien schon beide Sekundanten „Halt!" und sprangen mit den Säbeln zwischen uns. Unwillkürlich trat ich einen Schritt zurück und sehe, daß meinem Gegner Blut übers Gesicht rinnt. Ich vermute, daß ich mit dem Säbel wie ein Offizier salutiert habe – ja, ich habe salutiert und gab ihn mit einer Verneigung meinem Sekundanten zurück. Gefaßt zog ich mich wieder an und hörte dabei den Arzt sagen: „Nur eine leichte Verwundung." Dann empfahl ich mich. Überm Weggehen hörte ich noch hinter mir: „Ein Kerl, wild wie ein Teufel!" – Glaub mir, ich würde jetzt die ganze Welt fordern und mich mit ihr schlagen! Und nichts, gar nichts wird verraten! Eine leichte Verwundung – Ehrenwort – niemand sagt ein Sterbenswörtlein. Und das habe ich dir zu verdanken, allerliebster Freund!

Morousek lacht. „Nun, er mag kein guter Fechter sein, oder du hast ihn zufällig tatsächlich überrascht. Übrigens – du hast dich fürs erste Mal recht wacker gehalten."

Ich fühle mich ein wenig als Held. Ich gehe mit festen Schritten auf und ab und bleibe dann vor dem Spiegel stehen. Ich betrachte mich, will mir zulächeln, aber das Lächeln sieht blöd aus.

Morousek erhebt sich. „Jetzt hab ich einen tüchtigen Hunger, fahren wir in die Weinstube!“ Ich habe sonderbarerweise noch keinen Hunger. „Du hast auch noch nicht gefrühstückt?“ – „Woher!“

Jetzt erst fällt mir die edelmütige Besorgnis Morouseks ein. „Woher hast du so zeitig früh eine Droschke bekommen?“ – „Ich hatte sie mir schon gestern mittag bestellt, als du bei mir warst.“

„Goldener, goldiger Morousek!“ und schon hänge ich an seinem Hals. Er hatte Mühe, mich abzuschütteln. Manchmal habe ich die Kräfte eines Riesen.

Eine kleine Weinstube. Und zwei Bekannte: der Schneider Sempr und der Gastwirt. Ich gebe ihnen die Hand. „Wie denn, unser Gastwirt verkehrt auch woanders?“ – „Ach ja, ich war schon mindestens zehn Jahre nirgends, bis auf heute.“

Wir setzten uns an einen anderen Tisch. Wir essen, trinken, und Morousek erklärt mir flüsternd, daß ich ausziehen müsse, und zwar sofort. Die ganze Sache mit der Kondukteurin sei ungut, ich werde bei meinem Studium gestört, und Zeit habe ich kaum zu verlieren. Er hat vollkommen recht. Wohin ich am liebsten übersiedeln möchte? Am liebsten zurück in die alte Wohnung. „Gut, fahren wir mit der Droschke gleich von hier dorthin, vielleicht bekommst du sie noch.“ Morousek ist ein ausgezeichneter Freund. Überhaupt ein durch und durch bedeutender Mann, ich habe ihn schrecklich gern – ich kann mich nicht entsinnen, daß er mir je auch nur im geringsten unangenehm gewesen wäre.

Der Gastwirt gerät offenbar in Feuer, er redet immer lauter. Er redet Sempr ein, nicht wieder zu heiraten! Den Klikeš verleumdet er als Anstifter zu allem Bösen in der Welt. Von den Frauen spricht er mit Verachtung. Während sich Sempr eine Zigarre holen ging, interpellierte ich den Gastwirt: „Aber hören Sie, Herr Wirt, warum raten Sie dem Sempr ab?“ – „Bin ich nicht Gastwirt? Ich habe meine paar Stammgäste, und die muß ich mir erhalten!“ – „Aber er würde doch eine gute Hausfrau und für die Tochter eine Mutter brauchen.“ – „Nein – ein guter Gast! Er ißt bei mir zu Mittag, gönnt sich ein reichliches Abendessen, trinkt seine –" Sempr kommt zurück.

Die Wohnung war noch frei, man gab sie mir gern. Gleich übermorgen, Montag, übersiedle ich. Was wird wohl Ottilie dazu sagen? Ich glaube, daß sie alles einsehen wird, wenn ich mit ihr darüber spreche – Erklärung und Liebeserklärung zugleich! Übrigens kann ich jeden zweiten Tag oder auch jeden Tag zu Besuch kommen. Es ist wahr – das Gerücht von meinem Duell wird doch durchsickern, man wird mich vielleicht bewundern – aber die Existenz geht vor.

Morousek nahm mich mit zu sich zum Mittagessen. Wir unterhalten uns dabei über mein Duell. Morousek ist in rosiger Laune, aber ich vermute, daß er sich über mich lustig macht. Das ist, gelinde gesagt, unvernünftig und unnötig.

Am Abend eilte ich nach Hause und sogleich ins Gärtchen.

Ottilie zürnt mir wirklich! Sie antwortet mir nicht und weicht mir aus. – Ich dachte, daß sie sich eigentlich freuen müßte.

Weibliche Grillen sind nicht immer angenehm.

Am Abend war ich in meinem früheren Gasthaus in der Altstadt. Ausgezeichnete Unterhaltung! Ich darf sagen, ich sprühte vor Geist. Man wunderte sich über meine gute Laune und mein gutes Aussehen. Ja – und vor nicht ganz einem Tag hätte ich auf der Bahre liegen können!

Heute, so hoffe ich, wird es sich gut schlafen.

Ich erwachte sehr zeitig – Nachwirkung von gestern. Aber mir war wohl, so wohl wie einem Neugeborenen im lauen Bad – es dehnt das Körperchen, streckt die Händchen aus und schlummert selig weiter bis neun.

Und Doktor Jensen kommt wieder. Le pourquoi? – Du wirst dich wundern, und zwar noch heut!

Er drückt mir auffallend herzlich die Hand und zündet sich

einigemal die Zigarre an. Er müsse mir doch sagen, warum er eigentlich hierherkomme, damit mir das nicht sonderbar erscheine – und er tritt wieder an den Tisch, um ein Streichholz zu nehmen. Mir sagen, warum er hierherkommt? Er nimmt an, daß ich es nicht weiß! Und schon wieder steht er vor dem Spiegel – eine richtige männliche Kokotte!

„Hier Ihnen gegenüber", beginnt er, „wohnt im zweiten Stock Provazník – Sie haben schon selber einigemal von ihm gesprochen. Vor zehn oder acht Jahren war er bei uns in der Anstalt. Von dieser Zeit an beobachte ich ihn auf Wunsch seiner reichen Verwandten von Zeit zu Zeit, jetzt baten sie mich wieder darum. Ich war sehr froh, daß Sie hier wohnen und gerade in dieser Wohnung; ich muß mich so unauffällig wie möglich verhalten. Er kennt mich und weicht mir aus, kein einziges Mal kam er ins Gärtchen herunter, wenn ich dort in Ihrer Gesellschaft war, zumal Sie sagten, daß er sich jeden Tag dort einfindet. Er beobachtet mich ängstlich, auch jetzt schaut er sich nach mir um; ich sehe ihn deutlich hier in Ihrem Spiegel – er steht hinter dem Vorhang und steckt nur den Kopf ein bißchen vor. Aber nach allem, was ich sah und hörte, glaube ich, daß kein neuer Ausbruch seiner Krankheit zu befürchten ist."

Ich stand mit offenem Mund da, und die Augen gingen mir über. Wie – nur das?

Ich fühlte eine gewisse Erleichterung. Aber – zugleich so etwas wie Enttäuschung.

Der Doktor ist gegangen. Mir ist, als müsse ich ihm nachrufen: „Sehen Sie – wenn es sich darum gehandelt hätte – ich – was mich betrifft – ich wäre Ihnen nicht –"

Auf einmal muß ich mir ganz wahrhaftig eingestehen, daß ich niemals an Rivalität auch nur gedacht hatte.

Ja, mir ist – ach, wir Mannsleute sind doch eigentümliche Geschöpfe!

Der Kondukteurin habe ich eben kurz und trocken mitgeteilt, daß ich bis morgen abend ausgezogen sein werde. Sie hörte mir mit niedergeschlagenen Augen zu und sagte keine

Silbe. Sie senkt jetzt vor mir ununterbrochen die Augen. Die habe ich kirre gemacht!

Aber seltsam – den Kondukteur habe ich die ganze Zeit über nie gesehen! Immer traf es sich irgendwie so . . . aber das ist schließlich gut, ich glaube, er hätte mir leid getan.

Ottilie schmollt weiter; mir ist das, offen gestanden, gleichgültig. Ich fühle nur so etwas wie eine leichte Kränkung. Ich sagte allen im Gärtchen, daß ich ausziehen werde, sie blieb dabei ganz kalt, wirklich so kalt, als ob ich ihr mitgeteilt hätte, daß der Kochlöffel zu Boden gefallen sei. – Die Weiberleut sind ebenfalls komische Geschöpfe!

Ich danke Gott, daß ich ihr keine Liebeserklärung gemacht habe!

Ich war in meinem Altstädter Gasthaus. Unter diesen Leuten erquickt man sich geradezu und ist dann wieder fähiger zu geistiger Arbeit. Also wieder an die Arbeit, an die Arbeit! – nach der Advokaturprüfung bin ich fürs ganze Leben aller Prüfungen ledig!

Ich bin mitten im Umzug!

Beim Maler allgemeine Prügelausteilung, ein fürchterlicher Lärm – Vorbereitung zur Abfassung des zweiten Briefs. Er schickte wieder nach Papier zu mir. Ich ließ ihm einfach sagen, daß ich schon alles verpackt hätte und nicht wisse, wo das Papier ist.

Das Fräulein des Hausherrn schneidet im Garten Salat.

Ich betrachte sie kühl. Ist die schon angewelkt!

Der Neruda soll mir nur noch einmal mit einer „Kleinseitner Geschichte“ kommen!

ANMERKUNGEN

8 *Flamänder:* (tschech.) Nichtsnutz.

16 *vergoldete Tafeln:* Sinnbilder der Begräbnisbruderschaft; vgl. die Beschreibung auf Seite 52.

17 *Konskriptionsamt:* Standesamt.

18 *während der französischen Kriege:* Während der Kriege Napoleons gegen Österreich und dessen Verbündete (1796–1813).
ein Nepomuk: Nach Johannes von Nepomuk (1350–1393), dem Schutzheiligen Böhmens; sein Gedenktag ist der 16. Mai.

19 *Hökerladen:* Auch „Hökerei“ : Krämerladen.
Amanuensis: (lat.) Gehilfe, Sekretär, Schreiber.

22 *in deutscher Schwabacher:* In deutscher Schreibschrift. Die sogenannte Schwabacher, eine Frakturschriftart, hat sich als Drucktype Ende des 15. Jahrhunderts herausgebildet.

29 *Doktor Bartolo . . . dieser sevillanische Doktor:* Figur aus der Komischen Oper „Der Barbier von Sevilla“ von Giacchino Rossini (1792–1868). Wie schließlich bei „Doktor“ Loukota in dieser Erzählung scheitern auch die Heiratspläne des Junggesellen Bartolo.
periculum in Morea: (Verballhornung der lateinischen Wendung „periculum in mora“) Gefahr im Verzug; Morea: seit dem Mittelalter gebräuchliche Bezeichnung für die griechische Halbinsel Peloponnes.

45 *Akzessisten:* (lat.) Anwärter im Gerichts- oder Verwaltungsdienst.

46 *Konkordianer:* „Konkordia“ (Svornost; Eintracht): Name der unter tschechischen Führung stehenden Prager Nationalgarde, nach dem Pfingstaufstand von 1848 (vgl. zu S. 172) aufgelöst.
Equipage des heiligen Elias: Der feurige Wagen, in dem der Prophet zum Himmel auffuhr; vgl. 2. Könige 2, 11.

49 *Bohemia:* Deutsche Zeitung für Böhmen, 1828 unter dem Titel „Unterhaltungsblätter“ gegründet, seit 1830 als „Bohemia“ (bis 1911) weitergeführt.

65 *Konzipienten:* Im österreichischen Staatsdienst niederer Beamter.

70 *Ad manus inclitissimi praesidii:* (lat.) Zu Händen des wohllöblichen Präsidiums.
brevi manu: (lat.) Kurzerhand.

71 *ex senatu concluso:* (lat.) Auf Grund einer Entscheidung des Senats.
supplierenden Lehrer: Lehramtskandidat.
72 *Rekurs:* (lat.) Einspruch gegen richterliche Entscheidung.
73 *Tag der heiligen Katharina:* 25. November.
79 *Terno:* (ital.) Dreifacher Treffer in der Zahlenlotterie.
Ambo: (ital.) Doppeltreffer.
81 *Kumbrlík:* Traumdeutungsbücher allgemein, hergeleitet von dt. „Kammerlicht", dem Namen des Verlegers.
Severus: Gemeint ist vermutlich der christliche Geschichtschreiber Sulpicius Severus (363 bis etwa 410), Verfasser einer Weltchronik.
Jakobsleiter: Vgl. 1. Mose 28, 10–12.
pharaonischen Kühen: Vgl. 1. Mose 41, 1–32.
Traum . . . des Nebukadnezar: Vgl. das alttestamentliche Buch Daniel, 2. Kapitel.
84 *Terno secco:* (ital.) Im Zahlenlotto einziger Gewinner eines dreifachen Treffers.
90 *Baumgarten:* Ausgedehnte Parkanlage nordöstlich von Prag.
Šárka: Beliebtes Ausflugsziel bei Prag, benannt nach einer Heldinnengestalt der böhmischen Sage.
91 *Erben:* Karel Jaromír Erben (1811–1870), tschechischer Dichter, Sammler und Erforscher tschechischer Volksliteratur.
Kostomarow: Mykola Kostomarow (Pseudonym Jeremija Halka; 1817–1885), ukrainischer Historiker und Schriftsteller, 1847–1857 wegen Zugehörigkeit zu einer Geheimbruderschaft verbannt.
97 *Kanevas:* Gitterförmiges Gewebe, wie es für Handarbeiten verwendet wird, hier allgemein „grobe Leinwand".
99 *Doublée:* (franz.) Indirekter („Doppel"-) Stoß beim Billardspiel durch Abprallen der Spielkugel von der Tischbande.
100 *am Tag Peter und Paul:* 29. Juni.
105 *„Ach, könnt ich betteln gehen . . .":* Verse aus Theodor Storms Gedicht „Elisabeth", das 1850 in der Novelle „Immensee" zuerst veröffentlicht wurde.
Vyšehrader Schaukel: Vyšehrad: ausgedehnte Festungsanlage am rechten Moldauufer, deren Ursprünge bis ins 11. Jahrhundert reichen; im Vyšehrader Viertel lag ein Rummelplatz.
106 *steinerne Brücke:* Karlsbrücke.
110 *des Klementinums:* Ehemaliges Jesuitenkolleg, 1578 als Zentrum der Gegenreformation gegründet, in mehreren Bauabschnitten Anfang des 18. Jahrhunderts fertiggestellt.

111 *Schmettenschaum:* Sahneschaum.

114 *das linke Prag:* Die Kleinseite am linken Ufer der Moldau hatte einen hohen deutschen Bevölkerungsanteil. Da die Deutschen im österreichischen Reichstag auf der linken Seite saßen, meint „links" hier zugleich soviel wie „deutsch".

118 *Jan Hovora:* Unter dem slowakischen Pseudonym Janko Hovorka hatte der junge Neruda seine ersten Gedichte veröffentlicht.

119 *Petöfi:* Sandor Petöfi (1823–1849), bedeutendster ungarischer Lyriker des 19. Jahrhunderts; Neruda hat einige seiner Gedichte ins Tschechische übersetzt.

120 *ist Sankt Veit vorüber:* Der St.-Veits-Tag (15. Juni).

121 *Orleansrock:* Überrock aus leichtem, glänzendem Baumwollgewebe, benannt nach der französischen Stadt Orléans.

122 *Jan Hus:* (1369–1415), tschechischer Reformator; nachdem er sich auf dem Konstanzer Konzil geweigert hatte, seine Lehren zu widerrufen, auf dem Scheiterhaufen verbrannt.

124 *Rigorosen:* (lat.) Mündliche Doktorprüfungen, hier Examen allgemein.

126 *Hanibaj ante pojtas!:* (lat. Hannibal ante portas) Hannibal vor den Toren! Die schon von Cicero (1. Philippica 5,11) in übertragener Bedeutung gebrauchte Wendung („eine den Staat bedrohende Gefahr") geht zurück auf die Eroberungszüge der Karthager, die im Zweiten Punischen Krieg (218–201 v. Chr.) unter ihrem Feldherrn Hannibal in Italien eingefallen waren.

132 *Müllerkalmuck:* Kalmuck: beidseitig angerauhtes Woll- oder Baumwollgewebe, benannt nach dem westmongolischen Volk der Kalmücken.

140 *Kapelle des heiligen Wenzel:* Chorkapelle im Veitsdom, von Peter Parler 1362–64 über der Grabstätte des hl. Wenzel erbaut; im unteren Teil reiche Verzierung mit böhmischen Halbedelsteinen. Wenzel der Heilige: 911–935 Herzog von Böhmen, Schutzpatron Böhmens und tschechischer Nationalheiliger.

151 *Sankt-Gallus-Tag:* 16. Oktober.

155 *Grabmal des heiligen Johannes von Nepomuk:* Barockes Hochgrab, 1733–36 nach Entwürfen u.a. Fischer von Erlachs entstanden. *Königs-Oratorium:* Auch „Wladislaw-Oratorium" (1493), Empore im südlichen Umgang des Veitsdoms, benannt nach Wladislaw II., 1471–1516 König von Böhmen.

156 *Rorate-Messe:* Messe in der Adventszeit zu Ehren Marias, so bezeichnet nach dem Eingangsgesang „Rorate ..." („Tauet, Himmel, aus den Höhen ..."; vgl. Jesaja 45,8).

157 *nach Katharina:* Nach dem 25. November.

162 *Regenschori:* Leiter des Chors, Dirigent.

163 *Triforium:* (lat.) Eigentlich Drillingsbogen. In gotischen Kirchen schmaler, auf Säulen ruhender Laufgang an der Hochwand des Mittelschiffs unterhalb der Fensterzone. Die Büsten der Triforiumsgalerie des Veitsdoms wurden 1374–85 von Angehörigen der Parlerschen Bauhütte geschaffen und sind die frühesten erhaltenen Beispiele einer realistischen mittelalterlichen Porträtplastik.

Pešina: Václav Michal Pešina z Čechorodu (1782–1859), seit 1832 Domherr und tschechischer Prediger an St. Veit.

164 *Kinsky-Kapelle:* In der nach dem Geschlecht der Grafen und Fürsten Kinsky benannten Kapelle wurden im 19. Jahrhundert die Prager Erzbischöfe bestattet.

die Gebeine des heiligen Sigismund: Reliquien des hl. Sigismund (König von Burgund, 524 in einem Brunnen ertränkt) bewahrt der Altar der Sigismundkapelle des Veitsdoms.

Georg von Poděbrad: (1420–1471), 1458–1471 König von Böhmen.

der heilige Wenzel selbst: Die Erscheinung, die Neruda hier beschreibt, entspricht der 1373 fertiggestellten Sandsteinstatue des hl. Wenzel von Peter Parler, die über dem Altar der Wenzelskapelle angebracht ist.

Birett: Randlose Kopfbedeckung römisch-katholischer Geistlicher.

168 *Žižka . . . Hus:* Vorbilder der Jungen bei der von ihnen geplanten „Zerstörung“ Österreichs sind die vier berühmten Heerführer der Hussitenkriege (1419–1436): Jan Žižka von Trocnov (1360–1424), der das Heer der radikalen Hussiten (Taboriten) befehligte, sein Nachfolger Prokop der Kahle (auch „der Große“; geb. um 1380), der zusammen mit Prokop dem Kleinen, einem Unterheerführer, 1434 im Kampf gegen den gemäßigten Flügel der Hussiten den Tod fand, ferner Nikolaus von Hus (Hussinetz, gest. 1420), ebenfalls ein Anführer der radikalen Taboriten.

169 *Prinzipisten:* (von lat. principes) Schüler der ersten beiden Klassen des Gymnasiums.

Kelch, Dreschflegel und Morgenstern: Der Abendmahlskelch als Symbol der hussitischen Forderung des Laienkelchs, d. h. der Kommunion unter beiderlei Gestalt; Dreschflegel und Morgenstern (ein mit Stachelspitzen sternförmig besetzter Schlagkolben) als Symbole der kriegerischen Gewalt der Hussiten.

170 *alle auf dem Hradschin noch schmachtenden Gefangenen:* Die nach dem „Pfingstaufstand“ von 1848 eingekerkerten tschechischen Revolutionäre; vgl. zu Seite 172.

171 *bei Deutschbrod:* Hier hatte 1422 das Heer der Hussiten die kaiserlichen Truppen besiegt.

Marchfeld ... Ottokars: In der Schlacht auf dem Marchfeld (1278) besiegte Rudolf von Habsburg Ottokar II., 1253–1278 böhmischer Herrscher aus dem Geschlecht der Przemysliden.

Weißen Berg: Auf dem westlich von Prag gelegenen Weißen Berg wurde 1620 das Heer der mährischen und böhmischen Stände durch die kaiserlich-habsburgischen Truppen entscheidend geschlagen. Infolge dieses Sieges wurde die Macht der Habsburger wie die der katholischen Kirche in Böhmen wiederhergestellt.

172 *nach den Pfingstfeiertagen:* Gemeint ist der sogenannte Prager „Pfingstaufstand“ des Jahres 1848. Erste Auswirkungen der Pariser Februarrevolution von 1848 auf die österreichisch-ungarische Monarchie waren revolutionäre Erhebungen, die in Wien im März 1848 zur Abdankung Metternichs führten. Nach dem Zusammenbruch der Regierungsautorität folgten Aufstände in den Provinzen. In Prag bildete sich ein Nationalausschuß, der (im Rahmen der Monarchie) ein böhmisches Ministerium, einen Zusammenschluß aller einst böhmischen Länder und eine böhmische Verfassung forderte. Im Juni 1848 wurde auf dem Prager Slawenkongreß die Forderung eines slawisch geführten Österreichs erhoben („Austroslawismus“). Im Anschluß an den Kongreß kam es zum blutig niedergeschlagenen „Pfingstaufstand“ national-radikaler Gruppen, die den Abfall von Österreich proklamiert hatten.

175 *Hirschgraben:* Ehemaliges Wildgehege; Parkanlage auf der nördlichen Seite des Hradschin.

183 *Brinde:* (tschech.) Etwa „dünne Brühe“, hier ein entsprechender Kaffee.

202 *der heilige Georg steht vor der Tür:* Der St.-Georgs-Tag (23. April).

204 *Mácha:* Karel Hynek Mácha (1810–1836), bedeutendster und einflußreichster Vertreter der tschechischen Romantik.

211 *Navrátil:* Josef Navrátil (1798–1865), tschechischer spätromantischer Maler.

217 *Judenstadt:* Ehemaliges Ghetto der Prager jüdischen Gemeinde. Ende des 18. Jahrhunderts wurden die Mauern, die das Ghetto von der Prager Altstadt abschlossen, beseitigt, Bürgerrecht erhielten die Prager Juden jedoch erst nach 1848. Mit Aus-

nahme der Synagogen und des Rathauses wurden alle alten Häuser des Judenviertels Ende des 19. Jahrhunderts abgerissen und durch Neubauten ersetzt.

Crispin: Heiliger und Märtyrer, um 287 in einem mit geschmolzenem Blei gefüllten Kessel getötet; Schutzpatron der Schumacher.

219 *Burnands:* Sir Francis Cowley Burnand (1836–1917), englischer Journalist, 1880–1906 Herausgeber der satirischen Zeitschrift „Punch".

221 *daß bei Spanien nicht Bismarck:* Gemeint ist die gewaltsame Wiederherstellung der spanischen Monarchie im Jahre 1874 (1873 war die erste spanische Republik ausgerufen worden). Bismarck hatte 1870 die Kandidatur des Erbprinzen Leopold von Hohenzollern-Sigmaringen auf den spanischen Thron gefördert; dies war der Anlaß für den Deutsch-Französischen Krieg von 1870/71.

223 *George Washington:* (1732–1799), 1787–1797 erster Präsident der Vereinigten Staaten von Nordamerika.

229 *Quintus Septimus Florens Tertullianus:* (etwa 160 bis 225), Rechtsgelehrter und frühchristlicher Dogmatiker.

Dolkengesicht: Eigentlich ein kleksiges, „hingeschmiertes" Gesicht.

232 *Queue:* (franz.) Billardstock.

237 *die Kapuzinerpredigt:* Vgl. Friedrich Schiller, Wallensteins Lager, 8. Auftritt.

238 *Herrn Palacký:* Frantisek Palacký (1798–1876), tschechischer Historiker und Politiker, seit 1839 Landeshistoriograph Böhmens.

240 *„Martha":* Oper von Friedrich von Flotow (1812–1883).

253 *„Norma":* Oper von Vincenco Bellini (1801–1835).

267 *Tyls:* Josef Kajetán Tyl (1808–1856), Journalist, Schauspieler und Dramatiker; in seinen um und nach 1848 entstandenen historischen Dramen greift Tyl Stoffe der böhmischen Geschichte auf und interpretiert sie im Sinne einer nationalfreiheitlichen Entwicklung des tschechischen Volkes.

270 *Trema:* (tschech.) Lampenfieber.

ZEITTAFEL

1834 Am 9. 7. wird Jan Neruda in Prag auf der Kleinseite als Sohn eines Kriegsveteranen geboren.

1845–53 Besuch des deutschsprachigen Kleinseitner Gymnasiums, seit 1850 bis zum Abitur des tschechischen Akademischen Gymnasiums. Seine Bewerbung um Aufnahme in das Prämonstratenserkloster Strahov wird abgelehnt.

1853–56 Student der Rechtswissenschaft und der Philosophie an der Prager Karls-Universität. Seit 1854, zunächst unter Pseudonym, erste Gedichtveröffentlichungen. Nach Abbruch des Studiums zeitweilig Buchhalter beim Militär und Aushilfslehrer an einer Realschule.

1856 Mitarbeiter bei der deutschen liberalen Zeitung „Tagesbote aus Böhmen"; Literatur- und Theaterkritiken für die deutsche „Prager Morgenpost".

1857 Erste Gedichtsammlung: „Hřbitovní kvítí" (Friedhofsblumen).

1858–62 Gemeinsam mit Vítězslav Hálek Herausgabe des literarischen Almanachs „Máj" (Der Mai; benannt nach dem Hauptwerk des romantischen Dichters Karel Hynek Mácha). Mitarbeiter des Almanachs sind u.a. Božena Němcová, der Dichter Karel Jaromír Erben und die Romanschriftstellerin Karolina Světlá.

1859/60 Erstaufführung der beiden Lustspiele „Ženích z hladu" (Der Bräutigam aus Hunger) und „Prodaná láska" (Die verkaufte Liebe); Mißerfolg des Dramas „Francesca di Rimini".

1859/60 Gemeinsam mit Vítězslav Hálek Herausgabe der Zeitschrift „Obrazy života" (Bilder des Lebens), wichtiges Forum der jungen literarischen Generation. Seit 1860 Feuilleton-Mitarbeiter der neugegründeten politischen Zeitschrift „Čas" (Die Zeit), seit

1862 Redakteur bei der politisch oppositionellen Tageszeitung „Hlas" (Die Stimme).

1863 Reise nach Frankreich.

1863/64 Herausgabe der Zeitschrift „Rodinná kronika" (Die Familienchronik).

1864 „Arabesky" (dt. „Genrebilder", 1883), erste Sammlung von Erzählungen über die Prager Kleinseite.

1865/66 Gemeinsam mit Hálek Herausgabe der Zeitschrift „Květy" (Blüten).
Mitarbeit an der neugegründeten Zeitung „Národní listy" (Volksblätter), die sich zum repräsentativen Organ der national-fortschrittlichen „Jungtschechen" entwickelt und für die Neruda bis zu seinem Tod als Redakteur und Kritiker tätig ist.

1868 „Knihy veršů" (Versbücher), Sammlung von Balladen, längeren epischen Gedichten und Lyrik (2., erweiterte Ausgabe 1873).

1869 Tod der Mutter. Neruda übersiedelt von der Kleinseite in die Prager Altstadt.

1870 Reise nach Konstantinopel, Kairo und Rom.

1871 „Různí lidé" (Unterschiedliche Menschen), Sammlung kleinerer Prosaarbeiten.

1872 „Obrazy z ciziny" (Bilder aus der Fremde), Sammlung von Feuilletons und Porträtskizzen.

1873/74 Gemeinsam mit Hálek Herausgabe der Zeitschrift „Lumír" (Name aus der tschechischen Sage).

1875 Reise nach Norddeutschland und Helgoland.

1876 „Studie, krátké a kratší" (Kleine und kleinere Studien), 2 Bde., Sammlung von Feuilletons.

1877 „Menší cesty" (Kleinere Reisen), Reisebilder und -berichte.

1878 „Povídky malostranské" (dt. „Kleinseitner Geschichten", zuerst 1885). „Písně kosmické" (dt. „Kosmische Lieder", 1881).

1883	„Balady a romance“ (Balladen und Romanzen). „Prosté motivy“ (Einfache Motive), Gedichtsammlung.
1891	Am 22. 8. stirbt Neruda nach längerer Krankheit in Prag.
1896	„Zpěvy páteční“ (dt. „Freitagsgesänge“, eigentlich „Karfreitagsgesänge“, 1913), postum von Jaroslav Vrchlický herausgegebene Gedichtsammlung.

NACHWORT

Nach dem Tode seiner Mutter im Jahre 1869 kündigte Jan Neruda seine Wohnung in der Spornergasse mit dem herrlichen Blick auf das Schwarzenberg-Palais und zog von der Kleinseite auf das rechte Moldauufer, in die Altstädter Konviktgasse. In den engen, verschlafenen Gassen der Kleinseite lebten die „kleinen Leute", die Altstadt dagegen war das Zentrum der maßgeblichen gesellschaftlichen, politischen und literarischen Kreise Prags. Ihr patriotisches Pathos, ihre Geschwätzigkeit, ihre Borniertheit hat Neruda immer als bedrückend empfunden. Aber der damals fünfunddreißigjährige, bereits angesehene Dichter und Journalist war schon selbstbewußt genug zu glauben, daß er darunter nicht zerbrechen würde. Seine kühle Skepsis und seine stolze Ablehnung der damaligen Prager Gesellschaft, seine Ironie, das alles war auch Ausdruck einer jugendlichen Aufrichtigkeit und Ehrlichkeit, vielleicht auch ein Schutz gegen die heftigen Angriffe der konservativen tschechischen Patrioten, bei denen er alles andere als beliebt war.

Was hat Jan Neruda auf der Kleinseite aufgeben wollen, um am anderen Ufer der Moldau, in dieser für die Kleinseitner so fremden Welt, ein neues Leben zu beginnen? Es war wohl vor allem seine Jugend. 1834 geboren, war Neruda in ärmlichen Verhältnissen aufgewachsen, als Sohn eines ehemaligen Kanoniers, der 1813 in der Völkerschlacht bei Leipzig zwar keinen persönlichen Ruhm ernten konnte, dem Sieg über Napoleon jedoch eine Kantine am Aujezder Tor in der Nähe der Albrecht-Kaserne und später einen Tabakladen in der Spornergasse, im Haus „Zu den zwei Sonnen", danach im Haus „Zu den drei schwarzen Adlern", verdankte. Der Sohn des Veteranen eines der blutigsten Kriege des 19. Jahrhunderts erbte vom Vater nur den rauhen Stolz und die

Disziplin eines k. u. k. Soldaten. Nerudas Mutter, eine einfache, katholisch streng gläubige Frau, verdiente als Putzfrau einige Groschen hinzu, um ihrem Sohn, der es im Leben einmal besser haben sollte, den Besuch des Gymnasiums zu ermöglichen. In dem nicht abgeschlossenen Zyklus „Mein Vater" (in der Gedichtsammlung „Versbücher", 1868) zeichnet Neruda zwei Bilder: das Bild des Vaters in dem Augenblick, als ihn der Tod berührt, sein Gesicht erstarrt, seine Nase spitz wird, und sein eigenes Antlitz, das allmählich die Züge des Toten annimmt, ihm immer ähnlicher wird. Seiner Mutter widmete Neruda jedoch ein Gedicht, das Antonín Měšťan in seiner „Geschichte der tschechischen Literatur im 19. und 20. Jahrhundert" (1984) zu Recht gewürdigt hat. „Zum ersten Mal in der tschechischen Lyrik erschienen bei Neruda suggestive Verse einer innigen Liebe zur Mutter ..."; damit habe er eine Tradition begründet, die bis zu Jaroslav Seifert („Maminka", 1954) reiche.

Nach dem Abitur im Jahre 1853 hatte Jan Neruda keineswegs schon die Laufbahn eines Journalisten und Schriftstellers vor Augen, denn er bewarb sich, wie erst 1974 bekannt wurde, um Aufnahme in das Prämonstratenserkloster in Prag-Strahov, allerdings erfolglos. Als Gymnasiast schrieb Neruda seine ersten Artikel für verschiedene Studentenzeitschriften. Schon bald verkehrte er mit dem Dichter und Patrioten Václav Hanka, mit Karel Jaromír Erben, dem bedeutenden Balladendichter und Sammler tschechischer Volkspoesie, auch mit der Schriftstellerin Božena Němcová. Sein Studium der Rechtswissenschaft und Philosophie an der Karls-Universität hat Neruda, wohl in erster Linie aus finanziellen Gründen, nicht abgeschlossen. Er arbeitete als Buchhalter beim Militär, versuchte, sein Auskommen als Hilfslehrer zu bestreiten, und entschloß sich 1856, Journalist zu werden. Daß der tschechisch-patriotisch gesinnte Neruda seine ersten Beiträge für den deutschen liberalen „Tagesboten aus Böhmen" und Theater- und Literaturkritiken für die deutsche „Prager Morgenpost" schrieb, erklärt sich aus der damaligen Situation des tschechischen Pressewesens: Bis 1859, unter der Ära des österreichischen Justiz- und späteren

Nerudas Arbeitszimmer in der Altstädter Konviktgasse

Innenministers Bach, war nahezu die gesamte tschechische Presse verboten oder wegen der strengen Zensurmaßnahmen eingestellt worden. Zwar hat Neruda schon 1854 in der tschechischen Zeitschrift „Lumír“ einige Gedichte veröffentlicht, er versteckte sich jedoch hinter dem slowakisch klingenden Pseudonym Janko Hovorka.

In der Familie von František Holina, der den Ehrgeiz hatte, einen intellektuellen Salon zu führen, verliebte sich der junge Neruda in dessen Tochter. Anna Holinová, ein braves, liebenswertes Mädchen, das von Literatur und Kunst allerdings nicht viel verstand, wurde Nerudas „ewige Braut“. Als er sie endgültig verlassen hatte, blieb sie ihm treu, heiratete nicht und überlebte den großen Journalisten, Dichter und Erzähler um einige Jahre. Bis zu ihrem Tod mußte sie immer neuen Klatsch über ihre Beziehung zu Neruda ertragen. Ihre Liebe hat diese tapfere und ehrliche Frau, die sich in der Welt der Prager Patrioten, Intellektuellen und Literaten fremd und unglücklich fühlte, teuer bezahlt, nämlich mit einem verpfuschten Leben. Kaum bekannt ist die Tatsache, daß Anna Holinová Neruda seit 1859 konspirative Verbindungen mit tschechischen Revolutionären ermöglicht hatte, die nach dem blutig niedergeschlagenen Prager Pfingstaufstand des Jahres 1848 im italienischen und französischen Exil lebten und von dort aus im Sinne ihrer freiheitlich-nationalen Überzeugungen die Habsburger Monarchie bekämpften. Jan Neruda unterstützte sie.

Erst 1859 gelang Jan Neruda mit Hilfe von Karel Sabina, dem Librettisten von Smetanas Oper „Die verkaufte Braut“, der große Sprung in die tschechische Journalistik. Mit Vítězslav Hálek gründete er die Zeitschrift „Obrazy života“ (Bilder des Lebens), schrieb Feuilletons für die Zeitschrift „Čas“ (Die Zeit) und wurde 1862 Redakteur bei der damals bedeutendsten liberal-demokratischen, natürlich anti-österreichischen Tageszeitung „Hlas“ (Die Stimme). Als „Hlas“ mit „Národní listy“ (Volksblätter) fusionierte, blieb er dieser Zeitung als Mitarbeiter bis an das Ende seines Lebens treu.

Der Dichter seines Herzens war damals Heinrich Heine, sein großes Vorbild waren die deutschen Romantiker, zunehmend freilich auch die Schriftsteller des Jungen Deutschland. Arne Novák, der Grandseigneur der tschechischen Literaturgeschichtschreibung, meinte noch 1914, Neruda wegen seiner Bewunderung Heines kritisieren und auf Heines charakterliche Schwächen hinweisen zu müssen: „Der Künstler Heinrich Heine wurde immer dann größer, wenn er als Mensch an Format verloren hatte. Bei Neruda war es umgekehrt; in armseligen Verhältnissen aufgewachsen, wurde er später ein wahrer Ritter des Geistes. Heine dagegen konnte nie ein Ritter werden; auch in seinem Streit mit dem Schicksal versuchte er auf seine Art und Weise, heimtückisch zu feilschen." Diese, gut zwei Jahrzehnte nach Nerudas Tod formulierten Äußerungen sind nur deshalb erwähnenswert, weil sie zeigen, wie sehr die konservativen tschechischen Patrioten noch Anfang des 20. Jahrhunderts darunter litten, daß Neruda – und eigentlich alle seine literarischen Zeitgenossen – unter dem Einfluß der deutschen Romantik gedichtet hat, sich angeblich nur schwer von diesem Bann befreien konnte. Dies zielte vor allem auf den seit 1858 von Neruda gemeinsam mit Hálek herausgegebenen „Máj" (Der Mai), einen literarischen Almanach, der in den wenigen Jahren seines Erscheinens große Bedeutung für die Erneuerung der tschechischen Literatur erlangte. In den Augen der Konservativen waren der Almanach „Máj" und Zeitschriften wie „Obrazy života" oder „Rodinná kronika" (Die Familienchronik) nichts anderes als Organe deutsch-romantischer Geisteshaltung in tschechischer Sprache.

Es war Nerudas Verdienst – wie auch das seiner Freunde, die sich um den „Máj" gruppiert hatten –, den neuen Wortschatz der sich im 19. Jahrhundert stürmisch entwickelnden, wiederbelebenden tschechischen Sprache, sogar den Prager Slang und Wendungen der Umgangssprache, in die Literatur eingeführt zu haben, und daß er klar, deutlich und ohne überschwengliche Illusionen, die damals so manchem Patrioten den Blick vernebelten, den wahren Zustand der Gesellschaft schilderte. Von den national-konservativen Kreisen, den sogenannten „Alttschechen", wurde es als empörend empfunden, daß Neruda und die „Máj"-Gruppe die volle

Freiheit des Wortes und des Ausdrucks in der hohen Literatur durchsetzten, darüber hinaus aber die gewöhnlichen Menschen, die „kleinen Leute“ in ihrer eigenen Sprache über ihre wahren Probleme reden ließen. Die „Májovci“ wurden als Kosmopoliten verleumdet, als unverantwortliche Elemente, die es sogar wagten, die Revolutionäre des Jahres 1848 wieder zu Wort kommen zu lassen.

„Sie (gemeint sind damalige Prager politische und kulturelle Wortführer des tschechischen Volkes) sehen mich als eine Bulldogge, die sie, wenn ich ihnen nicht Angst einjagen würde, schon längst getreten hätten“, schrieb Jan Neruda im Jahr 1860 an seinen Freund Josef Václav Frič. Zwei Jahre zuvor klagte er Anna Holinová: „Die Menschen versuchen meinen Gesang abzuwürgen. Es wundert mich also nicht, wenn ich Schmerz in der Brust trage. Gegen den Wind zu singen und zu schwimmen ist zwar schön, aber offen gestanden ein wenig anstrengend.“

Nerudas 1860 in Prag mit Neugier erwartetes Stück „Francesca di Rimini“ wurde ein Reinfall und bot seinen Feinden wiederum Stoff zu zahlreichen Angriffen. Er zog die richtige Konsequenz: Er untersagte alle weiteren Aufführungen, aber auch die seiner volkstümlichen Lustspiele, die viel und mit großem Erfolg gespielt worden waren. Nie wieder versuchte er, ein Theaterstück zu schreiben (auch hat er wohl nie daran gedacht, einen Roman zu verfassen). Nach dem Mißerfolg von „Francesca di Rimini“ erkannte er seine Grenzen und blieb der Lyrik, der Erzählung und dem Feuilleton bis an sein Lebensende treu.

Im Jahr 1862 – Neruda hatte diesen Mißerfolg noch nicht verwunden – entwickelte sich seine enge Beziehung zu Karolina Světlá, der damals dreißigjährigen, schon beachteten Schriftstellerin, die auch zu den Autoren des Almanachs „Máj“ gehörte. Jetzt spielte Jan Neruda in seinem privaten Leben eine seltsame, oft als peinlich oder pathetisch empfundene Komödie. Vor Anna Holinová, seiner Jugendfreundin, gab er sich als der überlegene, stets beherrschte Mann. Den Salon von Karolina Světlá betrat er mit dem ironischen Lächeln eines mondänen Dandys, der die Dame seines Herzens an Lord Byron erinnern sollte, und wie einst Alfred de Musset legte er Wert darauf, vor der kühlen Intellektuellen mit dem schlechten Ruf eines Trinkers und Schwelgers (in dieser Hinsicht mußte er sich wohl etwas Mühe geben) zu prahlen. Karolina Světlá, die verheiratet war, hat Nerudas Liebe nur mit einer in den Schranken der Konvention gehaltenen Zuneigung erwidert. Intellektueller und seelischer Trost aber waren Neruda zu wenig. Er gab seine Liebe zu Karolina Světlá auf; obwohl beide in den engen Mauern von Prag lebten, begegneten sie sich nie wieder. Einen Skandal gab es nicht, aber der bis heute berühmt-berüchtigte Prager Klatsch war wieder einmal mit Stoff versorgt.

1863 reiste Neruda nach Paris, 1870 nach Ungarn, in die Türkei, nach Ägypten und Italien, fünf Jahre später nach Norddeutschland und Helgoland. Es trieb ihn in die Ferne, Prag war ihm zu eng geworden. Auf diesen Reisen hat er die düstere Phase, in der er unter dem Einfluß der deutschen Romantiker stand, überwunden; das dokumentieren auch seine Reisefeuilletons. „Auch für Neruda war das Reisen eine Kunst, sich den Geheimnissen des Lebens anzunähern", schrieb Arne Novák, der Jan Neruda gerne in die Nähe des berühmten philosophierend Reisenden Johann Wolfgang Goethe gerückt hätte.

Die journalistischen Aktivitäten Jan Nerudas waren bewundernswert: 1858 gründete er gemeinsam mit seinem Freund Vítězslav Hálek den „Máj", 1859 die Zeitschrift „Obrazy života", 1863 übernahm er die Redaktion von „Rodinná kronika" (Die Familienchronik), 1865/66 gab er die Zeitschrift „Květy" (Blüten) heraus, wieder in Gemeinschaft mit Hálek, so auch mit diesem seit 1873 die Zeitschrift „Lumír". Ab 1883 redigierte Neruda „Poetické besedy" (Poetische Plaudereien), für „Humorické listy" (Humoristische Blätter) schrieb er über mehrere Jahre – nicht immer geglückte – Porträtskizzen berühmter Persönlichkeiten, für andere Zeitschriften und Zeitungen unzählige Buch- und Theaterbesprechungen. Und immer wieder, vor allem für „Národní listy", Feuilletons und Kurzgeschichten, insgesamt über zweitausend. In seiner Zeitschrift „Rodinná kronika“ druckte Neruda Beiträge von Frič, einem der tschechischen Revolutionäre des Jahres 1848, der im Pariser Exil in Not lebte. Die Honorare, die Neruda an Frič nach Paris schickte, waren meistens doppelt so hoch wie die Honorare, die er anderen Autoren zahlte. Akten der österreichischen Polizei aus dem Jahr 1864 lassen erkennen, daß Neruda in Wien wegen seiner Kontakte zu den in Paris lebenden Exiltschechen und -polen als „Geheimnisritter“ und als „Haupt-Entrepreneur“ denunziert wurde.

Eine erste Auswahl von Kurzgeschichten publizierte Neruda 1864 unter dem Titel „Arabesky“. Die enge Verwandtschaft dieser Erzählungen mit den späteren „Kleinseitner Geschichten“ ist offenkundig. Schon hier ging es Neruda um die kleinen Leute, die im Schatten des Hradschin ein eher armseliges als idyllisches Leben führten, und er versuchte, seine Leser mit dem traurigen, oft auch tragischen Schicksal dieser Menschen vertraut zu machen. Die konservative Kritik warf Neruda mangelnden Patriotismus vor und sah in diesen Erzählungen nichts als Schwarzmalerei und eine Verunglimpfung des tschechischen Volkes. Als Neruda 1867 seine erste größere Erzählung „Eine Woche in einem stillen Haus“ in der Zeitschrift „Květy“ publizierte – elf Jahre später nahm er sie in die „Kleinseitner Geschichten“ auf –, äußerte Ladislav Quis, einer seiner damaligen journalistischen Kollegen: „Neruda wollte endlich eine Erzählung ohne Handlung, ohne Verwicklungen schreiben. Die Hauptrolle sollten ausschließlich Figuren und ‚Figürchen‘ von der Kleinseite übernehmen. Alles andere sollte untergeordnet bleiben.“ Und in der Tat, im stillen Haus geschieht im Laufe einer Woche nicht viel. Die Menschen werden nur mit ihrem alltäglichen Leben konfrontiert, aber dieser Alltag schließt Krankheit, Einsamkeit und Tod ebenso ein wie Streit und Freundschaft, Liebe und Hochzeit. Alle Bewohner des Hauses sind mit ihren individuellen Sorgen, Plagen und kleinen Freuden vertreten: der Hausherr und die Mietparteien, die Gastwirtsfrau, die Krämerin und ihr Sohn, der Student, und natürlich auch Frau Bavor, die Neruda unverkennbar mit Zügen seiner Mutter ausgestattet hat.

Mitte der siebziger Jahre, nachdem Neruda sich lange Zeit ganz der journalistischen Arbeit und seinen zahlreichen gesellschaftlichen Aktivitäten gewidmet hatte – er wurde der Begründer und auch Vorsitzender des Vereins der tschechischen Journalisten, organisierte kulturelle und wohltätige Veranstaltungen –, verfaßte er zwölf weitere Kleinseitner Geschichten, die er unter diesem Titel („Povídky malostranské") zusammen mit der „Woche in einem stillen Haus" 1878 herausgab. Es sind Geschichten aus seiner eigenen, längst vergangenen Jugend auf der Prager Kleinseite, belebt mit Gestalten, die bis ins kleinste Detail ihrer Erscheinung und mit Verständnis für die Schwächen der kleinen Leute geschildert, die auch gelegentlich mit böser Ironie für ihre Aufgeblasenheit bestraft werden.

Für Neruda gibt es in diesen Geschichten aus seiner Jugend nur zwei Welten, die eine ist „oben" angesiedelt, die andere „unten". Dieser Gegensatz bestimmt die Widersprüche und Spannungen in fast allen dieser Erzählungen. Auf den Tod der alten Mieterin im „stillen Haus" zum Beispiel reagieren die Nachbarn mit aufrichtigem Mitleid, den Hausherrn dagegen beschäftigt nur die Sorge, welche Unkosten ihm durch diesen Todesfall entstehen werden. Und nicht ohne einen Anflug von Zynismus beschreibt Neruda in der Erzählung „Doktor Weltverderber", wie sehr sich Freunde und Verwandte des Herrn Geheimrat Schepeler über dessen vermeintliches Ableben freuen, eine Stimmung, die in ihr Gegenteil umschlägt, als der Doktor bald nach seinem „Tod" wieder aufwacht. Die Menschen, die in der gesellschaftlichen Hierarchie der kleinen Leute am untersten Ende stehen, finden bei Neruda humorvolle und unzweideutige Sympathie; sie vor allem sind ihm aus seiner Kindheit und Jugend eng vertraut: der Bettler Adalbertchen etwa oder Herr Worel und der ständig lächelnde Herr Fischer mit dem letzten Zopf in Prag.

In keinem Prager Stadtviertel waren die Kontraste so kraß wie unter der Burg der ehemaligen böhmischen Könige. Mit den Deutschen, die seit Jahrhunderten in ihren schönen Häusern rund um den Kleinseitner Ring wohnten, auch mit den vorwiegend deutschsprachigen Juden, kamen die Kleinseitner Tschechen ziemlich gut aus; man traf sich auf der Straße, in den Geschäften und saß in den gemütlichen Kneipen gemeinsam beim Bier. Anders war es mit dem österreichisch-ungarischen Adel, der sich nach dem Dreißigjährigen Krieg und im Zuge der nicht immer sanften Rekatholisierung des einst hussitisch-ketzerischen Landes in Böhmen niedergelassen hatte und häufig nur auf Kosten von enteigneten, hingerichteten oder ins Ausland vertriebenen tschechischen Protestanten zu seinem Wohlstand gelangt war. Den Glanz und den Reichtum der auf der Kleinseite residierenden Adligen, allzu oft freilich auch deren Arroganz, erlebte das einfache Volk nur aus der Perspektive „von unten". Man diente in den prachtvollen Barockpalais als Küchenmädchen, als Gärtner oder als Stallbursche; die Tüchtigen brachten es bis zum nobel gekleideten Lakaien.

Das Adreßbuch der Kleinseite vor 1918 liest sich auf weite Strecken wie ein Verzeichnis des internationalen Hochadels. Die ehemaligen Palais der Auersperg, Bretfeld, Buquoy, Chernin-Morzin, Dietrichstein, Liechtenstein, Schönborn, Schwarzenberg, Thun-Hohenstein und natürlich das Palais Wallenstein mit seinem einzigartigen Garten sind noch heute Prunkstücke, die das äußere Bild der Kleinseite bestimmen, es sogar beherrschen. Für Neruda, den Sohn des unbemittelten Tabakladenbesitzers aus der Spornergasse, der heutigen Nerudagasse, waren das nur edle Kulissen. Das Leben der kleinen Leute von der Kleinseite spielte sich damals wie heute in Hinterhöfen, in zum Teil noch mittelalterlichen Häusern und in den engen Gassen ab.

Als Neruda seine „Kleinseitner Geschichten" schrieb, wohnte er schon auf dem anderen, dem bürgerlichen und wohlhabenden Ufer der Moldau. Die harte Wirklichkeit seiner Jugend war längst nur eine verklärte Erinnerung an eine vergangene Zeit. Alles, was er in seinen „Kleinseitner Geschichten" beschreibt, scheint mir wie durch eine strahlende silberne Wolke gesehen, hinter der, mit der Kunst eines großen Erzählers erdichtet, Gestalten aus ihrem vergessenen Tod zu einem neuen, pittoresken Leben auferstehen. Sie bewegen sich in einer poetisierten Welt, sie erleben dabei Geschichten, die nur ein wunderlicher Erzähler erfinden kann. Jan Neruda weckt mit seiner Sprache, mit Humor und mit Poesie das gesamte eigenartige Viertel, die von kulturellen und politischen Entwicklungen kaum berührte, nach außen abgeschlossene Welt der Kleinseitner Tschechen zu einem qualitativ neuen Dasein. Er verleiht allen Gestalten und Typen eine Bedeutung, die sie in ihrem längst vergangenen Leben kaum gehabt haben, er zaubert dem Leser eine Welt von sonderbaren Begebenheiten und poetischen Geheimnissen aus einer Jugend vor, die alles andere als poetisch war. Vom rechten Moldauufer aus betrachtet, ist die Kleinseite im ganzen eine herrliche Kulisse, vor der Jan Neruda mit sanftem Humor, manchmal auch böse und ironisch, den verlorengeglaubten Traum von seiner Jugend fabuliert.

Noch 1878, gleich nach den „Kleinseitner Geschichten", gab Jan Neruda seine „Kosmischen Lieder" („Písně kosmické") heraus. Zwei Bücher in einem Jahr; das erste in seiner Jugend verankert, das zweite voller Zuversicht in den geplagten Menschen, der in Einklang und Harmonie mit der unfaßbaren Ewigkeit zu leben versteht. Nach zahlreichen Umwegen erreichte der Vierundvierzigjährige als Schriftsteller und Dichter sein Ziel, persönlich erfuhr er zugleich auch seine bittersten Enttäuschungen. In den siebziger Jahren wurde Neruda vom konservativen Flügel der tschechischen Patrioten beschuldigt, für die Wiener Zeitschrift „Montagsrevue" vertrauliche politische Informationen aus Prag geliefert zu haben; seine Freunde aus dem fortschrittlich-patriotischen, dem „jungtschechischen" Lager, ließen ihn im Streit mit den konservativen Patrioten im Stich. Sein Verleger Julius Grégr, ein maßgeblicher Wortführer der „Jungtschechen" und Herausgeber von „Národní listy", der Zeitung, der Neruda seit 1865 alle seine Kräfte geopfert hatte, kehrte ihm, als er seine Hilfe in dieser öffentlich ausgetragenen Affäre am nötigsten gehabt hätte, den Rücken. Höchstwahrscheinlich kam Grégr die Affäre nur allzu gelegen; er nutzte sie, um Nerudas Einfluß bei „Národní listy" einzuschränken und sein Honorar erheblich herabzusetzen.

„Ich bin jetzt in Prag ganz allein", klagte Neruda seinem Freund Alois Vojtěch Šembera. „Ich bin in meiner Wohnung, auf der Straße, im Gasthaus, in der Redaktion stets nur allein. Der Tod, der Egoismus oder ein ganz gewöhnlicher Überdruß haben mir meine alten Freunde genommen." Ende der siebziger Jahre begegnete Jan Neruda Anna Tichá, einem jungen Mädchen voller Lebenslust. Seine durch diese Liebe geweckte Hoffnung erfüllte sich nicht. Er war damals schon ein erschöpfter, kranker Mann. Bis zu seinem Tod blieb er mit seiner alten Haushälterin allein.

Als Neruda, siebenundfünfzigjährig, am 22. 8. 1891 starb, sollen an seinem Sarg, so wollten es die Prager Klatschtanten mit genüßlicher Empörung wissen, drei Frauen geweint haben. Anna Holinová, seine „ewige Braut", soll, in schwarze Seide gekleidet und schwarz verschleiert, einen Rosenstrauß auf den Sarg des untreuen Geliebten gelegt haben. Karolina Světlá, von der Neruda enttäuscht und gekränkt vor dreißig Jahren Abschied genommen hatte, soll sich in der grünen Finsternis ihrer Wohnung auf dem Karlsplatz vor Jan Nerudas Sarg, als er aus der Stadt zum Friedhof am Wyschehrad hinausgetragen wurde, tief und tragisch verneigt haben. Nerudas letzte Liebe, Anna Tichá, folgte – wenn es stimmt – einsam und verloren dem Trauerzug.

Was alles hat die Prager Kleinseite mit Jan Nerudas Tod und dann nach 1918 verloren! Zuerst ihren großen Dichter, nach 1918 den österreichischen Adel – niemand auf der Kleinseite hat ihm nach dem Zerfall der Monarchie nachgeweint –, 1939 ihre Juden, 1945 ihre Deutschen – ihre Spuren kann man noch heute an den Schildern und Namen zahlreicher Wirtshäuser ablesen –, nach der kommunistischen Machtübernahme im Jahre 1948 verschwand auch die tschechische Bourgeoisie. In den Palais der einst mächtigen und reichen, dem Habsburgerthron ergebenen Adligen sind heute Ministerien für Kultur, Schulwesen und Propaganda der sozialistischen Tschechoslowakei, Botschaften und Museen untergebracht. Die kleinen Leute von der Kleinseite aber haben die zahlreichen Roßkuren der böhmischen Geschichte zwar mit Mühe und Not, jedoch heil und munter überstanden, sie scheinen davon nicht einmal beeindruckt. Auf eine unerklärliche Art und Weise, die ein Geheimnis dieses Prager Stadtteils bleibt, vielleicht auch die eindrucksvolle Beziehung zwischen der Dichtung und ihrer mächtigen Gegenspielerin, der Wahrheit, bestätigt, haben sich die Kleinseitner für Nerudas gedichtete Geschichten entschieden und sie darüber hinaus als ihren intimen, heute allerdings anders kostümierten Lebensstil akzeptiert.

Ota Filip

INHALT

 Die Abbildungen wurden dem von Pavel Scheufler herausgegebenen Band „Praha 1848–1914. Čtení nad dobovými fotografiemi", Praha: Panorama 1984, mit freundlicher Genehmigung des Verlages entnommen. Druck und Bindung: Kösel, Kempten. Printed in Germany